Heinrich Eduard Jacob
Blut und Zelluloid

Heinrich Eduard Jacob

Blut und Zelluloid

Roman

Mit einem Nachwort von

Hans J. Schütz

Oberon

Oberon-Bibliothek vergessener Bücher
Herausgegeben von Hans J. Schütz

Gestaltung Max Bartholl
Satz Uhl+Massopust Aalen
Druck Paul R. Wilk Friedrichsdorf
Bindearbeiten Ludwig Fleischmann Fulda
Schrift Sabon Antiqua
Papier holzfrei mattgeglättet 90 gr/qm
Printed in Germany
ISBN 3-925844-02-3

Erstes Buch

Das Gewehr, das zwanzigmal in der Sekunde schießt

Einleitung durch zwei Harlekine

»Ich glaube... ich habe eine Idee!«

Der Mann, der diese Worte sagte, sprach sie aus blondem Kindergesicht. Es war ein viel zu großes Gesicht über dem mageren Studentenhals. Das Blond darin ergab keinen Bart: es waren eher Milchhaare, Katzenhaare, aus weicher Jugend, Torheit und Freundlichkeit gemischt. Sie bewegten sich, während er sprach.

»Ich glaube... ich habe eine Idee!«

Der Mann, zu dem er solches sagte, wurde der Antwort zunächst enthoben. Denn dieser Januarvormittag – hastig, als müsse er den Dezember und das Weihnachtsgeschäft übertrumpfen! – führte hier, im Herzen der Stadt, einen Omnibus nach dem andern an denen vorüber, die da standen.

»Ich glaube, ich habe eine Idee!«

Das Ungetüm, das jetzt herbeikam, stieß den Sprecher fast von der Schwelle. Hinter Glas und beschlagener Luft wurden auf zitterndem Perron achtzig Menschen vorübergetragen. Am Dekkenriemen hangend und schwebend, eine Messingstange umarmend, an einen Frauenschoß gedrückt, den Schenkel eines Mannes witternd, mit einer Frühstückstasche versehen, zerkrümelte Schokolade im Mund, so wurden sie vorbeigezogen: die Kontoristin Elise Gürtler, der Stadtreisende Jacques Speyvogel, die Näherin Frieda Naujokat, der Versicherungsagent Bennewitz, die Oberin Augusta von Stoll, der Klavierfabrikant Albin Kohn und seine Braut Rose Greiffenhagen... Natürlich wissen wir nicht genau, ob die Insassen wirklich so hießen. Damit dies offenbar würde, müßte der Omnibus karambolieren. Erst der Polizeibericht belehrt uns, mit wem wir zusammen sterben.

Aber wie tausend Omnibusse setzte auch dieser seine Fahrt fort, mit namenlosen und vielen Menschen. Ja, eine Fracht von sehr vielen Menschen wurde da vorübergetragen, und gerade ihre

kompakte Fülle ließ es unwahrscheinlich erscheinen, daß der Student Hans Winckelmann wirklich eine Idee habe. Denn eine Idee ist unsichtbar – und alles dieses war viel zu sichtbar.
Der Student Hans Winckelmann – oder wie er in Träumen sich nannte: Johann Joachim Winckelmann; denn er studierte Kunstgeschichte wie jener Ahnherr seines Namens – unterbrach aufs neue seinen Beruf (der darin bestand, kein Frühstück zu essen). Er legte den etwas täppischen Arm auf den Wintermantel des Herrn, der gleich vornehm etwas zurücktrat, und sagte: »Ich habe eine Idee!«
Der andere, ein wahrer Opernmephisto, ein Herzensbrecher und schwarzer Galan, sagte sonor: »Das glaube ich nicht! Hätten Sie eine Idee, mein Lieber, dann müßten die Omnibusse es spüren, ihre Vorderräder abwerfen und kniefällig auf die Achse sinken. So selten sind wirkliche Ideen!« Er trat zurück und genoß das Gleichnis. »*Sie* hätten eine Filmidee? Einen kurbelbaren Einfall? Daß ich nicht lache! Daß ich nicht lache!« Er amüsierte sich anscheinend köstlich – und mit sich ein Parkett in Guben.
Kitschig geheimnisvoll fuhr er fort: »Wenn Sie eine Idee hätten, müßte es eine der Huren merken, die uns in großer Ellipse umkreisen. Sie müßte herkommen und flehen: ›Tritt gratis bei mir ein!‹ Aber, lieber Winckelmann, Sie haben nichts Begnadetes! Sie haben keinen Schein um den Kopf! Sie haben keine Idee! Sie nicht!«
So waren sie, langsam fortschreitend, von der Leipziger Straße aus in die Friedrichstadt gekommen, wo sie zur Filmplantage wurde. Hier kettete sich Büro an Büro. Mythologische Tiernamen machten hier auf einander Jagd, und sogar die Sternbilder hatten hier ihre Vertretungen. Siegmund Fuchs und Moritz Gans hatten hier eine Niederlassung. Ein Stockwerk über der Firma Lamm weidete der Pantherfilm. Orbis hatte den Sirius zum Nachbarn; dieser wieder die Cassiopeia. Paradies-Film

befand sich über der Indonesian-Company. Tür an Tür bestahlen sie sich und konkurrierten sich in den Konkurs.
Als der Regisseur die Blässe des Studenten Hans Winckelmann merkte, zog er ihn in ein kleines Café. Es war um diese Stunde ganz leer. Sie bestellten Käsesemmeln und Kognak.
»Was für eine Filmidee haben Sie denn nun, Sie Bub?« Der österreichische Akzent, den der Regisseur jetzt wählte (er besaß ihn zwar von Geburt, war aber nicht auf ihn angewiesen), sollte die Neugier etwas mildern.
Aber Hans Jochen Winckelmann gedachte jetzt nicht zu antworten. Den Mund von Götterspeise erfüllt, mit den Geschmacksnerven schwelgerisch jener feurigen Komposition aus Semmel, Kognak und Käse nachspürend, schwieg er viele Minuten. Als er mit Essen fertig war, trat er, den Teller vor der Brust, nochmals an das Büfett heran. Er musterte zwei Sardellenbrötchen, aber er aß davon nur das eine. Drauf tat ein fettes Russengebäck, »Bliny« geheißen, es Winckelmann an. Hinzu kam als Sättigungsvortäuscher noch ein großes Glas Selterswasser. Denn, was die Ärzte auch sagen mögen: die Hungrigen wissen sehr genau, wie Kohlensäure den Magen füllt.
Der Regisseur sah auf seine Uhr. Er war zwar ohne Beschäftigung; doch wollte er durch diese Geste das soziale Gewissen Winckelmanns wecken. Der stellte auch gleich sein Kauen ein und sagte mit großen blauen Augen, ehrlich erschüttert über sich selbst:
»Eigentlich hab' ich gar keine Idee ... Ich meine nur, man könnte vielleicht ... Ich habe da etwas ausgeschnitten, was man einmal verwenden könnte ...«
Er kramte aus seiner Brieftasche ein nicht mehr frisches Stückchen Zeitung und reichte es dem Regisseur. Der öffnete schon den betrogenen Mund, um loszuheulen: »Sie Idiot!« – aber er kam nicht einmal bis zum Schimpfwort, denn seine Augen preschten vor, überrannten Zeilen, leuchteten auf und rissen die

nächste Kolumne an. Er ließ das Blatt entgeistert sinken. »Das ist ja ... Das ist ja ...«, flüsterte er.
Er setzte die Intelligenzbrille auf und begann, verschanzt hinter Horn und Glas, die Zeitungsnotiz noch einmal zu lesen. Er ließ sich schließlich nichts vormachen ... Mitten im Lesen hörte er auf und nahm die Brille wieder ab:
»Hören Sie mal, Winckelmann!« sagte er mühsam. »Ich hielt Sie immer für einen Idioten ... Jetzt glaube ich, Sie verstehn was vom Film. – Geben Sie mir mal Ihre Hand!«
Winckelmann gehorchte erstaunt.
»Wenn ich Ihnen helfen werde, können Sie viel Geld verdienen. – Deswegen müssen Sie nicht erröten. Es ist keine Schande, Geld zu verdienen! – Nur brauche ich jetzt Ihr Studentenwort, daß Sie mit keinem anderen Menschen wegen dieser Sache verhandeln.«
Winckelmann erhob sich vom Tisch. Er, der noch nie ein Studentenwort abgegeben hatte und Ehrenhändeln meilenfern war, wußte, daß man jetzt schnarren müsse, und schnarrend setzte er sich nieder. Da er in der Filmbranche keine lebende Seele kannte, konnte er auch mit keiner verhandeln – und so war diese Zeremonie, so schön sie war, völlig überflüssig.
»Denn auch ich will hier meinen Vorteil haben. Allerdings keinen geldlichen Vorteil. Ich gedenke die Regie dieses Kulturfilms zu übernehmen! – Sie: der Autor. Ich: Regisseur. So koppeln wir unser Interesse zusammen. Man kauft uns beide – oder keinen! Abgemacht?«
Hans Jochen schnarrte.
Mit sinnender Miene ging jetzt Mephisto zehn Minuten lang hin und her. Man konnte aus seinen Gesten ersehen, wieviele Möglichkeiten er prüfte. Bald zog er mitten auf seinem Spaziergang ein Taschenfeuerzeug hervor und freute sich sinnlos an der Flamme. Bald griff er einen Glasteller und blickte, immer umhermarschierend, durch dessen undurchsichtiges Fell wie durch ein Monokel auf die Straße. Er nahm auch ein kleines Bild

von der Wand und strich es mit seinem Rockärmel staubfrei. Als er aber Winckelmanns Hut in seinen Spaziergang einbezog und, sein Innen nach außen kehrend, am Futter drehte und beutelte, fiel jener ihm flehend in den Arm. Der Hut war eine sichere Ware – der Film war es jedenfalls noch nicht.

Zur richtigen Zeit hatte Winckelmann seinen Partner aufgeweckt. Der war ohnehin schon fest entschlossen. Er begab sich zum Telefon. Und durch die angelehnte Glastür vernahm der Horchende dieses Gespräch:

»Hier Oberleutnant Pößleithner.

Susi, hören Sie mich denn nicht: Oberregisseur Pößleithner!

Nein, ich habe doch mit der ›Rubens‹ damals den ›Faun im Walde‹ gemacht... Nicht das ›Feuer im Walde‹, den ›Faun‹!

Frauen im Walde? Nein, durchaus nicht... das heißt: Frauen waren auch dabei. – Oberleutnant Pößleithner!« Er lachte.

»Nun, endlich erkennen Sie mich. Verbinden Sie mich mit dem Herrn Direktor!«

Pause von einigen Minuten. Plötzlich schrie Pößleithner gereizt:

»Ich lasse mich nicht abweisen. Ich bin wer! Ich habe einen Namen! Ich bringe dem Herrn Rubenson doch nicht zum erstenmal ein Geschäft! Ich bringe ihm eine Filmidee...«

Wieder ein paar Minuten Pause. Dann hing Pößleithner zornig an.

Er stürzte aus der Zelle heraus. – »Zahlen!« schrie er aufgeregt.

–– »Wir dürfen uns nicht abschrecken lassen«, murmelte er. »Er macht das stets so. Es ist, als wolle er nichts verdienen. Der Dicke! Und später will er doch... Kommen Sie, Winckelmann, kommen Sie!« Er packte den Studenten am Ärmel und riß ihn auf die Straße hinaus. Zehn Häuser weiter betraten sie ein großes helles Treppenhaus. Sie stiegen aufwärts. Im ersten Stock befand sich zunächst die Ibis-Gesellschaft. Im zweiten Stock gab es Rechtsanwälte, die da wahrscheinlich sehr nötig waren. Denn sicherlich war das ganze Viertel gerichtlich gegeneinander entbrannt und bombardierte sich mit Schriftsätzen. Es war eine unsichtbare Schlacht. Die Filmleute prozessierten einander den letzten Stuhl unterm Hintern fort.

Im dritten Stock wohnte der »Rubensfilm«. Ein blondes Mädchen öffnete und tat zugleich erschreckt den Mund auf, als sie Pößleithners ansichtig wurde. Es war, als bemitleidete sie ihn. Dieses Gefühl war nicht überflüssig. Denn kaum standen beide im Vorzimmer, als sich die gepolsterte Tür eines Privatkontors öffnete und ein riesenhafter Mann in ihrem Rahmen sichtbar wurde, dessen Gesicht mit dunkler Wut vollief, wie eine große Amphore. Es war das intelligente Gesicht eines levantinischen Teppichhändlers. Ein häßliches und krankes Gesicht. Jedes Glied seines massigen Körpers schien sich in Aufruhr zu befinden, als er mit bellender Stimme fragte, wer Pößleithner eingelassen habe. Er habe doch erst vor zehn Minuten sich den Besuch dieses Herrn verbeten. Die unmittelbare Körpergefahr schien Pößleithners Kühnheit zu erhöhen. Er sagte, Aufdringlichkeit, gewiß, sei ganz und gar nicht seine Sache. Es gäbe aber Situationen, wo, selbst auf die große Gefahr, unwillkommen zu erscheinen, ein Filmmann sich nicht abweisen ließe.

Er hätte nichts mehr zu sagen brauchen. Denn plötzlich hatte Rubenson neben dem Oberregisseur den Studenten Hans Winckelmann erblickt, seine semmelartige Schüchternheit; das Blond, das keinen Bart ergab; diesen ganzen großen Milchnapf von bedeutungsloser Freundlichkeit. Sogleich bewegte Neugier sein Herz und besänftigte seine Wut. Was für ein sonderbares Wesen hatte Pößleithner da mitgebracht? Vielleicht einen neuen komischen Star?

Noch immer massig wie ein Gebirgstier, zog er sich aus der Tür zurück und ließ die beiden eintreten. Er deckte die schweren bläulichen Lider über die traurigen Augäpfel, lud mit einer Handbewegung beide Besucher zum Sitzen ein und fragte leise: »Was wollen Sie also?«

Pößleithner, entzückt, daß er sprechen durfte, sagte: »Auch unsere Zeit ist beschränkt. Drum also gleich in medios res!«
Leise erwiderte Rubenson, kein Mensch sei so beschränkt an Zeit, daß man ihm verstatten könne, Fremdworte falsch zu deklinieren. Es hieße noch immer: in medias res.
Pößleithner fuhr jetzt dem Studenten mit einem Griff in die Brusttasche. Er sah drohend aus, und ein fremder Betrachter hätte als Begleithandlung noch einen Schlag auf den Schädel erwartet. Als indessen Pößleithners Hand aus dem Jackett wieder auftauchte, brachte sie flatternd etwas mit, woran sie seit einer Viertelstunde schon vertragsgemäß teilhatte. Es war jenes Zeitungspapier als Idee, jene Idee als Zeitungspapier, der nunmehr Leben oder Tod zugesprochen werden sollte.
Rubenson öffnete langsam die Augen, sah den Studenten Hans Winckelmann an und fragte leise: »Sie wollen filmen?«
»Nein, nein!« kicherte der. »Durchaus nicht!... Das heißt: wenn sich irgend etwas ergibt?... Vielleicht? Dann ja! Eine kleine Rolle.« Er wanderte mit seinem Blick zwischen dem Zeitungsfeuilleton und Rubensons Gesicht hin und her.
»Was wollen Sie eigentlich?« fragte der und war schon bereit, alles zu zertrümmern.
»Wir bringen eine Filmidee!« sagte Pößleithner mit Grabesstimme.
Wider Erwarten stand Rubenson höflich auf und sagte sehr milde: »Ich wünsche keine Filmidee aus Ihren Händen, Herr Pößleithner! Ihr ›Faun im Walde‹ war unerreicht an Dummheit und Geschmacklosigkeit. Die Verleiher im In- und Ausland hielten sich die Bäuche vor Lachen über den tragischen Dilettantismus, den Sie in diesem Film offenbarten. Leider kostete er mein Geld!«
Pößleithner schluckte: »Herr Direktor! Glauben Sie mir, er war nicht so schlecht. Der Film ist nicht als mißlungen zu werten. Er ist nur falsch geschnitten worden... Die Zensur hat darin gewütet! Die Nacktszenen, nein die Aktszenen...«

»Hören Sie auf!« sagte Rubenson drohend. »Was haben Sie da?« Er ergriff den Ausschnitt, legte ihn vor sich hin auf den Schreibtisch und begann plötzlich laut zu lesen:

RÄUBERLEBEN AUF SARDINIEN

Gibt es in Europa noch Räuber? Wir meinen: als dauernde Institution. Gibt es noch jene Bandenräuber, die, wie im achtzehnten Jahrhundert, gefährliche kleine Gemeinschaften im Ordnungsstaate bildeten? Räuber, die von der Politik, der Großen Politik nichts wollen – Räuber, die von Berufs wegen rauben?

An einer einzigen Stelle Europas gibt es noch wirkliche Banditen! (»Interessant!« dachte Rubenson. Murmelnd, als wolle er sich allein die Bekanntschaft dieser Banditen gönnen, las er weiter:) *Auf der Insel Sardinien lebt seit fünfundzwanzig Jahren die Bande des Tommaso Pedrotti. Pedrotti hat als junger Mensch einen Eifersuchtsmord begangen, ist zum Tode verurteilt worden und nachts aus dem Gefängnis entflohen. In das unzugängliche Bergland konnten ihm die Gendarmen nicht folgen; in den Jahren, die nun kamen, schlossen sich manche Freunde an. Diese brachten neue Freunde. Wovon leben? Vom Bandenraub? Man kann nicht sagen, daß Pedrotti und seine Bande tyrannisch hausten. Sie raubten und stahlen sehr geschickt. Doch nur bei großen Grundbesitzern. Die kleinen Leute ließ man zufrieden. Man schenkte ihnen zuweilen auch Geld. Pedrotti, der sparsam wirtschaftet, hat heute vielleicht ein Bankkonto! Leute, die ihn gesehen haben, mit ihm gegessen, getrunken haben, versichern, daß er ein gütiger Mensch ist, der höchst ungern Blut vergießt; den obendrein Welt- und Lebenskenntnis beinahe zum Philosophen machten. Ob er heute, wenn er könnte, ins Bürgerleben zurückkehren würde? Aber natürlich kann er das nicht!*

Rubenson zuckte seine Achseln: »Nach Verfilmung schreit es

nicht.« Doch, da er zu den Leuten gehörte, die alles Gedruckte abweiden müssen, las er den Artikel zu Ende.

Überaus seltsam ist der Grund, weshalb die sardinische Polizei das Reich Pedrottis nicht zerstört. Im Zeitalter der Flugzeuge ist sie natürlich sofort in der Lage, auszukundschaften, wo er weilt. Sie könnte mit zweihundert Gendarmen, wenn sie wollte, in wenigen Tagen den Banditen das Handwerk legen. Aber der Präfekt schont Pedrotti – und schont ihn wegen des Fremdenverkehrs. Sardinien ist eine arme Provinz, die öden Distrikte von Sassari können sich nicht mit denen Neapels oder dem Anblick Palermos messen. Wie Catania den Ätna hat, so hat Sardinien seinen Pedrotti. Pedrotti, der niemals Fremde anfällt, der überhaupt schon seit einigen Jahren es nicht mehr nötig hat zu rauben, ist eine Sehenswürdigkeit. Natürlich nicht für die kleinen Zahler. Wenn aber reiche Amerikaner oder schwere Holländer eine mehrtägige Expedition in das Innere der Insel nicht scheuen, so können sie bei Pedrotti wohnen und an seinen strategischen Märschen durch die Insel teilnehmen, die nicht wenig aufregend sind. Denn Tommaso Pedrotti ist nicht der Löwe aus dem Hamburger Hagenbeckpark, der nur in scheinbarer Freiheit lebt und in Wahrheit vor aufgestellten Kulissen. Die Kulissen sind echt, die Freiheit ist echt und kann sich sofort in echten Tod oder echte Gefangenschaft wandeln, sobald die Polizei willens ist, das gefährliche Idyll zu stören. Vorläufig dominiert aber noch auf Sardinien – der Fremdenverkehr.

»Warum zeigen Sie mir das?« fragte Rubenson unfreundlich. »Glauben Sie, ich soll aus so was eine komische Oper machen? Solche Geschichten, denen der Blödsinn und die Unwahrscheinlichkeit mit Spruchbändern aus dem Halse hängt, gibt es doch längst! – Ein edler Räuber, der vielleicht ein Liebespaar aus seiner Schatzkiste unterstützt?«

»Nein, Herr Direktor!« sagte Pößleithner, plötzlich verwundert und sehr ernst. »Ich will doch hier keinen Spielfilm machen. Kein

Abenteuer, keine Liebeshandlung! Haben Sie denn nicht gemerkt, daß diese Notiz die erste Stufe eines prachtvollen Kulturfilms ist?«

»Kulturfilm?«

»Pedrotti soll selber filmen! Bedenken Sie doch, was das heißt! Ein Räuber, der sich selber spielt! Und all das nur vier Tagereisen von Berlin oder Rom oder London entfernt! Ja, ist denn das nicht interessanter als das Leben der Eskimos? Geht uns das nicht näher an als die idiotischen Hochzeitsgebräuche der Feuerländer und Patagonier?«

»Sehr merkwürdig!« murmelte Rubenson. Er begann das Blatt noch einmal zu lesen. Langsam, mit tiefer Aufmerksamkeit. Seine Augen schaufelten die einzelnen Sätze herum wie Schollen, an deren verborgener Unterseite irgendein Geheimnis klebte. Sollte dies Erdreich goldhaltig sein? Er wollte Pößleithner ins Gesicht sehn, unterließ es aber zunächst, weil es ihm unsympathisch war, und er nicht beeinflußt sein wollte. Er hielt die Augen gegen die Decke und dachte mit großer Anstrengung nach. Seine Atemzüge rauschten leise.

Er wußte: Heute war jeder Film, der seine Kategorie erfüllte, ein hundertprozentig großes Geschäft. Was hieß aber: Kategorie erfüllen? Wehe dem Lustspiel, das eine Minute langweilig und nicht Lustspiel ist! Diese Minute ist ein Torpedo und schlägt ein Zweihundert-Meter-Loch in die Leinwand, daß alles ertrinkt. Jeder Film muß jede Minute seine eigene Absicht erfüllen. Benno Rubenson weiß das genau. Denn Benno Rubenson hat vor dem Kriege die ersten großen Geschichtsfilme, die Seelenfilme waren, gedreht. Es waren Filme, hundertprozentig mit Geschichte und Psychologie geladen – und hundertprozentig war der Erfolg. »Das Publikum will immer en train sein«, dachte Benno. »Immer im Zug! Keine Minute darf der Besucher ›aus dem Interesse aussteigen‹.« Da war (erinnerte er sich plötzlich) im Februar 1913, als sie in Ägypten lagen, so ein Narr zu ihm gekommen und hatte ihm anraten wollen, Fellachendörfer am Nil aufzunehmen, eine Anzahl heutiger Genrebilder in eine Handlung einzustreuen, die das Ertrinken des Pharao im Roten Meer zum Gegenstand hatte. Den hatte er aber schön weggejagt!

Er war zerstreut. Man erwartete Antwort? Ihn störten plötzlich die Blicke der beiden, wie sie an seinen Lippen hingen.

Er stand schwerfällig vom Schreibtisch auf und begab sich ins Nebenzimmer. Dort saß Susi Gschweidler, die Wienerin, eingerahmt von großen Plakaten, den alten Großtaten des »Rubensfilm«.

MIT MANN UND ROSS UND WAGEN

las Benno unruhig von einem Plakat, auf dem eine sonnenrote Sphinx dem speer- und köcherbewehrten Heer des großen Pharao nachstarrte... Das war schon etwas lange her. Im Jahre 1913 hatte sich diese Historie begeben. Zum Ruhme Jehovas – aber schließlich auch zu Benno Rubensons Ruhm. Denn wer hatte die Israeliten damals durchs Rote Meer geführt?

»Sardinien!« flüsterte er, »Pedrotti.« Wenn er nur nicht so entsetzlich zerstreut gewesen wäre! Er wollte doch jenes Zeitungspapier, das drinnen lag, auf seine Brauchbarkeit auskultieren. Nie ließ er sich auf Dinge ein, an die er nicht hundertprozentig glaubte. Lieber arbeitete er ein Jahr überhaupt nichts und machte Schulden.

»Das ist eine höchst schwierige Sache!« sagte er traumverloren zu Susi. Sie hütete sich zu antworten – denn es war nur ein Monolog. »Da heißt es mehr als vorsichtig sein. Da muß man an jedes Stück der Handlung vorsichtig anklopfen wie ein Bergmann... Wie komm' ich denn bloß auf den Namen Bergmann?« Er lachte nervös und schluckte auf. »Habe Clothilde schon lang nicht gesehn!«

Er schloß die Lider. Im Augenblick sah er zwei Eukalyptusbäume. Ein Automobil lief fern und sehr schnell auf eine gelbrote Bergmauer zu. Die Landstraße in der Nähe war heiß und schwamm in olivengrauem Staub. Links an der Seite stand Pedrotti und rief etwas durch die hohle Hand ... Aber das war ja gar nicht Pedrotti! Das war leider Benno Rubenson, der herzkranke, aufgegebene Mann, wie er das ganze vorige Frühjahr im Nauheimer Sanatorium lag, und jetzt öffnete sich die Balkontür, und der vertrottelte Pößleithner, der ihm nachgereist war, kam herein und legte das dumme Manuskript des »Faun im Walde« ihm auf die Decke, ihm, dem Kranken, Urteilsgeschwächten ...

Diese Erinnerung genügte, um Benno Rubenson aufzuwecken. Er hatte, wie manchmal im Nachdenken, die Stirn an Susis Schulter gelegt. Die Hand auf den Tasten der Schreibmaschine, hatte sie sich nicht gerührt und eine Viertelstunde lang bescheiden auf ihrem Jungmädchenarm die schwere Last seines Kopfes getragen.

Der Chef stand auf. »Der Kerl dadrinnen hat Geld gekostet!« murmelte er. Die Erinnerung füllte ihn wie eine Granate mit bitteren Substanzen.

Er öffnete mit der Faust die Tür. »Ich habe kein Interesse daran!« sagte er, vorgeneigten Kopfes.

»Was?« fragte Pößleithner plötzlich wütend. »Auf einmal haben Sie kein Interesse? Welches Rindvieh im Nebenzimmer hat Ihnen eigentlich abgeredet?«

Er blies tückisch Luft aus seinen Zähnen. Rubenson schob die Kinnlade vor und schürzte seine bläulichen Lippen. Die Prügelei zwischen beiden Männern, seit einem Jahre schmerzlich aufgehoben, fand sie nun endlich erlösend statt?

Plötzlich fixierten sie sich nicht mehr. Sie sahen sprachlos dem Dritten zu, der sich in der Fensternische kramend niedergelassen hatte. Er wühlte in einer flachen Kiste, die voller Filmabfälle lag. Er zog lange Zelluloidbänder und kurzgeschnittene kleinere Stücke kopfschüttelnd aus der Kiste heraus. »Was ist denn das? Was ist das?« murmelte er.

»Ich weiß nicht, ob Sie Nichtraucher sind!« erwiderte der Direktor trocken. »Falls Sie aber Raucher sind, empfehle ich Ihnen, Ihre Zigarre mit solch einem Streifen anzuzünden. Es ist die beste Art, sich selbst sowie Ihre Nachbarn umzubringen.«

»Danke!« lachte der Student. »Ich habe vorläufig gar nicht die Absicht. Aber wie merkwürdig ist solch ein Ding!«

»Was ist nur daran merkwürdig? Haben Sie niemals ein Filmband gesehen?«

»Ich? Warum ich? – Nein, wirklich nicht! Ein merkwürdiges System ist das! Da wird nun solch ein Bilderstreifen, der ein paar Kilometer lang ist, hinter der Linse vorbeigeführt – und dann schießen die Bilder heraus?«

»Aber das weiß doch jedes Schulkind!«

»Trotzdem bleibt es sehr merkwürdig! Gestatten Sie wirklich ... erlauben Sie wirklich, daß ich mir ein paar Meter Band mitnehme?«

Völlig fassungslos murmelte Rubenson: »Es ist Abfall. Es sind herausgeschnittene Szenen. Sie können damit gar nichts anfangen!«

»Ich will Ihnen sagen«, sprach Winckelmann – und seine Albernheit erreichte jetzt den geheimnisvollsten Grad –, »warum diese Streifen so merkwürdig sind! ... Ich war nämlich neulich in einer Kaserne, um einen kranken Reichswehrsoldaten, den Sohn meiner Waschfrau, zu besuchen ... (Gemeinhin kenne ich keine Soldaten; es handelt sich um den Sohn meiner Waschfrau.) Da habe ich im Hof die Leute mit den Maschinengewehren gesehen. – Sind Sie, ja, sind Sie eigentlich sich darüber klar, Herr Direktor? Auch in die Maschinengewehre tut man solche lange Streifen und kurbelt dann und schießt alles tot! Es ist das nämliche System. Auf Ihrem Zelluloid haben Sie eine Unmenge fast ganz gleicher Bilder, und auf dem Schießstreifen sind's die Patronen: das wird nun nach vorne projiziert und auf die Menschheit losgedrückt...«

»Nun aber 'raus!« brüllte Rubenson.

»Sie Tropf! Sie Narr! Sie verfluchter Idiot!« schrie Pößleithner dem Studenten zu.

Beide, Rubenson und er, waren auf einmal sehr beglückt, ein gemeinsames Objekt für ihre Raserei zu haben.

Winckelmann verschwand sofort. Pößleithner flüchtete hinterher. Vielleicht verfolgte er ihn auch.

Rubenson sank am Schreibtisch nieder und begann kurzatmig zu lachen. Nach einer Weile wurde die Tür von Pößleithner wieder aufgerissen.

»Wir haben das Manuskript vergessen!« sagte er keuchend und kreidebleich.

»Halunken!« murmelte Rubenson. »Das ist doch wohl kein Manuskript!« Er nahm zwischen Zeige- und Mittelfinger, als wolle er sich nicht beschmutzen, den vergessenen Zeitungsausschnitt und reichte ihn dem Regisseur. Dabei sah er, ohne es zu wollen, schräg auf das Druckbild und entdeckte eine zarte Bleistiftnotiz, die er im drauffallenden Licht bisher ganz übersehen hatte. Sie hieß: *»Berliner Morgenpost, den 24. November 1926.«* Dann saß er wieder ganz allein.

»Sechs Wochen ist das Ding jetzt alt!« grübelte er. »Ich will's wieder lesen.«

Er ging ins Vorzimmer und befahl Susi, die dessen nicht wenig erstaunte, sofort in die Hauptexpedition der »Berliner Morgenpost« zu eilen und dort etwas für ihn zu kaufen.

Es schienen so golden die Sterne

Die Ärzte wünschten es eigentlich nicht.

Doch niemand konnte Rubenson hindern, die Erinnerung an die Zeit, da er ein guter Fußgänger war, einmal am Tag festlich zu begehen. Unter allen Umständen, ob es regnete, ob es schneite, machte er den Rückweg zu Fuß.

Um fünf Uhr entließ er Fräulein Gschweidler. Um sechs Uhr schloß er sein Büro, versorgte pedantisch Kette und Schloß und trat in den Januarabend hinaus.

Der große, dicke, despotische Mann mit der schwermütigen Unterlippe: durch die abnehmende Friedrichstraße auf den Belle-Alliance-Platz zu setzte er seine schlürfenden Schritte und verschwand um die Ecke des Halleschen Tors. Er bewegte sich langsam, wie ein Turm. Jeden Tag um dieselbe Zeit kam der schwere, unruhige Atmer an den Vorgärten des Ufers vorbei; entlang den Viadukt der Hochbahn, der dunkel unter den Zügen erbrauste. Um in den Westen zu gelangen, wählte er diese Möglichkeit.

Wenige wissen, daß durch Berlin eine Passage von großer Einsamkeit geht. Es ist die künstliche Wasserstraße, die aus der Gegend des Halleschen Tors über Möckernbrücke und Hafenplatz in den Westen nach Charlottenburg führt. Nur einmal, wo die Potsdamer Straße, wie eine Zugbrücke hellen Lichts, über das schwarze Wasser fällt, weicht der Zauber der Einsamkeit. Diese Straße ist mäßig erhellt; nebenan gibt es Lichtstockwerke, Goldnebel tasten den Himmel an. Wer aber diese Passage geht (die darum so wenig begangen ist, weil die Berliner die Spree verachten; was soll Berlin auch mit einer Spree, was soll die große Metropole mit einem so unsinnig kleinen Fluß und seinen lächerlichen Kanälen?), wer diese Wasserader entlang unter einsamen Eisenbahnbogen und an blinden Bassins vorbeigeht, diese vielkilometrige Trift zwischen dem Süden und dem Westen,

dem wird zuweilen ein Wunder geschehen: Er kann droben die Sterne erblicken.
Sehr oft, wenn Benno nach Hause ging, orientierte er sich an den Sternen. Er hatte viele Seereisen gemacht und kannte den Himmel sehr genau. Er wußte gut, wo um diese Stunde der Große Wagen sich aufhalten mußte.
Auch heute hatte er, langsam schreitend, seine Augen über den Dächern. Mitten in dem großen Berlin las er die Zeit vom himmlischen Uhrwerk. Er träumte, er wäre auf dem Meer. So fühlte er das Gehen nicht; ihm war, als führt er ein Schiff, ein ihm anvertrautes Schiff, langsam unter den Sternen entlang ... Gleich darauf dachte er an Pößleithner, und wie er ihn beinah erschlagen hätte.
In Dingen des Geldes war Rubenson gnadenlos und roh bis zum Mord. Aber er war es eigentlich nur aus einem unklaren Zorn darüber, daß er welches verdienen mußte. Geschäfte sollten hart und schnell sein – besonders dann, wenn sie mißglückten. Zeit sollte man lieber dem Zeitlosen widmen, wie er es tat, wenn er jetzt zu den kalten und geometrischen Feuern des Orion emporstarrte – o dieser unbegreifliche Gürtel, dieser Besatz aus geraden Kugeln! Und darunter brannte der Sirius, der wie ein diamantener Hund hinter dem Jäger Orion einherflog ... So lange schon! Seit der Knabenzeit Bennos und seit der Knabenzeit der Erde!
So kam er ans Schöneberger Ufer. Rechts und links, über schwachen Laternen, der leblose Bergzug der Mietspaläste. Seit beinahe einer halben Stunde war Benno kaum einem Menschen begegnet. Er genoß in einer wohligen Weise die Tiefe seiner Einsamkeit und die Weltraumkälte aus einem Gitter, das er mit tastender Hand bestrich. Er dachte, wie es eigentlich wäre, wenn ihm jetzt einer entgegenkäme, groß wie er selbst, doch gelenkiger, mit einem alten Schlapphut bedeckt, ein Gewehr im verschränkten Arm und die Mündung nach unten gebogen, als wittere es am Boden hin ... Er mußte an Pedrotti denken.

Was für eine Gestalt war dies! Er grübelte. Er dachte daran, daß dieser Pedrotti während des Krieges wahrscheinlich kein Blut vergossen habe. Daß er in seiner Felsenkulisse, in seinem undurchdringlichen Busch, das Gewehr auf den Knien, gesessen habe. Feind jeder Ordnung, also auch dieser: Menschen zu töten, saß er da. Was gab es unter den hohen Sternen und zwischen den Menschenkäfigen für freie, kühne und seltsame Dinge!

Rubenson blieb schnaufend stehn. Er befand sich jetzt am Lützowufer. Er seufzte: Umwelt und Gegenwart kamen her und erinnerten ihn.

Kopfschüttelnd setzte er den Weg fort. Er dachte beklommen an seine Schulden, an die furchtbaren Verbindlichkeiten, die er auf sich genommen hatte. Banken und Rechtsanwälte drängten. Hatte Pedrotti Wechselschulden? Sicherlich nicht. Alles war viel leichter, wenn man ein Gewehr besaß. Das Geld war eine sinnlose Schlinge... Ach, die Krankheit schwächte ihn! Sein Glück und seine Aktivität schwanden hin, er war nicht der alte. Ganze Tage verbrachte er in halluzinatorischem Traum – und es war gar nicht ausgemacht, ob er den heutigen Besuch Pößleithners und des jungen Narren eigentlich nicht geträumt hatte. Nein, es war wirklich! Seltsamerweise gewann es durch Pedrotti Wahrheit. In der Brieftasche, unter der Achselhöhle, mit seinem eigenen Blute gewärmt, hielt er die Wahrheit: den Zeitungsausschnitt.

Aber was sollte ihm dieser Pedrotti? Was in einer Zeitung stand, das war schließlich noch lange nicht wahr. Man kannte die Herren Einsender! Für ein Zeilenhonorar erfanden sie Kriege und Revolutionen; erfanden sie Verwicklungen, nur, um sie wieder abzuwickeln. Für die mit Wickeln verbrachte Zeit wurden sie dann am Ende bezahlt. Vielleicht gab es gar keinen Pedrotti! Wie hätte es einen geben können? Vielleicht war Pedrotti nur ein Traum – ein schöner und männlicher Zirkustraum für gequälte Erwachsene. Ein Traum von großer Equilibristik, vom freien Schweben überm Geld, überm Staat und über der Erziehung durch die Zivilisation. Man las es, man durchträumte es – und man vergaß ein wenig den Alpdruck. Am Rande aber des Zeitungspapiers begann die wirkliche Welt von neuem.

Benno trat aus dem Tiergarten heraus. Mit ungeheurem Licht- und Lärmschuß nahm die Joachimsthaler Straße seine Müdigkeit in Empfang. Ein Bergrutsch von Menschen war unterwegs. Zwischen der Kreuzung des Kurfürstendamms und dem Bahnhof Zoologischer Garten wälzten sich zähe Gesichter und Hüte. Violett, burgunderrot, rosa jagte das Buchstabenheer durch den Himmel. Titel von Filmen skalpierten die Nacht.

Benno mochte traurig sein: an dieser Stelle, jedesmal, verlief sich seine Melancholie. Ein neues Wasser drang auf ihn zu und hob seinen schweren Körper auf. An der Joachimsthaler Straße bekamen alle Dinge der Welt ein andres spezifisches Gewicht. Es waren die riesigen Filmpaläste, aus denen die Kräfte dieser Zeit schossen und in die Straßen drängten. Nicht bös, nicht gut. Es waren Kräfte. Benno bewunderte den Erfolg. An dieser Stelle seines Spaziergangs schien das Erfolgreiche göttlich zu sein. Da standen die großen Kinopaläste und lockten mit Fontänen aus Licht, die auf ihrer Stirnseite tanzten. In ihre aufgezogenen Schleusen schlürften sie den Menschenstrom ein. Hut an Hut, Gesicht an Gesicht. Es durfte keiner draußen bleiben, keiner krank werden oder sterben, bevor er nicht Jannings gesehen hatte oder Chaplin und Pola Negri.

Welch Phänomen: von keinem Theater keines Zeitalters je erreicht – dieser Hineinstrom von Regimentern, von Divisionen, von Armeen! Freiwillig kamen sie? Was war Wille? Reklame hatte sich in die Körper und in die Seelen genistet wie Gas. Mit jedem Atemzug nahm die Lunge, verteilt auf einen Kubikmeter Luft, zerstäubte Wünsche und Lockungen auf. Die Augen, die

Finger, der Unterleib, alles gehorchte fremdem Befehl. Dem Diktat gewaltiger Großherren.
So strömten sie, von den Fangarmen des Lichts, der Plakate, der Zeitungen hereingeschaufelt, in den Palast. Um vor das große Maschinengewehr der Projektoren getrieben zu werden. Vor den rasenden Zelluloidstreif. Die Linse, gleichmütig und kalt, gab zwanzig Schüsse in der Sekunde. Das machte zwölfhundert in der Minute. Von Patronen aus Zelluloid wurden die Gehirne durchschossen, verwundet und schon wieder bepflastert. Kilometerlange Streifen entluden sich ohne Unterbrechung, entluden sich knatternd in eine Salve von Bildern, die im menschlichen Fleisch Hunger und Sättigung, Wollust und Leiden, Lachen und Tränen zugleich erregten.
Es war ein Gottesurteil, wer neben der Mitrailleuse stehen durfte! Wem der bedruckte, bebilderte Streifen Zelluloid gehörte, der in die Menge geschossen wurde. Rubenson gehörte er nicht. Der Erfolg hatte gegen ihn gesprochen. Seit einem Jahr lief kein Rubens-Film. Nur in den schlechten Vorstädten, in den halberleuchteten Höhlen, über wackligen Klavieren, geisterte seine alte Ware.
Der Gedanke an die Vorstadt machte ihn sogleich wieder müde. Ihm wurde schwer. Seine Unterlippe spürte als erstes die Anziehung der Erde. Sie löste sich von den Zähnen. Hoffnungslose Traurigkeit stieg von seinen Füßen empor.
Er schloß sein Haus in der Kantstraße auf. Der Fahrstuhl lief in den vierten Stock. Die große Junggesellenwohnung: Zehn Zimmer, aus seiner besten Zeit; sie schmeichelten ihm geisterhaft mit einem Duft sehr guter Zigarre und brasilianischen Kaffees entgegen. Beides durfte er nicht mehr genießen. Aber atomisch verfeint und zerstäubt saß die Erinnerung an dies Glück allenthalben in Leder und Holz.
Mit Ausnahme des Schlafzimmers und des großen Speisezimmers waren die sechs übrigen Zimmer in einer wollüstigen Weise

als Liege-Denkzimmer eingerichtet. Jedes enthielt einen großen Diwan und einen festungsartigen Schreibtisch. Sechsmal wiederholte sich, mit geringer Abweichung, dieses System. Die Post aber fand er im letzten Zimmer, das hinter dem Speisezimmer lag.
Er öffnete sie im Stehen und im Mantel. Das Papiermesser, sinnlose Waffe, hielt er in seiner rechten Hand. Er stand und las. Er las sieben Briefe.
Mit kleinen Varianten, siebenmal, enthielten alle Briefe dasselbe. Drohung und würgende Schreie nach Geld. Ein Wechsel war zu Protest gegangen. Ein anderer war nicht prolongiert. Zwei Banken klagten auf Rückgabe von Krediten. Ein Rechtsanwalt drohte mit einer Strafanzeige. Sechstens wurde mitgeteilt, daß die Ibis-Verleihanstalt in Konkurs gegangen sei, und Rubenson kein Geld sehen werde. Siebentens war sein großer Prozeß in dritter Instanz endgültig verloren.
Das Mädchen trippelte herein und nahm dem Erstarrten den Mantel ab.
»Etwas viel für einen Tag!« murmelte Benno. »Auf sieben Tage verteilt, wäre es eigentlich besser gewesen.«
Aber warum auf sieben Tage? Vielleicht war es besser so, viel besser. Endlich hörte man auf zu hoffen.
»Ein Todesurteil darf nicht dosiert sein!« Er wog die Briefe in der Hand. Sehr leicht auf einer Briefwaage. Sehr schwer auf einem lebendigen Dasein. Plötzlich schnupperte er in die Luft. Ihm war, als ob er Bitteres röche. Er kehrte seinen Schreibtischstuhl um und sah beleimtes Siegelpapier. Dann faßte er hinter den Eichenschrank und nahm die Pfändungsmarke ab.
»Unter das Sofa«, sagte er, »werde ich wahrhaftig nicht kriechen.« Er lächelte vor sich hin.
»Ich werde mich überhaupt nicht bemühen, nur noch ein wenig rechnen will ich.«
Er drehte die Studierlampe an. Er nahm Papier. Er setzte sich in

seinen breiten Stuhl und addierte. Gleichgültig, als besorge er für einen Fremden fremde Arbeit, zog er den summarischen Strich. Der Mann, dem diese Ziffern galten, schuldete (Ende Januar geschah es, daß er dies erkannte) im März und spätestens im April die Summe von fünfzigtausend Mark. Genauer: vierundfünfzigtausend. Diese Summe stand fest. An ihr war nicht zu rütteln. Vielleicht konnte sie durch Drehen und Wenden, durch kleine Kredite sich noch vermehren – doch niemals konnte sie verschwinden. Dem Mann, dem diese Ziffern galten, konnte niemand die Vollsumme borgen. Auch wenn er seine Möbel verkaufte, wenn er Bettlade, Stühle und Tisch, silberne Gabeln und Kelchgläser zu einer Pyramide auftürmte und sie zu ersteigen begann: erreichte ihre Höhe niemals die schwindelnde Höhe jener Ziffer.

Aber solche Evolutionen turnerischer und alberner Art kamen dem Manne gar nicht bei. Er dachte: Schluß! Und knallte die Lade mit gutem berlinischen Ruck in den Schreibtisch. Er ging – noch immer, als handle es sich gar nicht um ihn – ans Fenster und lehnte die Stirn an die Scheibe. Da sah er hinter dunklen Fassaden zwischen einem der Wohnblöcke einen kleinen Hof ausgespart. Und sah schon ein paar Schlittschuhläufer, die sich hier geisterhaft tummelten. Gebeugt und gleich wieder aufgerichtet, ein gespenstisch anmutendes Glück. Seltsam, daß zwischen dunklen Häusern im Eingeweide eines Stadtteils ein solches Schweben möglich war, Freiheit und Tanzen um sich selbst. Auch eine Musik schien mit dabei: auf schwach beleuchteter Estrade saß wirklich mit dicken Fausthandschuhen ein Blasorchester von drei Mann. Sie machten das Ganze noch rührender, noch zweckbefreiter und ländlicher. Hinabstarrend auf so Unwirkliches wunderte Rubenson sich nicht mehr, daß das Eis zu schmelzen begann. Die Eisläufer fuhren im Wasser umher, eine goldene Lichtbrechung machte das Bild plötzlich unsicher.

Es war nicht der Tauwind. Es waren Tränen. Unaufhörlich strömten sie; auch als Direktor Rubenson sich längst vom Fenster weggewandt und mit dem ganzen Oberkörper auf den Schreibtisch gelegt hatte. Geblendet vom Weinen tastete er in seinen großen Aktenschrank. Im untersten Fach gab es einen Hammer, ein ausrangiertes Tintenschreibzeug, gab es Kartenbücher für Automobile und dahinter, unkenntlich versteckt, das alte Schullesebuch, das er suchte. Er schlug es auf; doch nicht Klopstocks »Eislauf« suchte er mit dem Zeigefinger; was sollte er damit; das war ihm nichts. Er suchte ein gutes, warmes Gedicht: ein Gedicht, in dem es taute. Da stand es schon! Da hatte er's! Er wischte das Wasser aus dem Auge, und während das Herz ihm groß wurde, las er's wie in der Knabenzeit vor:

Es schienen so golden die Sterne.
Am Fenster ich einsam stand.
Da hört' ich in weiter Ferne
ein Posthorn im stillen Land.

Es waren Eichendorffs uralte Worte. Geheimnisvoll wie der Zug der Vögel, der von Norden nach Süden strömt.
Schon waren seine Tränen versiegt im Leuchten dieser gefügten Worte. Gleich mußte ein Wort »entbrennte« kommen. Wie freute er sich auf dies Wort »entbrennte«! Da war es – wahrhaftig, wie dazumal! Noch hatte es seine Stellung inne wie im Gefühl der Knabenzeit:

Das Herz mir im Leib entbrennte,
da hab' ich mir heimlich gedacht:
Ach, wer da mitreisen könnte
in die prächtige Sommernacht!
Zwei junge Gesellen gingen
vorüber am Bergeshang,
ich hörte im Wandern sie singen

Wie Harfengriffe gingen Schauer über das Herz des Einsamen. Es gibt einen Magnetismus der Völker, dem Erdmagnetismus entgegengesetzt, der von Norden nach Süden führt. »Nicht hier will ich sterben!« dachte er. »Auch in Italien kann man liegen!« Aber er dachte es schmerzlos und leicht.
Er sah die Buchstaben nicht mehr. In seinem Gehirn ging die Oberstimme auf den bekannten Worten weiter:

mit Gärten, die überm Gestein
in dämmernden Lauben verwildern,
Palästen im Mondenschein

– aber darunter meldete sich das eigene, das kräftig einsetzende Leben, mit einem Blick auf fliegende Segel und auf ein veilchenfarbenes Meer. Es war nicht der Tod – es war die Arbeit.
Er nahm aus seiner Brieftasche den Aufsatz über den Räuber Pedrotti hervor und aus der Schublade weißes Papier. Ohne noch einmal aufzublicken, begann er mit kräftigen Zügen zu schreiben.

Der Mohnblumen-Twostep

Die Menschen, die am Kaiserdamm wohnen, droben zwischen dem Reichskanzlerplatz und dem Sophie-Charlotte-Platz – viele Berliner glauben es – können nie mehr ganz unglücklich werden. Es ist der Funkturm, der sie emporhebt. Dieser elektrisch geladene Finger, der den Mantel tönenden Raums um sich versammelt, scheint sie zu trösten. Bankrotte und Leichenbegängnisse vermag dieser Leuchtturm abzuschwächen. Dieser Obelisk des Hörens, von dem es Gewitter und Zeichen regnet, zerstreut das Leid des einzelnen in den Weltraum und mindert es so.

»Ja, hier ist es wirklich schön!« dachte Benno aus unklaren Gründen, als er eins dieser Häuser betrat und, statt zu fahren, drei Treppenabsätze zu immer helleren Flurfenstern aufstieg. Er läutete bei der Baronin Bergmann.

Der Salon, er sah umher, schien ihm etwas größer geworden. Doch das mochte Täuschung sein. Er war beinahe ein halbes Jahr nicht bei der Baronin gewesen. Damals hatte man auf dem Balkon Bowle getrunken. Mit Großkaufleuten, mit Ausländern. Sehr feine Bekannte hatte Clothilde. Ein wenig Scheu, ein wenig Neid, war auf »sehr«, auf »fein« und »Bekannte« in der Erinnerung hingestäubt.

Nein, das Klavier war umgestellt. Dadurch gewann das Zimmer an Größe. Er nahm zwei Stoffharlekine vom Flügel, schlug den Deckel träumerisch auf und probierte mit einem Finger:

Er wunderte sich. Was war das nur? Er zog sich einen Sessel heran und unterminierte die Melodie nach dem Gedächtnis mit einer Begleitung.

Zwanzig Jahre hatte er an den Mohnblumen-Twostep nicht

mehr gedacht. Welch sonderbar-unheimlicher Kasten war doch das menschliche Gehirn und welch ein Münzprägewerk das Gedächtnis! Er spielte noch einmal und genoß:
Mohnblumen wuchsen aus jedem Ton und die Jugend und Frauenkleider, wie Mohnblätter absickernd bei der Berührung. Diese Töne im Gehör hatte er auf Clothilde gewartet, im Jahre neunzehnhundertundsieben, als sie noch Liebesleute waren. Er sah sich: er stand vor dem Eckhause, an der Koch- und Charlottenstraße. Aufsummend und das Lied übertönend, bog ein Wagen der Straßenbahn um die Kurve. Abklingend entschwand er – und die zweite Passage des Twostep war da, so groß und warm wie der Sommernachmittag auf allen Straßen. Wie schön war das Warten!
Was für ein Tanz der Twostep war! Dieses gehobene leichte Schreiten. Ah, wie die Brust auflebte, wenn er an diesen Vorkriegsschritt dachte. Dies frohe Atmen, dieser Glanz in den vorwärtsgerichteten Augen. So ruhig, so jung, so stolz war das Leben! (Schrecklich, wie sie heute tanzten ... sich verzerrten und stampften und schäumten.)
Er wartete wieder. In einem Bade von warmer Luft wartete Benno Rubenson, bis oben ein leichter Lärm entstand. Im Atelier von Estella Beiler schlugen die Türen Feierabend. Die Modistinnen trippelten nieder. Allen voran wehte sie, die Eine, die Treppe herab in seinen Arm. Wie ein rotes Mohnblatt: Clothilde.
Da war sie, von Benno unbemerkt, plötzlich mitten ins Zimmer getreten, die Baronin Else Clothilde Bergmann. Ihre Größe und ihre Geradheit erfüllten noch immer jeden Raum mit einer Erinnerung an Pflanzen. Sie war von jener Vorkriegs-Schlankheit, die nicht durch angstvolles Training erzeugt wird, sondern die etwas Geborenes war. Ihr blondes Haar war noch immer wie damals in einen fallenden Knoten gerollt. Das einzige, was ihr abgewelkt war, war tragischerweise ihr Gesicht. Ihr Antlitz war älter als ihr Körper. Über der lebensschönen Gestalt die Ruine

dieses Gesichts zu sehen, war schmerzlich und war unheimlich. Aus den Jahren des großen Schreckens waren nicht nur Kriegskrüppel: auch Zeitkrüppel waren hervorgegangen. Was nützte es, daß ein Busen schön war, wenn zwei Handbreiten darüber der nichts mehr verschweigende Hals begann: ein mit den Eintragungen des Lebens wissend bedecktes Pergament.

Sie streckte ihre rechte Hand aus: »Was, du spielst den Mohnblumen-Twostep? Guter Benno! Wie lange... seit damals hab' ich an den nicht mehr gedacht!«

Er stand nicht vom Stuhl auf. Als alter Freund konnte er sich derlei erlauben. Er nahm die rechte Hand der Baronin eindringlich zwischen seine eigenen und sagte halb wehmütig, halb galant: »Es hätte anders kommen sollen mit uns beiden: meinst du nicht?«

Clothilde war unangenehm berührt. »Was hätte anders kommen sollen?« dachte sie und erhob unschlüssig die rechte Schulter. Ihre Hand war zwischen den seinen gefangen. Beinahe hätte sie sich befreit. Sie unterließ es aus Zartgefühl. Denn plötzlich mußte sie daran denken, wie sie sich damals befreit hatte...

Damals? Benno Rubenson war damals mehr gewesen als sie. Rayonchef im Warenhaus. Etwas Großes. Herr über Wertheims Seidenabteilung. Einer jener Etagen-Satrapen, die, wo alles arbeiten, bedienen, rennen, verkaufen mußte, mit einer vornehmen Handbewegung Aufsicht führten und Auskunft gaben. Fünfzig Mädchen, wie sie eines war, mußten ihm gehorchen. Sie selbst war nichts. Sie war eine kleine Schneiderin im Atelier von Estella Beiler. Wenn sie die Treppe hinunterlief, in den mohnfarbenen Sommerabend, stand er schon drunten. Ein Einspänner, manchmal sogar ein Automobil, führte sie nach Halensee, Nikolassee oder Schlachtensee, in den Kranz musizierender Vorstädte, der mit seiner Nacht von Lampions, Kieferndunst und Havelwasser im Bogen um Berlin gespannt war.

Junge Kaufleute und Studenten, manchmal sogar Offiziere aus Potsdam tanzten dort... Wie schön, diese Sommer!

...Und wie seltsam war damals das Leben! Beispielsweise ging keine Dame jemals ohne Sonnenschirm aus, weil die Haut nicht braun werden durfte, und weil man um jeden Preis als Städterin zu erscheinen hatte. (Kopfschüttelnd mußte sie es bedenken.) Sonderbare Zeiten fürwahr! Auch dadurch waren sie ausgezeichnet, daß man weniger Geographie konnte. Viele Leute glaubten damals, daß Antwerpen in Holland läge. Man verwechselte Danzig mit Königsberg... denn beide waren nicht Berlin. Zwar reiste Kaiser Wilhelm viel – und es war nicht ohne Reiz, es auf der Karte zu verfolgen –, doch seinen dauernden Aufenthalt hatte er, genau wie Wertheim, nur in Berlin. Wo war es denn schöner? In Berlin konnte man alles herstellen und kaufen.

»Kaufen?« grübelte sie. »Wirklich kaufen?« Man wußte nur, daß man glücklich war und zu wenig Geld besaß. Zumindest war man nicht unglücklich wegen Nichtbesitz von Geld. Da nämlich alle Menschen sparten, fiel es damals nicht weiter auf, wenn irgendeiner kein Geld hatte... »Neunzehnhundertundsiebenundzwanzig«, dachte sie, »ist das leider ganz anders!«

Clothilde versank in tiefes Sinnen. Als sie staunend daraus erwachte, stand sie noch immer am Klavier, und noch immer lag ihre eigene Hand in Bennos rechter und linker Hand wie in einer Büchse aus Schlaf.

Sie machte sich los. »Wie siehst du nur aus?« fragte sie plötzlich sehr erschrocken.

»Ich? Um Gottes willen! Wieso!«

Ängstlich schnaufend stand er vom Stuhl auf. Er sah im Spiegel sein dickes Gesicht. Blutleer, nicht ärger zerstört als sonst. Aber die Baronin Bergmann hatte ihn monatelang nicht gesehn; und das machte ihr Urteil bedrückend.

»Findest du, daß ich sehr schlecht aussehe?« Er griff sich mit der rechten Hand zunächst nach dem Herzen, dann nach dem Puls.

»Es ist mir aber durchaus nicht unwohl!« Er ging aufs neue vor den Spiegel und zog die Bindehaut des Auges und die Farbe des Zahnfleisches sehr nahe in seine Betrachtung hinein.
»Vielleicht? Die Treppen... Du verstehst! Du wirst so lieb sein mir zu erlauben, daß ich mich aufs Sofa lege?«
Sie lächelte. »Nur immer zu! Du hast doch immer gern gelegen.« Sie schüttelte die Kissen zurecht.
»Ich erinnere mich genau, wie du mir das einmal erklärt hast. Der Mangel an hohem und tiefem Denken, sagtest du, kommt bei den Menschen daher, daß sie fast niemals im Liegen denken. Die Augenstellung muß vertikal sein, sagtest du, wenn man denken will!«
Rubenson streckte sich aus und lachte. »Hab' ich das damals wirklich gesagt? Möglich, daß ich es geglaubt hab'. Vielleicht hab' ich nur meine Faulheit mit klugen Worten verdecken wollen!«
»Gelogen hast du allerdings viel!« sagte sie einfach und konstatierend.
»Und hat dir das an mir mißfallen?«
Sie lachte laut auf: »Im Gegenteil! Phantastisch und männlich... geradezu südländisch kam es mir vor!«
»Was gefiel dir *nicht*?«
»Ach, laß das!« machte sie stirnrunzelnd.
Bindungen zwischen Mann und Frau sind rätselhaft. Plötzlich enden sie. Wenn sie sich richtig erinnerte, hatte Benno sich nicht gescheut, ihr einmal wie einer gehorsamen Hirschkuh die breite Hand auf den Kopf zu legen: sein unvornehmes Besitzergefühl hatte sie in Gesellschaft verletzt... So war es gewesen? Ja, vielleicht... Und *gut*, daß es so gewesen war! Denn schon der nächste Tag brachte Wandlung: als über den Sand von Heringsdorf (diesen sonnenflimmernden Sand) der kleine alte Mann auf sie zukam, mit den elastischen weißen Schuhen... Der kleine Mann, der ein Mäzen war... Er ließ sie Gesang und Sprachen

lernen... Neunzehnhundertundacht bis -dreizehn: welch ein Jahrfünft des Aufstiegs für sie! Engagements in Meiningen, Bamberg, München. Dann kam der Krieg. Zwei Stunden vor dem Ausrücken Trauung mit dem Baron von Bergmann, Major im Bayerischen Leibregiment. Zehn Wochen später war er gefallen. Er ließ ihr den Namen; doch kein Vermögen.

Benno hatte die Augen geschlossen und seufzte. Warum seufzte er? Clothilde, die ihn betrachtete, fand, daß er Bergmann nicht unähnlich sei. Auch der Baron war eigentlich schwer, ungeschlacht, geistreich und weich gewesen. Schrecklich! Niemand kannte sein Grab. Wozu lebten all diese Männer? Major im Bayerischen Leibregiment: Wozu gab es Leibregimenter? Regimenter von Leibern – wie unsympathisch! Dreizehn Jahre nach Kriegsbeginn konnte man sich's nicht mehr vorstellen. »Leibregiment« klang wie »Leibriemen«. Enger schnallen? Sich aufhängen? Ein Trio aus Hunger, Leder und Schweiß roch unsagbar widerlich aus dieser Erinnerung heraus.

Der Baron hätte eben nicht sterben dürfen! Sie hatte ihn und seine Stellung in der Gesellschaft heiraten wollen. Nicht aber seinen leeren Namen, ihr Witwentum und die Jammerpension. Besonders nicht in einer Zeit, in der die Offizierswitwen verbreitet waren wie Schornsteinruß.

Jetzt seufzte Benno so herzzerbrechend, daß sie kopfschüttelnd zurückkehrte. Er hatte die Hand auf den Mund gelegt, was den Schall seines Jammers verstärkte. Es klang nach verlorenem Jerusalem.

»Warum sollte es mir gut gehn? Wie könnte ich gesünder sein? Manchmal denke ich«, klagte Benno, »ob es nicht besser gewesen wäre, Etagenchef bei Wertheim zu bleiben. (Laß nur, Kind, ich weiß genau, was du sagen willst: es ist falsch!) Zweierlei wirst du mir zugeben müssen. Zunächst ist Wertheim nicht in Konkurs; und dann: einen tüchtigen Mann wie mich hätte man nie abgebaut. Kurz, ich hätte keine Sorgen...«

Sie streichelte kopfschüttelnd seine Stirn. »Ja, glaubst du denn, ich hätte keine?«

»Desto schlimmer!« sagte er mit einem greinenden Nebenton. Eigensinnig wie ein Kind ergriff er ihren Unterarm und drückte seine Nägel hinein. »Dann war eben damals alles vergebens, und du hättest mich nicht zu verlassen brauchen! – Als du damals von mir gingst, um singen zu lernen: da machte auch ich einen tollen Hechtsprung aus meiner verachteten Branche heraus ... aus diesem Warenhaus, das ich haßte. Ich wollte dir gleich werden – Künstler sein!«

Clothilde bekam irisierende Augen. »Und ist dir das vielleicht nicht geglückt? Bist du nicht etwas ganz Großes geworden? Wer hat zuerst europäische Filme hergestellt – ›Alexander den Großen‹ auf die Leinwand gebracht? Wer war das?«

»Wo ist es jetzt?« fuhr er fort zu klagen. »Überholt! Vergessen!«

»Ja, hast du denn kein Gefühl dafür, daß es einmal gewesen ist?«

»Was heißt, gewesen. Ein Sprichwort sagt: Fürs Gewesene gibt der Jude nichts. Gewesener Ruhm gehört – nun ja, ich will nicht sagen, wohin er gehört. Wenn ich jetzt kein Geld habe, habe ich niemals welches gehabt!«

Clothilde sah ihn staunend an. »Die Juden sind doch seltsame Leute!« mußte sie immer wieder denken. »Sie können Heldentaten verrichten. Am Schlusse aber kommt es heraus: sie machten alles aus Sentiment ... Aus lauter Weichheit waren sie hart ... Sie waren alles, nur keine Helden!«

Er las ihr vom Auge ab, was sie dachte, und fing an ärgerlich zu werden ... Ich könnte sie jetzt eigentlich fragen, ob es sie heute trösten würde, früher schön gewesen zu sein –

Die Grollstimmung machte ihn gleich gesünder. Er sprang vom Sofa auf und begann große Gänge durchs Zimmer zu tun.

»Jetzt gefällst du mir besser!« dachte Clothilde. Sie läutete der Dienerin.

Ein Teewagen wurde hereingeschoben.

Sie strich ein Brötchen und gab es ihm.
»Die Erdbeermarmelade ist gut!« sagte er und begann zu essen. Mit kleinen Augen und starken Kiefern. Mit krachender Eile. Sie konnte kaum die nächsten Brötchen rechtzeitig vollenden.
Lächelnd saß sie ihm gegenüber: dem großen, schweren, gefährlichen Mann – dem eigensinnig gefräßigen Kind, vor dessen Griff sie als Mädchen gebebt hatte.
Wenn er wirklich ihr zuliebe nicht mehr Rayonchef bei Wertheim war: wenn er wirklich, um sie zu ärgern, damals dem Film in ganz Europa neue Wege gewiesen hatte, so konnte sie ein wenig stolz sein.
Aber plötzlich seufzte sie. Unsichtbare Winde drehten ihre Empfindungen jählings um: Gedanken, völlig gegnerisch denen, die sie noch eben geäußert hatte, schaukelten durch ihren Kopf.
»Was ist die Jugend«, seufzte sie. »Was war sie eigentlich, diese Jugend? Immer mehr komme ich dahinter: weniger ein Besitz an Gütern als die Fähigkeit zur Illusion! Die schrankenlose Fähigkeit, ein Morgen, das vielleicht nie ankam, zu diskontieren und mit ihm zu leben!« Sie schüttelte den Kopf. »Sehr seltsam! Heut hat man wirklich nur das, was man hat – und aus dieser Tatsache erfährt man, daß man alt wurde!«
»Das stimmt aber gar nicht!« sagte Benno. »Siehst du, ich lebe seit vierzehn Tagen völlig in einer Illusion. Ich könnte sogar dies Wort verstärken und Halluzination dafür sagen! Ich bilde mir ein, ich sei in Italien, oder ich führe nach Italien, um dort eine Idee zu kurbeln. Dabei habe ich gar kein Geld – zumindest nicht im Entfernten so viel, wie dieser Film mich kosten würde. Und doch«, er zog triumphierend ein Päckchen von Blättern aus der Rocktasche, »habe ich in wenigen Tagen das Drehbuch fertig herunterdiktiert!«
Sie griff danach: »Du machst wohl Scherz?«
»Durchaus nicht. Lies nur!«
Sie las:

ERSTES BILD

»Auf einer Mauer im Süden liegt eine junge Frau in einem hellen, losen Kleid. Langsam gleitet hinter ihr ein buschbestandener Abgrund herauf, eine Bucht, in die das Meer schlägt. Es ist sehr sonnig, und die Wellen, die von fern und mit Ruhe anlaufen, sind wie die langen, flachen Ränder eines antiken Bronzetellers. Alles ist Ruhe, die liegende Frau, die zwischen Zähnen einen Halm dreht, ruht, ohne zu denken. In ihren Armen, in ihren strumpflosen, edlen Knöcheln träumt das Leben. Die Eidechse, die einen Augenblick an der Mauer mit atmender Kehle still verharrt, ehe sie fortschlüpft, ist ihr Gleichnis.

Das Auge der Frau, das in die Tiefe des Hintergrunds hinsieht, ohne zu suchen, sieht

ZWEITES BILD

zwei nackte Männer. Es sind ihre Reisegefährten; wie sie, sind es keine Südländer. Der eine ist etwa fünfunddreißig, der andere fünfundzwanzig Jahre. Mit nassen Gesichtern (sie haben getaucht, und das Wasser rinnt noch aus ihren Haaren) führen sie ein Segelboot durch die leicht schaumige Brandung zur Bucht. Sie stehn bis zu den Knien im Wasser (nicht etwa bis zu Bauch oder Brust; weil die Halbierung des menschlichen Körpers durch die Wasserfläche lächerlich wirkt). Wie die Eidechse zu jener Frau, so gehört zu ihnen das Segelboot mit dem leicht flatternden Dreiecksegel. Es entspricht ihren hochbeinigen Körpern, auf deren Nässe die Sonne spielt. Der eine ruft den Namen der Frau durch hohle Hände zum Hügel hinauf. Es macht einen Augenblick den Eindruck, als bliese er auf einer Muschel. Und wie sich sein Gefährte ins Meer bückt, zieht er auch wirklich eine herauf und wirft sie gleich achtlos wieder fort. Denn hier ist alles Überfluß ...«

Sie sagte nervös: »Nicht uninteressant! Aber ich kann jetzt

wirklich nicht zweihundert Maschinenseiten lesen. – Extrakt, Extrakt, wenn ich bitten darf! Willst du mir nicht den Inhalt erzählen?«

»Ach, laß doch!« machte er spielerisch. »Ich hab' das nur für mich selbst geschrieben. Eine Marotte! Durchaus nicht mehr! – Wäre sehr hübsch, wenn man Geld hätte. So bleibt es nur Dichtung. Du siehst also: man hat noch immer Illusionen, man wendet viele Stunden an sie und ist bezahlt genug durch den Traum. Man ist noch immer ein kleines Kind und spielt sich im verdunkelten Zimmer auf der Laterna Magica vor!«

»Laß das doch!« entfuhr es ihr. »Ich kenne dich zu gut! Das ist Unsinn! Entweder du sagst mir die Idee – oder ich bin dir für immer böse!«

»Die Idee«, sagte er gleichmütig, »ist allerdings ganz ausgezeichnet! Mehr: Sie ist der Kohinoor unter allen Filmideen. Ich habe durchaus kein Bedenken, sie dir schließlich zu erzählen. Es ist eine völlig wahre Geschichte, die auf der Insel Sardinien spielt. Vor zwanzig oder dreißig Jahren flüchtete dort ein Mann, ich glaube, es war ein Fleischhauer oder Schuster, wegen Eifersuchtsattentats in den Busch. Die Polizei suchte ihn lange vergebens. Als sie ihn schließlich gestellt hatte, war er aber nicht mehr allein. Er hatte etwa zwanzig Kerle, dunkles Gelichter, herangezogen. Sie formierten eine Räuberbande, du verstehst, eine Sache à la Karl Moor, pour corriger les mœurs de l'homme. Einem reichen Podestà wurden Säcke mit Mais gestohlen, einem bestechlichen Advokaten verschwand ein Kasten mit silbernen Löffeln und tauchte bei einer Braut wieder auf, die ausgesteuert werden sollte. Natürlich gab es nicht nur Späße, sondern auch schlimmere Dinge: selbst Morde.«

»In einem Lustspiel?«

»Es ist kein Lustspiel. Wirklichkeit, die sehr bizarr und sehr ernsthaft ist. Die Bande Pedrottis etablierte sich schließlich als eine Art Macht auf Sardinien. Neben der Staatsmacht.«

»Was tat die?«
»Sie drückte anscheinend zwei Augen zu. Ihre unteren Organe, die Gendarmerie und Polizei, waren vielleicht zahlenmäßig zu schwach, um die Schlupfwinkel dieser Insel von der Bande Pedrottis zu säubern. Vielleicht aber waren sie auch bestochen!«
»Ungeheuerlich!« sagte Clothilde.
»Doch dies duldende Verhältnis, das dir so ungeheuerlich scheint, hatte auch wiederum sein Gutes. Gerade die Langmut der Gendarmerie brach den Räubern die Zähne aus. Aus einer Art von Courtoisie machten sie wirklich nichts Schlimmes mehr. Sie führen seit geraumer Zeit eigentlich nur noch den Titel ›Räuber‹. Sie ernähren sich von etwas anderem.«
Clothilde war blaß vor Aufmerksamkeit: »Wovon denn?«
»Ja, jetzt wirst du lachen! Sie ernähren sich vom Fremdenverkehr.«
Clothilde sprang auf. »Das ist ja unmöglich!«
»Nicht möglich? Es ist so! Du weißt nämlich nicht: Sardinien ist eine Touristeninsel, die sehr abseits vom Fremdenstrom liegt. Sie hat wenig Komfort und fast gar keine Bahnen. Womit kann man da Fremde ködern? Halb unbewußt und halb bewußt tut man es mit der Pedrotti-Bande. Es kitzelt die reichen Amerikaner, die Schweden oder die Holländer (denn hauptsächlich die germanischen Rassen sind es, die darauf hereinfallen), richtige Räuber zu erleben. Tagelang durch Einöde zu irren, durch Stein und Busch und Meergeröll, um schließlich in einer Art Carmenschlucht mit Gewehrschüssen empfangen zu werden, und in einem verfallenen Gasthaus mit Pedrotti öligen Wein zu trinken. Seine Renommistereien zu hören und seine Lebensgeschichte! Die Bande auf einer Streife gegen die Polizei zu begleiten: welch eine Aufregung für Leute, die aus geordneten Staaten kommen!«
»Streife gegen die Polizei? Mit der sich Pedrotti vertragen hat?«
»Nein, so ist es auch wieder nicht! Er hat sich mit einzelnen Beamten, doch nicht mit der Polizei vertragen! Wenn der Präfekt

in Sássari wechselt, kann dieser halbe Friedenszustand überhaupt wieder Kriegszustand werden. Es sind unklare Verhältnisse, korrupte Verhältnisse, wenn du willst, theatralische – aber kein Theater. Was den Fremden dort gezeigt wird, ist zwar romantisch – aber auch mehr. Dieses Sichaufspielen vor Fremden ist zumindest für Pedrotti ein Spiel mit nicht geringem Einsatz.«

Clothilde stützte ihr Kinn in die Hand. Sie schwiegen beide eine Weile. »Ich verstehe!« sagte sie schließlich.

»Es ist mir angenehm, daß du verstehst. Aber verstehst du auch den Clou? Den Adler? Das Einmalig-Unerhörte, das man wagen muß, um den Film aus der Sphäre des Kostümfilms ins Dokumentarische zu rollen? Es darf kein Atelierfilm werden! Pedrotti selber muß ihn spielen!«

Clothilde sprang auf. Sie begann zu schreien. Sie fuhr sich mit den Händen ins Haar:

»Und dafür hast du kein Geld?«

»Ich habe überhaupt kein Geld!«

Sie fegte durchs Zimmer. Die herrlichen Beine, die geistige Ergriffenheit vereinigten sich, als sie umdrehte, zu einem Wirbel mänadischen Lebens. Brennend blieb sie vor Rubenson stehn:

»Mensch, wie kann man kein Geld haben, wenn man solche Ideen hat! Dazu gehört politisches Geld!«

»Politisches Geld? Wie meinst du denn das?«

»Wie ich es meine? Staatsgelder!«

»Staatsgelder für einen Film?«

»Benno! Weißt du denn nicht, was vorgeht? In welcher Welt wir alle leben?«

»Einigermaßen«, sagte er trocken.

»Weißt du, was Propagasmus ist? Propagasmus ist ein Wort und ein Überbleibsel aus dem Kriege. Propagasmus ist eine sehr wichtige Sache. Propagasmus ist die Arbeit, die aus den Propagandafonds der Großstaaten bezahlt wird; verstehst du?«

»Gar nichts verstehe ich!« sagte er. »Ich verstehe, was Propaganda ist. Aber was ist Propagasmus?«
»Es sieht so aus wie Propaganda. Aber: on se moque de cela. Es wird zwar wie Propaganda bezahlt (denn dazu sind ja die großen Fonds da) – doch die Eingeweihten, die mitspielen, bezeichnen es als Propagasmus, da fast immer das, was man macht, unwirksam und sinnlos ist und gar nicht der Propaganda dient. Die Hauptsache ist, daß die Regierungen, die es bezahlen, daran glauben!«
»Und solche Propagandafonds gibt es? Ebenso könntest du mir auch von Laurins Rosengarten erzählen!«
»Es gibt sie! Die halbe Welt lebt davon – und das ist eigentlich ganz richtig! Die widerrechtlich erpreßten Steuern fließen so wieder ins Volk zurück...«
Benno schüttelte den Kopf. »Und du glaubst, daß dieser Film Interesse für Politiker hat? Das glaube ich doch kaum, Clothilde!«
»Man muß es ihnen einreden.«
»Ich verstehe nichts von Politik«, sagte er zögernd, »und ehrlich gesagt: ich fürchte mich auch ein wenig vor ihr! – Glaubst du wirklich, daß eine Regierung... die italienische Regierung mir diesen Film bezahlen würde?«
Sie brüllte vor Lachen.
»Die Italiener? Aber Benno, du bist ein Kind! Bedenke doch, wie dieser Film das ganze Italien lächerlich macht! Die bestochene Polizei! Der seit fünfundzwanzig Jahren vergeblich gesuchte Räuberhauptmann, dessen Aufenthaltsort so wohlbekannt ist, daß eine Filmgesellschaft ihn kurbelt! – Nein, du verstehst nichts von Politik! Die Italiener, mein guter Benno, werden dich höchstens dann bezahlen, wenn du dein Drehbuch ins Feuer steckst!«
»Ja so!« murmelte er. »Ich verstehe...«
»Aber mein Lieber, die Franzosen!« sagte sie mit funkelnden

Augen und breitete beide Arme aus. »Die Franzosen werden es machen! Wenn du Zeitungen lesen würdest... das Politische meine ich... würdest du auch wissen, warum!«
»Sie sind ein wenig brouilliert mit Italien. Das weiß ich natürlich, das weiß alle Welt. – Ich glaube, es ist wegen des Faschismus. Die verschiedenen Regierungsformen scheinen die Völker aufzureizen.«
»Ich weiß nicht einmal genau, weshalb!« sagte Clothilde plötzlich ehrlich. »Ich weiß nur eins: man spürt's in der Haut, wenn man in einer Abendgesellschaft mit Franzosen beisammen ist, und Italiener kommen dazu: wie sie sich gegenseitig hassen!« Sie sah nachdenklich drein und vollendete: »Es ist ja merkwürdig, daß es so ist! Daß Menschen mit so ähnlicher Sprache überhaupt einander hassen! Aber man kann es vielleicht benutzen.«
Rubenson fragte mit heiserer Stimme: »Kannst du mir Geld verschaffen, Clothilde?«
Sie zuckte die Achseln. »Vielleicht!« sagte sie.
Mit schwerem Atem und glasigen Augen: »Warum vielleicht, warum nicht: sicher?«
Sie sah ihn etwas befremdet an.
»Höre, Clothilde! Ich habe gelogen! Ich habe diese zweihundert Seiten nicht für eigene Tasche diktiert!« Er röchelte etwas und sprach sehr leise:
»Sie wären meine letzte Rettung! Ich muß sie verkaufen. Ich muß kurbeln, ich muß in vier Wochen Geld haben! Wir haben Februar, du verstehst?«
»Ich verstehe!«
»Sonst ist alles aus!«
Clothilde blickte vor sich hin.
Er packte hastig ihre Hand. »Kennst du Leute vom Propagasmus?«
»Ich nicht. Doch ich habe sehr gute Bekannte, welche sie voraussichtlich kennen.«

»Das ist mir genug!« Er stand schwerfällig auf. »Ich gehe jetzt und überlasse dich deinen Vorbereitungen.«
»Bleib noch! Hast du's denn so eilig?« fragte sie plötzlich mädchenhaft sanft.
»Ich will heute von nichts anderem reden«, sagte er mit gewürgtem Ausdruck. »Nur eines: ehe ich fortgehe, bringe mir bitte Papier und Tinte! Wir wollen doch den Vertrag aufsetzen, der deine Provision regelt.«
Sie lächelte: »Kind, es ist nicht nötig. Du weißt ja, daß ich Geld brauche. Und ebenso ich, daß du welches brauchst!«
Die Einfachheit dieser Tatsache beugte ihre Häupter zusammen. Abschiednehmend standen sie, die alten Freunde, Wange an Wange. Plötzlich empfing Rubenson etwas, was er lange nicht empfangen hatte und was er den »Kuß des Schmetterlings« nannte. Es war ein nicht von Clothildens Lippen, sondern von ihren Augenwimpern auf seine Wange gegebener Kuß. Er war wie aus Blütenstaub, hauchlos und rein.

Diplomatischer Dienst

Clothildens Tischtelefon schlug an.
Sie hob den Hörer und vernahm schon eine Stimme in französischer Sprache.
»Ich wollte Ihnen nur mitteilen, daß es nicht geht! Ich bitte ungemein um Entschuldigung... Es ist nämlich dies, daß ich infolge Überarbeitung Migräne habe... Ich könnte mich auch genauer ausdrücken, daß ich infolge Migränestimmung vor einer Überarbeitung stehe. Ich bitte Sie aus dieser, vielleicht, etwas lächerlichen Genauigkeit ersehen zu wollen, gnädige Frau, daß mir die Absage sehr peinlich ist. Doch kann ich unmöglich in meinem Zustand, der schon eine Art Addition von Migräne und Überarbeitung ist, in einem Auto nach Wannsee fahren!«

Dies alles wurde in einer faden und gelangweiltgefährlichen Weise vorgebracht. Es klang gereizt. Nicht unähnlich fernem Gewehrfeuer, durch das man zwar selber nicht getroffen, aber geängstigt wird. Man konnte mit Worten dagegen nicht ankommen. Nicht einmal mit Atmen. »Das Atmen am Telefon«, dachte Clothilde, »ist überhaupt eine wichtige Sache; der Atem verrät das Selbstbewußtsein.« Wenn sie richtig geatmet hätte, hätte sie die Kraft ihres Hauches dem elektrischen Strom übertragen und am andern Ende des Drahts sogleich den Mund des Attachés bei seiner unklugen Ausrede verschlossen. Aber er hatte längst abgehängt und war, als ob er sich vorher noch in die Coda seiner Entschuldigungen mit den Füßen verfangen hätte, zum Schluß immer wütender geworden.

Das alles war kaum zwei Minuten her, doch der Ärger, den sie empfand, ließ sich mit Zeitmaßen gar nicht messen. »Natürlich sehe ich häßlich aus!« dachte sie, vor den Spiegel tretend.

Sie begann ihr Gesicht zu beobachten, mit der Aufmerksamkeit eines Landwirts. Gräben. Furchen. Sie sah einen Rückgang bestimmter Partien, die noch vor acht Tagen ganz anders ausgesehen hatten. Im Grunde nichts als Fettlosigkeit: Unstimmigkeiten gab es da zwischen Haut und Unterpolster. Was machte ein Millimeter aus? Unglaublich; aber es war das Schicksal.

Plötzlich fiel ihr ein, daß sie wohl wegen der erlittenen Enttäuschung im Augenblick häßlich aussehe, aber nicht, daß sie die Enttäuschung am Telefon gehabt hatte wegen ihrer Häßlichkeit! Vielleicht war es so. Vielleicht auch nicht. Eine Minute dachte sie gar nichts. Sie hielt die Hände flach auf den Tisch. Zehn Minuten später begann sie schon ihre Toilette mit großer Hast und fliegenden Händen fortzusetzen. Ihrer Kalkulation nach konnte bei dem Absagenden ganz wohl die Energie des Absagens mit der Absage selbst erschöpft sein. Es gab also keinen Grund, warum sie mit dem französischen Attaché *nicht* nach Wannsee fahren sollte.

»Übrigens nicht mit dem Attaché«, wie sie sich böse lächelnd sagte, »sondern mit dem Adjutanten des Adjutanten des Attachés!« Sie war bereit, Hippolyte Delbosq, falls er sie beleidigte, den großen Nennwert zu entziehen, den ihr Herz ihm geliehen hatte. Er sollte mit jener Titulatur, die ihm gebührte, benannt werden!

Sie sputete sich die Treppe hinunter, auf den Bahnhof Kaiserdamm zu, um eins der hier wartenden Autos zu nehmen. Augenblicklich fiel ihr ein, daß, wenn sie Hippolyte nicht träfe, sie ein so teures Automobil überhaupt nicht bezahlen könnte. Sie nahm also die Untergrundbahn, aber nur bis zur Wilhelmstraße: denn natürlich wollte sie unter allen Umständen vor der Botschaft im Auto anfahren.

Am Wilhelmplatz erklomm sie sehr schnell die Treppe und stieß eine Blumenfrau an. Veilchen im Februar – siehe da! Den Fuß schon im Wagen, wandte Clothilde den Kopf nach der großen Tatsache so unwahrscheinlichen Violetts. Darum herum, sehr eng geschnürt, gab es langschössige grüne Blätter. Ein Wohlgefühl überkam sie jäh. Eine Erinnerung an Korsetts: Starker Duft und enge Umschnürung. Jugend neunzehnhundertundfünf.

Am Hotel Adlon vorbeifahrend: »Hier sollte ich eigentlich jeden Nachmittag«, dachte sie, »beim Fünf-Uhr-Tee sein!«

Da war sie schon, gewiegt von Jugend, am Pariser Platz angekommen. Nun riß auch die Himmelsdecke entzwei: und ein riesiges Wolkenloch, feucht von überseligem Licht, troff auf das Brandenburger Tor. Drei Uhr nachmittags, im Februar – welche unwahrscheinliche Helle!

Ein gallonierter Diener empfing sie. Noch immer wie vor fünfzig Jahren war Diplomatie französisch gekleidet. Anstatt von englischen Kaufleuten den etikettelosen Stil der bequemen Flanelljacke zu lernen. Vieler Marmor reizte die Lachmuskeln. »Estrich ist ein komisches Wort; besonders, wenn, wer darüberschreitet, an den Crédit Lyonnais oder an die Dividenden der Erzbergwerke in Lothringen denkt...«

Die Tür eines kleinen Zimmerchens riß sie ohne Anmeldung auf, und es war Zeit (durchaus an der Zeit!), jetzt das Wort »navré« zu gebrauchen. »Etonné« wäre gar nichts gewesen. Erstaunt also über seinen Refus war sie, und war es so explosiv, daß bei einer solchen Entladung dem in einen Winkel Gescheuchten seinerseits gar keine Zeit mehr blieb, über den anmeldungslosen Besuch zu étonnieren...

Die linke Hand hielt sie schon auf seiner Schulter; und mit der rechten das Fenster öffnend, rief sie:

»Es ist Sommer, mein Lieber! Und da hat man keine Migräne...« Er sah hinaus und fand: in der Tat, dieser Februarnachmittag, wie ein Augenleuchten des März, war unvergleichlich... war unvergleichlich.

Mit leiser Stimme ins Vorzimmer sprechend, bat er, man möge den Chef des Chefs von seinem Fortgehen verständigen. Dann schloß er lächelnd Schränke und Mappen. Sie gingen über den Korridor und die große Treppe hinunter. Er etwas schneller als nötig war. Wahrscheinlich beeilte er sich so, um sein wiedererwachtes Interesse zu zeigen. Sie freute sich seiner schlanken Art, und wie sein Junggesellenkörper, die rechte Schulter vorantragend, die Luft des Treppenhauses durchschnitt.

Zwischen dem Botschaftsportal und dem Winkel des Brandenburger Tors stand der Wagen. Delbosq schloß die Tür auf und nahm das Verdeck ab. Er schwur dabei, daß er Luft haben müsse, und daß er den größten Umweg nach Wannsee – den längs der Havel – wählen werde.

Sie fuhren durchs Tor und mußten warten. Ein gebieterischer Polizist regelte hier den Verkehr. Zwei Stangen, fuhren seine Arme, aus grünem Uniformtuch zuckend, signalisierend durch die Luft. Präzise; athletisch; turnerisch.

Der Attaché – sie dachte nicht dran, ihn geringer zu titulieren –, während er mit der linken Hand am Fußhebel etwas richtete, sah dem Polizisten zu; spöttisch, aber mit Wohlgefallen. Clothilde dachte: »... in diesem Moment sieht er sehr französisch aus. Wie affektiert ist diese Mischung aus Deutschenabneigung und Deutschenbewunderung!... Was ist schon an einem Schutzmann zu sehn!? – Die Franzosen sind doch eigentlich Kinder! – – Aber auch wir müßten vielleicht erröten, wenn wir uns einmal zusehen könnten ... wenn wir uns ertappen würden, was wir an unseren Nachbarn bewundern!«

Sie errötete wirklich – denn sie dachte in diesem Augenblick daran, wie sie auf der Gare du Nord, zum ersten Male aussteigend, gerufen hatte: »Hé, commissionaire! Venez par-ici!« Eigentlich nur, um sich rufen zu hören. Als der Dienstmann dann gekommen war, hatte sie fast unverzüglich eine höchst alberne Schilderung seiner Tugenden nach Berlin geschrieben.

Sie lächelte in der Erinnerung.

Und dieses Lächeln stand ihr gut. Während der offene Wagen der beiden die Charlottenburger Chaussee herunterbrauste, sah Delbosq Clothilde von der Seite an und fühlte sich wohl. »Ich bin in Deutschland!« dachte er. Clothilde, die er seit zwei Jahren kannte, erschien ihm wie eine Fortsetzung des großen, zuverlässigen Schutzmanns. Sie war ein Schutzmann auf höherer Ebene: Wagnersängerin und etwas verblüht. Ihn interessierten Frauen hauptsächlich, wenn sie vierzehn Jahre alt waren oder die Vierzig durchschritten hatten.

Der Wagen hielt am Großen Stern. Der Attaché betrachtete mit spöttischem und gerührtem Interesse die überaus scheußlichen Jagdszenen, die Wilhelm der Zweite dort aufgestellt hatte; unter Bäumen, die es nicht wußten und keine Macht zur Gegenwehr hatten. Auf eine Art, die ihm selbst unklar blieb, verschwamm jetzt etwas in seinen Gefühlen. Als vergrößerte jede dieser Figuren seine Zuneigung zu Clothilde! Er wäre am liebsten ausgestiegen, um sich so recht einmal von Herzen den Zopfger-

manen, den Auerochsen sowie den knienden Ritter Hubertus und den prunkvollen Hirsch anzusehn.
Die Abfahrt war frei. Er gab volles Gas, und er schüttelte sich dabei vor Lachen.
»Was hast du denn?« fragte Clothilde erstaunt. Bisher hatten sie nicht gesprochen.
»Ich bemerkte eben, daß mir die Sachen am Großen Stern schrecklich gut gefallen. Wir werden anscheinend in unseren Gefühlen von wichtigeren Dingen gelenkt, als von der Liebe zur Schönheit allein.«
Sie war verstimmt: »Das verstehe ich nicht!« Er solle sie doch nicht immer ärgern. Und nicht immer mit denselben Dingen! Schließlich – auch die Siegesallee hätte ja nicht sie gebaut...
»Aber die Siegesallee ist doch himmlisch!« lachte er und begann ausführlich auseinanderzusetzen, weshalb.
Der Wind, der auf der Heerstraße stand, schloß ihm endlich den plaudernden Mund. Die Luft kam nicht kalt, aber fest und dick, wie Karton, eine kaum zu durchschneidende Masse. Die Haube des kleinen Automobils schien manchmal unschlüssig zu werden. Mitten im Fahren setzte Clothilde eine Lederkappe auf.
Der Sturm, aus stahlblauem Himmel fegend, prügelte auf Clothilde los. Sie hielt ihm beide Schultern hin. Mit lächelnder Wollust: »Boxe mich wach!«
Sie rasten schon die Havel entlang. In den kahlen Ruten war so viel Gewißheit. Die fernen Baumwipfel standen wie Glas. In den Baumskeletten am Weg toste es wie von künftigem Leben. »Es kann nicht fehl gehen!« dachte Clothilde. Elegant fuhren sie in Wannsee ein.
Während er den Wagen versorgte, im Aussteigen, sagte er spielerisch: »Hat es Ihnen im Wagen gefallen? Waren Sie glücklich, gnädige Frau?«
Sie lächelte. Dieser Wechsel von Du und Sie bezauberte immer wieder aufs neue.

Aber: sich jetzt nicht sinken lassen und nicht in Stimmungen hinein!... dachte sie. Jetzt oder nie!

»Ich habe während der Havelfahrt an Norditalien denken müssen. Vor dem Kriege war ich oft dort«, log sie. »Zwischen Februar und März ist es dort manchmal überschwemmt! Ich glaube, der Mincio tritt aus den Ufern. Vielleicht ist es auch der Tagliamento. So genau kann ich mich nicht erinnern. Der Wind kam aber heute so ähnlich. Es stand so viel nasses Gold in der Luft.«

Sie hatten sich im Lokal gesetzt. Auf dem Gesicht des Herrn Delbosq erschien eine ehrliche Traurigkeit. »Italien. Ja. Aber damit ist's vorbei!«

Sie fuhr fort zu schwärmen. Auf einmal ehrlich. War es denn nicht sehr viel schöner, wenn Spandau am Piave läge?

»Hören Sie mir auf vom Piave! Natürlich habe ich als Franzose den Italienern dankbar zu sein, daß man damals am Piave die Mittelmächte geschlagen hat. Aber ist das vielleicht ein Grund, so abscheuliche Bilder zu malen? – Sind Sie eigentlich nach dem Kriege wieder einmal in Rom gewesen?«

»Ich bin überhaupt nie in Rom gewesen!«

»Himmel! Ein Mensch, der Rom nicht kennt... Ich war wenigstens so vorsichtig, im Jahre 1923 über meine rechte Schulter einen kleinen Kupfersoldo in die Fontana di Trevi zu werfen. Das verbürgt bekanntlich die Rückkehr – aber ich gehe trotzdem nicht zurück. Im übrigen«, zuckte er zusammen, »sollte man in Italien niemand und nichts ins Wasser werfen!«

»Was haben Sie nur?« fragte sie verwundert. »Und von welchen Bildern, Lieber, haben Sie eigentlich jetzt gesprochen?«

»Sie sind eben nie in Rom gewesen. Sie wissen nicht, was das früher war – und was für eine Wilhelminische Stadt man nach dem Kriege daraus gemacht hat! Da ist beispielsweise das Café Aragno, diese einst so edle Zelle der Kunst und des heiteren Kommerzes. Jetzt sind Fresken darin... die eine: ›La lotta al

Piave‹ geheißen. Abscheulich. Abgeschmackt. Widerlich. Was ist aus den Italienern geworden! Auf einmal ist die Kunst verdorrt. Auf einmal ist eine ganze Nation zum Lakai ihres eigenen Sieges geworden. Den Marmorschwanz des weißen Pferdes am Denkmal Viktor Emanuels sehen und aus der Ewigen Stadt verschwinden: das dürfte für jeden geschmackvollen Menschen ein Gebot innerster Notwendigkeit sein!«

»Und Sie fahren so gern durch die Siegesallee?«

»Das ist Vergangenheit, meine Liebe!« sagte er leise und dezidiert. »Da es Wilhelm nicht mehr gibt, hat derlei für mich als Essayisten den Reiz wehmütiger Traurigkeit und leichten Angeheimeltseins. – In Rom aber ist das ganz etwas anderes! Das ist sehr freche Gegenwart. Und Schändung eines Idealbilds!«

Mit ihren halbgeschlossenen Augen blickte sie auf seine Lippen, die belebt und beredt wurden. Wo war nun jener schläfrige Mensch – der Neurastheniker und die Migräne?

»Und dann!« sagte er plötzlich tiefernst. »Ihr seid nur Deutsche. Entschuldigen Sie (er streichelte leise ihre Hand, die, eingegattert von Wildleder, auf dem weißen Tischtuch lag) – entschuldigen Sie bitte das Nur! Wildheit und Geschmacklosigkeit stehn euch wohl an. Barockes Spreizen in schlechtgelüfteten Bierkellern und mystisches Grölen liegt euch im Blut. Ihr wart immer Duodez-Neronen. Aber bei Romanen geht das nicht! Wir haben doch eigentlich diese Dinge schon vor zweitausend Jahren erledigt, den Orbis terrarum kultiviert und unsere wahnsinnigen Kaiser gehabt. Wir sind eine sehr alte Familie und müssen uns darum vornehm betragen. Wenn nun der eine Bruder verrückt wird ...«

Er machte eine Geste und schwieg. In seinen blauen, etwas blassen und sehr pariserischen Augen erschien ein leidvoll bekümmerter Ausdruck.

Clothilde hatte nicht alles verstanden. Doch war sie gerührt und sehr beglückt. Erstens, weil er so zärtlich war. Zweitens, weil er so würdig sprach. Drittens, weil ihr Gespräch Italien nicht nur

leise betastet hatte, um es sogleich wieder zu verlassen. Italien selber ward zum Gespräch! Da war er bereits, der riesige Stiefel, vom Brenner bis zum Sizilischen Südmeer! Clothilde hatte ihn sich geschenkt. Heut war ein Glückstag. Es würde gelingen!
Es fiel ihr schwer, weiter zuzuhören. Delbosq verblieb beim Bilde des Wahnsinns, des entarteten Familienmitglieds, in dem die Sünde der Vorväter, uralte Sünden, wieder erschienen. Mit seinen blauen, unbekümmerten Augen scheute er sich keineswegs, während er Zucker in seinen Tee tat (die Kuchen rührte er nicht an, weil sie ihm ohnehin nicht schmeckten), gewisse Nachkriegs-Italiener als Paralytiker zu bezeichnen. »Schrecklich! Da hat man jahrhundertelang mit diesem Bruder zusammengelebt, und plötzlich fängt er an zu lallen! Was für ein fürchterliches Erlebnis für einen lateinischen Schriftsteller...«
Clothilde wurde sehr aufmerksam. Fiel jetzt nicht der eine, der wichtige Name?
»Was halten Sie von Mussolini?« fragte sie mit naiver Stimme.
Ein Strom von Vorsicht rannte sofort durch den Körper des Herrn Delbosq. Er zuckte wie unter einem Kontakt. »Dieser Ministerpräsident ist ein sehr bedeutender Mann!« sagte er und sprach nicht mehr.
Clothilde biß sich auf die Lippen. Sie war etwas zu schnell gewesen. Ihr ewiger Fehler: berauscht zu sein! Viel länger und viel nüchterner hätte sie das Gespräch lenken müssen, ihn zu ermüden. Sie hatte um Stunden, vielleicht um Tage, jedenfalls um vieles zu früh ihre Frage gestellt.
Sie glitt klug ab: auf Pirandello. Auf italienische Dramatik, die man jetzt viel in Berlin spielte. Aber nur wenige Minuten, aber nur als Übergang. Und dann sprach sie nur noch vom deutschen Theater; von Reinhardt, Pallenberg, Lucie Höflich; beinahe eine Stunde lang. Er hörte ihr zu und gab reiche Antwort. Hatte er etwas bemerkt? Nein, die Gefahr war vorübergegangen.
Als er zahlte und aufbrechen wollte, war es draußen schon

dunkel geworden. Sie standen einsam vor dem Wagen; Clothilde wurde todestraurig. Sie fühlte: ich habe nichts erreicht. Jetzt wurde der Wagen zugemacht; es begann eine kalte Februarnacht; unwirtlich wie die Jahreszeit; die Frühlingsahnung war Trug gewesen. Und Geld, ach, Geld hatte sie ja auch keins! Spandau lag wieder an der Havel, und der französische Staatssäckel befand sich so entfernt wie zuvor.

Tränen des Ärgers kamen ihr. Sie stampfte unhörbar mit dem Fuß: »Hab' ich dich eigentlich gebeten, schon jetzt mit mir nach Berlin zu fahren?«

Er sah sie äußerst verlegen an.

»Ja«, meinte er, »es ist sieben Uhr. Und ich denke: es ist nicht Sommer. Man bleibt doch nicht bis zehn in Wannsee.«

»Man! Man!« spottete sie. »Wie trivial ist das! Wir können uns nicht den Sommer selbst machen?«

Er sah sie immer verlegener an. Wie sehr gefiel er ihr gerade jetzt! der ewige Bakkalaureus. »Du meinst, man könne spazierengehn? Ein wenig am Ufer? Denkst du das? ... Und in den Wald?«

Er sah ganz erschreckt aus. Dans les forêts: er sprach das aus, als handle es sich um das wilde Westfalen und um den Teutoburger Wald, als wolle man ihn gleichsam verschleppen, als werde er sein Automobil, seinen kleinen Citroën, in diesem Leben nicht wiedersehen.

Sie lächelte und war getröstet. Sie merkte, als sie seinen Arm nahm, daß sie ihn recht energisch nahm und aufs neue die Führung des Gesprächs.

Der Atem, der von der Havel kam, war rein. Das Wasser nebelte nicht. Vom Winter, der abgezogen schien, war Stille und Ernst zurückgeblieben. Man konnte sich nicht vorstellen, daß eine Autostunde von hier eine steinerne Stadt begann mit an den Himmel genagelten Schloten.

Die Nacht war weder dunkel noch kalt. Sie war wie eine urtümliche Nacht, vor der Erschaffung der Welt und des Geldes.

Hoch über dieser nordischen Landschaft flog der Vollmond; ganz unbeteiligt. Doch wenn man ihn länger betrachtete, ward er vertraulich wie eine Ampel. Sein Grau auf Kiefernkompositionen ließ das Ferne ferner erscheinen; aber er gab dafür in der Nähe den Dingen etwas Schlafzimmerhaftes, eine unerregende Zärtlichkeit.

Delbosq schwieg. Er liebte die deutsche Landschaft – die große, etwas schläfrige Frau, wie Stendhal sie geliebt hatte. Irregeführt von Sympathie hielt er in diesem Augenblick auch Clothilde für eine große und schläfrige Frau.

Was allerdings durchaus nicht zutraf... Sie bat ihn, auf dem Uferwege ein paar Schritte voranzugehen. Er tat es. Dann drehte er sich um und kam noch gerade zurecht, um zu sehn, wie der Gesang ihren Mund öffnete:

Nel cor più non mi sento
brillar la gioventù
cagion del mio tormento,
amor, sei colpa tu!

Ein Schleier überkam Delbosq. Zwar liebte er eigentlich niemanden. Doch die Liebe in dieser unsterblichen Arie, wie hätte er sie nicht lieben sollen?

Mi pizzichi, mi stuzzichi,
mi pungichi, mi mastichi;
che cosa è questo, ahimè?
Pietà, pietà, pietà!
Amore è un certo che,
che disperar mi fà.

Delbosq genoß es mit feuchtem Auge. Oh, nicht nur die Charakteristik der Liebe! Dies Stutzen, Kitzeln, Peinigen, so herrlich es in den Klang gefaßt war: es war für ihn nur Vordergrund.

Nein, eine große geistige Wollust war hörend durch ihn hingegossen! Die Deutsche sang ihm, dem Franzosen, das ewige Lied Paisiellos vor. In diesem Augenblicke schloß sich im Herzen des Schriftstellers Delbosq der magische Triangel der Länder, die der Fußschemel Gottes sind: Frankreich, Italien und Deutschland. Die abendländische Herrlichkeit dieser drei Dome Karls des Großen; dieser mit Wundern erfüllten Pfalzen; zusammengehörig; und nur getrennt durch den Mißbrauch schurkischer Verwalter, die – mit langen Ruderstangen auf der Verschiedenheit der Sprache sitzend – die Völker auseinanderrissen, stießen und zusammenschlugen.

Er war sehr bewegt. Im Weiterschreiten küßte er zärtlich Clothildes Wange. »Warum«, begann er mit dunkler Stimme, »warum erschüttert jeden Menschen, der etwas mit der Kunst zu tun hat, der Klang der italienischen Sprache? Sollte es vielleicht deshalb sein, weil sie die einzige ganz legitime unter den heutigen Sprachen ist?«

»Wie meinst du das?« fragte Clothilde leise.

Er sagte tastend: »Ich meine es so ... Damals, als der lateinische Himmel, der Himmel der lateinischen Sprache, über dem Erdkreis zusammenstürzte, fiel sein lauterstes Stück auf Italien. Und wurde Humus und wucherte weiter! Dieses Gras, diese Büsche, dieses Wasser, diese Sinnlichkeit, dieser tiefe Ernst: Gibt es etwas Reineres als den Duft der italienischen Sprache? Gibt es anspruchslosere Schönheit, die der Weisheit so offen ist? Keine andere Sprache der Welt kann sich mit dieser Sprache messen. Sie ist das Christentum unter den Sprachen. Wahrhaftig, sie nimmt eine Stellung ein, wie die Fides catholica unter den Religionen der Erde!«

»Und deine eigene Muttersprache?«

»Meinst du, ich höre nicht«, lächelte er, »wie ein jedes Wort bei uns erst von der Nase beobachtet wird, eh wir es in den Mund nehmen! ... Und gar die Spanier mit ihrem Rachen! Die lusitani-

schen Wolfskehlen!« Er dachte nach, kniff die Augen ein und fuhr mit lebhafter Stimme fort:
»Übrigens ist es höchst merkwürdig (und ich muß mich sogar modifizieren!), daß die italienische Sprache auf dem Boden Frankreichs geschaffen wurde. Von einem Auswanderer. In unserer Provence! Dicht bei Avignon gibt's eine Schlucht, in der Petrarca lange gelebt hat. Vaucluse! Eine heilige Quelle ist dort. Die Sorgue! Diese Quelle spricht italienisch. Wahrhaftig, ich habe es selbst gehört. Vergangene Ostern war ich dort. Das Wasser, milchblau aus dem Felsen und in den Talkessel hinschießend, und gleich beruhigt und gleich versittlicht: als ich das Wasser der Sorgue sah, war mir, als hörte ich aus dem Zug der Fluten italienische Stimmen. Eine Kanzone. Petrarcas Stimme. Aber aus Frankreich hörte ich sie. Ist das nicht eigentlich sonderbar?«
Er seufzte.
»Ich habe mich oft gefragt, ob mein etwas heftiger Abscheu vor dem heutigen Italien nicht auch unedle Motive hätte. Der Aufschwung, den diese dreißig Millionen seit Kriegsende genommen haben, ist ungeheuerlich. Ist unfaßbar! Sie haben weniger gesiegt – und haben mehr Land bekommen als wir. Das Wachstum der Industrie ist tropisch. Die Zähigkeit, die Kraft, die Wildheit, mit der da losgegangen wird, grenzt schon an deutsche Maßstäbe. Schornstein an Schornstein, Werk an Werk. Die Wirtschaftskarte der Lombardei sieht morgens anders aus als am Abend! Und keine Streiks. Es ist großartig!
Aber wie wirkt das in der Nähe? Wer ersetzt den Seelenverlust? Diesen völligen Verlust – wessen, wie nenne ich es nur? – von Faulheit, die niemals Faulheit war: sondern heiteres Zögern und spöttische Klarheit, Besinnlichkeit, Güte, Urbanität, die früher in allen Volksschichten wohnten! – Wird eigentlich noch in Italien gesungen – oder bloß Kondottieriverehrung getrieben? Es schadet nichts, daß die Roheit roh ist; erst wenn der offizielle

Geist die Roheit als einziges Heilmittel preist, ist die Kultur eines Landes verloren! Was nützt es mir, daß ich in Neapel einen billigen Hut kaufen kann, der nicht aus England eingeführt wurde, – wenn ich, diesen Hut auf dem Kopf, bei meinem Freund Benedetto Croce einen Besuch zu machen gedenke und nicht ins Treppenhaus hineinkann, weil eine Bande von Faschisten gerade damit beschäftigt ist, die Bibliothek dieses großen Gelehrten durchs Fenster auf die Straße zu werfen? Er soll sich schlecht über den Faschismus geäußert haben ... oder sonstwas! Ich erinnere mich, daß euer Goethe eine Bemerkung gemacht hat, wie: ›Jeder kehre vor seiner Tür.‹ Nun ja, gewiß, auch bei uns in Frankreich gibt es unleugbar einige Kerle, denen die Gehirnlosigkeit schon durch die Hypertrophie der Muskeln vorgeschrieben wird. Man weiß, ich bin kein Freund unserer Generäle. Indessen! Indessen! Wo hat unser Staat – mit seinem guten Gegengewicht von Rednern, Künstlern und Rechtsanwälten – je eine so brutale Gilde wie den Faschismus herausgeschwitzt? Wann ist bei uns ein solches Geschwür zur Macht über den ganzen Körper gelangt?
Ich weiß: es wird immer Menschen geben, die uns Heuchelei vorwerfen. Aber nein, wir sind keine Heuchler! Wir Franzosen liebten Italien – wie man etwas Besseres liebt. Seit zehn Jahren müssen wir erkennen, daß dies melodische Italien einem brutalen Zweckmenschen gehorcht. Unser Haß ist beleidigte Liebe!«
Mit einer fallenden Handbewegung warf er das Thema hinter sich: »Basta! finito! terminato!« – Plötzlich blieb er im Mondlicht stehen, machte sich aus ihrem Arm los und wandte ihr sein vor geistigem Zorn wie versteinertes Gesicht zu:
»Er! Er! Immer wieder Er! Wer ist denn eigentlich dieser Mensch, daß er es immer wieder wagt, jeden Tag und jede Stunde der Welt seine Geste aufzudrücken! – Und daß man ihm nicht beikommen kann! Er ist der geborene Regisseur seiner Taten – und auch ihr Beleuchter. Grün, Weiß und Rot! Immer

Scheinwerfer!... Kein Literat hat bessere Worte. Diese Wendigkeit des Geistes! Vorgestern wieder: ... er hält eine Rede, in der er die halbe Welt angreift; gegen den Schluß hin merkt er's auch und empfiehlt seinen Anhängern ›scarse parole‹, sparsame Worte! – War dies schon da? Vielleicht... war etwas Ähnliches da! Etwas Ähnliches? Vielleicht. – Einem war derlei zu gestatten! Aber der ist lange tot. Nein, es geht nicht, daß jemand dort unten sich als Napoleon etabliert!... Aufrichtig: ich ginge daran zugrunde. Ich spreche jetzt nicht als Diplomat, sondern als Mensch und Schriftsteller! Ich kann das Gift der Nachahmung, das aus diesem Menschen hervorquillt, als Zeitgenosse nicht länger ertragen. Ich wünsche, daß es abgeschafft wird – hören Sie! – daß es abgeschafft wird! Abgeschafft, bevor es zu spät ist, bevor es die Natur erreicht... bevor es Wirklichkeit werden kann!«

Sie nahm seinen Arm und drückte ihn. Sie hatte sehr aufmerksam zugehört und alles Geistige nicht verstanden. Aber hinter der geistigen Welt begann, sehr fühlbar, die fühlbare Welt – und bis in die letzte Möglichkeit hatte Clothilde die Lage ertastet, als sie nach einigen Minuten stummen Gehens die Stimme erhob:

»Wie schade, daß du heut so seriös bist! Ich wüßte einen Spaß für dich... Hast du Lust, Mussolini zu ärgern?«

»Ärgern? Wie meinst du das?« flüsterte er.

»Ärgern! Weiter nichts als ärgern: pizzichi, mastichi, stuzzichi. – Eine entzückende Komödie könntest du gegen ihn einfädeln!...«

Das Gesicht des Herrn Delbosq war wie durch Zauberei verwandelt. Es war keineswegs mehr das Gesicht eines Dichters, Historikers und schmerzlichen Kulturkritikers. Es war das aufgewachte Gesicht eines Journalisten und Diplomaten.

Seine Stimme, die sehr viel fragte, wurde sogar ein wenig heiser. Clothilde erzählte; nun sie es durfte, wurde sie sogar sehr ruhig. Wenn sie sich in späteren Jahren an diese Szene erinnerte, so behauptete sie vor sich selbst, der Mond sei gar nicht der Mond gewesen, sondern ein französischer Frank. Mit metallisch funkelndem Licht habe der im Himmel geschwebt, drehend, und leise gerippten Randes. Deutlich habe sie die Umschrift »République Française« gelesen.

Was aber Herrn Delbosq betrifft; er vergaß durchaus, daß es Februar sei, und daß kein Mensch bis zehn Uhr abends im Gebiet von Wannsee weilen könne. Um Mitternacht irrten sie immer noch um den Schwedischen Pavillon. Herr Delbosq war so aufgeregt, daß ihm, trotzdem es durchaus nicht warm war, das über die Glatze gestrichene Langhaar an den glänzenden Schläfen klebte. Er begleitete die Erzählung oft mit aufreizenden Selbstgesprächen, wie: »composer un vaste film«, oder: »empoisonner les chiens!«, oder: »Ça sera un coup de floret!« – Einmal blieb er im Mondlicht stehen und notierte in Chiffreschrift Benno Rubensons Adresse in sein kleines, grünes Notizbuch.

Die Weisheit der Société Voltaire

Gerade darum war der Rückschlag fühlbar, als es Clothilde nicht gelang, am folgenden und an zwei weiteren Tagen den Attaché Delbosq zu erreichen. Drei Male war er ausgegangen. Sie versuchte es noch ein viertes Mal – nach einer Karenz von einer Woche – ihn am Freitag zu überfallen. Da ließ er sagen, er sei verreist.

Halb ohnmächtig vor Kummer und Zorn verließ sie das Haus am Pariser Platz. Sie fiel zu Hause weinend aufs Bett. Umsonst, umsonst hatte sie, die Törin, Rubensons herrliche Erfindung – den »Kohinoor unter allen Ideen« – preisgegeben, verraten, verschwatzt.

Benno rief an: »Was ist mit uns? Hast du mit deinem Franzosen gesprochen?« Sie wich ihm aus. Sie war verzweifelt.

So nahe schon hatte ihr schlauer Sinn die elektrischen Enden dieses Geschäfts zueinander hingebogen... und nun? Jetzt, wo die Leitung gelegt war, kochte wahrscheinlich Herr Delbosq mit diesem Plan sein eigenes Gemüse!
Bei diesem Gedanken sprang sie vom Bett. Mit einem Wutschrei zu ihrer Kommode, wo, unter Haufen von anderen Romanen, die »Voyage à travers l'Espagne« von Hippolyte Delbosq sich befand. Ein paar Griffe – das Buch war gewesen. Es lag zertreten auf dem Boden. Aus dem geschändeten Einband heraus quoll leider gerade das elfte Kapitel, »Das Leben im Azur« überschrieben.
»Der Treulose!« weinte sie. »Der Schurke!« Wahrscheinlich verhandelte er bereits mit einer französischen Filmgesellschaft und gab sich selbst als Autor aus!
Wie weitaus die meisten Frauen verstand Clothilde gar nichts von Männern. Sie verstand nichts von ihrer Seele, von der Struktur ihrer Charaktere. Sie war instinktmäßig überaus klug, sobald ein Mann gegenwärtig war. Sobald sie den Mann im Zimmer hatte, holte sie seine letzte Meinung aus den Charaktertiefen hervor und benutzte sie ausgezeichnet. Darauf beruhte ihr großer Erfolg. Doch war sie nur für den Nahkampf geschaffen. Sobald sie mit sich alleine war, befand sie sich schlimmer als allein, so war sie einäugig: ja, blind im Urteil über entfernte Seelen. Wenn sie sich selbst überlassen war, besaß sie weder erkennende noch kombinatorische Fähigkeiten.
Frauen in einer kühleren Haut hätten vielleicht errechnen können, warum Delbosq sich unsichtbar machte. Es konnte, genau, drei Gründe haben. Zunächst war es möglich, daß in ihm das Ideal die Oberhand gewonnen hatte, daß er den Schmerz, den er über den Niedergang der italienischen Rasse empfand, nicht in so würdeloser Form aus seiner Seele abstoßen wollte, wie es der Plan des Herrn Rubenson vorsah! Das war doch immerhin möglich – wie? Noch wahrscheinlicher war ein zweites: daß ihn

seine Neurasthenie – er war wirklich überarbeitet! – immer wieder hinderte, sich ernsthaft darüber klar zu werden, ob er die Sache poussieren solle. Und eine dritte Möglichkeit: er arbeitete bereits so stark für Rubenson und für Clothilde, daß er zu keiner Nachricht Zeit fand.

Weil sie an diese Möglichkeit auch nicht entfernt gedacht hatte, bekam Clothilde runde Augen, als – drei Wochen nach jener Fahrt – die Zofe mit der Schokolade eine Karte aus Paris brachte. Es war eine offene Ansichtskarte, geschmacklos, mit dem Eiffelturm. Es konnte gar nichts Harmloseres geben als ein paar Grüße von Delbosq und als sein schicksalsschweres Gekritzel: »Zelluloidsache gefällt hier sehr!«

Bei diesem Anblick versagte ihr Herz. Ihre nächste Regung war, daß sie die Karte zum Munde führte und die französische Briefmarke küßte. Es war La France, die Säende. Da schwebte sie, mit gerafftem Saum, und streute, streute. Auch für sie! Zu Tränen gerührt zog sie Strümpfe an; auf ihre schönen, festen Beine und langen Schenkel zog sie Strümpfe und warf aus hochgestellten Brauen liebende Blicke bald in den Spiegel und bald auf die kostbare Ansichtskarte... Delbosq war wirklich in Paris! Delbosq hatte wirklich mit großem Nachdruck das Projekt der Projekte versiert, den »Kohinoor unter all den Filmen«...! Sie nahm sofort den Hörer ab. Mit einer leisen, vielsagenden Stimme benachrichtigte sie Rubenson: man werde... »Was du nicht alles weißt!« unterbrach er sie, warmen Lachens. »Sie sind schon hier, seit gestern abend! Sie haben gerade angeläutet und wollen in einer Stunde kommen...«

»Was! Wer denn: sie?« fragte Clothilde vor Freude zitternd.

»Herr Combaleau-Albert!... Wer das ist?... Aber das weiß ich doch selber nicht... Das beste ist: Du kommst rasch her!«

Sie fühlte nicht, wie sie ins Freie gelangte. Vor Herzklopfen hörte sie nichts mehr. Unwirklich glitt ihr Droschkenauto das Panorama der Straßen entlang. Vor Lautlosigkeit sahen manche Plätze aus wie Schaufensterdekorationen.

Sie kam noch gerade zurecht in den Fahrstuhl, ehe sich die zitternde Drahttür hinter zwei Gästen schließen konnte. Sofort wußte sie: der eine von ihnen war Herr Combaleau-Albert.

Wer aber war es? Da stand ein Junger, ein Schöner mit olivgrüner Haut und zusammengewachsenen Augenbrauen. Ein südlich-klassisches Gesicht, doch in seinem letzten Ausdruck von so abweisender Finsternis, daß man gleich wieder wegsehen mußte. Neben ihm stand ein fröhlicher Greis, gleichsam addiert aus den sattesten Jahren, im Sealpelz, mit langem Silberhaar und zufriedenem Gesicht. Den schwarzen Schlapphut in der Hand. War dieser Mann Herr Combaleau?

Sie läuteten zu dritt bei der »Rubens«. Im Augenblick des Eintretens kam Clothilde den andern zuvor, und schlüpfte durch die Tapetentür aufgeregt an Bennos Schreibtisch. Kaum hatte sie sich niedergelassen, da brachte die Gschweidler die Karten herein. Auf der einen stand nur:

ANDREA TREVISANI

auf der anderen:

COMBALEAU-ALBERT

und darunter in kleiner Schrift:

Employé de la Société Voltaire

»Voltaire besucht Rubens!« grinste Benno. »Na, Susi, hol' mal die Leute 'rein!«

Mit gewinnendem Antlitz trat Combaleau ein. Artig, nein, geradezu hinreißend, als begrüße er alte Bekannte, bewegte er seine huldreichen Brauen. Sein weißes Haar begann zu strahlen. Seine großen hellen Hände, die er jetzt herzlich ausstreckte, waren die eines Klaviervirtuosen – zumindest die eines Advokaten, der sehr musikalisch ist.

»Herr Delbosq empfiehlt sich Ihnen!« sagte Herr Combaleau

sehr laut. »Er hat der Société Voltaire von Ihrem vortrefflichen Plan erzählt!«

Trevisani stand finster daneben. Er nahm die Hand kaum, die man ihm gab. Er zog auch seinen Mantel nicht aus, einen englischen Offiziersmantel.

»Wie schade«, sagte Herr Combaleau in breitem, beinahe rheinischem Deutsch, »daß Herr Andrea Trevisani, mein Freund hier, kein Wort Deutsch versteht. Wir müssen deshalb, wenn Sie erlauben, französisch miteinander reden; da er für alles, was ich sage, ein sehr wichtiger Faktor ist...«

Benno vernahm diese Worte nicht gern. Seine Sprachkenntnisse waren beschränkt – und so war er, mehr, als ihm lieb schien, auf Clothilden angewiesen. Doch auch Gutes eignete diesem Zustand. Während Clothilde übersetzte, hatte Benno Muße genug, nachzudenken, und manche Antwort reiflicher zu überlegen.

»Wer ist die Société Voltaire?« fragte er. Und empfand sofort seine Frage so fehl am Platz, daß er länger, als nötig war, in seine Zigarrentasche blickte.

Als ob er ein Kind nicht auslachen wolle, wiegte Herr Combaleau-Albert den Kopf mitleidig hin und her. Die Société Voltaire, mein Gott, die kannte man, oder man kannte sie nicht.

Benno war wütend auf sich selbst. Es schien, als ob er noch immer nicht die richtige Zigarre fände. Schließlich hatte er sie gefunden und bot die Tasche Herrn Combaleau, der sich dankend daraus bediente. Herr Trevisani blieb völlig stumm. Als die Tasche an ihn herankam, drehte er sich auf dem Stuhle um und zog seine Zigaretten hervor. Unhöflicher konnte man nicht gut sein. In welchen Beziehungen stand dieser Flegel zu dem höflichen Combaleau? Der ganze Kerl war irritierend wie ein Revolver im Salon.

Clothilde faßte sich zuerst. Sie wußte natürlich sehr genau, daß es die Société Voltaire nicht länger als acht Tage geben konnte.

Aber sie wollte allen zeigen, daß auch sie ein Paradepferd, wenn man es brauchte, zu reiten verstand. Sie sagte mit ihrem gewinnendsten Lächeln: »Ich kenne die Société Voltaire. Das ist eine blühende Gesellschaft zur Pflege französischen Geistes im Ausland. Sie organisiert Vorträge, Theater, Diskussionen und derlei schöne Dinge. Sogar in Norwegen hat sie Filialen!« fügte sie wahnwitzig hinzu; denn es ist immer ausgezeichnet, eine Lüge, die unbestimmt ist, durch eine bestimmte zu ergänzen.
Herr Combaleau gebärdete sich, als sei er rasend vor Entzücken. »So ist es!« vermochte er schließlich zu sagen. Er sagte es sogar mehrere Male. Er triplizierte diese Bejahung. Mit einem einfachen »C'est ça!« wäre die Société Voltaire auch nicht wirklich zu gründen gewesen.
»Eines aber hat unsere Freundin hier uns mitzuteilen vergessen. Die Société Voltaire dreht auch Filme!« Triumphierend rief er es aus. Diesmal war Benno klug genug, nicht nach Sujets und Titeln zu fragen.
»Mehr: sie gibt auch Filme in Auftrag! Was sie nicht selber herstellen kann, damit beschäftigt die Société die ihr befreundeten Industrien!«
Rubensons schwarze, schwermütige Augen waren feurige Kohlen geworden. Kein Tropfen Blut war in seinem Gesicht, während durch Clothildens Gehör es unerträglich hinrauschte.
»Mein Herr! Ihr ausgezeichneter Plan, über das Räuberleben Sardiniens einen Kulturfilm herzustellen, hat unsere Gesellschaft lebhaft beschäftigt. Wenn ich, ohne zu zögern, sage, daß unser Vorstand einmütig entzückt war, so handle ich zwar nicht kaufmännisch!... Doch scheint es unser nicht würdig zu sein, daß wir Bedenken äußern sollten, die wir eigentlich gar nicht haben. Sie haben es nicht mit Krämern zu tun!«
Der Filmdirektor stand langsam vom Tisch auf und verbeugte sich zweimal linkisch, ehe er schwer auf den Sitz zurückfiel. Er war so bleich, daß Clothilde sich fürchtete.

»Es ist uns klar, daß solch ein Film, wenn er, von Kenntnissen abgesehen, auch noch von wahrem Humor durchtränkt ist, Europa interessieren wird. Es geht hier nicht um kleine Dinge. Es soll gezeigt werden, daß unsere Welt – so hochorganisiert sie ist – immer noch schöne Schlupfwinkel kennt für ein nicht organisiertes Leben. Für eine primitive Kultur, die von der stählernen Hand des Staates nicht ausgejätet werden kann. Das ist, bei Gott, kein kleines Thema!«
Clothilde nickte zustimmend. Herr Combaleau triplizierte nochmals mit unterstreichender Handbewegung: »Kein kleines Thema! Kein kleines Thema!«
»Es haben sich bei uns Stimmen erhoben, die erklärten: Wir wünschen es selbst zu machen, wir wollen diesem deutschen Herrn (da wir ja schließlich nicht Diebe sind!) den stofflichen Einfall abkaufen und den Film selber produzieren. Aber ... ich darf hier frei sprechen?« Er tat, als ob er zögerte. Es sah sehr kavaliersmäßig aus.
Wieder erhob sich Benno vom Tisch. Er ging an die gepolsterte Tür, hantierte zum Schein daran herum, öffnete, schloß sie und setzte sich wieder. Auch er wußte, was man dem Theater, das selbst in den wichtigsten Augenblicken die Menschen einander bereiten, schulde. Das Bild der Verschwörung war jetzt vollkommen.
»Ich spreche frei!« fuhr Herr Combaleau fort. »Es ist für uns Franzosen nicht günstig, den Film allein zu produzieren. Jemand«, was für ein Jemand wohl? Er einzig hatte bisher gesprochen! »sprach vorhin von Humor. Ich leugne nicht: die Voltaire-Gesellschaft (sonst verdiente sie ihren Namen nicht) versieht die Dinge, die sie macht, mit einer Messerspitze voll Salz. Sie hat zwar mit Politik nichts zu tun ...«
(»Aha!« dachten alle Anwesenden ...)
»... Voltaire aber *war* ein Politiker. Die Gesellschaft hat kein Interesse daran, einen bloßen Kulturfilm herzustellen, der den

großen sardinischen Räuber uns beim Ziegenstehlen zeigt oder beim Blaubeerpflücken im Busch oder zur Mutter Gottes betend. Daß es heute noch Räuber gibt: das ist ein derb-soziologisches Faktum, das zum Spotte herausfordert. Wenn ein Pedrotti existiert, so kann er doch nur mit Wissen und Wollen einer Behörde existieren – und diese Behörde, meine Geehrten, ist die sardinische Gendarmerie! – – Es ist die sardinische Gendarmerie! Es ist die sardinische Gendarmerie!« triplizierte er würdevoll.

»Sie ist es!« sagte Herr Trevisani. Zum ersten Male erklang seine Stimme. Sie war der Schlag eines bronzenen Beckens. Nicht laut, doch so furchtbar eindringlich und nachsummend, daß Clothilde erschrak. Wer war und was wollte Herr Trevisani?

»Ich handle keineswegs diplomatisch, wenn ich jetzt offen fortfahre: Wir Franzosen sind in unserer Kritik über italienische Dinge nicht frei. Wir können und dürfen niemals vergessen, daß das Königreich Italien im Kriege mit uns verbündet war, und daß in jener gemeinsamen Wacht, die wir alle, Gewehr bei Fuß, an den Friedensverträgen halten, dies Bündnis auch noch weiter besteht. Es könnte an unserer Loyalität Betrübnis und sogar Zweifel erwecken, wenn sich Franzosen herbeiließen, so bittere Kritik an Italien zu üben, wie (er verbeugte sich gegen Benno) Ihr Filmplan dies ja zweifellos vorsieht.«

»Ich verstehe!« murmelte Rubenson.

»Die Société Voltaire, gewiß, kennt, ihrem Namenspatron getreu, keine Furcht, sobald es gilt, Korruption und Mißstände aufzudecken. Doch wir sind ausnahmslos Franzosen und wünschen unserem Vaterland keine Ungelegenheit zu bereiten. Aus diesem Grunde ist es uns lieb, wenn der Film in Deutschland gemacht wird. – – Es ist uns lieb!« trompetete er. Und leiser fügte er hinzu: »Ein schlechter Kaufmann, wahrhaftig, ist es, der hier mit Ihnen gesprochen hat.«

»Es gibt Dinge«, sagte Clothilde langsam und mit glänzenden Augen, »die ein Kaufmann überhaupt besser nicht in den Mund nehmen soll. In Ihren Worten, Herr Combaleau, diesen so gut französischen Worten, verehren wir die Größe und Einsicht der Société Voltaire, die Sie schickt!«

»Bravo! Bravo, caro amico!« Es klang inbrünstig, und fast auch wie Hohn, als der schweigsame Trevisani plötzlich den alten Advokaten auf die gefalteten Hände klopfte. »La libertà della patria...« Dann rauchte er finster vor sich hin.

Rubenson gab sich einen Ruck. »Und wie«, sagte er in schlechtem Französisch, »gedenkt die Société Voltaire den Auftrag an uns zu finanzieren?«

Herr Combaleau-Albert lächelte. »Erlauben Sie, daß ich zunächst noch im Avant-propos fortfahre. Die Société gibt Ihnen den Auftrag, genau nach einem bestimmten Text den Film zu kurbeln. Dann kauft sie den Film und bringt ihn mit allen Rechten an sich.«

»Genau nach einem bestimmten Text?«

»Hier ist er, und hier gebe ich ihn!« (»Et je vous donne ce petit cahier... ce petit cahier, ce petit cahier!«) Nicht ohne leise zu erstaunen, nahm Benno ihm ein Heft aus der Hand; bläuliche Blätter in silbrigem Umschlag.

»Es ist also, wie Sie sehen, Bedingung, daß Sie genau unsern Text verfilmen! Weiter haben wir keine Bedingung, außer der höchstens negativen: daß bei der Herstellung dieses Films Franzosen nicht beschäftigt werden, sondern nur Deutsche und Italiener!«

Rubenson nickte vor sich hin.

»Die Société Voltaire bietet Ihnen für die Herstellung dieses Films hunderttausend Goldmark in bar!«

Benno hatte es plötzlich eilig, aus dem Zimmer herauszustolpern. Er fiel draußen über Susi Gschweidler, die an der Schreibmaschine saß, trank ein Glas Wasser und kam zurück.

Er versuchte mürrisch zu blicken: »Das ist zu wenig, meine Herren! Wir brauchen hundertundfünfzigtausend!«

Wieder entzündete Combaleau ein Feuerwerk von huldreichen

Gebärden. »Sie werden gleich hören, lieber Herr Rubenson, warum es nicht zu wenig ist! Die Summe, die ich Ihnen nannte, ist nämlich als Nettopreis gedacht. Sie dürfte sich in Wahrheit verdoppeln. Diese Summe umfaßt nur das Honorar für Sie selbst und die deutschen Schauspieler. Die Kosten der Expedition nach Sardinien – wo Sie, wie ich glauben möchte, etwa drei Wochen verweilen müssen, – trägt die Société Voltaire. Desgleichen vor allem das Honorar für Pedrotti selbst. Und wir wollen gestehen, daß wir noch gar keine Vorstellung haben, was ein Brigant für seine Verfilmung an Honorar verlangen könnte. Es existiert kein Präzedenzfall.«

Jetzt war die Reihe an Trevisani, in gräßlicher Weise aufzulachen.

»Und wann«, fragte Benno mit leisem Schnaufen, »soll mit der Sache begonnen werden?«

»Sofort! Sobald wir erst einig werden, entsende ich Herrn Trevisani mit dem Zuge nach Genua und von dort weiter nach Sardinien. Er wird ein Scheckbuch mitnehmen und Pedrotti engagieren, während Sie bereits in Berlin mit den Voraufnahmen beginnen.«

Vor Clothilde verschwamm das Zimmer. »Wenn Pedrotti aber nein sagt...«, wagte sie leise einzuwerfen.

»Er sagt nicht nein!« sprach Trevisani. In seinem Gesicht erschien der Ausdruck einer harten Traurigkeit. »Einer der jungen Todesgötter!« mußte Clothilde plötzlich denken.

»Ja, es soll alles Schlag auf Schlag gehen!« fuhr Combaleau fort. »Wir haben März; der beste Filmmonat für Sardinien dürfte der Mai sein...«

»Gewiß!« log Benno. »Aber das heißt, daß ich jede Arbeit zurückstellen muß. Ich hatte für den Monat Mai schon zwei andere Verpflichtungen.«

»Auch darauf waren wir vorbereitet«, sagte liebenswürdig der Advokat und holte ein Scheckbuch aus der Tasche. »Wenn Sie

morgen den Vertrag unterschreiben, so überreiche ich Ihnen als Vorschuß einen Scheck über fünfzigtausend Goldmark. Weitere fünfundzwanzigtausend Mark erhalten Sie im Mai auf Sardinien. Was dann an hunderttausend noch fehlt, werden Sie in Berlin bekommen: im Juni bei Ablieferung des Films!«
Alle erhoben sich formell. »Ich werde mir alles genau überlegen«, sagte Benno mit ruhiger Stimme. »In welchem Hotel sind Sie abgestiegen? Morgen um dieselbe Zeit: beim Lunch erledigen wir den Vertrag!«
»Länger dürften Sie auch nicht zögern«, sagte der Alte und nahm seinen Hut. »Denn abends will ich Herrn Trevisani in den Münchener Zug setzen und in seine Heimat verschicken. Betrachten Sie, bitte, Herrn Trevisani! Herr Trevisani ist ein Held! Während wir anderen nur Kaufleute, Advokaten oder sonst was sind... Das Gericht hat Herrn Trevisani in Kontumaz zum Tode verurteilt. Das Gericht jenes Usurpators, der sich in seiner Heimat breitmacht. Trotzdem zögert Andrea nicht, heimlich die Grenze zu überschreiten und seine unverbrauchte Kraft in den Dienst unserer guten Sache zu stellen! – – Ragazzo buono!« sagte er linkisch und tätschelte leise Andreas Wange. Der hatte die Augen niedergeschlagen. Sein olivenfarbenes Gesicht, sein magerer zwanzigjähriger Körper verrieten durch kein Zucken Erregung. Er schien nicht im Zimmer zu weilen. Dann schloß sich die gepolsterte Türe hinter beiden zu. Sie waren gegangen.
Rubenson kam auf Clothilde zu und ergriff ihre beiden Oberarme. »Es hat keinen Sinn, den Verstand zu verlieren«, murmelte er. »Meinst du nicht auch?«
»Jawohl!« sagte sie mit weinenden Augen.
»Jetzt aber spiele ich den Harten und erkläre nochmals: es ist zu wenig! Ich will hundertfünfzigtausend haben – und glaub' mir, ich bekomme sie auch!«
»Sicher bekommst du sie!« nickte Clothilde.

Er holte einen Notizblock hervor. »Sechzigtausend bekomme ich sofort. Vierzig auf Sardinien. (Nein, beim Betreten Sardiniens! Das ist sehr wichtig. Muß in den Vertrag!) Und fünfzigtausend nachher in Berlin. – Du, aber, Liebling, bist bei dem Ganzen, mein' ich, mit zehn Prozent beteiligt. Mit zehn. Nicht etwa mit fünf, wie du glaubtest...«
Sie erhob ihre beiden Arme und preßte stürmisch seinen Kopf. »Von sechzigtausend, glaube ich, macht das schon morgen sechstausend. – Aber ich bitte dich, geh jetzt fort! Ich möchte mit der kleinen Susi hygienische Dinge erledigen, ein paar kleinen Gläubigern schreiben, sie vertrösten und überhaupt tun, als ob ich gar kein Geld hätte...
Es ist doch alles zu plötzlich gekommen! Ich muß mich langsam daran gewöhnen. Sonst könnte es meinem Herzen schaden!«

Im Frühstückszimmer des Hotels Adlon aß und trank man auf Kosten Frankreichs zu viert in exquisiter Weise.
Nachdem der Lunch vorüber war, unterschrieb der große Combaleau nebenan, im Rauchsalon, alles, was man von ihm verlangte.
Er ging auf schier Unglaubliches ein. Nicht nur auf hundertundfünfzigtausend. Nicht nur auf sechzigtausend Vorschuß. Sondern sogar auf die Bedingung, daß davon dreißigtausend verfielen, wenn etwa durch die Schuld Pedrottis das ganze nicht zustande kam. Denn dreißigtausend, behauptete Benno, müsse er sofort investieren durch Engagement von Schauspielern, Regisseur und Kameramann, sowie in der Herstellung von Kostümen. Ohne besondere Schwierigkeiten erfüllte Herr Combaleau diesen Passus. Als Clothilde und Rubenson über den Silberkopf des Alten hinweg sich in die Augen blickten, erstarrten sie beide vor der Erkenntnis, daß Frankreich – wie jedes andere Land! – zwar an seinen Invaliden und deren Rente

knauserte – aber nie knauserte, wenn es galt, für einen Akt der Schadenfreude Unsummen auf die Straße zu werfen. Sie hatten mit diesem Gedanken gespielt – aber, daß er zustande käme, im Innersten nie für möglich gehalten. Nun hielten sie's schwarz auf weiß in der Hand. Was für Tiere waren das doch, welch eine furchtbare Menagerie: dieses Frankreich, Italien, Deutschland und England! Ein leopardenhafter Gestank dieser fauchenden Großmächte schwebte und schwelte in aller Welt. War denn nirgendwer im Kosmos endlich auf den Abtransport dieser Käfige bedacht?

So weit fühlten sie freilich nicht, Rubenson und Baronin Clothilde. Sie dachten aber: »Wie klein, wie klein ist, wenn ich sündigte, meine Sünde!«

Zweites Buch

Die Ausfahrt der Jünglinge

Die Epheben

Wir sehen Agostino laufen, – und wir gestatten uns zu lächeln. Es ist keineswegs ein Lächeln des Hochmuts; ein Lächeln der Sympathie ist es.

Es gilt seiner Schuhe Voran und Zurück! Wie zwei Lokomotivkolbenstangen mißt das den Weg. Zwei starke Schuhe, in Padua gekauft: in jenem Padua, wo ihr Träger den größten Teil des Jahres zubringt, um seine Studien zu vollenden. Trapp, trapp; vor Monaten waren sie braun; jetzt sind die Stiefel schwarz gewichst (nur die Ösen blinzeln in alter Farbe), sie sind mit Zwecken ausgerüstet und kräftig für den Osterurlaub in Gebirgsschuhe umgewandelt. Agostino scheint nicht reich zu sein.

Klapp, klapp! In irgendeiner Station der Karnischen Alpen sind diese Schuhe aus dem Zuge herausgeklettert, nein, sind gesprungen, und schickten sich an, in ein Gebirgstälchen einzudringen. Knie von großer Spannweite – Agostino ist von hoher Gestalt – unterstützen das Unternehmen. Die Knie stecken in grünen Hosen, die etwas gebauscht sind; vom Knie bis zur Ferse sind die Beine des jungen Läufers mit grünen Wickelgamaschen bestrumpft.

Der Anblick solcher Beinbekleidung erweckt in uns peinliche Besorgnis. Zum mindesten verstehen wir, weshalb die Mutter Agostinos, die verwitwete Gräfin Bevilacqua, grüne Wickelgamaschen nicht liebt. Sollte Agostino Soldat sein? Sollte er seine seelische, körperliche und sittliche Freiheit in so hohem Grade verloren haben? Dann müßten wir ihn ausstreichen – wie wir ja leider auch seinen Vater aus dieser Erzählung streichen müssen. Graf Bevilacqua, vierzigjährig, Gymnasialprofessor in Udine und geschätzter Lehrer der deutschen Sprache, trug im Jahr 1916 grüne Hosen. Nur kurze Zeit. Eine österreichische Mine zerriß, zugleich mit einem Felskopf, den Grafen so gründlich in

Atome, daß die Familie Bevilacqua seither den Alpenkranz über Venetien als »das unbekannte Grab des bekannten Soldaten« bezeichnet.

Aber getrost! Wir sprachen von Studien, die jener zu vollenden habe. Nein, Agostino ist kein Soldat, und er kommt aus keiner Kaserne. Er wäre sonst nicht so unbändig, nicht so aus tiefster Seele vergnügt. Er spränge nicht wie ein Füllen vorwärts, den Kopf mit dem schönen Kastaniengelock würfe er nicht nach rechts und nach links. Aber auf einmal steht er still, und er schmeckt in der dünnen Gebirgsluft die aufgelöste Strenge der Glocken, der Osterglocken von Moggio, von Ovedasso und von Resiutta. Er nimmt einen Augenblick den Hut ab – und er setzt ihn nicht wieder auf, behält ihn nachdenklich in der Hand. Er geht jetzt langsam am Seil der Glocken, bis die Glocken aufhören. Sie haben die Gläubigen geladen, in ihr steinernes Haus zu treten. Aber auch die Berge sind Stein und haben etwas Österliches.

Tauende, murmelnde, rieselnde Berge! Hier zu schreiten ist etwas andres, als im lombardischen Nebelwinter über Büchern gebückt zu sitzen. Die Luft zwischen Agostinos Zähnen schmeckt wie Champagner, gesättigt von Bläschen: Schnee wurde Wasser und warmer Hauch. Im Schatten großer Felstrümmer liegt das Weiße noch halbmannstief. Doch die rötlichen Lärchenwälder und kuttentragenden Tannen sind frei – und schneelos glänzen darüber die Kuppen, die mausgrauen, bläulichen, bronzegoldenen. Der Stein erwärmt sich und schillert im Licht wie das Rückengold großer Herden.

Aus einem Seitental stürzt ein Bach, wälzt schäumende Platten aus Malachit. Nun kommt die wohlbekannte Brücke, die noch immer nicht repariert ist – und auf einmal feuchtet etwas die beiden bernsteinhellen Augen in Agostinos dunklem Gesicht: die Freude, daß er bald daheim ist, Mutter und Schwester umarmen wird. Jetzt verlassen sie schon die Messe, um ihm langsam entgegenzugehn. Und wenn er den Kopf in die Höhe reckt, wird er sie bald sehen können.

Wie aber der Zwanzigjährige an seine Schwester zu denken beginnt, fängt er auch schon an zu lächeln. Er hat ihr zwar nichts mitgebracht (mit seinem kleinen Monatswechsel wäre es schwer), doch er denkt daran, daß er Couplettexte mit sich führt, über die Annina lachen wird. Agostino kann nicht gut singen, aber um diese Texte zu singen, bedarf es keiner schönen Stimme. Es sind das nämlich Studententexte, die sie drunten gemacht haben, um die Materie des Kollegs (Nationalökonomie) sich schmack- und opernhafter zu machen. Die ewigen Melodien Verdis halten für diese Späße her.

»Wenn wir ganz leise sind,
können wir hören,
können wir hören,
wie die Grundrente fällt«,

singt Agostino und kichert dazu die alten Rhythmen des »Troubadour«: »Madre infelice! Corro a salvarti – o teco almeno, corro a morir!«

So läuft er dahin und lacht und merkt nicht, daß seine Mutter ihn bereits sieht. Er merkt auch nicht, daß sie zu Tode erschrickt. So sehr erschrickt die dünnsträhnige, greisenhaarige Fünfzigerin, daß Annina sie festhalten muß, und beide atemlos stehenbleiben. Das Hemd ist es, das die Mutter erschreckt. Kein Mensch in Italien hat solch ein Hemd, wie Agostino es auf dem Leib trägt: ein schokoladenbraunes Hemd, das anscheinend zu seinen Haaren paßt. Und das er sich – Gott mag wissen, wo – in irgendeinem Basar gekauft hat. Eine hellblaue Krawatte, die aussieht wie vom Galgen geschnitten, tanzt auf dem Schokoladenhemd. Das alles wäre ja sehr zum Lachen – aber auf hundert Schritt Entfernung, und in so schimmernder Vorfrühlingssonne, unterscheidet ein dunkelbraunes Hemd sich nicht von einem schwarzen Hemd: und die Mutter muß annehmen, daß ihr schlecht beratener Sohn der Miliz beigetreten ist, einer studentischen Stoßtruppe der faschistischen Miliz.

Als Agostino vor ihnen steht, sieht die Mutter, daß sie geirrt hat, schüttelt den Kopf: »Der verrückte Junge!« und fällt ihm küssend um den Hals. »Gott sei Dank, daß er verrückt ist«, denkt sie im nächsten Augenblick, »denn, wenn er erst vernünftig wird« – denkt sie etwas unklar weiter – »so wird er entweder sich schwarz anziehen oder laut dagegen auftreten, daß andere Menschen sich schwarz anziehen!«

Auf die Umarmung durch die Mutter folgt zeitlich die Umarmung der Schwester. Was jetzt geschieht, gleicht der Freudenbezeugung eines Naturvolks. Annina stürzt sich auf den Bruder und preßt ihn zusammen, wo sie nur Fläche zum Greifen findet. Dabei ist sie aber nicht ungeschickt und heißt den Füllfederhalter mitgehen, der aus des Bruders Brusttasche, halb stehend und halb eingeklemmt, schwarzglänzend aus dem Fenster sieht.

Ein Besitzwechsel könne nicht stattfinden, meint Agostino und lacht dazu. »Neulich sagte ein Engländer, der außen getragene Füllfederhalter bedeute für ihn geradezu das Symbol der italienischen Nation. Wo er auch reise, im Apennin, in Sizilien und im Veneto: überall trägt, wer eine hat, die Füllfeder außen an seinem Rocke. Besonders die unteren Volksschichten. Keiner anderen Nation, meint er, wird derlei einfallen: nur Italiener sind kindlich stolz, daß sie schreiben können (wofern sie es können!), und daß sie die tausendjährige Trennung zwischen Federhalter und Tinte tatsächlich überwunden haben. Als verteufelte Praktikusse führen sie beides mit sich spazieren …«

»Dabei ist doch«, sagt die Gräfin, »der Füllfederhalter, wenn ich nicht irre, von englischsprechenden Menschen erfunden.«

»Gewesen! Gewesen!« schmunzelt der Sohn. »In Zukunft kauft der Patriot nur milanesische Füllfederhalter …« Bei der Vorstellung, daß demnächst in Rom mit gewaltigen Kinnbacken jemand auf die Rostra steigen und das Kaufen fremder Halter als unpatriotisch geißeln könnte, beginnen alle drei zu lachen.

Die Kinder der Gräfin Bevilacqua lachen länger als ihre Mutter. Sie, schon wieder ernst geworden, lauscht in diese Musik hinein, die ihr die herrlichste Campanella auf Erden dünkt, und denkt dabei: den Jungen schützt seine Narrheit vor Unglück. Aber es ist eine dünne Schicht! Darunter erfüllt sich sein Verstand mit dem Wissen von drei Fakultäten ... Er ist nicht dümmer als sein Vater ... »Sag' mal«, fragt sie mißtrauisch, »wieso beehrst du uns eigentlich heute? Wir dachten, du würdest erst Pfingsten kommen?«

Agostino beschattet sich. »Andrea hat mir geschrieben, Mutter!«

»Andrea?«

»Ist er nicht angekommen? Er schrieb aus Deutschland, er wolle mich am Ostersonntag bei euch treffen.«

»Ich kann mich«, sagt die Gräfin still, »durchaus nicht entsinnen, den Trevisani zu Ostern eingeladen zu haben, und wundere mich, daß er aus Deutschland schreibt. Wo nimmt dieser Mensch nur die Möglichkeit her, fortgesetzt herumzureisen? Ganze Semester bleibt er fort! Sein Onkel, der Kaufmann Francobaldi, sagt, er wisse ganz genau: Andrea hat sich in Paris den schlimmsten Menschen angeschlossen und kommt noch hinter Schloß und Riegel ...«

»Francobaldi ist ein dummer Krämer. Andrea tut nichts Unehrenhaftes!«

In eine Wolke mißmutigen Schweigens sagt plötzlich Giovannina keck: »Ich hab's! Die Füllfeder wird deshalb außen getragen, damit man die Flecken gleich sieht, die sie macht. Die Reinlichkeit und die Ehrlichkeit des italienischen Charakters ...«

Aber keiner will mehr lachen. Der Pfarrer, der aus der Kirche tritt, der Mesner, der Spezereiwarenhändler, der Papierhändler und Cartolerist (denn Rocca ist eine Sommerfrische, aus der viele Grüße geschrieben werden) sehen eine ernste Familie ins angestammte Gebirgsdorf treten. Die Bevilacquas erreichen ihr Haus, das eine verfallene Besitzung, aber durchaus kein Grafenschloß ist. Jemand ist vor ihnen hier gegangen, das merken sie an der Schneespur im Garten – und wie sie ihre Augen erheben gegen das besonnte Dach, ist plötzlich aller Ernst vergangen. Sie kichern: sie sehen Trevisani, in der Haltung eines Spähers (doch nach der falschen Seite spähend), oben neben dem Schornstein stehn, der leicht und fast nur andeutend qualmt. Andrea trägt das Faschistenhemd; und ein Schwarzer, der neben dem Schornstein steht, sieht überall aus wie ein Schornsteinfeger.

Trevisani, noch nicht geübt in Verschlossenes einzudringen, hatte in der leeren Villa eine böse Stunde verbracht. Das Gehirn des Hauses, die Bibliothek, hinter nachgiebiger Klinke gelegen, war das erste, das den Fremden schweigend und etwas unwillig ansah.

Dem verstorbenen Oberhaupt treu, waren die Bevilacquas Leser – und die Seele des Professors bewohnte noch immer mystisch den Raum. Sein Bild, mit Stechpalmenzweigen geschmückt, hing zwischen beiden Fensterrahmen. Stirn, Blick und Bart glichen dem Battisti; dem Geographen der Irredenta, den die Österreicher ermordet hatten, weil er, in Trient geboren, gegen Österreich gekämpft hatte. Es war ein Kriegsbild, das den Professor als Sergeant der Alpini zeigte, eine vergrößerte Amateuraufnahme.

Trevisani atmete plötzlich schwer, und als er sich mit der linken Hand auf die nachgiebigen Bücher stützte, erfaßte ihn ein leichter Schwindel. Nach Monaten Frankreichs und Tagen in Deutschland spürte er jetzt zum ersten Mal den veränderten seelischen Luftdruck. Nach Monaten, die ja nicht über der Erde, sondern in einer Unterwelt von Politik verbracht waren, tauchte er wieder einmal nach oben. Wenn auch nur einen Augenblick, wenn auch, gezogen von schweren Plänen, er gleich wieder in die Tiefe mußte... Nervös seine Kleider entlang streichend, suchte er Zigaretten und fand nichts.

Er ordnete die Bücher wieder, die er achtlos verschoben hatte, und sah, daß es deutsche Bücher waren. Seit dem Tode ihres Ernährers hatte die Familie sich in dies Landhaus zurückgezogen und die Stadtwohnung verkauft: die deutsche Klassikerbibliothek, die der Gelehrte angelegt hatte, und alle andere geistige Habe war aus dem Tiefland mitgekommen.

Es waren vor allem die schwäbischen Dichter, die Bevilacqua gesammelt hatte – zum Teil in kostbaren Erstausgaben – die Hölderlin, Mörike und Uhland, Justinus Kerner, Pfizer und Schwab. Gartenstille Verse und Prosa; durchhaucht von Holz- und Wassergeruch, voll Bodenseeblaublick und heugrünem Mattglanz. Nichts liebte jener, in der Verdammnis heimischer Waldlosigkeit, so sehr wie das fremde Land zwischen Donau und Main. Auf seinem Knie war Agostino, große Bilderbücher durchblätternd, in die träumerischen Tore schwäbischer Burgen eingeritten und in die Heilbronner Abendröte. Doch aus der projektierten Reise, die der Achtjährige machen sollte, wurde nichts. Mit Donnerlawinen sperrte der Krieg so Gotthard als Brenner.

Andrea hielt ein Buch in der Hand: »Das Kernerhaus und seine Gäste«, und sah, daß er es nicht lesen könne. Er wußte, daß Agostino es könne, und bedachte mit einigem Neid, daß dies schon eine Trennung sei: wenn der eine etwas beherrschte, das der andere nicht verstand. Aber was half es? Er wußte seufzend, dies werde noch oft im Leben so kommen. Agostino war besser und klüger als er; in gottgewollter Progression würde sich dieser Abstand verbreitern. »Aber es macht nichts«, dachte Andrea, »würde ich anders dich denn lieben?«

Endlich hatte er Rauchzeug gefunden, und der bläuliche Strom ergoß sich vergessenmachend aus Lippen und Nüstern. Seltsam, daß flüchtiger Rauch es war, der so das Herz zementieren konnte.

Er ging jetzt an die Bestandsaufnahme der italienischen Literatur, schob und bestieg die Bücherleiter. Eine wunderbare Herde: zwischen Dante und Carducci fehlte nichts an Ewigem. Mit diesem aber brach es ab. Wann war Graf Bevilacqua gefallen? Im Jahre 1916. Damals war Gabriele D'Annunzio schon zwanzig Jahre lang Klassiker. Und nicht eine Zeile D'Annunzio? »Der Genius des Adriatischen Meeres fehlt in der Bibliothek des Soldaten«, konstatierte Andrea, und weiter: »Der Vater war kein D'Annunzianer, und der Sohn ist kein Faschist!«

Trevisani lebte ohne Verse. Sie konnten ihm gestohlen bleiben: Nur den einen nahm er aus, den großen Faun der Politik. Er war der einzige, der zeigte, daß man als Zyniker leben konnte und dennoch bronzene Worte dichten. Dasein und Werk D'Annunzios war unendlich bestätigt durch den Krieg!

Nur ein einziges Mal im Leben hatte der nüchterne Andrea (der mehr dem Typus des Technikers glich und der Welt des Buchstabens feind war) Verse gemacht. Vor vierzehn Tagen: in Paris, als jene Gruppe von Sceleraten und Emigranten ihm endlich ins Netz gegangen war. Als das Verbrechen der Vaterlandsfeinde, in ihm den Gesinnungsgenossen wähnend, ihn dafür gemietet hatte, den Standort Pedrottis auszukundschaften: da waren plötzlich wie Saft seines Leibes ein paar Verse aus ihm gebrochen. »Die Fahne«, niemals aufgeschrieben (und wenn er sie aufgeschrieben hätte, hätten sie nach D'Annunzio geschmeckt). Es wäre Dilettantismus gewesen, und doch war dies alles sein tiefstes Eigen.

Der Antifaschismus, monatelang von ihm bis zur Schlaflosigkeit belauert, gab endlich die Gelegenheit her, ein großes Gesellenstück zu liefern. Die Dünste des italienischen Sumpfes, der in Paris seit Jahren stagnierte und immer neues Land einbezog – diese beleidigten Klerikalen und abgesetzten Freisinnsminister, diese blutig verjagten Sozialisten – bildeten ein zischelndes Röhricht: wer davon atmete, wurde toll. Er nicht! Sie wußten nicht, die ihn schickten, daß er kein Verbannter wie sie, sondern daß er ein Patriot war.

Finalmente! Endlich, endlich vertrauten ihm diese Schurken und Narren den wahnwitzigsten ihrer tollen Pläne: einen antiitalienischen Film in Italien aufnehmen zu lassen.

Zwischen Bozen und Palermo wußte kein Mensch davon. Er allein! Und weiter: stets nur er allein! Keine Behörde durfte er rufen. Das Läuten staatlichen Alarms hätte die Übeltäter verscheucht, die Verräter gewarnt, die Beweise verhindert. Einem einzigen Menschen nur wollte er sagen, was bisher Hotelwände wußten, Bahncoupés, Lifts und sehr viel schwarz- und gelbgerauchte Mundstücke.

Wer aber war das? Kannte er ihn? Fünf Monate war er fern gewesen, hatte er ihn allein gelassen; in einem Alter, wo die Seele sich stoßweise täglich entfalten konnte. Wo am Abend Auge und Geist kilometerweit gelaufen waren und sich des Morgens kaum noch entsannen. Bücher! Er sah sich um wie ein Jäger. Dort standen Agostinos Bücher!

Karl Marx? – Lassalle? – Mehring? – Friedrich Engels? – Krapotkin? – Proudhon? – Er war erstarrt; er lächelte qualvoll. Die brauchte man ja wohl zum Studium, und gegen derlei ließ sich nichts sagen...

Warum war er nur so empfindlich in allem, was Agostino betraf? Er schalt sich. Er blätterte zerstreut in Gide und Rists wunderbarer »Geschichte der volkswirtschaftlichen Lehrmeinungen«, diesem großartigsten Roman menschlicher Denkstraßen; dann geriet er an Alfredo Niceforos »Anthropologie der nichtbesitzenden Klassen«. Welch ein beängstigender Titel! Wenn die nichtbesitzenden Klassen einen anderen Körperbau hatten als die Reichen, so war diese Tatsache ein Mittel der fürchterlichsten Agitation! Er entsann sich: Niceforo war einer von jenen

abscheulichen naturwissenschaftlichen Soziologen, die zur Jahrhundertwende lebten. Und daneben stand nun auch noch Sergis »Dekadenz der Lateiner«! Hatte solch düsterer Fanatismus, solche Summe von falscher Prophetie die Nation vielleicht glücklicher gemacht?
Glücklich und stolz machte nur der Faschismus! Und immer wieder war Agostino diesem Glücke ausgewichen. – Mit Schrekken entsann sich Trevisani plötzlich an einen kleinen Vorfall aus der Mailänder Gymnasiastenzeit. Damals – im Jahre 1923 – erfuhr man die Untat von Crespellano. Ein Bettler, er hieß Enrico Mozzetti, hatte, das Bettelverbot mißachtend, neben einer Kirche gebettelt. Der alte Mann von siebzig Jahren verstand das Neue nicht, widersetzte mit Händen und Füßen sich der Verhaftung, wurde von Faschisten gepackt und unter die Lokomotive geworfen. Agostino quittierte diese Geschichte mit einem Nervenanfall. Nie wieder hatte Andrea ihn so gesehen; selbst nicht bei der Tötung Matteottis... »Einen Bettler totzuschlagen!« heulte der Siebzehnjährige damals. Und immer wieder: Einen Bettler! – »Als ob das ein Bettler gewesen wäre!« dachte Andrea und rauchte nervös. Aus jenem nichtswürdigen Mozzetti stank ja die ganze Übeltat der demütigen Jahrhunderte, wo man jeden Degeneraten, jeden Nichtstuer und Gauner als Italiener bezeichnen durfte. Wo man, statt zu arbeiten, Almosen von Europa empfing. Man bettelt nicht vor Kirchentüren!
Auf einmal packte ihn wilde Wut: Oh, dieser lächerliche Pedrotti! Wenn er überhaupt existierte: dann war er wie der Bettler Mozzetti. Nur schädlicher – weil er romantischer war! Ein Bandit im zwanzigsten Jahrhundert? Sardinien eine Menagerie, mit Ausländern, die durch Stäbe guckten? Unfaßbar! Alle todeswürdig!
»Ausrotten! Ausrotten!« wollte er brüllen. – Warum verhöhnten ihn diese Bücher? Ein Strafgericht über alle Bücher, die anderes lehrten als den Faschismus! »Entweder enthalten diese Bücher

etwas anderes als den Koran: dann sind sie schädlich und sollen brennen! Oder sie enthalten dasselbe, dann aber sind sie überflüssig!« hatte jener Kalif gesagt. Das war die rechte Politik! Seine Wut gegen die stummen Gesellen wuchs. Die Zimmerwände erstickten ihn. Er konnte den Druck, den Hauch, den Hohn der tausendäugigen Bücherrücken nicht mehr ertragen. Er wurde erfaßt, gedreht, eine Wendeltreppe empor, aufs Dach gehoben, in freie Luft.

Und so stand er dort, neben dem Schornstein.

Das Essen wurde breit und breiter. Als hätten die Frauen sich verschworen, die beiden niemals allein zu lassen, lösten sie sich beim Auftragen ab. Dann saß man zu viert beim schwarzen Kaffee. Und dann war schon auf der Veranda zur Vesper gedeckt. Und schon sank die Sonne.

Agostino duldete es mit Lächeln. Trevisani verfinsterte sich und konnte trotzdem nicht einsilbig werden; das hätte den Verdacht verstärkt. Um fünf Uhr stopfte Agostino der Schwester ein Stück Kuchen hinein, daß sie nicht schreien konnte: »Bleib hier« (die Gräfin war gerade in der Küche), turnte in den Garten hinunter und lief laut lachend aus der Pforte. Andrea, ohne Hut und Mantel, ihm hinterdrein.

Sie wurden gleich ernst. Und als Bevilacqua neben sich Trevisanis Gesicht sah, fühlte er, daß das Lachen vorbei sei. Sie schlenderten ins Gebirge hinein.

»Was gibt es also?« fragte er.

Merkwürdigerweise schwieg Andrea.

Das Gebirge ist eine schlechte Folie für menschliche Händel. Es ist zu groß. Der kleinste, abgesprengte Stein noch ist ein Beweis gegen menschliches Planen; in seiner undurchdringlichen Dichtheit ein Beweis gegen Blut und Nerven ... Trevisani sprach nicht. Er war sehr blaß.

Ein Vor-Abend-Himmel von kaltem Kobalt spannte sich über den schweren Gipfeln. Von Zeit zu Zeit schlug ein fallender Stein und hinterließ eine murrende Fährte in der neblig werdenden Luft. Oder der weiße, scharfe S-Laut hangender Wasserfälle berauschte hinter Wegbiegungen das Ohr und verschwand so schnell wie er kam. Meist hörten sie nur den Hall ihrer Stiefel. Andrea hatte sich überschwiegen. Er spürte, wie die Kälte der Steine sein glühendes Geheimnis vereiste. Es war ihm, als ob er es auftauen müsse, und stockend, zögernd, hilfsbedürftig klang schließlich, was er zu sagen begann.
Doch gerade das rührte den Bevilacqua. Er war nämlich schon bereit gewesen, Andrea gar nicht zuzuhören und an etwas andres zu denken. Er machte sich nichts aus Politik und liebte es nicht, von ihr zu reden. Streit zwischen Menschen war zwar natürlich; aber nicht so politisches Streiten. Politik floß nicht aus der Mitte der Dinge. Wie Journalismus die Geisteswelt, so entstellte ihm Politik die Tatsachenwelt. Er haßte beides.
Doch hinter dem, was Andrea erzählte, gerann es von menschlichen Grundgewalten, und zündeten wirkliche Leidenschaften. Die Italiener in Paris! Vertrieben, zusammengeballt in der Fremde: auf einmal glaubte er sie zu sehen, mit ihren phosphorweißen Gesichtern hockten sie auf zu engem Raum. Untereinander reichlich verfeindet – und doch geeint von Haß und Liebe. Aus der Ferne brannte ihr Blick auf Chiasso und Ventimiglia, den Grenzstationen zur Vatererde. Und aus dieser Wahnliebe stieg jener Plan, den ihm Andrea hier erzählte... und der ihm sogleich nicht sehr wirksam schien.
»Aber«, dachte er seelenruhig. »Kritisieren kann man ja später. Ich will zunächst einmal zuhören!« Und er lauschte, und rätselhaft ergriff ihn eine Vision von Paris, in dem diese Italiener lebten. Von jenem Paris, das er selbst nicht kannte. (Die Bevilacquas waren arm; und der Contino konnte nicht reisen.) Hier, mitten in den Karnischen Alpen, fühlte er plötzlich jene Stadt bis

in die Nerven seiner Zähne, die Ungeheuerlichkeit von Paris, die kraftzitternde Unsterblichkeit ihrer hirnbewohnten Steine. Und während er bis ins tiefste Herz hinabstaunte über Andreas Erzählung, summten seine Lippen ablenkend die kleine Periode aus Traviata: »Popoloso deserto che appellano Parigi...« (Volkreiche Wüste, man nennt es Paris.)

»Sing' doch nicht!« unterbrach Trevisani.

»Entschuldige, ich bin schon still!«

Trevisani erzählte weiter. Von Direktor Rubenson, »dem starken, aber ermüdeten Mammut« und von dessen »gefärbter Freundin«. Man wisse nicht, wem von ihnen beiden der erste Preis im Verblühtsein gebühre. Gleichviel, es handele sich hier um zwei bestrickende deutsche Teufel! – »Vor den Franzosen«, schloß Trevisani, eigentlich unverhofft, den Bericht, »muß man sich nämlich deswegen hüten, weil sie den Krieg gewonnen haben, und vor den Deutschen hauptsächlich, weil sie ihn verloren haben!«

»Beides scheint also gleich schlimm zu sein!« konstatierte der Freund mit leisem Lächeln. »Und wie ist es nun mit den Italienern?«

»Wie bitte?« machte Andrea gereizt.

Agostino schüttelte den Kopf. Wie sehr diesem Menschen, den er doch liebte, eigentlich das »Platonische« fehlte, der Wille zu geistiger Erkenntnis!

Doch dafür war er ja wohl ein »Täter«. Nun gut denn. Zur Tat, lieber Agostino!

»Wenn ich vorhin auch gesungen habe«, sagte Agostino lebhaft, »so habe ich doch genau zugehört. Und ich werde dir das beweisen! Ich möchte nämlich, wenn du erlaubst, ein paar Ergänzungsfragen stellen!«

Was hieß das: Ergänzungsfragen stellen? Agostinos Sachlichkeit kränkte Andrea, wie ihn noch eben der Gesang gekränkt hatte.

»Frag' nur!« murmelte er trocken.

»Welche französischen Amtsstellen sind in diese Affäre verwikkelt?«
»Das weiß ich nicht!« gestand Andrea. »Die Franzosen sind überaus vorsichtig. Ich kenne genau acht Italiener, die mit der Sache zu tun haben, aber nur einen einzigen Franzosen – und der ist Combaleau-Albert.«
»Ist das ein falscher Name?«
»Wahrscheinlich! Er ist in keinem Adreßbuch zu finden und bei der Polizei nicht gemeldet. Er ist ein Beamter des Geheimdienstes; aber er gibt sich auch zuweilen für einen Klavierprofessor aus.«
»Durch seine Hand laufen alle Fäden?«
»Seine Hand alleine ist sichtbar. Er ist unglaublich vorsichtig! Er ist bedacht, daß bei einem Unglück alles auf unsere Kolonie fällt... beispielsweise also auf mich... und daß kein Franzose verwickelt wird. Fliegt die ganze Geschichte auf, so wissen die Franzosen von nichts.«
»Aber das Geld ist doch französisch?!«
»Gewiß – doch nicht einmal ich weiß, wer über diesen Fonds disponiert. Herrenlos, ursprungslos ist dieses Geld; man sieht es nur wirken...«
»Erstaunlich, erstaunlich!« schrie Agostino. Er legte die Hände an die Schläfen und blieb plötzlich stehen. »Um Gottes willen! Sollte man das für möglich halten?« Er starrte ihn an. Er war sehr erregt.
Andrea genoß es. Schlaflose Nächte, das ganze Paternosterwerk von Gedanken, Lasten und Plänen – all das war nicht umsonst gewesen: denn Agostino war erregt! Er war in den Kern seiner Seele getroffen. Nun gingen Wellen von Mitgefühl, von Freundschaft und von Hingabe über sein schönes, junges Gesicht. Ach, noch im Halbdunkel kannte Andrea die Linien dieses reinen Ovals!
Er legte ihm die Hand auf die Schulter.

»Begreifst du nun, daß ich zu dir mußte? Wochen und Wochen schweige ich. Bin allein. Unter Todfeinden. Jetzt diese Reise – in den Ruhm oder, mein Lieber, in den Tod!«
Ruhm oder Tod? Agostino erwachte. Das klang doch wie eine falsche Musik? – Er sagte vorsichtig: »Andrea! Du ehrst mich tief durch dein Vertrauen. Aber – was kann ich für dich tun?«
»Alles! Alles!« sagte Andrea, und er spürte, daß er weinte. »Wenn du mitkommst! Wenn du mitkommst!«
»Ich! Dich begleiten?!« erschrak Agostino. »Aber das kann nur ein Gläubiger tun, nur ein Faschist!«
»Auch du wirst glauben!« sagte der andere, heiser und heiß. »Hab' ich dir nicht genug erzählt? Und willst du hören, was man jetzt wieder im Ausland uns antut, Stunde für Stunde? Die Bilanz der letzten zehn Tage: Überfall auf unseren Konsul in Genf, zwei Arbeiter in Marseille getötet, weil sie die ›Giovinezza‹ sangen, unserer Handelsvertretung in Algier werden die Fenster eingeworfen, in Albanien erschlägt man uns einen Matrosen ...«
»Laß das!« sagte Agostino, nicht laut, doch in unbarmherzigem Ton. »Ich kann das alles nicht nachprüfen! Ich glaube nicht, was ich nicht sehe! Vielleicht sind das alles Zeitungslügen, Lügen geldverdienender Schurken ...«
Die Berge waren ganz dunkel geworden. Eine unermeßliche Traurigkeit, aufwuchtend aus der Mitte der Erde, erfüllte sie ganz. Wie Säcke von Trauer, sich überhäufend, lagen sie da; die leeren Glanzsplitter der Sterne standen trostlos um sie herum. Andrea Trevisani fror wie noch nie in seinem Leben. Er fror, als sei er alleine im Weltraum. So fern ihm diese Sterne waren, noch ferner war ihm Agostino, der – ach, nur zwei Schritte vor ihm! – mit unerreichbarer Schulter hinging.
Plötzlich, zu seiner eigenen Scham und unbegreiflichem Entsetzen hörte Andrea sich selbst reden: »Bitte, Lieber, begleite mich! Es ist nicht nötig – hörst du, nicht nötig, daß du meine Ansichten teilst!« Er ging schneller und sprach ihm in den Nacken. »Ich

räume ein, oh, durchaus ein: es kann nicht nur Faschisten geben! Du sollst mich nur deshalb begleiten, weil ich zufällig Geld habe – und wir doch meistenteils keines haben.« Er angelte nach seinem Arm; aber er bekam ihn nicht. Ob es denn nicht sehr wichtig sei, einmal nach dem Süden zu kommen, Land und Leute kennenzulernen?
»Das ist wahr!« gestand Agostino. »Diese Geldnot ist entsetzlich. Einem Volkswirtschaftler, der nicht reist, dem ist durch kein Kolleg zu helfen... Aber, Andrea, der Ursprung des Geldes!!...«
»Ich brauche doch niemandem Rechnung zu legen!« bettelte Trevisani verzweifelt.
»Es wird nicht gut enden, lieber Andrea!« sagte Agostino seufzend und überließ ihm seinen Arm. »Ach, warum zerrst du so an mir? Warum liegt dir so viel daran?«
»Warum mir soviel daran liegt? Agostino!« Mitten im Schmerz und in der Schande kam ein Lächeln zu Trevisani. »Weil ich nämlich alleine zu schwach bin...«
Agostino hob den Kopf. Seine Pupille begegnete einem Strahle des Jupiter, der gerade um eine Felszacke kam. Keinen anderen Planeten hatte sein Vater so geliebt, wie diesen König der ruhigen Lichter. Agostino senkte das Auge und sagte ruhig, fast nebenher: »Ich komme mit!«
Trevisanis Herz machte einen Satz nach vorn. Aber er schwieg. Jedes Wort des Dankes war unvorsichtig. Er hütete sich. »Kehren wir um!« sagte Agostino. Sie gingen eine Stunde abwärts, als die Lichter von Rocca kamen.
»Wie machen wir es mit dem Gepäck?« sprach Agostino geschäftsmäßig. »Hast du einen Touristenanzug? Das Schwarzhemd mußt du hierlassen.« Er lächelte etwas: »Und ich das braune.«
Sie waren an der Gartenpforte, da sagte Agostino zögernd: »Ich muß mit meiner Mutter sprechen. Erschrick nicht! Nur das

Nötigste. Vielleicht, daß wir drunten Studien machen... obwohl mir das Lügen nicht sehr leicht fällt!« Er stockte. »Ich weiß nicht, wie lange es dauert. Geh schlafen. Dein Bett steht in meinem Zimmer.«

Als er nach zwei Stunden wiederkam, leise, um jenen nicht zu wecken, fand er die Kammer stark verändert. Dicke Rauchschwaden durchwallten sie, und in der Mitte lag Trevisani, olivenfarbenen Oberkörpers, halbnackt, die Ellbogen aufgestützt, einen Blick konzentrierter Erwartung, der Liebe wie Haß bedeuten konnte, auf Agostino losbrennend.

»Kennst du die außenpolitische Lage?« fragte er statt jeder Begrüßung.

»Ich wüßte nicht«, sagte Agostino und öffnete widerwillig das Fenster, »was mich jetzt weniger interessierte.«

»Höchst unrecht! Es wird Krieg geben! Bald! Einen sehr gerechten Krieg.«

Agostino zog seinen Rock aus. Er murmelte, zuweilen gähnend, es gäbe keine gerechten Kriege.

Trevisani, auf seinem Bett, arrangierte einen Staffettenlauf zwischen der frischen Zigarette und der alten, von der er die Glut nahm. »Das ist alles ganz einfach...« sagte er. Rauchend und stierend wie ein Drache, streckte er den Kopf aus den Kissen. Mit unnatürlich steifem Nacken zu Agostino hinüberblickend, der sich dabei entkleidete, begann er das Epos zu erzählen vom eigentlich nicht gewonnenen Kriege...

Italien hatte nach Norden gewonnen – sagte er – gegen die Germanen. Aber nicht nach Westen und Osten. Im Westen säßen die Franzosen; Nizza, Monako, Korsika; im Osten sei es schlimmer als je. Die Früchte der Isonzoschlachten habe Belgrad in die Tasche gesteckt. Die Herrschaft über die Adria habe man Österreich abgewonnen, um sie mit den Serben zu teilen.

Berückend einfach war, was er sagte. Es war politische Geometrie. Es war, wie alle Geometrie, nackt, geradlinig und ganz

unwiderlegbar. Die Mundstücke häuften sich um das Bett. In eine Bergluft rieselnden Schnees sandte er unablässig Gestank von brennendem Papier empor.
Schlimmer als je sei es geworden. Das Unerhörte sei geschehen. Der gallische Westen habe sich mit dem slawischen Osten verbunden. Das rechte und das linke Tor sei von Feinden verbarrikadiert. Und auch in der Mitte sei's nicht geheuer! Dort stünde Dottore Stresemann, teutonicamente ridendo: dieser sehr gefährliche Staatsmann, sein teutonisches Lächeln lächelnd, werde sich bald herbeilassen, Österreich in die Tasche zu stecken und an die obere Etsch zu marschieren.
»Die Preußen also vor Verona, die Franzosen in Mailand, die Jugoslawen vor Görz und Triest: das ist die Zukunft, wenn wir nicht wachen!«
»Wenn wir nicht wachen!« Er rauchte heftig. Er betrieb eine höllische Industrie. Ein Hund oder sonst ein unschuldiges Tier wäre aus dieser Rauchwolke schon heulend entkommen. Der Mensch ertrug es.
Trevisani war schon am Einschlafen.
Noch einmal aus der Räuchernarkose aufzuckend, warf er die Frage herüber: »Nun, was sagte denn deine Alte?«
Aber auch Agostino schlief.

Leichter als Kork

Den Hafen von Livorno verließ ein glyzinenfarbiges Schiff.
Das Meer war so still, daß das Schneiden des Schiffes nicht lauter war als ein Gartenschlauch, der gegen eine Laubhecke sprudelt. Man dachte nicht, daß hier Wasser sei und Schweben über tödlicher Tiefe. Das Meer war ein Garten aus Wärme und Licht.
Und doch war auf dem Schiffe die Hölle.
Eine sehr sonderbare Hölle. Unsichtbare Flammen schlugen

gegen Andrea Trevisani. Und der sie schürte, mit einem Lächeln in seiner göttlich heiteren Stirn, war Agostino Bevilacqua.
Das große Geschenk der Sardinienfahrt schien kaum für ihn zu existieren. Diese geheimbündlerische Reise, deren Teilnehmer gleichsam nicht Koffer, sondern Rutenbündel und Beile trugen – diese altrömische Verschwörung zur Rettung ihres Vaterlandes: der junge Conte sah sie für nichts an.
Aber er spottete ihrer auch nicht. In seiner unbewußten Klugheit, die nichts als große Redlichkeit war, beging er keineswegs den Fehler, den vielleicht ein Literat an seiner Stelle begangen hätte: Trevisani nachzuweisen, wie unwichtig dieser Pedrotti sei. Daß der riesenhafte Komplex der italienischen Weltgeltung nicht durch italienfeindliche Filme ernsthaft erschüttert werden könnte. Am Seelenhimmel der Menschheit brauchte nur eine Strophe von Leopardi, ein Kopf des Michelangelo, eine Seite Manzoni aufzuziehen – und alles Übrige war vergessen. Er hütete sich, derlei zu sagen. Hätte er es nur getan! Dann hätte Andrea es leicht gehabt, den Locus superior zu gewinnen und Agostino zu beweisen, daß es für den »Uomo nuovo«, den der Faschismus züchtete, keine Bagatelle gäbe.
»Der Faschismus gleicht der Natur! Er hält, wie sie, nichts für unwichtig!«
Oder: »Nicht umsonst begann der Faschismus mit der Bewachung der Eisenbahnen! Der Faschist ist ein Lokomotivführer, ein Weichensteller, ein Blockhauswärter. Er weiß, daß für die Fahrt der Nation jeder Meter bewacht sein muß!«
Oder: »Der Faschist ist ein Bakteriologe! Vor dem Auge seines Mikroskops vergrößern sich die geheimen Schäden! Der Faschist ist kein Liberaler...«
Eine Rede über dieses Thema schlummerte längst in Andreas Brust. Er kam nicht dazu, sie herauszulassen. Von Zeit zu Zeit gab er Bruchstücke. Der Freund beachtete sie nicht.
Agostino benahm sich wie die Natur. Er schwieg. Er gab, genau

wie sie, auf Ideologisches keine Antwort. Im übrigen benahm er sich – und gerade dies war das Schrecklichste! – in keiner Weise antifaschistisch.
Ja, nichts war fürchterlicher als dies! Es beraubte Andrea der Möglichkeit, wenigstens mit dem Freunde zu streiten! Wenn er ihn schon nicht belehren konnte (und das konnte er ja wohl nicht: denn gewaltige Plantagen des Wissens wogten in Agostinos Blick und machten ein Belehren nicht rätlich), dann hätte wenigstens Streit sein sollen!
Seit Menschen miteinander reden, seit Völker miteinander verkehren, gab es immer einen Streit um den Locus superior. Um den Hügel, den man haben mußte: den höheren Punkt, von dem herab man den andern militärisch, wirtschaftlich oder auch logisch beherrschte. Wie schön hatte Andrea in Paris sich seinen Hügel aufgeschichtet, von dem herab er Agostino seine Feldherrnhand geben wollte! Auf einmal schwand das alles wie Eis an der Sonne. Weil Agostino den Platz auf dem Hügel weder anerkannte noch streitig machte.
Seit anderthalb Tagen litt Andrea. Im Anfang der Reise hatte er noch, berauscht von der Gegenwart des Freundes, mit einer geistigen Sinnlichkeit gesprochen, Schönes und Wahres gesprochen, wie der Dichter vor einer Frau spricht.
Auf dem Stationsdach von Capodimonte flatterte eine lange Fahne. »Sieh die Fahne!« sagte Andrea und zitierte auf einmal das Gedicht, die einzigen Verse seines Lebens: »Ist sie nicht wie eine große Schlange, die durch sattes Gras davoneilt? Wer könnte glauben, daß sie nicht lebt! Oder daß sie ein Fetzen Tuch ist? Ja, das war kein kleiner Mann, der einen toten Fetzen Tuch zum erstenmal an einen Stock band und ihm zurief: Trinke Wind! Aus unserem Himmel, aus unserem Herzen, sei Fahne, sei Ideal, sei Leben!«
Ein goldener Schleier senkte sich auf Agostinos braune Augen: »Wie schön, wie dichterisch sprichst du, Andrea! Eine Wahrheit

sagst du, so wahr, daß sie an mehreren Stellen der Welt von Philosophen gekeltert wurde. Was du sagtest, steht fast wörtlich in einem Buche von Max Scheler.«

»Wer ist Max Scheler?«

»Er ist ein Deutscher. Ein Professor der Philosophie in Köln.«

Wie schrecklich! Ein Professor in Köln. – Ein bitterer Geschmack war auf einmal im Coupé – und die Korbflasche, die Agostino jetzt öffnete, konnte den Geschmack nicht vertreiben. Denn wenn ihr Gespräch auch jetzt abbrach, so hörte Andrea doch aus dem Donner der ligurischen Tunnels die einzig richtige Konklusion: Nicht nur die grün-weiß-rote Fahne, auch die Fahne der Deutschen und die Fahne der Franzosen waren des Windes, des Geistes voll! Adel, Schönheit und Vaterlandsliebe, Opferwille und Furchtlosigkeit waren international – ganz wie das Häßliche es war.

So wußte Agostino alles, was Andrea ihm sagen konnte. Und er wußte, darüber hinaus, die geheimnisvoll andere Hälfte! Andrea hatte sagen hören, daß es Menschen gäbe, die den Mond, wenn er halb am Himmel stand, mit physischem Auge als voll sähen. War Bevilacqua solch ein Mensch?

Mitten im strahlenden Frühlingstag, auf dem glyzinenfarbenen Schiff – es rauschte, als ob ein Gartenschlauch sein warmes und weiches Wasser sprudelt –, wußte Andrea nicht aus noch ein. Sein Herz wurde hart, erbittert und klein, als ob es noch im Ausland weile. Er starrte finster über die Reling.

Plötzlich zuckte er zusammen. Agostino streichelte seinen Arm. Die natürlichste aller Dankbarkeiten strahlte auf einmal aus dem Contino. Sein Gesicht, das jetzt wohlig erschlafft war, zeigte leichten Reiseschweiß und hatte etwas von dem arglosen Glanz junger Rinder. Er fühlte sich wohl! Aus dem göttlichen Panorama strömte Licht in seine Augen und verwandelte sich in Güte. Als die Brise sich verstärkte, ergriff er plötzlich seinen Mantel und legte ihn über Andreas Knie.

Trevisani seufzte. Gleich darauf bewegte er die Knie etwas, daß der Mantel zur Erde fiel. Aber der andere bemerkte es nicht. Er war an den lila Schornstein getreten und trällerte ins Offne hinaus:

Zwischen Neapel und Livorno,
wer denkt an Böses, denkt an Böses?
Die hellen Wasser des Vormittags,
sie denken, Freund, an Böses nicht.

Du glaubst, daß die Fische im Meere stumm sind?–
Aber Annina glaubt es nicht!
Mein Antlitz schwand ihr im goldenen Mittag,
dennoch schwoll übers Meer mein Gesang.

Um fünf Uhr morgens hielt das Schiff. Die letzten Manöver – Drehen und Stoppen – erweckten die beiden. Das Freundespaar hatte ziemlich schlecht geschlafen. In der ungastlichen Kajüte hatte, in Pferdedecken gehüllt, noch ein Dutzend Soldaten genächtigt. Abends in Civitavecchia war der letzte Lustreisende und Zivilist von Bord gegangen. Der einzige Menschenimport nach Sardinien schien aus Soldaten zu bestehn.

Sie dehnten ihre müden Arme. Beim Herausklettern aus dem Schiff sah Bevilacqua mit Erstaunen, daß eine ziemlich große Fracht von Gemüse und Käse mitgereist war. »Wie ist das nur möglich«, dachte er, »daß man derlei vom Festland bezieht?« Ein Matrose sah seinen Blick und sagte finster: »Die Ziegen sind gut. Aber die Leute hier sind etwas dumm und wissen den Käse nicht schmackhaft zu machen. Man hat es ihnen oft gezeigt, aber es nützt nichts.« Er zog sich zurück.

Als sie über das Landungsbrett schritten, drehte der Conte Bevilacqua sich unwillkürlich noch einmal um und spürte den finsteren Blick des Mannes vor sich hin in die Luft gerichtet. Er sah gut aus: klein, sehnig, alert, und etwas spanisch in seinem Ernst. Unzweifelhaft war dieser Mann ein Sarde!

»Schlechtes Wetter!« sagte Andrea und wies leicht gähnend nach dem Himmel. Es war nicht lange nach Sonnenaufgang. Ein unfreundliches, nasses Grau drückte herab auf Erde und Meer. Sie marschierten über die Reede. Wo waren eigentlich die Soldaten? Verschwunden; das war bedauerlich. Man hätte sie allerlei fragen können. Auch geht es sich leichter mit Soldaten...

Agostino mußte denken, wie unheimlich es gewesen war: die Nacht, und die schlafenden Soldaten. Soldaten, wenn sie bewußtlos sind, sehen ganz wie Leichen aus. Ihre Kappen und Röcke muten so alt an, als hätten sie schon in der Erde gelegen. Wie gräßlich war dieser Offizier, der mit offenem Munde schlief, und dem das Hosenbein verrutscht war. Wahrscheinlich paradierte er gestern, in Rom, noch auf der Via Cavour; und niemand, der ihn dort umgehen sah, ahnte seine gestopften Strümpfe und seine durchlöcherten Unterkleider...

»Warum seufzest du?« fragte Andrea. Er öffnete sein Handköfferchen, entnahm ihm die Generalstabskarte und begann sich zu orientieren. »Wir sind im Golfo degli Aranci. Siehst du übrigens Orangen?«

»Nein!« sagte Agostino kleinlaut. »Aber sie wären holzig und bitter!«

Andrea lachte plötzlich laut auf. Das schlechte Wetter, die Häßlichkeit schien ihn beinahe glücklich zu machen.

Kein Mensch war weit und breit zu sehen. Hinter der Mole befanden sich kleine Heilstätten für Wagenräder, für Bootsplanken; und hier und da ein Haufe von halbzerbrochenen Ziegeln. Alles sah seltsam ärmlich aus. Der von der Natur begünstigte Hafen (draußen, wie die Karte lehrte, bewachte die Insel Tavolara den gewaltigen Halbkreis des Golfs und brach mit Granit die Weiße der Wogen) war kaum durch Menschenhand verstärkt. Es schien kein Schiffsverkehr zu bestehen oder doch nur ein lächerlicher. Das Dampferchen, das sie abgesetzt hatte, und das sehr zierliche Maße hatte, war das größte Fahrzeug im Hafen. Ein paar zerlumpte Fischerboote lagen neben ihm: das war alles.

Sie verließen das Bassin und wanderten in den Ort hinein. Bevilacquas Freunde in Padua pflegten von Agostino zu sagen, er besäße Sozialgefühl, wie ein anderer Naturgefühl habe. Das heißt: er spüre aus der Luft die Traurigkeit von Verhältnissen und brauche weniger als andere (obwohl er sehr belesen war) den Umweg über Statistik und Bücher. Und wirklich bekam jetzt Agostino ein seltsames Gefühl unterm Zwerchfell. Die Leere, in die sie hineingingen, war (er merkte es) nicht die Leere eines eben noch schlafenden Städtchens. Es war Menschenleere an sich. Ein Ausdruck seltsamer Wüstenei.

Sie gingen durch den gespenstischen Ort und fröstelten vor Morgenkälte. Das einzige Gasthaus war geschlossen. Über einem kahlen Gärtchen hingen, an freier Luft getrocknet, ein paar magere Ziegenhäute. Nichts als das Echo der eigenen Schritte begegnete ihnen zwischen den Häusern. Ein Brotladen, Spezereiladen, dann hörten die Häuser gänzlich auf – wie ein Mund voller Zahnlücken nicht mehr spricht – und es kam ein bißchen Brandschutt mit Mauern. Mauern, auf denen mit heller Kreide »Morte alla massoneria!« (Tod den Freimaurern!) geschrieben stand. Nie war dem jungen Bevilacqua die Existenz der Politik als etwas Gespenstischeres erschienen als in diesem von Dürre und Kälte menschenleer gelaugten Ort. »Il re è salvo!« Unbeholfen, in einer zittrigen Kinderschrift, stand es an einer andern Mauer. »Aufs Schafott mit Gibson!« Wer war nun Gibson? Agostino erinnerte sich: es war eine Ausländerin, die auf den Diktator geschossen hatte. Falls dieser Ort überhaupt bewohnt war, so zeigten wenigstens seine Bewohner die vorgeschriebene gute Gesinnung.

Aber hundert Schritte weiter erstarben Bewohnung und Gesinnung. Hier erst begann Sardinien, eine Ebene von heroischer Kahlheit. Es schien, als ob nur ein kleiner Saum, der neben dem Meer lief, kolonisiert sei. Von hier ab jedoch war alles so spröde, daß man nicht mehr glauben konnte, die Riviera von Korsika, die Insel der Blütenstaub sammelnden Bienen, läge nördlich davon und sehr nahe. In weitem Halbkreis schlief das Gebirge, unbewaldet und schwarz wie Eisen. Der Monte Limbara hatte Schnee. Die anderen Berge der Gallura, wie eine starre Augenbraue, die in tausend Jahren nur einmal zuckt, blickten so leblos über die Ebene, daß die beiden aufhörten, ihren zögernden Schritt nach Nordwesten zu setzen. Sie kehrten ohne Verabredung um.
Bevilacqua wollte Andrea fragen, welchen Plan er nun eigentlich habe, aus diesem schweigenden Gestein den Räuber Pedrotti herauszuforschen; doch Trevisani war so bleich, daß er aus Mitleid es unterließ. Ein scharfer Nordwind war aufgewacht und schob ihnen stoßweise in den Rücken. Wenn nicht gegen die Sonnenseite ein verschüchterter Mandelzweig sich hie und da erhoben hätte, wäre dies alles ein Spätherbst gewesen.
Das Gasthaus stand offen. Es war halb sieben. Der Wirt trug ihre Handkoffer aufs Zimmer und machte sich hinterher daran, ihr Personale aufzunehmen. Er setzte dazu eine Brille auf, was ein wenig sonderbar schien: denn, wenn man den Bauchansatz übersah, glich er wie ein Bruder dem kleinen, gesunden Matrosen am Hafen. Er hatte die Schrift eines Schönschreibers und malte mit Zeitaufwand und viel Sorgfalt.
»Sie handeln mit Kork!« bemerkte er, als er an die Beschäftigung ging.
Die beiden Studenten verstanden ihn nicht. Er wiederholte die Feststellung; allerdings etwas fragender.
»Weshalb sollten wir mit Kork handeln?« sagte Agostino verblüfft. »Sie sehen doch aus unseren Papieren, daß wir Studenten aus Padua sind. Wir machen eine Osterreise!«

»Wir möchten Sie sogar sehr bitten«, fügte Trevisani hinzu, »uns ein wenig zu beraten.«
Der Padrone veränderte keine Miene. »Das ist etwas anderes!« sagte er, faltete die Papiere zusammen und begab sich in die Küche.
Durch das Gastzimmer spielten zwei kleine Kinder, Mädchen im Alter von vier Jahren. Sie hatten einen milchblauen Teint und sahen aus wie Püppchen aus Elend. Ein Kellner, der Pantalone hieß und der im Gegensatze zum Wirt einen hasenhaft ängstlichen Eindruck machte, schickte sie fort, und brachte das Frühstück. Butter und Milch schienen unbekannt; der Kaffee wurde süß serviert.
Gerade begannen die beiden Freunde eine drei Tage alte Zeitung zu öffnen, um sich die Zeit zu vertreiben, da ertönte von draußen Geschrei. Langsame Ochsen knarrten vorüber, vor kleine, beladene Wagen geschirrt. Ein einzelner Knecht in schwarzen Gamaschen und weißen, gebauschten Leinenhosen – diese Tracht hatte etwas Albanisches! – führte antreibend und richtend zehn Wagen. Dahinter begann eine neue Reihe, die von einem anderen Knecht in schwarzem Lammfell getrieben wurde. Die beiden ließen ihr Frühstück im Stich und eilten neugierig auf die Straße.
Das sonderbare Frachtgut der Wagen war drahtverschnürt. Es waren Pakete, scheinbar aus gewöhnlichem Holz, ein Meter lang und zwei Meter breit. Oder vielleicht war es doch kein Holz? Es mußte jedenfalls sehr leicht sein; denn alles war sehr hoch aufgetürmt, und droben saß noch ein Bündel Heu, um die Zugtiere zu füttern.
»Weißt du, was das ist?« schrie Andrea. »Es ist das Holz der Korkeiche! Dort hinten im Gebirge gibt's Kork!«
Agostino bedachte bei sich, es sei kein Grund, so laut zu sein – auch wenn eine ganze Karawane von vierzig oder fünfzig Wagen die Stille des Ortes plötzlich belebe –, aber da war es Trevisani schon nicht mehr alleine, der schrie. Denn plötzlich schoß ein

hellgrünes Auto, unkenntlich vor Chausseekot, heran, bremste jählings, und ihm entstieg mit erhobenem Spazierstock ein eleganter jüngerer Mann. Überm linken Arm den Staubmantel, einen goldbraunen Borsalino auf dem zornig hübschen Gesicht – ein Bild wie aus einer Modezeitschrift, die den italienischen Snob englisch zu kleiden unternahm –, öffnete er den wetternden Mund. Eine Kaskade von Schimpfworten, die nicht beim Londoner Schneider bestellt war, entfuhr ihm. Worte mit Widerhaken, bestimmt, die Ochsen am Bauch zu kitzeln und, noch wirksamer als sein Spazierstock, die Karawane zur Eile zu treiben. Aber im Grunde nützte das nichts: denn schon seit Jahrtausenden gingen die Ochsen diesen Schritt, und Herr Daniele Pagnotta war erst dreißig Jahre alt.

Auch die Viehtreiber beeilten sich nicht. Trotz einer gewissen scheuen Demut, welche ihre gebeugten Schultern beim Vorüberstapfen zeigten, schienen sie gewillt, mehr dem Vieh als Herrn Pagnotta zu gehorchen.

Nur der Kellner Pantalone erlitt fast einen Schlaganfall, als er Herrn Pagnotta sah, und komplimentierte ihn ins Haus. Butter, Milch und weißes Brot waren rätselhaft schnell zur Stelle. »Es ist der Direktor der Korkfabriken in Tempio, ein sehr reicher Mann!« flüsterte atemlos der Wirt, an den Studenten vorbeistreichend, als er mit schmutziger Serviette Wurst und ölgesottene Eier dem Bewunderten auftischte.

Auch Herr Pagnotta erhielt sehr bald eine leise Aufklärung über die Herkunft der beiden Freunde und wandte sich plötzlich sehr artig an sie. »Sie sind die ersten Reisenden in diesem Jahre, meine Herren!«

»Wir wundern uns ein wenig darüber. Ist hier der Fremdenverkehr so schwach?«

Pagnotta errötete ein wenig. »Leider! Man reist nur nach Sizilien. Sie finden im Königreich nirgends Plakate, die zum Besuch von Sardinien laden.«

»Und wie erklären Sie sich das?«
»Mißgunst, Bosheit, Unachtsamkeit. Unsere Autostraßen sind ausgezeichnet, die Unterkünfte glorios, Trinkwasser und elektrisches Licht im Vormarsch. Aber man gönnt uns nichts...«
Er zuckte mehrmals vornehm die Achseln und vertiefte sich in seine Eierspeise. Der Wirt, der bedienend neben ihm stand, sah bei seinen letzten Worten ängstlich an die Zimmerdecke, von der durchaus keine Lichtleitung hing. Aber die beiden fremden Studenten waren anscheinend so naiv, daß sie nichts davon bemerkten.
»Trinkwasser im Anmarsch ist ausgezeichnet!« dachte Agostino lächelnd. »Der Mann spricht wie ein Katalog.«
»Wir wollen gerne im Norden erzählen«, sagte Trevisani höflich, »wie gut es uns hier gefallen hat.«
»Es gibt hier wirklich viele Dinge, die man anderswo nicht hat!« sagte aufmunternd der Direktor. »Betrachten Sie Pantalones Füße: Sie sehen, er trägt Pantoffeln aus Kork!« Sie konstatierten verdutzt, daß es stimmte. »Ein prachtvoll billiger Massenartikel. Leider gelingt es uns nicht recht, ihn im Norden heimisch zu machen.«
»Ja, sollen wir vielleicht dabei helfen?« dachte Agostino belustigt.
»Ich sehe«, fuhr jener lächelnd fort. »Sie wissen nichts von der Korkindustrie. Wissen Sie, daß man Fußböden, Dächer, Matten, Stühle und Tische aus dem Holz der Korkeiche herstellt?«
»Ich bin ganz erstaunt!« sagte Agostino. »Ich dachte, man brauchte Kork nur zu Pfropfen!«
Pagnottas Blick drückte Mitleid aus. Er machte eine Armbewegung, als sei der ganze Kosmos Kork, oder doch durch ihn nachzuahmen. Er begann von der großen Zukunft des Korks und seiner Abfälle zu reden. »Unsere Chemiker«, flüsterte er, »destillierten Benzol und Naphthalin. Und Überraschungen stehen noch bevor...« Er brach ab, als sei es ein Staatsgeheimnis.

Trevisanis Augen leuchteten: »Sie haben mehrere Fabriken?«
»Eine ganze Menge habe ich. In der einen presse ich Kork, in der andern zum Beispiel schneide ich ihn.«
Ich? Weshalb sprach er von sich als Ich? Agostino war kein Sozialist. Doch dieses »Ich« erschien ihm als Unzucht, begangen am Geist der Wirklichkeit.
Der Direktor begann auf Papier zu zeichnen. Da sah man bald ein A und A_1, ein B und C und Segmente und Pfeile, und das Ganze wirkte als Kreissäge: »Solch eine Maschine, junger Mann, liefert im Tag fünfzigtausend Pfropfen!«
»Fünfzigtausend!« sagte Andrea, leise verzückt, als handle es sich um ein neues Mittel gegen den Krebs. »Sie arbeiten hoffentlich mehr als acht Stunden?« fügte er noch besorgt hinzu.
Statt jeder Antwort wies der Herr mit dem rechten Zeigefinger auf die faschistische Plakette, die er in seinem Rockaufschlag trug.
Agostino wurde blaß. Er betrachtete Andrea. Ein Wort aus einer Horaz-Ode, ein lange vergessenes, fiel ihm ein. »Quamquam tu levior cortice«, hieß es: obwohl du leichter als Kork bist... Den Nachsatz hatte er vergessen.
»Sie haben Interesse an solchen Dingen?« fragte Pagnotta den Trevisani. Verrückterweise ahmte er plötzlich die undeutliche und malmende Stellung eines englischen Kinnbackens nach.
»Gewiß, Signor!« versetzte Andrea. Die ganze sinnlose Überwertung, die die faschistische Weltanschauung der Industrie entgegenbrachte, trat atemlos in seine Stimme.
Der Industrielle schien nachzudenken. »Und auch Ihr Freund, wie ist sein Name, würde meine Fabrik sehen wollen?«
»Mein Name ist Graf Bevilacqua!« sagte Agostino kalt. Es hauchte wie Wasser aus einer Zisterne.
Pagnotta machte ein Gesicht, als sei er kopfüber hineingefallen. Das hätte er sich nicht träumen lassen, daß er seit einer halben Stunde mit einem Zweig jenes alten Geschlechts sprach.

»Ich bin entzückt!« sagte er verwirrt. »Ich darf doch hoffen, daß Sie den Tag als meine Gäste verbringen werden?«

Er dachte an den Barockpalast der Bevilacqua zu Bologna. Ob vielleicht dieser Zweig verarmt war? In etwas reduzierter Kleidung saß der Namensträger vor ihm. Gleichgültig! Auch im neuen Italien blieb ein Graf durchaus ein Graf! Es war sehr wichtig, Grafen zu kennen!... Die hündische Zunge der Demokratie, der revolutionären Gleichmacherei, hatte über diese Titel gewiß ein wenig hingeleckt – aber man hatte diese Zunge auch wieder in einen Maulkorb gesteckt! (Jawohl, meine Herren, das hatte man...)

Mit einem Sack von Komplimenten lud Pagnotta die beiden ins Auto – und vor der erstaunt dastehenden Ortschaft (lauter gebrechliche Pantalones mit hasenhaft ängstlichen Gesichtern sahen plötzlich aus den Häusern) fuhren alle drei davon. –

Das Wetter hatte sich geändert. Die Bewölkung blieb, doch das Feld wurde warm. Schon nach den ersten Kilometern begann sich Agostino zu fragen, ob er verrückt geworden sei. Der unbegreifliche Andrea! Die Besichtigung jener dummen Fabriken kostete sie einen ganzen Tag.

Die riesenhafte Ebene, über die sie im schnellen Tempo jagten, schien überhaupt nicht bebaut zu sein. Anfangs gab's noch ein wenig Gemüse; dann aber, um Gottes willen, Steine und viele Mäuerchen aus Steinen. Je ärmer hier die Menschen waren, desto genauer umzirkten sie alles; desto hoffnungsloser und schärfer beteten sie das Eigentum an.

Kurz bevor das Gebirge begann, an dessen Nordseite Tempio lag, kamen sie in die Kakteensteppe. Mannshohe Haine, wie Drachenhorden, krochen an die Straße heran. Rechts und links, in strotzender Bosheit. Pagnotta ließ die Freunde aussteigen und die große Seltsamkeit dieser Opunzien befühlen. Die Blätter dieses grünen Gezüchts hatten die Form von Handspiegeln. Doppelte Bosheit: Wer sollte hier der Eitelkeit frönen und sich spiegeln?

Als sie wieder einstiegen, gab es, aus den Bergen reitend, eine rührende Vision. Es nahte unwirklich, wie aus der Vorwelt: Mann, Frau und Kind auf Pferdesrücken. Es war ein Hirte der Gallura, der seine Milch zu Markte ritt. An seinem rechten und linken Fuß klirrten die hellen, blechernen Kannen. Der Gewehrlauf sah ihm über die Schulter. Hinter ihm die Gattin, vor ihm das Kind. So zogen sie unirdisch langsam vorbei; der Mann in kurzem schwarzen Schafspelz, die Wollmütze mit dem schwarzen Schlauch über die linke Achsel geworfen. Die Fremden erhielten keinen Blick. Mit grußlos unbewegten Gesichtern, ernst wie aus Stein, ritt die Familie, biblisch und kriegerisch zugleich, am Auto des Fabrikanten vorüber.
Agostinos Augen verschleierten sich. Er fühlte einen Gruß von Pedrotti. Anstatt diese Hirten zu begleiten, um deren Antlitz eine Kunde von Pedrotti witterte, befanden sie sich auf dem Wege in eine Allerweltsfabrik!
Nach zwei Stunden scharfer Fahrt kamen sie in Tempio an, einem Ort, der nicht viel reicher aussah als die Siedelung am Golf. Am staubigen Municipio vorbei fuhren sie in eine Sackgasse ein; und ein Stampfen, Sägen und Schmettern, das bis auf die Straße hinausklang, belehrte sie auch gleich, wo sie waren.
Agostino besuchte ungern Fabriken. Für einen Nationalökonomen, für einen Philosophen der Wirtschaft eine erstaunliche Tatsache. Er gab aber diesem »ungern« nicht nach; er besuchte sie sogar häufig: doch immer litt er etwas dabei, ohne daß der Grund dieses Leidens ihm eindeutig klar wurde.
Wäre er Sozialist gewesen, so wäre dieser tiefe Unmut, den er empfand, leicht zu deuten gewesen. Aber er war nicht Sozialist; ein geheimnisvolles »Noch nicht!« verwehrte ihm jede Stellungnahme. Das zerschmetterte Koalitionsrecht, die Auslieferung der Arbeitszeit an die Willkür des Unternehmers war es nicht allein, was ihn drückte. Er litt – und wieder merkte er's heute – nicht nur mit den Arbeitern, sondern, vor Bottich und Schneide-

brett tretend, begann er sogar mit dem Kork zu leiden ... obwohl dies vielleicht etwas lächerlich war. Er schalt sich »unzüchtig sentimental«, aber er konnte es nicht ändern. Dies Abkrusten, Absieden, Martern der Bäume! Ja, ihm tat nicht nur der Arbeiter, sondern auch die Materie leid, die hier von anarchisch kreisenden Messern zu verlogenen Nützlichkeitszwecken zersäbelt und entwürdigt wurde!

Der Direktor in dieser kleinen Fabrik benahm sich, als zeige er ihnen den Ätna; und Andrea benahm sich gar, als hinge das ganze Heil der Welt am Antrieb einer Korkmaschine ... Aber schließlich ging auch das vorüber: der Sohn Pagnottas betrat die Fabrik und rief die Gäste des Vaters zum Pranzo.

Wieder fiel dem Bevilacqua die Blässe des Vierzehnjährigen auf. Der junge Kapitalistensohn hatte denselben bläulichen Teint wie die beiden Bambini am Hafen. Man ging zu viert in die Villa hinüber, der Knabe voran. Die Frau des Hauses, dunkelblond, Norditalienerin und reichlich älter als der Marchese, kam ihnen in dem Salon entgegen. Sie war nicht unfreundlich, eher beflissen; doch wechselte ihre Gastlichkeit mit Perioden längerer Zerstreutheit, ja eines manischen Abwesendseins.

Das Essen war nicht nur schlecht gekocht; es bestand auch aus schlechten Dingen. Zuerst gab es eine Art Polenta und später Capretto. Der Ziegenbraten hatte einen verräucherten Ton, und rauchig schmeckte auch der Wein, ein bitteres Gewächs aus blaßrosa Farbe. Etwas schien hier im Haus nicht zu stimmen. Die Einladung, die der Fabrikant den beiden hatte zuteil werden lassen, war zwar ernst gemeint gewesen; er brauchte so seltenen Fremdenbesuch, um sich, die Fabrik und sein Kapital von bewundernden Augen spiegeln zu lassen. Aber in der seelischen Welt stieß sich diese Einladung mit Geiz und tiefer Gleichgültigkeit.

Andrea merkte von all dem nichts. Der große Götze »Produktion« hielt ihn völlig in seinem Bann. Nun ja, hier wurde produziert. Die Bäume gaben hier ihre Haut her. Anstatt sie zu dämmernden Urwäldern auswuchern oder zerfallen zu lassen, gaben die Bäume ihre Haut her, trugen sie sie im Wortsinn zu Markte. Und es war wirklich so, wie Pagnotta mit vollem Mund behauptete: daß man im schwedischen Göteborg einen Korkgürtel kaufen konnte, der auf Sardinien gewachsen war. Aber was gab es darüber zu schaudern? Wie konnte man an derartige Dinge eine idiotische Sachanbetung knüpfen? Warum leuchteten Trevisanis Augen?

Agostino Bevilacqua wurde immer bekümmerter. Ihm fiel ein Vers von Dante ein, ein geliebter. »Auch die Industrie«, hieß er, »ist eine Tochter Gottes.« Gewiß, das war sie. Es war sehr nötig, dies den Italikern zu sagen. Der gotische Schlaf, der über die Menschheit des Mittelalters gebreitet lag, mußte einmal abgestreift werden; dieser Schlaf aus Mystik und Spekulation: auch das erwerbende, tätige Leben verdiente heilig gesprochen zu werden. Doch was hatte man daraus gemacht! Maria war tot! Minerva war tot! Zur einzigen, konkurrenzlosen Göttin war die Industrie erhoben!

Man stand auf und ging ins Rauchzimmer. Direktor Pagnotta war nicht mehr beim Kork, er war jetzt bei den schweren Metallen und pries unablässig die Mächtigkeit der sardinischen Vorkommen. »Ja, wissen Sie denn, wo Sie sind, meine Herren!« rief er. »Ahnen Sie es denn? Wenn Sie eine Waage nehmen, und das kleine Sardinien auf die eine Waagschale legen und ganz Italien auf die andere, so bleiben die Schalen im Gleichgewicht!«

»Das verstehe ich nicht!« sagte Agostino.

»So schwer ist Sardinien an Metallen! Wollen Sie Ziffern aus dem Vorjahr? Neunundvierzigtausend Tonnen Blei hat man in Sardinien gefördert und fünfzigtausend auf dem Festland. Hundertzehntausend Tonnen Zink stehen drüben noch hundertsechzig entgegen. Antimon, Arsen, Molybdän gibt es überhaupt nur bei uns!«

Trevisani zeigte sich hingerissen.
»Meine herzlichste Gratulation!« flüsterte Agostino lautlos.
Pagnotta schwärmte vom Anthrazit.
»Wie sind nun eigentlich im Bergbau eure Arbeitsbedingungen?« fragte der Conte unvermittelt. Der Direktor errötete und ging in gereizte Abwehrstellung: »Weiß ich! Kenn' ich! Wenn von Sardinien in der Welt die Rede ist, ist auch immer gleich die Rede von Massenausbeutung und Bergsklaverei. Ich bin dafür nicht verantwortlich – und überdies ist das alles falsch. Ich habe drunten einen Vetter, der in Carloforte wohnt, einen vorzüglichen Ingenieur. Den müßten Sie einmal reden hören! Die Leute in den Bergwerken wollen überhaupt nichts mehr tun. Am liebsten hätten sie, daß das Blei aus der Erde abginge wie Wasser... Nun, damit ist es ja vorbei. Seit, der Himmel erhalte ihn, der größte Mensch der Welt uns regiert, hat keiner hier zu mucksen gewagt!«
»So merkt ihr auch auf Sardinien, was das Führertum des Duce bedeutet?« fragte Andrea mit strahlenden Augen.
»Merken? Wir haben nicht existiert, bevor er uns gegeben wurde! Die Liberalen und Klerikalen wußten nicht, wo Sardinien liegt! – Ich bin ein guter Italiener, aber hören Sie, was ich sage: Ich hätte eher zugestimmt, daß man diese ganze Insel an ein Konsortium von Amerikanern verkauft, als daß man so weiterwursteln durfte!«
Welche unfaßbare Menschenklasse diese Industriellen doch sind, dachte der Conte unwillkürlich. Ihrer Seele Seligkeit würden sie hingeben für den »Prozeß«, für die vergottete »Produktion«. Und natürlich (dachte er weiter) hatte der Sozialismus unrecht, wenn er hinter diesen Dingen nichts als Geldgier witterte. Nein, der Industrialismus war wirklich eine Weltanschauung! Das fortgesetzte Produzieren, ohne Rücksicht auf den Verbrauch, war eine ehrliche Raserei, von der die einmal Ergriffenen überhaupt nicht mehr lassen konnten... Agostino

suchte mit vagem Blick, ob sich vielleicht im Rauchzimmer oder sonstwo ein Buch befinden mochte. Aber das einzige, was er sah, war ein Handbuch des Automobils, ein technologischer Leitfaden über Kork und ein Eisenbahnkursbuch.

Pagnotta fing plötzlich an zu klagen: »Aber auch der Faschismus hat erst einen kleinen Anfang gemacht! Wir sind hier immer noch sehr zurück, und das industrielle Leben hat nicht die Blüte, die ihm zukommt. Hier müßte viel mehr Geld investiert sein! Vor allem müßten die Geologen zuverlässiger arbeiten. Die Bergwerke, die in Betrieb sind, stammen fast noch aus der Römerzeit. Unter mancher Schafweide liegt hier Silber, und niemand hebt es! Hier sollten ganze Kolonien von festländischen Arbeitern her! Wo bleibt die vaterländische Jugend?«

»Mein Lieber, es gibt verschiedene Dienste, durch die man dem Vaterland nützt!« sagte Andrea etwas beleidigt.

Agostino begann sich zu amüsieren. »Sie würden es also gerne sehen«, fragte er den Gastgeber, »wenn hier eine Lombardei entstünde, mit sehr viel Ruß und Schornsteinen?«

Der Fabrikant verstand ihn nicht. »Ja«, sagte er ehrlich und hielt inne, »das vaterländische Ideal ist doch eigentlich: jeden Fleck, der der Agrarwirtschaft nicht dient, mit Industriebauten zu belegen!«

Bevilacqua bekam sein Clownsgesicht. In seinem schönen, hellen Oval zeigten sich buffoneske Falten: »Und das sagen Sie armen Studenten, die glücklich sind, ihren Osterurlaub in einer Wildnis verbringen zu können? Wenn wir an Sardinien dachten, haben wir nicht an Ihr Molybdän, sondern an Fischerboote gedacht. Und übrigens auch an Garibaldi! Liegt hier nicht nahe die Insel Caprera, auf der dieser Held begraben ist?«

Daniele Pagnotta zuckte die Achseln.

»Den Trip können Sie sich morgen leisten. Es kostet Sie einen halben Tag. Übrigens«, fuhr er geringschätzig fort, »es lohnt nicht. Die Casa Garibaldi ist ein höchst langweiliges Haus.«

Er kräuselte verächtlich die Lippen. »Kleine Verhältnisse. Wissen Sie? Verstaubtes neunzehntes Jahrhundert!«
»Kleine Verhältnisse... klein nennen Sie das?«
»Ich bitte Sie! Wer war Garibaldi?« Auf dem Gesichte des Bevilacqua ging eine jähe Veränderung vor. »Ich denke, daß wir das alle wissen!«
Eine wegwerfende Handbewegung: »Pah! Eine Operette war das. Wie hat dieser Mensch auch ausgesehn! Wenn ein Mensch mit solchem Bart heute zu mir ins Kontor käme, solch ein suspekter Schwadroneur: ich würde ihm keinen Kork verkaufen.«
Andrea Trevisani erschrak. So furchtbar formten Geist und Zorn von innen her Agostinos Gesicht. »Laß Garibaldis Bart in Ruhe!« brüllten seine stummen Augen über dem verschlossenen Mund. »Jedes dieser verwilderten Haare ist für die Energie der Welt wichtiger als deine Korkfabriken! Was weißt du von der Elektrizität? – Was weißt du Lump von großen Herzen?«
Er sagte, als wolle er etwas erzählen: »In der Nacht, da Garibaldi gegen Marsala segelte, warf sich ein Selbstmörder vom Flaggschiff. Garibaldi ließ die Flottille halten, er brachte die Expedition in Gefahr, um jenen Mann aus dem Wasser zu ziehen! – So groß, so menschlich war Garibaldi – dessen Kanonen so klein waren, daß man sie für Fernrohre hielt...«
»Wie bitte?« machte Pagnotta hilflos.
Agostino lächelte plötzlich. Wem erzählte er da von Garibaldi! Aus dem Tumult seines Herzens schwebte, vielleicht genährt von diesen Bildern, eine ganz einfache, klare Frage:
»Gibt es noch Räuber auf Sardinien?«
Ein Kurzschluß im Gespräch geschah, als ob ein Blitz ins Zimmer schlüge.
Die Gestalt des Direktors krümmte sich. In seinem Gesicht erstarb das Lächeln. Mit der Freundlichkeit eines Pumas fragte er: »Was sagten Sie?«

»Ich fragte, ob es hier Räuber gibt.«

»Das sind ganz alte Verleumdungen... sehr alte Verleumdungen!« hauchte Pagnotta.

Vergebens tappte Andrea im Dunkel, um das Gespräch wieder anzuzünden. Steif saß der stumme Gastgeber da und steppte mit nervöser Zehe seine Schuhspitze auf den Boden. Nach fünf Minuten erhoben sie sich und begannen Abschied zu nehmen. Der Direktor brachte sie bis zur Tür, verzerrte etwas seinen Mund, sah sie seltsam förmlich an und reichte ihnen nicht die Hand.

Dann standen sie plötzlich auf der Straße.

»Ich konnte nicht mehr an mich halten«, murmelte Agostino kleinlaut.

Sie waren hundert Schritte gegangen, als Trevisani ihm um den Hals fiel: »Prachtvoll hast du das gemacht! Du hast das Zeug zum Kriminalisten!«

»Habe ich denn nicht alles verdorben?« fragte Agostino verwundert.

»Im Gegenteil! Jetzt weiß ich erst, daß Pedrotti existiert!«

Er pfiff, er tanzte über den Weg. Bevilacqua hatte ihn nie so gesehn. Ob er sich wohl verstellt hatte und stundenlang nur den Schmeichler gespielt, um jenen Jämmerling auszuhorchen?... Der unbegreifliche Andrea!... Ach, wie gerne verzieh er ihm dann!... Aber was hatten sie denn erhorcht?... Noch dunkelte alles im Ungewissen – und nur dies eine war gewiß: daß Pagnottas ohnmächtige Wut machtvolle Hintergründe hatte! – Und noch ein anderes stand fest: daß sie jetzt kein Auto mehr hatten und sechs oder sieben Stunden zu Fuß über die Fahrstraße walzen mußten. Aber sie waren so aufgeregt, daß sie daran keinen Anstoß nahmen. Sie waren jung, und das Ungewohnte duftete ihnen berauschend entgegen. Man wollte ihnen etwas verbergen? Sie liefen, als ob sie mit ihren Füßen die Decke davon wegstoßen wollten.

Als sie vier Stunden gelaufen waren, durch eine warme, leicht windige Nacht, kam ein Auto mit Straßenarbeitern aus einem Seitental der Gallura. Hinter dem Glühpunkt der Zigaretten standen plaudernde, warme Gesichter. So kamen sie, fast unermüdet und gegen die zweite Morgenstunde, im Golfo degli Aranci an.

Geschichte von einem Doktor Bianchi

»Pagnotta hat Sie herausgeworfen?« sagte der Wirt und lachte leise, während er die Tür versorgte. Er zog die Hosen über den Bauch und fischte einen Pantoffel auf, den er im Laufen verloren hatte.

»Seine Fabrik war so langweilig – und da haben wir ihn gefragt, ob er uns Räuber vorstellen könne!«

»Banditen? Das war sehr töricht von Ihnen! – Warten Sie, ich hole die Kerze aus dem Schankzimmer ... So! – Ich werde Ihnen auch sagen, warum!« vollendete er in ernstem Ton, leuchtete in die Kammer hinauf und setzte sich beiden gegenüber.

Zimmerdecke und Fensterläden rückten plötzlich wie eine Kassette um sie zusammen, als gelte es ein Geheimnis mit anzuhören. Durch seine goldgegitterte Brille blickte das Auge des Erzählers so ernst wie das eines Novellisten der alten Zeit. Eine Neuigkeit, eine »novella«, galt es zu hören.

Agostino empfand es und lauschte. In erwachender Nervosität umgab sich Andrea mit Rauchwolken. Noch ehe das erste Wort gesagt war, schwebte schon der Schatten Pedrottis über den Mund des Wirtes hin wie ein erhobener Zeigefinger.

Um das Jahr 1900 lebte in der Ortschaft Núoro, also in der Mitte Sardiniens, ein junger Arzt, der Doktor Bianchi. Fünfundzwanzig Jahre alt, ein guter Mensch, dabei voller Bosheit. Bosheit und Güte ergeben zusammen den Charakter des Pamphletisten.

Bianchi, keineswegs zufrieden, an unserer Hochschule Sássari ein Doktordiplom erstanden zu haben, um Viehhirten den Urin zu beschauen, strebte nach ganz anderem Lorbeer. Plötzlich erschien in Cágliari, mit seinem vollen Namen gezeichnet, in einem bürgerlichen Blatt eine Folge von Aufsätzen (drei Stück, wenn man sich recht entsinnt) »Spopolamento e le sue cause«: Entvölkerung und ihre Ursachen.

Diese Aufsätze beleuchteten das Problem der sardinischen Auswanderung. Anstatt mit allen gegebenen Mitteln (so behauptete der Schreiber) diese Wunde des Landes zu schließen, hielt die Regierung sie absichtlich offen. Sie erleichterte die Emigration der Sardinier nach Tunis. Der furchtbare Schlag, den das Selbstgefühl Italiens erlitten hatte, als 1883 die Franzosen überraschend Tunis genommen hatten, sollte durch Siedlungspolitik in Afrika wieder wettgemacht werden. Kleinbauern, Kaufleute, Arbeiter wurden in sehr großen Massen von den italienischen Inseln nach Afrika hinübergeworfen, mit dem uneingestandenen Zweck, bei einem Krieg mit den Franzosen als Etappenarmee zu dienen. Von 1890 an betrug tatsächlich die Invasion aus Italien nach Tunis ein Vielfaches der französischen. Nur die Staatssprache war französisch. Die Verkehrs- und Handelssprache war italienisch.

Diese unsinnige Politik griff Giuseppe Bianchi an. Ein Land, das nicht zu Italien gehörte, ließ man durch italienische Hände und römisches Geld kolonisieren: anstatt Sardinien zu verbessern, das Sumpffieber, das seit zweitausend Jahren über dem Lande lag, zu verscheuchen, Forstgesetze zu erlassen, eine Agrarreform durchzuführen. Das alles war sehr kühn geschrieben, und, was stärker wog, es war richtig, mit untadeligen Gründen wissenschaftlich und menschlich gestützt. Die öffentliche Meinung Italiens besaß damals zolaistischen Geist: mochte der Nationalismus toben, die gute Gesellschaft, in die damals aus den Universitäten ein Strom voraussetzungslosen Denkens und naturwissenschaftlichen Forschens floß, rechnete dem Unbekannten hoch an, daß er wahr gesprochen hatte. Briefe von Niceforo, Guglielmo Ferrero, Enrico Ferri, Colajanni, Rudini, Luzatti, Labriola, Sidney Sonnino häuften sich auf seinem Tisch – Briefe also aus allen Lagern. Einer der einflußreichsten Gelehrten lud den jungen Insularen, der nie aufs Festland gekommen war, nach Rom; und (war es zufällig?) im Hause des Gastgebers erschien ein Minister, den Bianchi besonders angegriffen hatte. Er hieß Giovanni Giolitti. Ein Gespräch mit diesem Mann blieb nicht ohne Wirkung auf den Arzt.

Die italienische Regierung war damals in sonderbarer Lage. Dem vernichtenden Niederbruch, den erst kürzlich die Armee in Abessinien erlitten hatte, entsprach der Mißerfolg im Innern. Die Agrarreform in Sizilien war unter furchtbaren Kosten mißglückt: man hatte den Grundherren Land abgenommen und es an achtzigtausend Bauern geschenkt, die es nicht zu bebauen verstanden. Bestechungsprozesse, Bankskandale, Kampf mit geheimen Gesellschaften, die, wie die Mafia, eigene Justiz neben die des Staates setzten; Anarchistenfrage und Vatikan: jede Regierung zeigte damals die hektischen Flecken der Staatsschwäche. Vor allem hatte Italien kein Geld. Es war den Herren in Rom nicht unrecht, daß nun ein junger Sarde daherkam, gewiß ein glühender Patriot, der seiner Insel helfen wollte. Indessen nicht mit Staatsgeldern! Die Experimente in Sizilien hatten zuviel Geld verschlungen. Wolle man Sardinien heben, so müßten »Mäzene« gefunden werden; an der »Sympathie der Regierung« diesen Mäzenen gegenüber werde es gewiß nicht fehlen... Giuseppe Bianchi verstand diese Dinge mit einem halben Nebenton. Er verstand sie auf seine Weise, und niemand kann sagen, ob dies falsch war. In seiner Güte steckte viel Bosheit, er war der geborene Pamphletist. Und schon war der Mäzen gefunden!

Der größte Waldbesitzer im Norden war damals Carlo-Alberto

Pagnotta (der Vater unseres Korkdirektors). Die Baumlosigkeit in der Gallura bestand vor vierzig Jahren noch nicht. Die Hänge unseres Monte Limbara waren mit kostbaren Eichen bedeckt, die Schatten rauschten. Die Walddörfer waren damals malariafrei. Doch schon seit 1890 begann Pagnotta die Wälder zu lichten. Nur die Korkeichen blieben stehen; und gegen 1902 schlug er sinnlos alles zu Boden, was bei ihm Stamm und Krone besaß. Bianchi hatte bald heraus, wohin die Frachtenschiffe gingen. Pagnotta hatte einen Vertrag mit der Eisenbahn in Paris. Man brauchte in Frankreich Bahnschwellen und wollte, daß alle französischen Züge über sardinische Eichen liefen.

Die Kenntnis dieser Tatsache wurde zur Peitsche in Bianchis Hand. »I Francesi rubano le nostre selve!« (Die Franzosen rauben unsere Wälder) schrieb er über den ersten Artikel. Der Erfolg war sehr viel breiter als der seiner früheren Enthüllung über die Auswanderung nach Tunis: er gab dem Haß gegen Frankreich Nahrung. Es war ja auch zu merkwürdig: die Nachbarinsel Korsika, die Frankreich gehörte, blieb verschont – nur in Sardinien wütete die Axt der Franzosen. Schlimmer fast als in früherer Zeit die Messer der Römer und der Spanier. »Sind wir eine Kolonie?« (Siamo una colonia?) hieß Bianchis zweiter Artikel. Er nannte Pagnotta einen Verres, einen grausamen Prätor, der die Güter der Provinz an eine landfremde Macht verschachere. Pagnotta erhob die Beleidigungsklage. Zu Cágliari, dem Erscheinungsort des Schmähartikels, bekam er unrecht. Als er den Gerichtspräsidenten, einen eisgrauen Mann der Mazzinizeit, mit zornbebender Stimme fragte, warum man ihn vor Gericht behandele, als habe er Ausfuhrzoll unterschlagen, erfuhr er, nicht darauf käme es an; es gäbe patriotische und unpatriotische Geschäfte; der Verkauf ganzer Wälder nach Frankreich könne durch keinen Ausfuhrzoll wettgemacht werden; er bedeute eine klimatische Änderung der »communis patria«.

Der Gerichtssieg über Pagnotta brachte Bianchi fast um den Verstand. Er entwarf, in die Flanke des weichenden Feindes, einen neuen Vernichtungsartikel. »Was wir Sarden unter Ausfuhrzoll verstehen!« Er zählte die »Bedingungen« auf, unter denen der alte Pagnotta weiter Wälder schlagen lassen dürfe. Fünfzig Prozent vom Wert jedes Baumes sollte er zur Sumpfregulierung an den Präfekten in Sássari zahlen, ferner fünfhunderttausend Lire zur Errichtung von Krankenhäusern und zum Kampf gegen die Malariamücke. Da diese Ziffern den Tatbestand einer Erpressung bildeten, weigerten sämtliche Zeitungen Sardiniens sich, jenen Artikel zu bringen.
Das machte dem Doktor Bianchi nichts aus. Trunken von Patriotismus und Haß, bemerkte er plötzlich, daß neunzig Prozent der Sarden gar nicht lesen konnten – daß aber gerade diese es seien, die er zum Aufstand gegen Pagnotta und dessen Geiz bewegen mußte. Er warf sich aufs Wanderpredigen. Als bunter Marktschreier angetan (schon drohte die Universität mit Entzug des Doktordiploms und die Ärztekammer mit der Lizenz) zog er auf den Dörfern herum, mit einer Menagerie von Tafeln, vor denen er staunenden Analphabeten die Krankheitsgeschichte Sardiniens erzählte. Er begann mit dem Redner Cicero, der seinen Bruder Quintus warnte, sich auf Sardinien niederzulassen, und endete mit der Anopheles, der eben entdeckten Malariamücke.
Doch gerade dies wurde sein Verderben. Man glaubte damals, daß die Malaria nur durch Luft übertragen werde; die Forschungen Grassis über die Mücken waren zu jung, um dem Volk zu gefallen. Auch hatte es etwas Komisches (nicht wahr?), daß eine Stechmücke genügen sollte – solch kleines Insekt –, ein Land für Jahrtausende zu verderben. Pagnotta rechnete damit. Er, der ja alles andere als dumm war, schrieb an Bianchi einen Brief, in dem er ihn herausforderte, zu öffentlicher Disputation: auf den Marktplatz von Núoro. –

Eine Bewegung des Unglaubens strahlte von Trevisani aus und unterbrach den Erzähler. War dies denn möglich? Ein Kapitalist, ein großer Herr, stellte sich solch einem Erpresser?
»Sie!« sagte ärgerlich der Wirt. »Sie kennen unsere Sarden nicht! Auch Pagnotta war nämlich ein Sarde!«
»Erzählen Sie weiter!« bat Agostino in einem fast andächtigen Ton.
»So ging's denn los: Ich stand dabei, und mit mir an die sechstausend Menschen. Hirten, mit Stöcken und Knallbüchsen, Kleinbauern, Krämer, Chausseearbeiter. Noch sehe ich den Pagnotta reden. Zwischen der großen Hakennase und dem weißen Knebelbart kommen die Worte deutlich heraus: ›Concittadini Nuoresi!‹ ruft er und ›Compatrioti Sardi! Ich flüchte mich in eure Mitte. Duldet nicht, daß dies Wildschwein von Arzt mich länger verfolgt! Niemandem habe ich Böses getan, und das Geld, das ich besitze, keiner lebenden Seele gestohlen. Ich will jede Summe, die ihr wollt, für wohltätige Stiftungen geben. Doch muß ich wissen, wer es bekommt. Vor dieser Fratze von Arzt, die dort steht, halte ich meine Taschen zu. Das ist ein Gewerbsmäßiger, ein Lump! Wie seine Mücken die Malaria, verbreitet er den Anarchismus. Solche Menschen sind es gewesen, die unseren guten König Humbert ermordet haben ...!‹ Seine Stimme kippte um. Bianchi aber, auch nicht faul, warf seine Mütze in die Luft und brüllte los: ›Evviva il re!‹ Als Pagnotta merkte, daß der andere auch Royalist war, ließ er diese Geschichte sein und mokierte sich über die Mücken. ›Lieber eine Million Zanzaren‹, schrie er, ›als solchen Giftstachel von Arzt!‹ Bei diesem Wort ›medico‹ geschah es. Pagnotta bekam einen schweren Kopf, ein Stück unvorhergesehenen Bleis brachte ihn aus dem Gleichgewicht, er rollte tot von der Estrade.
Zwei Leute in schwarzen Backenbärten hatten geschossen und wollten flüchten. Der eine saß schon auf dem Pferd, ritt drei zu Boden, den anderen hielt ich: es war der Hirt Buttacávoli! ...«

»Und der erste, der entfloh!«
»Den bekamen sie nicht. Es war auch ein Viehhirt. Ein unbescholtener Mann: Pedrotti.«
Der Wirt hielt inne. Ein tiefer Seufzer Agostinos lehrte ihn, daß der eine der Studenten gleichsam mit dem tiefsten Körper, mit der Lunge, zuhöre. Das Zimmer begann sich mit Morgengrau zu färben, hoffnungslosem Grau, das verwaschen und illusionsfeindlich war. Die rohen Mauern schwitzten kalt, als Andrea plötzlich aufstand und sie mit seinem Rücken berührte. Der Erzähler sah jetzt aus, als kaue er bittere Wurzeln im Mund und müsse etwas wegspucken.
»Buttacávoli und Bianchi«, fuhr er mit leiser Stimme fort, »wurden des Mordes angeklagt. Der Doktor wurde freigesprochen; der Täter sagte nämlich aus, daß er Bianchi niemals gesehen und drum von ihm nie den Auftrag empfing, den Pagnotta umzubringen. Er selbst und sein Kumpan Pedrotti hätten aus reinem Affetto gehandelt. Immer wieder beteuerte er, Pagnotta habe an jenem Tage ›eine schlechte Rede geführt‹, und deshalb hätten sie ihn erschossen... Anderes war nicht herauszubringen; auch als man ihn aufknüpfte, blieb er dabei. Für Bianchi war dieser Freispruch so gut wie eine Verurteilung. All seine Gönner verließen ihn; die vornehmen Abgeordneten, Senatoren und Gelehrten wollten ihn nie gekannt haben. So kann eine kleine Unze Blei eine gute Sache umbringen...«
»Gut oder schlecht: das Blei ist stärker!« sagte Andrea. Er tastete in die hintere Hosentasche und dachte: Ein Blitz, ein Knall, ein Schlag, das ist noch immer die beste Logik!
»Und jetzt«, lächelte fahl der Wirt und nahm plötzlich seine Brille ab, »werden Sie begreifen, Signori, weshalb Sie nicht eben gut taten, Pagnottas Sohn nach Räubern zu fragen. Denn für das gemeine Volk – wie es ist – waren jene Schüsse ein Gottesurteil. Der Wald gehört in Gottes Erde, es ist nicht gut, ihn ihr zu nehmen; selbst wenn der Staat nichts dagegen hat, und man ihm

Ausfuhrzölle zahlt... Noch eins: die öffentliche Meinung verachtet seither Pagnotta, den Sohn, weil er Pedrotti nicht verfolgt und keine Blutrache betreibt...«
»Schwindel!« murmelte Andrea. »Ihr habt euch bis zur Erde gebückt, als er mit seinem Auto daherkam!«
»Und was ist aus Bianchi geworden?« fragte Agostino traurig.
»Nichts! Er hat ein sardinisches Schicksal«, sagte der Wirt mit erschütterndem Ausdruck. »Sardinien, sehen Sie, hat Stürme, Sümpfe, Malaria, kein Trinkwasser. Um das alles wegzubringen, müßte man Politik treiben – wirkliche, stetige Politik. Aber gerade das ist zu schwer. Es ist zu heiß, zu kalt, zu sumpfig – alles endet in Lethargie.«
»Ich möchte mit Bianchi sprechen!« sagte Andrea unvorsichtig.
Argwohn überglitt den Wirt. »Warum wollen Sie das? Er ist verschollen. Auch hat er seinen Namen geändert.«
Er ging mit unfreundlichem Gesicht und verbat sich sogar das Glas Cinzano, das Agostino ihm aufdrängen wollte.
Sie waren allein. Sie blickten sich an.
»Bianchi weiß, wo Pedrotti ist!« sprach Trevisani zähneklappernd.
»Ich glaube das auch!« sagte Agostino. »Aber wer weiß, wo Bianchi ist?«
»Wir werden das wissen... eins nach dem andern...« Ein Schüttelfrost seelischer Erregung verwirrte Andrea das Wort im Mund.
Agostino atmete ruhig. Mit vornübergeneigtem Kopf war er, noch am Tische sitzend, in Schlaf gefallen.
Andrea schrie auf: »Ich erschieße mich, wenn ich Pedrotti nicht finde!«
Erstickt von der eigenen Hysterie schwieg er. Der andere rührte sich nicht.
Andrea zerrte ihn an der Schulter: »Ich werde Bianchi ausforschen. Ein Akademiker, ein Arzt – der kann doch nicht so

spurlos verschwinden! Vielleicht weiß die Fakultät Sássari, die Ärztekammer, was aus ihm wurde. Bleib hier! Ich reise.«
– – Nach zwei Tagen kam er zurück und faßte den Schlafenden am Arm. Es war eine winterkalte Aprilnacht. Ein verspäteter Äquinoktialsturm fegte die Sternbilder, daß sie klirrten. Agostino fuhr im Bette hoch: »Du hast ihn gefunden?«
»Er hat den Namen Barbieri angenommen und lebt als Kurpfuscher in Arbatax. Zwölf Stunden südlich von hier an der Küste.«
Agostino sprang mit den Füßen vom Bett:
»Auf nach Arbatax!«
Trevisani begann sich seufzend auszuziehen. »Denk dir«, begann er kopfschüttelnd, »in Sássari schneite es ...«

Le petit cahier

Direktor Benno Rubenson, im chinagelben Schlafanzug, lag auf dem Bett. Eine feste Zigarre duftete zwischen seinen Zähnen. Das Rauchen, er wußte es, wetzte das Herz ab. Aber auch Schulden wetzten das Herz ab. Er hatte keine Schulden mehr: »Also«, hätte er Freunden erwidert, »darf ich rauchen – ist das nicht logisch?«
Er wußte nicht, ob er so sprechen würde. Er wußte nur, daß er glücklich war, und daß die alte Lehrmeinung, Schulden kontrahiere man schnell, um sie nur langsam zu bezahlen, an ihm zum Lügner geworden war. Am Sonnabend hatte er Geld erhalten, von Montag zu Mittwoch hatte er bis zum allerletzten Rest seine Verbindlichkeiten beglichen.
»Ach guter Himmel!« seufzte er dem violetten Rauchopfer nach, und auf einmal tat ihm das Glück in der Herzgrube so weh, als ob es eigentlich Unglück wäre. »Ach, großer Himmel! Ach, Herr und Gott!«
Er sah auf die Uhr. Es war Mitternacht. Das Blut, erregt vom

verbotenen Rauchen, dröhnte ihm in den Schläfenadern wie Steine in einer Negertrommel. Zwei Nächte hatte er nicht geschlafen. Er setzte sich auf, leichte Atemnot und Schwindel machten ihm zu schaffen. »Unglaublich!« sagte er plötzlich laut.

Er bückte sich, schloß den Schreibtisch auf und nahm, was Herr Combaleau-Albert ihm zur Verfilmung gelassen hatte: bläuliche Blätter in silbrigem Umschlag. Un petit cahier... un petit cahier! Nicht, daß er es dagelassen hatte, empfand Benno Rubenson als unglaublich – denn für das Einlagern des Manuskripts hatte jener schließlich volle sechzigtausend Mark bezahlt. Das Befremdliche schmeckte Benno darin, daß er selbst noch keinen Blick in diesen Text geworfen hatte: daß er zwar seine Schulden bezahlt, doch den Film nicht gelesen hatte!

Hatte das etwas zu bedeuten?

Er schwitzte etwas. »Was ist denn los?« brummte er sich selber zu. »Sei vernünftig!« ging wieder zu Bett und begann, den Umschlag öffnend, zu lesen.

ERSTES BILD DES VORSPIELS

(TRICKFILM!)

Die Insel SARDINIEN erscheint als kartographisches Phantom, freiliegend nach allen vier Seiten (unter Fortlassung von Korsika!), umspielt von langsamen Wellenlinien.

ZWEITES BILD DES VORSPIELS

(TRICKFILM!)

Von links nähert (Draufsicht!) sich ein Flieger, wird langsam größer und entpuppt sich als eine Mücke, die sich setzt. Sie ist so groß, wie das ganze Sardinien, das unter ihrem Niedersitzen leicht erzittert wie ein Blatt. Ihr Hinterleib steht auf hohen Füßen und überragt Vorderleib und Kopf. Die Mücke vollführt mit ihrem Rüssel Saugbewegungen auf dem Boden. Ringförmig um den Ansatz des Rüssels und später auch um den Aufsatz der Füße verändert sich die Landkarte, ihre Farbe wird dunkel und sumpfig. Schließlich ist das ganze Sardinien mit diesem Mückensumpf überzogen und wird langsam ausgelöscht, als sänke die Insel ins Meer zurück. (Anmerkung: diese Trickbilder werden aus Paris geliefert!)

DRITTES BILD. TITEL: ANTIKE SKLAVEN

Kurze Ansicht einer Mine. Römischer Hauptmann auf einem Pferd, neben ihm der Bergbesitzer, in der Toga römischer Senatoren, aus einer Sänfte Befehle gebend. Sklaven ziehen einen Wagen mit metallhaltigen Felsbrocken, ausgemergelte Gestalten; einer stürzt. Neuer Titel: DAS FIEBER. *Der Kamerad, der ihn auffängt, verwandelt sich plötzlich*

VIERTES BILD: UND HEUTE...

in einen halbnackten Arbeiter; der Wagen in eine moderne Lore, wie sie im Bergbau verwendet wird; der römische Hauptmann in einen Capitano der Infanterie, der Senator in einen Großindustriellen, der ungeduldig im Auto sitzt. (Anmerkung: auch diese Bilder werden aus Paris geliefert!)

»Was ist denn das?« dachte Benno nervös.

»Wird dieser Film in Paris gedreht?« Er blätterte hastig zehn Seiten um. Endlich war das Vorspiel zu Ende, endlich kam seine Aufgabe!

Die Handlung des Films begann im Jahre 1911. Expedition nach Tripolis. Schiffsbilder auf dem offenen Meer *(werden aus Paris geliefert* – »Natürlich«, dachte der Leser verwirrt. »Solche Flottenfilme liegen in allen Marineministerien...«). Dann endlich setzte die eigene Kunst ein:

Vier Soldaten in der Wüste.
Durst. Halbnackt.
Dann kalte Nacht.
Überlegen, ob sie desertieren sollen.

Titel: »ICH BIN AUS SARDINIEN! FÜR MEINE PROVINZ HAT DER STAAT KEIN GELD! ABER AFRIKA MUSS EROBERT WERDEN!«

»GEHN WIR!« *Die Kameraden wollen mit dem Knie ihre Gewehre zerbrechen. Titel:* »DIE KÖNNT IHR ZU HAUSE BRAUCHEN ...« *Sie laufen auf die Küste zu, lösen ein Segelboot und entfliehn. Kleiner Hafen in Sardinien. Am Municipio angeschlagen:* GROSSER SIEG IN TRIPOLIS. *Ein Segelboot läuft ein. Entsetzen. Zwei an Hungertyphus Gestorbene werden schwer an Land gehoben, ein Irrsinniger springt gellend heraus, der vierte fragt die erschütterte Menge:* »WER ZEIGT MIR DEN WEG ZUM RÄCHER PEDROTTI?«

»Donnerwetter!« sagte Benno. Er sprang aus dem Bett wie ein Gummiball; sein »petit cahier« fiel auf den Teppich.

»Donnerwetter!« sagte er laut, fuhr mit dem Magen gegen den Schreibtisch, rikoschetierte gegen das Fenster und vom Fenster wieder zum Bett.

»Donnerwetter!« sagte er sitzend.

Weiter schien ihm nichts einzufallen. Diesen ganz ungenügenden Fluch, diesen überlebten Vergleich mit theologischen Spielereien aus dem Laden der Zeus und Jehova, diesen lächerlichen Hinweis auf ein Gewitter gebrauchte er: in einer Welt, die Maschinengewehre, Giftgase und Tendenzfilme hatte.

Schließlich merkte er es selbst; und er hörte damit auf.

»Wirst du das machen?« fragte er sich. Und als ob dies andere Ich etwa taub sei, fragte er laut: »Ich meine, ob du das machen wirst, dies Manuskript, mein lieber Alter! Dies hier, was auf dem Teppich liegt; ob du es fotografieren willst, in die Bilderkanone laden und in die Gehirne der Leute schießen ...!«

Er fand, es sei nicht ausgemacht, ob er dies wolle – und er erstaunte!

Da verlangte man also von ihm, er solle in den Weltlauf greifen. Mit seinem Zeigefinger sollte er etwas Schweres umrühren. Sich scheinbar in ein Verfluchtes mischen. In einem verdächtigen Eisenbahnwesen infernalischer Natur, das man Politik nannte, sollte er eine Weiche stellen, sollte er einen Panzerzug gegen Italien loslassen ... bestückt mit dem Unwillen einer Welt!

Wer durfte das von ihm verlangen? Leider seine Geldgeber! Sie

hatten bereits dafür bezahlt. Zum mindesten hatten sie einen Vorschuß von vierzig Prozent ihm überreicht. Kaufmännisch war also alles in Ordnung: Erlegtes Geld, verlangte Ware.
»So?« sagte er. »So?« und fliegender Schimmer verschönte sein unschönes Gesicht: »Es soll schon vorgekommen sein, daß man mit gutem Geld Luft gekauft hat!«
Er legte sich wieder zu Bett und las weiter.
Aber nur wenige Minuten. Dann fuhr er abermals in die Höhe. Die Luft war unbehaglich. Er schwitzte. Laut atmend begann er rings die Wände mit Daunenkissen zu bewerfen.
»Unglaublich!« röchelte er. »Unglaublich!«
Benno verstand nichts von Politik. Dennoch erkannte er hier sehr wohl den uralten Trick der Politiker: Barbarismen zu behaupten, wo es einfache Notstände gab! Es machte ihn toll. Wie konnten Franzosen – ausgerechnet Franzosen! – es wagen, gegen den italienischen Staat Propagandabomben zu schleudern, wenn in den eigenen Kolonien Schwarzwasserfieber und Lepra hausten! Aber davon erfuhr das Publikum nichts, das, mit Abscheu in den Augen, die Zustände auf Sardinien besah.
»Wem nützt nun eigentlich solch ein Hetzfilm?« mußte er denken. »Etwa dem Gros guter und fleißiger Franzosen? Was haben die Kaufleute davon? Oder die Bibliotheken und Dichter? (»Mimi Pinson est une blonde!« fuhr es ihm plötzlich durch den Kopf. Seit seiner Schulzeit hatte er diese Worte nicht mehr gehört. Zweifelsohne gehörten sie einem französischen Gedicht an.) Gar nichts! Der Film verdummt das Volk und macht es zu neuen Kriegen reif. Er nützt allein dem Avancement der Offiziere, den Soldaten, den verfluchten Balmeomen, die seit Anbeginn der Welt an allem Unglück schuld waren...«
Er begann vor Abscheu zu zittern. Vor Sehnsucht nach Gerechtigkeit. Zugleich vor Lust am Widerstand und an anarchischem Gegenstoß. Seine ganze Oberwelt stand in Aufruhr, und zugleich mischte sich die Unterwelt ein.

»Fraus, Fraudis!« seufzte er, »der Betrug!«
Ein Fremdes war in ihm und band Moral und Gewinnsucht akkordisch zusammen. Ein Fremdes war in ihm und sang: »Fraus Sacra! Göttin des Betruges! Wohlstands Erhalterin, Glückes Verwalterin! Dümmlinge Kränkende, Kluge Beschenkende ...«
Schon war er ungeheuer getrost, den Balmeomen, den Verfluchten, den Eisenfressern, den Kriegsanbetern, einen geflügelten Streich zu spielen.
Er wußte zwar noch keineswegs wie. Aber ein Lächeln entspannte ihn, das Lächeln Jáakobs über Esau. Er drehte sich friedlich zur Wand und schlief.

Clothilde saß ihm bleich gegenüber.
»Wenn ich dich richtig verstanden habe«, sagte sie stockend, »so hast du gesagt, daß es dir keine Freude mehr macht!«
Er nickte und sah auf seine Zigarre. »Ich habe das Ganze wirklich satt! Und wenn du dies hier gelesen hast« – er wies ihr dabei das bläuliche Heft mit dem silbergrauen Umschlag – »wirst du sicherlich denken wie ich.«
Clothilde schwieg. Was sollte das? Sie war so fürchterlich erschreckt, daß sie nicht sah, was er eigentlich wollte. Schließlich sagte sie: »Wenn du nicht willst, dann bleibt schließlich nur das eine übrig: Du mußt den Franzosen das Geld wiedergeben.«
Benno verschluckte sich. Ironie grimassierte unbändig aus seinem Gesicht. »Geld wiedergeben! Hm! Nicht schlecht!« lachte er leise. »Wie kriegen wir bloß diese Summe zusammen? Sag' doch mal der kleinen Susi, sie soll mir das Gehalt wiedergeben, das ich ein halbes Jahr schuldig blieb und schließlich am Sonnabend gezahlt habe! – Und was ist mit dir? Ich gab dir doch gestern einen Scheck über sechstausend Mark, nicht wahr? Du bist natürlich sofort bereit, mir das Geld zu wohltätigen Zwecken aufs neue zur Verfügung zu stellen!«

»Was soll das?«
»Eine von diesen Hyänen (die sich zufällig Frankreich nennt) hat eine Lieferung bei mir bestellt...«
»... Ich weiß, ich weiß...«
»... die ich vielleicht nicht liefern werde! Und ich soll sechzigtausend Mark dem französischen Wohlfahrtsfonds zur Hyänenmästung zurückbezahlen? Das schiene mir doch unmoralisch!«
Clothilde schoß auf. Hier war es wieder! Auf federnden Beinen das Büro des Freundes und Feindes durchschreitend, fühlte sie: Da war es wieder! Die tausendjährige Kluft im Gestein, der schmale, doch brückenlose Riß zwischen Rassen und Charakteren. Betrügen also wollte Benno! Und nicht: auf einfache Weise betrügen, sondern mit sakralem Gepränge. Treulos dem Vertrage sein – aber doch für größere Götter... für Wohlfahrt und Zivilisation!...
»Es ist nämlich auch ganz ungefährlich!« schmeichelte Benno mit sanfter Stimme. »Das Geld an sich ist zwar einklagbar – aber niemand findet sich (hörst du!), der es einklagen wird. In dem Vertrage, den ich besitze, hat die Société Voltaire weder ihren näheren Wohnsitz noch ihre Adresse angegeben. Das muß doch seine Gründe haben! Diese Herrschaften wollen demnach gerichtlich nicht zu ermitteln sein. Ich sehe hier Unordnung und sogar Tücke: es entbindet mich der Verpflichtung, für diese Herren zu arbeiten...«
»Halt!« sagte Clothilde mit weißen Lippen. »Ehe du jetzt weiter sprichst, möchte ich dich daran erinnern, daß du bisher viel zu wenig verdient hast! Es fehlen dir sechzig Prozent am Gewinn!«
Benno grinste. »Liebe Clothilde! Ich habe meine Schulden bezahlt und bin weiterhin nicht geldgierig.«
»Wenn ich es nun wäre?« fragte sie, mit einem unsicheren Gesicht. Es klang fast wie ein Selbstgespräch.
Er sah sie, etwas erschrocken, an. Wenn Clothilde in Geldnöten war, so komplizierte das die Sache; so war ein Herausgehen aus

dem Geschäft beinahe unmöglich. Schlimm, sehr schlimm! Er betrachtete sie aufmerksam. Er las in ihrem fahlen Gesicht, daß sie keinen Liebhaber hatte. Bis in die Runen ihres Halses wetterleuchteten Furcht und Zweck. Arme Clothilde!

Er sagte gedehnt: »Ja... Was die sechzig Prozent betrifft (von denen dir, Liebling, zehn gehören) müßte man sie hereinbekommen. Aber wie? Ich wüßte etwas!« Seine Augen belebten sich in Glanz und dunkler Schelmerei. »Die Italiener müßten sie zahlen!«

»Entsetzlich!« dachte sich Clothilde. Sie sah, und ihr Herzschlag setzte aus, wie Rubenson nach der Unterredung, als wolle er ins Restaurant, seinen Hut vom Haken nahm und langsam in die Viktoriastraße zur italienischen Botschaft ging. Sie sah ihn ins Anmeldezimmer treten und sah, wie sich der »petit cahier«, bläuliche Blätter mit silbrigem Umschlag, in ein »quaderno piccolo« lautlos und furchtbar verwandelte...

»Nein!« schrie es aus ihr. Zugleich empfand sie, jetzt sei eine Ohnmacht das Falscheste. Weit eher eine Prügelei oder doch prügelähnliche Szene, ein Einsatz des Körpers jedenfalls, konnte die Situation noch heilen. Sie stieß wie ein Raubvogel auf ihn nieder und begann ihn an Schulter und Kinn zu zerren.

»Es ist nicht nötig«, dachte er noch, »mir meine Weste zu zerreißen!« – aber er hatte genug zu tun, um seinen Kopf und seine Schläfen vor einem schwarzen Lineal zu schützen, das (er erinnerte sich) eben noch herrenlos gelegen, auf dem Schreibtisch gelegen hatte und nun plötzlich ohne Erklärung auf ihn einzudringen begann.

»Was willst du denn?« flüsterte er erschrocken, umfaßte sie mit Riesenarmen, und legte Clothilde sanft zur Erde.

Was sie wolle, heulte sie. Ihm zunächst die Gurgel zudrücken! Dies sei nun der Dank für all ihre Liebe, und so meine er ihn abzustatten: daß er Delbosq verderben wolle! Hippolyte müsse seine Stelle quittieren, wenn man seine Vermittlerschaft erführe.

Und all das werde nichts nützen! Auch sie selbst, auch Rubenson, würden des Geldes nicht froh werden. Man werde sie als politische Spitzel durch die Zeitungen Europas schleifen; ihre beiden ehrlichen Namen würden in Interpellationen der Parlamente genannt werden; kein Mensch werde einen Bissen Brot jemals mit Menschen teilen wollen, die in solche Sachen verwikkelt waren! Ob Benno das nicht einsähe?

Er sah es ein. In seiner Lage, mit leichten Würgemalen am Hals, hätte er mehr noch eingesehn. Alles in allem war Clothilde doch eine imposante Frau! Und ihr zuliebe konnte man – gegen die eigene Weltanschauung und gegen so manchen inneren Warnruf – wirklich jene sechzig Prozent auf dem alten und sicheren Wege verdienen, anstatt sich auf neue Fährlichkeiten und schlimmere Abgründe einzulassen.

Er half der Weinenden auf das Sofa, bettete ihren Kopf auf den Schoß, streichelte sie wie in alter Zeit und versprach ihr, was sie wollte.

»Aber«, schluchzte sie, »du mußt erlauben, daß ich ab jetzt alles überwache! Wann willst du mit den Engagements der Schauspieler anfangen? Es wird Zeit! Ich möchte bei den Abschlüssen dabei sein!«

»Wir können schon morgen anfangen!«

Sie begann aufs neue zu weinen: ob er es denn auch ehrlich meine. Er war erschüttert und schwur ihr: Ja.

»Und nach Sardinien reise ich mit!« Sie lächelte, puderte sich und ging.

Er saß ein paar Minuten stumm. Viel Güte und Klugheit im Gesicht. Er besah und betastete den »petit cahier«, der vor ihm lag, Blaues in silbergrauem Umschlag, und dachte: »Durch Unrecht kam es mir zu. Das Krumme kann nie gerade ausgehn!«

Plötzlich rief er ins Vorzimmer: »Susi! Gibt es in Berlin solche blauen Konzeptblätter und solch silbriges Vorsatzpapier?«

Sie kam und sah ihn fragend an.

»Sieh zu! Versuch' mir's zu beschaffen!« sagte er sehr freundlich zu ihr.

Das Engagieren ging leicht von statten.
Die Rahmenhandlung – Amerikaner, die Reiselust und Abenteuer auf die Insel Sardinien führten – war in Berlin leicht zu besetzen.
Es kam bei dieser Besetzung zuerst auf schöne nordische Menschen an. Auf Menschen, die man im Segelboot, im Auto und – vor allem dies! – in großen Bade- und Nacktaufnahmen zwischen Klippen zeigen konnte. Solche wohlgewachsenen Männer – obendrein unter sich verschieden und gegeneinander Schatten werfend – waren Bettenhausen und Lüttke-Paul.
Sie waren zweitklassige Schauspieler. Aber im Grunde machte das nichts. Rubenson, niemals recht in der Lage, Stars zu bezahlen, wußte genau, daß die Kenntnis des Materials, vermehrt um Regie, Wunder wirken könne. Intensive Beschäftigung konnte auch zweitklassige Puppen in menschliche Wesen umwandeln. Er kannte von früheren Arbeiten Bettenhausen (etwa so, wie ein Bildhauer ein Modell kennt) und wußte, was man erreichen konnte. Bettenhausen war Offizier gewesen und kam sich in seinem neuen Beruf zuweilen reichlich deklassiert vor. Das prägte sich dann peinlicherweise in seiner Körperhaltung aus. Seine prachtvoll trainierten Glieder nahmen plötzlich Sperrstellung ein, ein unsichtbarer Armeekragen hob das Kinn in die Himmelsluft, preßte seine Lippen zusammen und verlängerte den Hals. »Herr Oberleutnant!« rief Rubenson dann in das Rollen der Kurbel hinein. »Mehr Litewka!« Und wenn das nichts nützte: »Geben Sie doch Ihrem Hals Zivilurlaub, Herr Unterhauptmann!«
Ganz anders war Herbert Lüttke-Paul. Der Fünfundzwanzigjährige hatte den Weltkrieg nicht mitgemacht und seine körperver-

wüstenden, unsportlichen Ziele nicht erlitten. Er war eine skandinavische Schönheit, von jenem herrlichen, etwas herben und doch so freundlichen Ebenmaß, das durch Schwimmen, Reiten, Wandern und Tennisspielen allein erzeugt wird. Das Manuskript verlangte von ihm, daß er – leicht und in halbem Scherz – mit Bettenhausen boxen müsse; nur ungern erlernte er diesen Sport.

Mit seinen weißlichblauen Augen, die immer aussahen, »als ob ein Flug Möwen über Stockholm niederginge«, kam er auf Benno zu und sagte (man wußte nicht, ob es Ernst oder Scherz war): »Geben Sie zwanzig Mark, Meister! Hier in meine rechte Hand.«

Was diese Lustspielsituation bedeute, fragte der andere.

»Ich möchte etwas für Sie, Herr Direktor, aus Pirna in Sachsen kommen lassen.«

»Ein Paket? Aus Sachsen? Warum denn?«

»Sie haben das Recht zu refüsieren«, lächelte Lüttke wohlerzogen. »Aber Sie werden es mir noch danken!«

»Na schön!« dachte Benno und gab das Geld.

An diesem Tage probte er zum erstenmal mit Dolores Planck, jener in die Rahmenhandlung der Amerikaner verstrickten Schönen. Dolores, eine junge Frau von südlichem, fast kreolischem Typus (die im Film gleichsam den Isthmus von der amerikanischen Welt zur romanischen bilden sollte), war nicht übermäßig begabt. Sie trat aber auch nur selten auf; von ihren ohnehin spärlichen Szenen spielten die meisten im Beisein Pedrottis. Eine aber konnte schon in Berlin gekurbelt werden: Dolores saß im einsamen Landhaus und fürchtete sich vor einem Gewitter. Die Frau, die ihr als Gardedame dabei Gesellschaft zu leisten hatte, spielte Baronin Clothilde Bergmann.

Ihre Anwesenheit im Atelier erfüllte Benno mit dunkler Wut, die ihm selbst unerklärlich war. Er mochte sich vielleicht zuweilen über Clothilde lustig machen; aber er hatte sie nie gehaßt. Doch da sie jetzt mit neckender Hand nach dem bläulichen Heft faßte, das ihm aus der gewaschenen Weiße seines Operateurkittels ragte (und es schien, als wolle sie nachsehn, ob auch wirklich alles darin stand, was der Regisseur von ihr wollte), ging er mit Fäusten auf sie los, die auf- und zuschnappten wie zwei Zangen.

»Das geht dich gar nichts an!« brüllte er.

Als die übrigen Schauspieler um die Halbohnmächtige sich bemühten und sie zu einem Sofa stützten, wandte sein Zorn sich gegen die drei. »Hinaus mit euch«, schrie er. »Die Probe ist aus!« und verließ hinter schmetternder Türe das Glashaus. Auch am nächsten Tag kam er nicht. »Ich lasse mich nicht ausspionieren! Von dir schon gar nicht!« knurrte er. Er stellte Dolores, wie Clothilde, Bettenhausen und Lüttke-Paul ihre Rollenabzüge zu, ihre sehr kleinen Rollenabzüge – den ganzen Film bekam niemand zu sehen.

Als sie ihn reuig antelefonierten, wann sie zur Probe kommen dürften, hing er brummend den Apparat ab, entzündete sich eine Zigarre und ging, anstatt nach Johannisthal, in sein Friedrichstraßenbüro. Dort saß er mit der verweinten Susi, stumm vor sich hinrauchend, als Lüttke-Paul vorsichtig seinen Kopf hereinbog und schmeichelte: das Paket wäre da.

Als Rubenson schwieg, trat er vollends ein und sagte mit beinahe stolzer Stimme:

»Onkel Hellmut Brechenmacher! Darf der Professor eintreten?« Jenem den Vortritt lassend, verschwand er.

Die Sachsen sind nie seltsamer, als wenn sie Bayern darstellen wollen – als wenn die Naturfernsten aller Deutschen, unter Mitnahme von Loden und Grünhut, den Gebirgler zu spielen wünschen. Aber Professor Brechenmacher – völlig haarlos, und überall dort, wo kein grünes Tuch ihn deckte, beglatzt – wollte gar nicht nach Oberbayern. Sein Stock und seine benagelten Stiefel lechzten nach einer viel weiteren Reise. Dieser Mann war

fest überzeugt, nach Sardinien mitgenommen zu werden – als Dolmetscher der sardinischen Sprache – und seine Überzeugung siegte.
Rubenson fiel aus allen Wolken, als er hörte, in Sardinien spreche man gar nicht italienisch. Das Sardische sei vom Italienischen verschieden wie etwa Sächsisch von Deutsch: und für Menschen, die nur Italienisch oder gar nur Französisch verstünden, wäre ein führerloses Reisen in Sardinien fast unmöglich.
»Säh'n Se«, begann Brechenmacher. »'S gibt daderbei siem Dialeggde. Un das Ganze is enne DSchbrache. Wo der Idaliäner e l sädzd, da schbrichd der Sarde e d.«
Erfreulicherweise kam Lüttke-Paul und übersetzte, was Onkel Hellmut sagte, sogleich in ein handliches Deutsch. Er erzählte, daß Onkel Hellmut, der pensionierte kleine Pirnese, der größte Forscher der sardischen Sprache in Deutschland, nein, in Europa sei. Er habe in seinen Mußestunden, die ihm der hagere Lehrberuf ließ, eine berühmte Grammatik geschrieben und eine Etymologie aller sardinischen Mundarten.
»Da haben Sie wohl viele Jahre«, fragte Rubenson voller Scheu, »auf der Insel Sardinien gelebt?«
Jetzt kam Brechenmachers Triumph. In seinem weißen, haarlosen Schädel leuchteten die Torenaugen, die Idealistenaugen auf wie blaue Raketen. Jahrelang? »Wo hädd'ch denn da das Geld härgenomm?« Nein, nur vier Wochen, vier ganze Wochen im Jahre (»Wardense ma, wann war das glei?«) achtzehnhundertsechsundachtzig. »In den Osterfärchen war das nämlich.«
»Gott!« sagte Rubenson ganz benommen. »Das sind ja vierzig Jahre her!«
»Ei freilich!« lächelte Onkel Hellmut. Und in diesen vierzig Jahren habe er nicht soviel verdient, weder durch seinen Lehrberuf, noch mit der sardischen Grammatik, daß er hätte nach Süden reisen können. Er sagte nicht reisen; er sagte: wandern. Diesmal aber freue er sich. Seine Kenntnis des Sardischen würde

ihm wohl zum erstenmal »bragdsch« etwas eintragen; und damit meinte er vielleicht: praktisch.
Rubenson blickte auf den Schreibtisch. Sein Gesicht hatte sich verändert. Dem zweifelhaften Filmunternehmen hatte sich ein Kulturträger angenähert, ein komisches Wesen, ein Kärrner eigentlich, aber doch jemand, der mit den ewigen Baustoffen der Welt, wie ein altjüdischer Spruch sie lehrte, mit der Beständigkeit und der Treue, in Berührung gekommen war. Der grobe Benno, in dem das Gewissen geheime und feine Spiele aufführte, fühlte es wohl, und es rührte ihn.
Er sah dem anderen ins Gesicht; und auf einmal nahm dieses Gesicht noch weitere Torenzüge an, Züge Winckelmanns, des Studenten. Meist haßte Benno solche Menschen, weil er die Erfolglosen haßte, die vom Glück Verworfenen. Aber einer aus dieser Gilde hatte ihm den Plan zugetragen; und auf Grund des ergriffenen Plans war er »Vater des Geldes« geworden. Jetzt war es gut eine Wohltat zu tun, ein Mitzwoh-Opfer darzubringen. Er bedachte es, und Wohlgefallen trat in sein großes, kränkliches Auge. Ja, er wollte ihn mitnehmen! Welch ein Gefühl: dieses Männchen hier in Sardinien landen zu sehen. Dies Insekt, das die starken Fühlhörner hatte für Präfixe und Suffixe, Konjugationen und Deklinationen. Dies Wesen, das den Luftdruck der Welt vierzig Jahr überdauert hatte – immer aus einem Herbarium lebend. Wie mußte dies Wesen aufglänzen, wenn es von einem Schiffsgeländer den Rauch Sardiniens aufsteigen sah!
Er fragte, seine Rührung bemeisternd, ob Brechenmacher etwa glaube, es gäbe noch Räuber auf Sardinien.
»Reiber? Bandieden? Heern Se, heern Se, das däd ja der Gawuur nich erloom!«
»Wer? Bitte, schreiben Sie das doch auf!«
»Cavour«, dachte Benno und sah auf den Zettel. »Ausgezeichnet! So hieß ja der Mann, der vor siebzig Jahren Minister war, und der wohl seine sechzig tot ist!« Aber was heißt das über-

haupt »tot«? Ein Dialektforscher kann vielleicht mit solchem Begriff gar nichts anfangen... Ob Onkel Hellmut übrigens weiß, daß Italien gegen uns Krieg geführt hat? Aber auch das ist nicht wesentlich... Er sah ihm warm ins trockene Gesicht: »Sie müssen hierbleiben, hören Sie? Fahren Sie nicht nach Pirna zurück, es könnte sein, daß mein Freund Trevisani uns schon morgen alle ruft...«

Mit diesem Engagement gewann er zu seinem Verehrer Lüttke-Paul noch den Ergebensten aller Menschen. Onkel Hellmut war der Ansicht, daß selbst beim Filmen in einem Glashaus (wo niemand das Sardische entbehrte) man seiner unbedingt bedürfe, und wich nicht von des Direktors Seite. Als Bettenhausen, der sich selber gerne konservativ nannte, aber kaum wußte, was in der Welt das Konservieren eigentlich wert war – als Bettenhausen einmal den Alten hochmütig »Professor Brechreiz« nannte, trat Rubenson in klirrendem Zorn an die Seite seines Hausphilologen und verbat sich solche Bezeichnung.

Noch einen anderen machte er glücklich, dem er das Mitnehmen in die Arche versprach; und dem er es gerne versprach. Das war Susi Gschweidler, die Wienerin; die ängstliche, leicht von Tränen verhängte. Wie war sie unglücklich, fern von Wien! Aus dem kleinen Österreich war sie geflohen, ihr Brot zu suchen; sie fand das Brot, doch es schmeckte hart. Wie kantig und häßlich war dieses Berlin! Wenn ein Mann sie auf der Straße ansprach, so war sein Tonfall schneidend und zornig; dabei voll erbärmlicher Unsicherheit, die Angst hat, sich etwas zu vergeben. Gar nicht großmütig und männlich klang das; nicht warm, wie die Wiener Burschen es meinten, wenn sie im abendroten Prater oder draußen im Türkenschanzpark ein Mädchen auf ein Glas Wein ansprachen... Jetzt sollte sie reisen – o Gott, wie herrlich, und in ein katholisches Land!

Benno löste ein Blatt vom Kalender. Er las den 18. April. Und noch keine Nachricht von Trevisani! Der hatte es wohl schwer dort unten – der etwas sonderbare Geschäftsfreund, mit den verwachsenen Augenbrauen, mit dem olivenfarbenen Gesicht, an dem die Betrachter ausglitten. Nun, *seine* Sache, *seine* Sache!... Rubenson hatte es nicht eilig. Nur eines wußte der Vielgereiste: daß es gleich nach dem ersten Mai in Italien sehr heiß werden konnte.

Siehe, selbst in Johannisthal erkühnten die Bäume sich zu keimen. Rubenson sah es – aus dem Fenster – währenddessen seine Hände einen schönen alten Tango spielten. Einen goldpatinierten Tango, hervorgeholt aus der Erinnerungsflasche des Jahres 1913; noch nicht einmal zwanzig Jahre vorbei, und doch so wehmütig, doch so kostbar, weil dieser Tanz nach Vorkriegsglück schmeckte. Die besten Tangotänzer der Welt lagen nun alle schon unter der Erde.

Oh, wie herrlich klang dieser »El Choclo«! Das ganze südliche Europa, einschließlich Südamerika, konnte sich (dachte er) gratulieren, einen so konzentrierten Wein wie diesen Tango erzeugt zu haben. Und man brauchte nicht zu verreisen, um Lüttke-Paul und Dolores Planck miteinander tanzen zu sehen. Eigentlich tanzten sie beide Probe. Denn in dem sonderbaren Gasthaus, wo sie auf Pedrotti trafen, sollten die beiden, so wünschte der Text, einen Tango exekutieren. Aber ob man das filmen konnte? Merkwürdig, daß das Innigste und Schönste sich dem Lichtbild entzog! Kinematographierter Tanz war nicht mehr Tanz. Er langweilte. Es waren schwierige Wirkungsgesetze, auf denen die Künste des Lichtbilds ruhten; man stand noch im Anfang und kannte sie kaum.

Benno spielte. »Wie schön sind Menschen!« dachte er, und ward schwermütig, als er die stehende, zitternde Woge des Tangos sah, die am Ort verblieb, bis sie in schnelle Schritte barst und wieder in Zweisamkeit stehenblieb.

Plötzlich schlug das Telefon an. Atemlos, kurz und fast erstickt.

Der Ton war so außerhalb des Gewohnten, daß Benno erschrak, unwissend weshalb.
»Ja?« sagte er nervös in die Muschel, während Dolores und Lüttke-Paul aufhörten zu tanzen. Wenigstens bildeten sie es sich ein. In Wahrheit waren ihre Körper lianentief bis zur Wurzel verstrickt. So standen sie – das Gesetz des Tangos ließ sie, auch ohne Klavier, nicht los. Auf Zehenspitzen zitternd erwachsen, mußte die stehende Figur erst ein paar Schritte nach rechts machen, ehe die Umschlingung sich löste. Dadurch verstand der hörende Benno undeutlich etwas wie: »... Tageblatt...«
»Redaktion?« wiederholte er ungläubig.
»Nein, ich bin es«, hauchte Clothilde. »Hast du das Abendblatt schon gelesen?«
»Warte! Es liegt neben mir!« sagte er und nestelte mit der linken Hand die Zeitung auf.
»Auf der vierten Seite rechts oben: Der Völkerbund hat nach Paris einen Filmkongreß einberufen!«
»Was geht das mich an?« sprach Benno leise – und gleich darauf sehr ärgerlich: »Gewöhn' dir doch ab, mich zu erschrecken!« Er warf den Hörer auf die Gabel. Aber kaum hatte er sie berührt, als ein neues Sturmläuten begann.
»Benno! Du fragst, was uns das angeht! Weißt du nicht, wer der Völkerbund ist?«
»Natürlich weiß ich das!« Und er las, der Völkerbund habe die Filmleute, Gelehrten, Künstler, Kultusbeamten von achtundvierzig Erdstaaten zur Beratung eingeladen. Zur Beratung, wie man den Film veredle!
Er las es; und er begriff kein Wort.
»Wieviel Geld hast du bei dir?« rief Clothilde drüben heiser.
Er zog mechanisch die Brieftasche: »Dreihundert Mark!«
»Das genügt vollkommen. Bitte bringe mir das Geld sofort nach dem Bahnhof Friedrichstraße. In vierzig Minuten geht der Nachtzug! Der Kongreß beginnt morgen um zehn Uhr.«

»Du willst nach Paris?«

Er möge nicht fragen, sich nur beeilen! So rasch er konnte, warf Rubenson sich in ein Automobil. Was war das? Was sollte dieser Kongreß? Er hatte neulich davon gehört und sogar in der Fachpresse einen Einleitungsartikel gelesen – doch hatte er es sofort vergessen: es schien eine Sache, der kaufmännisch jede Bedeutung mangelte.

Doch gerade das sollte Argwohn erwecken! Wo Moralisten und Idealisten den kartenspielenden Kaufleuten über die Schulter zu gucken begannen, da konnte niemand mehr etwas gewinnen. Er sah ins Berliner Tageblatt.

»Der Kongreß wird keinen Handelscharakter haben«, hieß es. Verflucht! Welch anderen Charakter?

Clothilde stand an den Schalter gelehnt, ohne Koffer; nur ihren Mantel und eine kleine Handtasche im Arm. Ihr Gesicht war zitronengelb. Kaum sah er sie, als sich Abneigung und Spott in ihm zu regen begannen:

»Siehst du!« sagte er, so boshaft, als sei er bei allem nur Zuschauer. »Derartige Dinge soll man nicht tun! Man gibt sich nicht mit Hetzfilmen ab!«

»Wo ist das Geld?« versetzte sie wütend. Und leiser: »Ich fahre zu Delbosq. Ich werde ihn fragen, was zu tun ist.«

Er gab ihr die dreihundert Mark. Er schwieg. Er zeigte ein Gesicht, als ob ihm diese jähe Wendung gar nicht unwillkommen sei.

Sie stieg in den Zug und sah starr heraus. Ihre Augen versteinerten sich, als die Räder zu rollen begannen.

Benno vergaß ebenfalls das Grüßen. Spät – während er einen Teig von List in seinen Sinnen zu kneten schien – löste sich seine abwartende Haltung. Plötzlich zog er aus seiner Tasche die bläulichen Blätter in silbrigem Einband, winkte dem fahrenden Zuge nach und murmelte, lebhaft den Kopf schüttelnd:

»Un petit cahier... Un petit cahier... Un petit cahier!...«

»Was sind das für Leute? Bring' sie herein!«
Der Doktor saß auf einem Berg von Sachen, auf denen man nicht sitzt. Über dem Lehnstuhl hingen Strümpfe. In der offenen Schublade des Schreibtisches stand eine Weinflasche. Sie war in Gebrauch und dreiviertel leer. Ein Bücher- und ein Scherbengebirge, beschattet von monatealtem Staub, begann bei seinem rechten Filzschuh. Er stieß es in leichtem Halbtraum an und murmelte: »Bring' die Leute herein!«
Die Doktorin ging über den Flur. Groß wie ein Erdteil, gehorchte sie. Die braunen Wangen eingeschminkt wie zwei Sonnenuntergänge. In einer Wolke von Essenzen wälzte sie sich der Küche zu. Der ehemalige Doktor Bianchi hatte kein anderes Wartezimmer. War er es denn? An der Tür stand »Barbieri«. Und wie sie sich nähertasteten, durch einen Engpaß von Einmachegläsern, Tierfallen und mauszerfressenen Folianten, erkannten sie endlich, daß hier einmal eine Art Landarzt gewohnt haben müsse. Ein Frauenhut mit Wachsdekoration – Mode 1910 – hockte halb auf einem Foetal-Glas. Die ausgestopfte symbolische Schlange, die den Medizinmann anzeigt, war ebenfalls da, und ebenso der verwaschene Linoleumschnitt mit dem Bild der Gesundheitsgöttin. Auch daß der Inhaber dieses Parks zurückgebliebener Gegenstände nicht gesund war, gewahrten sie. Er trug über eitrigen Augenlidern einen deckenden grünen Schirm.
Sie begannen gleich ihre Litanei von den zwei Paduaner Studenten auf Osterurlaub. Dann klagte der eine: »Ich fürchte, mein Freund hat die Malaria!«
Der kleine Alte nahm den Schirm ab. »Fieber gehabt?« fragte er undeutlich.
»Ja, gestern abend«, sagte Andrea.
Bianchi-Barbieri warf Trevisani einen blutunterlaufenen Blick zu.

»Ausziehen!« brummte er unwirsch.
Er war so betrunken, daß er vergaß, Paduaner Studenten vor sich zu haben. Er behandelte sie wie störrische Bauern.
»Mund auf! ... Keine Halsschmerzen? Fieber kommt auch von Halsentzündung.«
Jetzt horchte er mit dem Stethoskop, das übrigens starke Sprünge aufwies, an Trevisanis Oberkörper: »Lunge in Ordnung!« Er umgriff die Schulterknochen und drückte sie. »Kein kachektischer Körperbau. Malaria also noch nie gehabt?«
»Nein, Herr Doktor!« sagte Andrea.
»Werden Sie auch jetzt nicht haben!« beruhigte Bianchi-Barbieri. »Dann, und dies ist das wichtigste (er stieß ihn mit dem Zeigefinger): Sie haben keine geschwollene Milz!« Er sah ihm prüfend ins Gesicht und hob mit schmutzigen Fingerkuppen die Lider von Trevisanis Augen:
»Wo waren sie am 30. März?«
Andrea rasselte zusammen. Eine Instinktbewegung trieb ihn zu seinen Kleidern hin: »Weshalb?«
Der Arzt fing ihn ab wie einen Esel.
»Hiergeblieben! Am 30. März müßten Sie gestochen sein, wenn Sie heute Malaria hätten. Denn wir schreiben den 9. April.«
»Ach so! – Also damals«, log Andrea, »waren wir beide in der Gallura.«
»Merkwürdig! Dann müßte ja wohl die Anopheles claviger, damit sie Sie hätte stechen können, auch dort oben gewesen sein!«
»Nun und –?« murmelte Trevisani.
»Das wäre fast ein Naturwunder! Stechende Mücken Ende März in Nordsardinien? Und obendrein bei einer Nachttemperatur von zehn Grad?«
In dieser Ruine von Gehirn begann das Präzisionswerk des Wissens zu ticken. Er erhob den Finger: »Ehe nicht gegen Ende April unsere Sümpfe zu stinken beginnen, ist die Frühjahrsgene-

ration der Mücken nicht fertig – und ohne Mücken gibt's keine Malaria, keine frische Malaria, ihr Leute!«
Er rieb sein verstaubtes Mikroskop: »Wollen jetzt Blutuntersuchung machen! – – Nervöser Bengel!« schrie er plötzlich, als Trevisani seinen Finger der Pinzette ungeschickt darbot.
»Meinen Sie nicht«, fragte Agostino, bestrebt, sich möglichst dumm zu stellen, »daß mein Freund Malariawasser getrunken hat?«
»Das gibt es nicht!« brüllte wütend der Kleine. »Wie oft soll man euch das noch beweisen, daß nur die Mücken und die Menschen Wirte des Bazillus sind! Die kranke Mücke sticht das Gift dem gesunden Menschen ins Blut, und der kranke Mensch vergiftet, indem er sich von ihr stechen läßt, wiederum die gesunde Mücke. Das ist der Kreislauf!... Malariawasser? Noch schöner! Solch ein Bengel verwechselt Malaria womöglich mit Typhus!... Nette Schulbildung! Nette Studenten!«
Der ganze, kleine halbblinde Mann wurde von großem Zorn geschüttelt. Von einem gespenstiggeistigen Zorn.
»Ach«, dachte Agostino schmerzlich. »Warum hat nicht damals der alte Pagnotta die fünfhunderttausend Lire gegeben? Der Hygieniker wäre kein Säufer geworden, und es wäre ein wertvolles Hirn diesem Lande erhalten geblieben!«
Barbieri hatte die Blutprobe auf eine kleine Glasplatte gestrichen, gefärbt und unter die Linse geschoben. Er sah mit großer Schwierigkeit, schräg übers Mikroskop gewälzt, aufmerksam ins Mikroskop. Dann überließ er den Platz Trevisani.
»Sie haben recht gesundes Blut!« speichelte er und roch nach Wein. »Oder sehen Sie etwa Stäbchen?«
»Sie können das so schnell erkennen?« fragte Agostino enttäuscht. Der Feldzug drohte zu kurz zu verlaufen. Kaum eingedrungen, sollten sie schon das Hauptquartier des Feindes räumen?
»Was sind wir schuldig?« fragte Andrea.

Da geschah ein unglaubhafter Ton. Ein Picken wie von stählernen Schnäbeln, sehr rasch und immer wirbelnder. Es war wie eine Erinnerung aus der zivilisierten Welt, aus der Welt europäischen Verkehrs. Es war der Klang eines Telefons.
Aber wie konnte das denn sein? Wie konnte in diesem verruchten Nest, im Hause dieses stinkenden Landarztes, das seit Jahrzehnten nicht aufgeräumt war, sich ein Telefon befinden und – – dies war ein Ferngespräch! Die Ferne selbst saß im Telefon. Darum dies rasende Flügelschlagen, dies tolle Sporenklirren im Draht!
Als sei dies Speise seines Gehörs und süßeste, hüpfte der Doktor auf, schlug eine schwere Portiere zurück und redete: »Cágliari?! O yes! – Yes, Mr. Vanderstraaten! I am Barbieri...«
Und weiter englisch: Wieviele es seien? Alles Holländer? Ausgezeichnet! Nein, ohne Kompliment: sehr gut! Gerade die Holländer liebe man sehr...
Der andre schien weitläufige Wünsche und Ordern zu geben. Barbieri sagte: »Wir treffen ihn auf dem Gennargentu! Er wird da sein. Garantie! – Am besten demnächste Vollmondnacht. – Wie? – Bitte nur herüberzukommen! Aufstieg sehr leicht, auch gefahrloses Klima... Zelte mit Mückenschutz mitbringen, und bitte dies noch: unterwegs möglichst nicht an der Küste schlafen... Vielleicht überhaupt nur am Tage reisen!«
Man hörte seiner Stimme an, daß er sich bis zur Erde verneigte: »I will expect you... Yes... yes!«
Seine Stirn, die eben noch einen vergnüglichen Schimmer spielte, veränderte sich, als er zurückkam. Er starrte den beiden ins Gesicht. »Was wollt ihr hier«, brach er plötzlich los. »Ihr Hunde, mit eurem Malariaverdacht? Wollt ihr uns den April schlechtmachen, wo schon acht Monate niemand kommt? Hier gibt es keine Malaria, versteht ihr!«
Er schüttelte Fäuste vor ihren Augen.
»Und ein andermal bleibt zu Hause, ihr paduanisches Hungerge-

sindel! Was wollt ihr auf Sardinien? Dies ist (mit satanischer Ehrlichkeit kippte er sein Innerstes aus), dies ist ein Land nur für reiche Besucher! Wir wollen euch nicht. Hinaus mit euch!«
Der ehemalige Anwalt der Armen schien nichts mehr zu hassen als die Armut. Partikel seines weinriechenden Speichels flogen in Agostinos Gesicht. Der griff entsetzt nach seinem Hut.
Da aber geschah ein Zwischenfall, der schauriger war als Barbieris Geldgier. Der Kleine war schneller als die beiden: er legte seinen langen Arm wie eine Sperrstange vor die Tür.
»Haben Sie eigentlich Chinin? Sie müssen Chinin nehmen, alle beide! Wenn Sie vielleicht kein Geld haben ...« Und er schloß mit stillem Gesicht seinen Medizinschrank auf und schenkte jedem zwei kleine Päckchen.
Dies Schalterknacken des Pflichtgefühls, dies Aufleuchten einer verräucherten Birne, die gleich wieder ausglimmen mußte, erschütterte Agostino so, daß ihm die Augen naß wurden.

Sie waren am Ziel. Sie brauchten nur in die Tasche dieses Barbieri zu schlüpfen, auf daß er sie mit seinem Schnupftuch vor Pedrotti auskehrte!
Ihr Herz schlug maßlos. Wenn es auch eine große Verschiedenheit war, die sie zu ihrer Reise bewog (und gar nichts konnte verschiedener sein!), das Allamarcia dieser Tage, dieser leichte Trommelton, schuf einen Gleichklang zwischen ihnen und eine tiefe Hetärie.
Sie richteten einen Wachtdienst ein. Sie lösten sich wie Soldaten ab. Dunkles kann sich mit Schrillem binden: den einen trieb das politische Fieber, den andern Hunger nach Menschenerkenntnis.
An einem dieser Nachmittage lag Agostino auf dem Bett und schlief. Er war völlig angekleidet. Aus Furcht, ein Wichtiges zu versäumen, wagten sie nicht mehr sich auszuziehen. Plötzlich taumelte er auf.

»Einen Wagen!« schrie Andrea. »Um Gottes willen, einen Wagen!« Er hielt die Stirn ans Fenster gepreßt, als wolle er das Erblickte durchbohren. »Schnell, schnell doch!« Bevilacqua rannte zur Hintertür und zum Hause hinaus.
Auf den Platz zwischen Gasthof und Arzthaus waren drei Automobile gerauscht, große, offene Tourenwagen. Fahrbare Burgen, von jenem Typus, mit dem man eine Weltreise machte, Steppen und Bäche überquerte. An ihren blitzend gebogenen Kühlern wehten die kleinen Wimpel Hollands ... Rot, weiß und blau!
Rot, weiß und blau: es waren die Farben, die Trevisani toll machten. Sein ganzer Körper bäumte sich. »L'estero!« krachte er zwischen den Zähnen. »Das Ausland! Das verfluchte Ausland.« Hier fuhren sie her, mit ihrem Gold, wie in eine Kolonie von unterworfenen Heloten – hier wünschten sie Dinge sich vorzuspielen, durch die man zum Landesverräter wurde! (Eine Flut von Schimpfworten tobte ihm hinter geschlossenen Zähnen.)
Das erste Auto lenkte ein Mann, weißhaarig und glatt, mit hellblauen Augen unter einer Hornbrille. Neben ihm saß seine junge Tochter, während ein malaiischer Boy in einer Art Hoteluniform auf dem Rücksitz schaukelte. Im zweiten Wagen saßen zwei Männer mittlerer Jahre, sowie zwei Frauen in Touristenkostümen aus lichtem Stoff. Im dritten befanden sich vier junge Männer mit Gewehren und hellen Tropenanzügen. Sie hatten Helme, wie die Weißen sie im Orient zu tragen pflegen. Alle waren von blaßrosa Haut. Als der eine den Helm abnahm, gleißte sein Haar wie weißes Metall.
Die Wagen waren stark bepackt. Zwischen Koffern und Riemen ragte eine Menge von Geräten hervor; auch Zeltstangen und gerollte Leinwand. Einer der jüngeren Männer rief aus dem hintersten Auto heraus, ob er vorne helfen solle. Doch der glatthaarige Alte verneinte. Er schwang sich mit leichtem Satz

heraus; mit ihm die Tochter, die Hosen trug. Beide verschwanden im Haus des Arztes, während die übrigen neun verharrten. Andrea fühlte das Herz im Hals. Wenn Agostino nur kommen wollte! Statt dessen kam, in ein altes Cape gewickelt (wie die Alpini es trugen), Doktor Barbieri aus der Villa. Er blinzelte wie eine Fledermaus, des Tageslichtes ungewohnt, aus roten und fast blutigen Augen. Die wenigen Schritte ins Automobil fiel er eher, als daß er sie ging. Kaum aber saß er neben dem Alten, als er aufzuwachen schien und mit dürr ausgestrecktem Arm dem Holländer die Richtung zeigte. Mit Krachen, Fauchen und Donnergroll bog der Wagenpark um die Ecke.
In diesem Augenblick kam Agostino: der Wagen hielt an der Hintertür. Aber keine Pferde, verflucht! Es waren Maultiere. Konnte es sein, daß man mit ihnen Autos verfolgte? Gleichviel, sie sprangen in den Wagen.
Doch nun begann der Kampf mit dem Kutscher. Als Agostino ihn mietete, hatte der sich eingebildet, er werde ein paar Stunden lang die bequeme Poststraße an der Küste entlang fahren dürfen. Als sie ihn nun aufforderten, statt dessen ins pfadlose Land hinein (die Autos mit leichter Staubwolke schwankten wie Schiffe am Horizont) seinen gebrechlichen Wagen zu lenken, entsetzte er sich in einer Skala sardinischer Worte, die keiner verstand. Andrea, bereit ihn zu zerreißen, falls er nicht wollte, und selber zu fahren, warf ihm eine Banknote an den Hals. Nun bequemte er sich. »La macchia! La macchia!« sagte er gurgelnd. Er wollte ihnen andeuten, daß der weglose Weg, den sie führen, geradehin in die Gestrüppzone liefe, die zwischen dem Gennargentugebirge und dem Meerstädtchen Arbatax lag.
»Los!« sagten sie aus geschlossenen Zähnen. Sie wünschten, sie wären Gummibälle, um den Wagen leichter zu machen, der krachend durch Gräben und Kraut dahinfuhr. Schon zeigte sich fern die Gestrüppzone – kein Schrecken, sondern ein großer Trost. Denn in den ansteigenden Urwald konnten trotz ihrer

Stahlhäupter auch die Autos der Fremden nicht klettern. Sie waren etwa zwei Stunden gefahren, das heißt: sie hatten sich zerren lassen, bald mit der Seite und bald mit dem Bock, als die dunkelnde Masse der Macchia sich schon im Halbkreis auf sie zuschob. Die Sonne war hinter dem Gennargentu untergegangen: es dämmerte stark. Es schien ihnen gut, jetzt auszusteigen und den Wagen, der ohnedies einem Deichselbruch nahe war, schleunigst nach Arbatax zu entlassen.

Sie gingen die letzte halbe Stunde gegen den Buschwald langsam zu Fuß. Und sie hatten sich nicht geirrt. Etwa einen Kilometer seitlich der Stelle, wo sie soeben die Region der Macchia berührt hatten, stand der verlassene Wagenpark. Die Autos waren völlig entleert! Alles, Säcke, Koffer und Zelte war verschwunden; die Maschinen standen unbewacht im Abend.

Die beiden faßten sich an den Händen. Kein Zweifel: die Räuber waren da. Natürlich hatte nicht der Malaie die Effekten der Karawane allein ins Gebirge hinaufgetragen. Wie sicher mußte die Bande sich fühlen, wenn sie nicht einmal bei den Autos Wächter zurückgelassen hatte!

Aber welchen Weg hatte Barbieri durch das Dickicht genommen? Sie standen unkundig, standen ratlos vor dem Urwald von Halbmannshöhe, den einzelne befiederte Stämme in seltsamer Krümmung überschwebten. Ein schwer durchdringliches Gewirr von Ginster, Erika, Judasbäumen, Besengesträuch und wilden Myrten. Scharf riechend und von lauem Anhauch wie das feuchte Maul eines Tieres.

»Es hilft nichts!« flüsterte Andrea. »Wo wir auch herauskommen – wir müssen hinein, und zwar sofort!« und mit Armen wie ein Schwimmer teilte er die Wand vor sich. Agostino schlüpfte nach ihm hinein.

Schweigend, mit gepreßten Gebissen, arbeiteten sie eine Stunde lang, vorwärts und aufwärts. Salziger Schweiß rann ihnen herab in Augen und Lippen; vom Schnellen der Zweige bluteten sie;

daß sie die Richtung einhielten, merkten sie über sich an den Sternen. Nach zweistündigem stummen Vormarsch hörte die Macchia plötzlich auf; so jählings, daß sie metertief in ein trockenes Bachbett stürzten.
»Ich habe mir den Arm verrenkt!« schrie Andrea, mehr vor Schrecken als vor Schmerz. »Besser jedenfalls als den Fuß!« fügte er gleich darauf hinzu.
Er wehrte Agostino ab, der riet, sich in die Mäntel zu wickeln, und hier den Morgen zu erwarten. »Dann bekommen wir sie niemals!« knirschte er, und sie schlichen weiter.
Agostino stieß an etwas, er bückte sich und nahm es auf. Mit dem Kreis der Taschenlampe beleuchtete er eine Konservenbüchse. »Hier sind sie gegangen!« frohlockte er. Andreas Dolchmesser öffnete das große holländische Fabrikat. Es war eine zwei Pfund schwere Büchse mit süßem Kompott, die sie austranken, kindlich froh über ihre Trophäe. Dann stiegen sie abermals eine Stunde durch das Bachbett, über sich Himmel, zu beiden Seiten den schweigenden Busch.
Von Zeit zu Zeit schrie ein raubender Vogel, oder ein pelziges Nachtinsekt zog, gelockt vom Würzgeruch menschlichen Schweißes, um ihre Häupter und verschwand in weiten Ellipsen. Sie hatten sich Äste abgeschnitten und kamen, darauf gestützt, rasch vorwärts.
Rechts hörte die Macchia wieder auf, es begann ein weites Steppenplateau, auf dem ein paar Ziegen läuteten. Man sah die granitenen Schattenwände des Gennargentu. Bald mußte Mond sein. Sie beeilten sich. Wenn um zwölf Uhr nachts der Vollmond aufging, war es nötig, daß sie wieder in Deckung schlüpften.
Andrea quälte unmenschlicher Durst. Er wollte ein Ziegeneuter austrinken; Agostino hielt ihn zurück, denn er fürchtete das Schreien des Tieres. Sie gingen mit schnellem, gedämpftem Schritt über den Grasboden dahin, der naß und deshalb elastisch war.

Ein Glanz im Osten! Sie hatten geirrt. Es war erst elf, und trotzdem stieg der Mond auf. Klar, in zitronenfarbenem Schein, hob er sich aus Macchia und Meer. Unmöglich, mit ihm wettzulaufen. In weniger als einer Viertelstunde wurde die Fläche, die sie durcheilten, tageshell. Sie wollten trachten an eine Trift von Granitblöcken heranzukommen, in deren Schatten man geduckt vorwärtslaufen konnte – da krachten zwei Gewehrschüsse.

Im Augenblick fielen sie an die Erde. Die Kinder! Soviel hatten sie von Krieg und Straßenkämpfen gehört: daß man zu Boden gehen müsse.

Sie lagen scheintot und rührten sich nicht. An ihre schwitzenden Stirnhaare kitzelte die Luft und die Gräser. Sie lagen etwa zehn Minuten. Dann nahm Andrea Trevisani aus der hinteren Hosentasche entschlossen einen Revolver heraus, schob ihn in den Mund und begann, vorsichtig Schultern und Ellbogen regend, dem Schatten der Blöcke zuzukriechen. Agostino machte es ebenso.

Sie duckten sich hinter Felsbrocken. Was waren das für Schüsse gewesen? Als Antwort sahen sie ein Bild, das so unwahrscheinlich war, daß keine Bühne von Holz und Leinwand es zu bringen gewagt hätte.

Zwei Gendarmen! Patrouillierend, als bewachten sie Ausgrabungen, und im gemütlichen Gespräch, gingen diese Söhne des Mondes ahnungslos zwischen den Blöcken herum. Die großen Dreispitze auf dem Kopf, die runden Mäntel über den Schultern, Zigaretten im Mund; die Gewehre hielten sie nicht in der Hand, sie hatten sie sorglos umgehängt. Wahrscheinlich hatten sie selbst geschossen, um hier das Echo zu erproben.

Man hörte ihre Worte, lau, wie Fäden in der Luft treibend. Irgendeine Liebesgeschichte von einer Frau in einem Dorf: »... und sie hatte mir den Mantel versteckt... und meinen Hut im Garten vergraben...«

Da knallte es, wenige Schritte entfernt, einmal, zweimal, fünfmal und zehnmal! Rauch überall! Mit einem Schrei erfaßte der eine Gendarm sich selbst an der Schulter und stürzte zu Boden. Ein Menschenhaufe, von links und von rechts, stob aus den Felsen. Der andere Gendarm war rasch gepackt. Er sprang und rang wie ein Kettenhund. Tränen der Wut und der Überraschung standen ihm in den offenen Augen. Aber nur wenige Augenblicke: als er neun Banditen zählte, die sich auf ihn geworfen hatten, gab er es auf und stand ruhig da. Sofort ließ alles von ihm ab.

»Seid ihr verrückt geworden, Kerle!« sagte jemand mit halblauter Stimme. »Was macht ihr östlich vom Gebirge?«

Der Beamte faltete trotzig den Mund und rieb sich seine verrenkten Arme.

»Das ist doch gegen die Abrede! Wir haben euch vorgestern geschrieben, daß wir hier vorne Gäste erwarten. Warum stört ihr unsre Manöver?«

»Wir haben nichts gehört. Das Kommando...«

»Hol' der Teufel euer Kommando! Da liegt nun der andere! Was ist mit ihm?«

Der andere Gendarm schien währenddessen die Besinnung verloren zu haben. Man stützte seinen Kopf und Schultern gegen ein paar Mäntel und Hüte. »Die Kugel sitzt im Oberarm«, sagte eine halblaute Stimme.

Auch Agostino kam heran. Ehe Andrea ihn hindern konnte, trat er aus der Deckung heraus und gesellte sich zu den andern. Es schien, als wolle er diese Szene nur auf ihre Wirklichkeit prüfen... Er war ganz erstaunt und fast neugierig.

»Blut im Mondlicht! Wie sonderbar!« mußte er fortwährend denken. »Es sieht beinahe wie Tinte aus, wie irgendeine Flüssigkeit, und wenn dieser Mensch nicht wimmerte, hielte man ihn gar nicht für verwundet.«

Er fiel in schwere Zerstreutheit, aus der ihn plötzlich eine Faust

riß. Man packte ihn am Rockkragen. »Was sind denn das für Leute hier? Gehören die auch zu den Gendarmen?«
»Wir sind Studenten auf Osterurlaub und wollen ins Gebirge hinauf!« sagte Andrea. (Es war ihm geläufig.)
»Das kann jeder sagen. Zeigt eure Pässe!«
Wie wirklich jetzt die Unwirklichkeit wurde! Da standen sie nun, und die Räuber prüften, als wären sie eine Art Behörde, ihre Reisedokumente. Und die Räuber hatten dabei genauso töricht-überhebliche Gesten wie irgendeine Grenzpolizei. Es fehlte noch bloß, daß sie mit Stempeln Eintragungen versucht hätten!
Schließlich gab ein alter Bandit ihnen ihre Pässe zurück. Er hatte eine nervöse Art die Augenbrauen vorzuschieben, zu knäulen und wieder loszulassen. Agostino dünkte es sonderbar – ein Leben als Räuber, in freier Luft, und dennoch dieser großstädtische Tick. Plötzlich fiel ihm aus seinem Studio das Lehrbuch über den »Körperbau der nichtbesitzenden Klassen« ein, die ganze Mondromantik verschwand, und er wurde etwas traurig.
Er versuchte nach links zu lauschen. Der Führer der Räuber führte jetzt ein unverständliches Palaver mit dem gesunden Carabiniero. Für ein nichtsardinisches Ohr bestand nur entfernte Möglichkeit, den Sinn des Gespräches zu erraten. Der Führer wurde immer erregter. Seine übermächtigen Hände – wahre Tatzen, die das Metall aus den Steinen reißen konnten – erwiesen ihn als Bergarbeiter. Mit schweren, hammerhaften Gesten deutete er dem Gendarmen an, daß er und sein Freund Gefangene seien, und daß ihnen dies auch zuträglich sei: denn droben auf dem Gennargentu befände sich schließlich der Doktor Barbieri und könne die Kugel extrahieren. Der Gendarm aber schüttelte den Kopf.
Währenddessen beugte sich Agostino zu dem Verwundeten herunter. »Wie ist Ihr Name?« fragte er.
»Valseri.«
Agostino stutzte. »Aus welcher Provinz sind Sie eigentlich?«

»Ich bin aus dem Alto Adige.«
»Dann heißen Sie Walser und sind aus dem Etschtal!« sagte Agostino auf deutsch. »Was machen Sie in Sardinien?«
Der verwundete Tiroler erschrak. Er erzählte mit sehr leiser Stimme: wer sich in den Neu-Provinzen zum Gendarmeriedienst meldete, werde sofort nach dem Süden versetzt. Er sei erst seit sechs Monaten hier, und alles erscheine ihm rätselhaft. Von Räubern habe er viel gehört, und auch, daß manche Vorgesetzte mit ihnen ein Abkommen besäßen auf gegenseitige Schonung und Duldung. Was ihre Herbeorderung durch den Kommandanten beträfe, so liege gewiß ein Irrtum vor; er wisse ihn allerdings nicht zu deuten.
»Haben Sie eigentlich große Schmerzen?« fragte Agostino flüsternd.
»Danke, nein. Es ist nur ein Fleischschuß. Bitte sprechen Sie nicht mehr deutsch! Man beginnt aufmerksam zu werden.«
Sein unverwundeter Kamerad beugte sich jetzt zu ihm hernieder und besprach mit ihm leise die Situation. Die Herren seien fest entschlossen, sie als Gefangene mitzunehmen, und zwar für achtundvierzig Stunden. Erstlich wäre man in der Lage, ihn oben schneller zu verbinden; dann aber wollten jene den Gästen möglichst schon in der ersten Nacht etwas von Kampf und Blut zeigen. Zwei Tage später würde man sie vom Sattel des Gennargentu herab auf dem Wege nach Núoro entlassen. Sie hätten vielleicht Arrest zu befürchten, wegen allzu langer Entfernung vom Truppenteil. Doch das schade nichts. Als Entschädigung böte man ihnen sechshundert Lire. »Wer bietet das?« Er hob den Kopf und fragte nochmals den Bergarbeiter.
»Mein Name ist Clemente Rujo! Pedrotti hält, was ich euch verspreche!«
»Was soll ich machen?« fragte der Kranke. »Das ist eine ganz verfluchte Geschichte!«
»Wir nehmen euren Vorschlag an«, sagte der andere Carabi-

niero. »Mein Name ist übrigens Sabatini!« Er machte eine leichte Verbeugung, die dem ganzen Kreise galt.

Dann wandte er sich an die beiden Freunde. Etwas Leichtes und Angenehmes strahlte von seiner Schulter aus und dem Radmantel, den sie trug: Er war in ein Mißgeschick geraten und nahm es auf diese leichte Schulter.

»Danke!« sagte Agostino. »Ich rauche nicht.«

»Aber ich!« sagte klug Andrea. Er hatte niemals von sich geglaubt, daß ein bestechlicher Beamter ihm werde Tabak anbieten dürfen.

Während sie, von den Räubern begleitet (nur ein paar Wachen blieben zurück), ins Gebirge aufwärts stiegen, sprach Sabatini anerkennend und sportlich über Clemente Rujo. Rujo habe den großen Streik in den sardinischen Bergwerken inszeniert. »Wann eigentlich?« Er dachte nach und sagte dann: Anno 1917. Zugleich mit der großen Katastrophe, die das deutsche Alpenkorps über Caporetto hinaus und an den Tagliamento brachte, stellten die Mineure Sardiniens die Arbeit ein. Unter Rujos Ruf: »Nessun inverno nelle trincea!« (Keinen Winter mehr im Schützengraben!) Die Sozialdemokraten im Mezzogiorno hätten Clemente Rujo vergöttert. Er hätte Abgeordneter werden können. Ganz Sardinien sei starr gewesen, als Clemente nicht kandidierte, sondern spornstreichs eines Tages verschwand und zu Pedrotti lief.

»Wie ist das aber zu erklären?« fragte Andrea interessiert.

»Dafür«, sagte Sabatini, »gibt es eine sehr gute Erklärung, und Rujo hat sie selbst gegeben: ›Ich bin ein alter Geier‹, sagte er, ›und ich muß darum einsam leben‹...«

Agostino verstummte in einem Gefühl, das fern von Traurigkeit oder Freude, nur aus der Erkenntnis stieg. Bis hier in die höchste Einsamkeit der »Italia barbara«, bis zu den Gipfeln des Gennargentu, mußte fliehn, wer die Politik floh. Hier, in den kalten, feuchten Felsen, aus denen der Mond Gebilde auftrieb wie geronnene Gedanken, saßen die Politiklosen, oder die es sich einbildeten, die Nichts-als-Freien, hier wohnte Pedrotti, für den kein Platz war in der Polis, in der großen Stadtschaft Italiens! – »Das ist auch der Grund«, sagte Sabatini, »daß sie nicht ernsthaft verfolgt werden. Auch der Faschismus verfolgt sie nicht: Sie stehen außerhalb der Politik ...«

Agostino hörte nichts mehr. Sie stiegen leicht durch die Gebirgsnacht, die mehlig war von kaltem Licht, und über gute Granitstufen; er selbst mit Sabatini voran, dann kam Trevisani mit den Banditen, die den Gendarmen Walser stützten. Auf einmal flammte ein großes Schutzhaus um eine Felszacke ihnen entgegen. Es hatte ein illuminiertes Kleid von Willkommenskerzen angelegt und erweckte den schimmernden Irrtum eines Hotels in der Bergwüste. Als Agostino näherkam, sah er, daß es einstöckig war und nur aus einem sehr großen Saal und einer Anzahl von Kammern bestand. Dahinter lagen zwei Wirtschaftsgebäude. Ein herkulischer Mann, das Ziegenfell langhin über den Rücken geworfen, in einem ärmellosen Wams, die überalterte Pistole im Gürtel, einen Stock in der Hand, stand Wache. Er erkannte die Freunde. Mit einem »Salute!« ließ er sie den Einzug in das Haus vornehmen. Als er die Gendarmen erblickte, trat ein Erstaunen in seine Augen, während das übrige Gesicht unbewegt und groß verharrte. Sein Blick war verstehend, wie der eines Hundes, der sieht, daß er nicht anschlagen darf, und langsam sich wieder niederlegt.

Die Studenten blieben draußen zurück. Sie sahen, Kopf an Kopf gebogen, durch eines der Fenster in den Saal und sahen, sonderbar verwürfelt, die Holländer und die Banditen schmausen. Weibliche Hände hatten wohl die zwei langen, bretternen Tafeln mit Tellern und mit Tassen bestückt. Zwischen den Köpfen wuchsen Blumen, im Tiefland gepflückt, und Stachelzweige sahen aus irdenen Gefäßen auf rotweingefüllte Wassergläser. Heiligenbilder fehlten nicht, und nicht im Winkel das Ewige Licht.

In der Kammer daneben dampfte die Küche schmiederot. Ein Spanferkel drehte sich am Spieß; die kleinen Explosionen des Fetts waren durchs Fenster zu vernehmen. Vier ernste Frauen, die eine davon hatte schon graue Fäden im Haar, trugen auf festlich erhobenen Händen die Platten des ersten Gerichts in den Saal: dicken Brei aus Milch und Honig, von schöner, warmer, maisgelber Farbe.

Beim Eintritt des verwundeten Walser, der mit zusammengebissenen Zähnen durch den Saal der Schmausenden in die Seitenkammer geführt wurde (Barbieri lief gleich hinterdrein), sprang alles auf: die Holländer hatten ihr Geld wahrlich nicht umsonst verausgabt! Sie hatten sich Wirklichkeit gekauft; denn im Blut ist die Wirklichkeit.

Als Agostino dies alles sah, als er sah, wie die Kammertür sich schloß, und die Hände wieder zum Essen griffen, schlug er vor Scham die Augen nieder. Als sei nichts geschehen, als hätten nicht eben zwei arme proletarische Gilden, Gendarmen und Räuber, sich blutig bekämpft wie Gladiatoren, aß man weiter.

»Genug!« hörte er Andrea röcheln. »Genug! Das Ausland...« Er faßte in die Hintertasche. Agostino hielt ihn: »Bist du verrückt? Willst du auf die Holländer schießen? Unsinn! Wahnsinn! Es ist nicht das Ausland. Es ist der Kapitalismus, der... Immer ist Prostitution, wo Geld ist. Wenn sie hier oben nicht bluteten, verkämen sie in Pagnottas Fabriken!«

Andrea riß sein Gefühl herum.

»Sag' mal, bist du Kommunist?« hauchte er aus entblößten Zähnen.

»Ich weiß nicht, was ich bin!« versetzte Agostino in großer Traurigkeit. Er legte leidend die Hand ans Herz, drehte sich und ging langsamen Schrittes auf eine hangende Klippe zu. Er setzte sich und stieß mit der Ferse an einen lose gefügten Stein. Der sprang abwärts und tat es lange, in einer hallenden Kaskade. Etwas wie Ruhe, durch Rhythmus erregt, zog langsam in

Agostinos Herz; und, einhorchend ins Orchester der Stille, vernahm er, unsichtbar, jenseits des Hanges einen verlorenen Gießbach rauschen.

Trevisani hing am Fenster. Und jetzt erst wurde ihm bewußt, daß er »die dort alle habe«! Wie ein Fischer, der Fangglück gehabt hat, aber die Reusen noch nicht anzieht, um die Beute nicht durcheinander zu strudeln, sprang er mit Blicken von Kopf zu Kopf. Wo ist Pedrotti? fragte er. Der dort mit dem schwarzgrauen Bart, welcher aussieht wie Simon Petrus? Oder der andere, der Rötliche? Der mit der flachen Eselsnase? Der mit den Ringen im Gehör, das ihm in großen Truthahnlappen auf die Schulter fällt? Welcher, wer?

Eine Hand legte sich auf seine Achsel. Ein junger Mann, kastaniendunkel, stand hell vor ihm und lächelte.

»Ich bin Giovanni Calzolaio!« sagten seine weißen Zähne. »Du suchst den Onkel?«

»Welchen Onkel?«

»Wenn du an ihn eine Botschaft hast«, sagte der schöne und männliche Krieger, dessen weiße Pluderhosen von zwei Schenkeln gestrafft wurden, als säße der Wind in einem Segel, »so will ich dich führen.« Er dämpfte die Stimme und wies mit der Hand im Halbkreis gegen die Schmausenden. »Er will sie nicht! Er ist etwas müde...«

Er führte Andrea zum Schuppen hin, der eine Vorratskammer war und drüber im Halbstock Wohnräume hatte. Einen brennenden Kerzenstumpf pflanzte er in seine Hand und entließ ihn leiteraufwärts. Andrea zitterte wie ein Kind, als er im Oberstock landete. Es war nicht Menschenfurcht, die ihn packte. Es war etwas wie ein geistiges Grauen, das hier am Ende seiner Fahrt mit einem Male gegen ihn aufstand. Eine Lattentür, kaum berührt, flog auf, und die Kerze in seiner Hand beschrieb einen schrecker-

füllten Halbkreis. Stearin floß auf seine Finger, aber er fühlte die Hitze nicht.
Der hier im Bette vor ihm lag, das war nicht Pedrotti. Das war ein andrer. Das war der verstorbene Held Garibaldi!
Zeigt einem Deutschen Bismarcks Kopf, schlafend auf rotgewürfelten Kissen eines Proletarierbettes, zeigt ihm den Kopf des Kürassiers, die Glatze mit den drei mythischen Haaren – und er wird fürchterlich erschrecken. So stand Trevisani und zitterte am ganzen Körper wie ein Bäumchen. Hilflos schlotterten seine Blicke auf dem Gesicht des Schläfers umher. Kein Zweifel: dies war Garibaldi.
Und, wie es Bismarck nie sein konnte; so konnte es Garibaldi sein. Denn der war immer arm gewesen. So mochte er geschlafen haben, sehr oft im Leben, der alte Verschwörer. In Buenos Aires, Neapel, New York: wo ein armseliger Italiener in solcher elenden Kammer schlief, da war Verschwörung, da war Garibaldi.
Trevisani vermochte sich nicht zu fassen. Hier lag für den furchtbar Erschrockenen mehr als jede Ähnlichkeit, hier lag eine grausige Identität vor, die dadurch noch gesteigert wurde, daß Pedrotti nicht atmete. Er hatte so wenig Teil an der Luft wie eine liegende Wachsfigur im Panoptikum oder Museum. Mit neuem Schrecken gewahrte Andrea, daß das Bett auch nicht an der Wand stand. Es war anscheinend nicht das Bett in einer ländlichen Schlafkammer, sondern trotz seiner Ärmlichkeit war es ein Paradebett, in dem eine ruhmvolle Leiche lag. Deshalb stand es inmitten des Zimmers, deshalb auch war ihm kein Stuhl benachbart mit Hemd, Beinkleidern oder Wäsche. Ein Toter brauchte derlei nicht! Das einzige, was wie eine Krücke des Lebens an sein Bett gelehnt stand, war ein sonderbares Gewehr, eine riesige alte Flinte mit einem vorsintflutlichen Schloß. Diese Waffe verbreitete Rührung und Bangnis. Sie war so ruhmreich und verschollen wie ein Haufe vorjährigen Laubes, eine Streu von Blättern der

Tieflandsplatane, die, sonderbar genug, im Winkel dunstete und raschelte. Andrea – plötzlich mußte er lächeln – hatte diesen Duft für Geruch welker Lorbeerkränze gehalten.
Dieses Lächeln weckte Pedrotti. Der alte Fuchs, der lange wach war und auf den ersten Kerzenschein in alter tierischer Gewohnheit seinen Atem abgestellt hatte, schlug auf einmal die Augen auf, die klein und schwarz wie Brombeeren waren. Dann sagte er in reinstem Toskanisch: »Du bist also keineswegs Peppino, Giovanni bist du ebenfalls nicht. Du bist einer von den Holländern. Geh hinaus. Ich habe die Grippe!«
»Auch wenn du die Malaria hättest, Onkel, geh' ich nicht hinaus!« flüsterte Trevisani und lachte.
»Ja, wer bist du denn eigentlich?« Pedrotti setzte sich hustend im Bett auf. Das alte Gewehr fiel an die Erde. Unwillkürlich lachte auch er. »Es freut mich jedenfalls, daß du keiner von diesen Eseln aus Holland bist. Ich habe mir auf alle Fälle diese Knarre ans Bett gestellt, falls es ihnen Spaß machen würde, hier zu mir heraufzukommen!« Er begann abermals zu husten.
»Natürlich kann man mit so was nicht schießen. Aber, Kleiner, falls du mir meine Hosen reichen wolltest, die dort rechts im Wandschrank liegen, so wirst du finden, daß ich sie auf ein Maschinengewehr montiert habe. Ich tat es nur aus Schläfrigkeit!«
Trevisani rührte sich nicht.
Pedrotti machte sich's bequem: »Ich lege großen Wert darauf, daß du die Sache untersuchst. Denn ich glaube, du bist von der Polizei. Wir sind nämlich ausgezeichnet bewaffnet und möchten nicht unterschätzt werden!«
»Ich bin nicht von der Polizei! Ich bin ein Kaufmann aus Venedig.«
»So!« sagte Pedrotti und tat erstaunt: »Dann stell' doch mal die Kerze weg (ich schätze, es wird in diesem Zimmer so was wie einen Tisch geben!) und setz' dich ein bißchen zu mir aufs Bett!«

Er rückte Körper und Decke nach rechts. Es war ein Geruch von Greisenfleisch, ein durchaus irdischer Geruch, der Andrea jetzt anwehte; und doch war es ihm schauriger, bei dem lebenden Pedrotti zu sitzen als bei der Wachsbüste Garibaldis. Er bebte und wußte nicht, warum. Die kalten, sonderbar kleinen Hände Pedrottis schlossen sich plötzlich fest um Trevisanis rechte Hand. »Du bist ein Kaufmann aus Venedig! Dann sage: Ich bin ein Gefangener!«

Andrea wollte aufbäumen.

»Was machst du denn, du kleiner Esel!« lachte Pedrotti und hielt ihn fest.

»Ich bin kein Gefangener!«

»Natürlich bist du kein Gefangener! Aber: Du bist aber auch kein Venezianer! Ich wollte nämlich von dir nur hören, wie du Prigionero aussprichst. Hättest du ›Prisionero‹ gesagt, so wärst du in Venedig geboren! Sag' mal, warum schwindelst du so? Ist das überhaupt eine Art: zur Tür herein – und gleich geschwindelt?«

»Prachtkerl!« dachte Trevisani. »Du Italiener! Du altes Haus!«

»Onkel Tommaso!« sagte er laut. »Ich sehe schon: die Wahrheit ist besser. Ich bin nicht in Venedig geboren, aber ich habe dort lange gelebt. Ich bin auch kein Kaufmann, aber ich bin in einer kaufmännischen Sache hier!«

»In einer kaufmännischen Sache? Grundstück, Notar und solche Dinge? Hypothekenschiebung, Sturz der Lira, billiger Erwerb von teurem Terrain? Ich finde das zum Kotzen, mein Sohn! Aber du bist jünger als ich und wirst wahrscheinlich besser verstehn, was mit unserem Gelde los ist! Viele Leute behaupten ja, ich hätte ein großes Bankkonto. Ich kann dir nur sagen: ein richtiger Hammel ist mir lieber als Papiergeld!«

»Ja, wenn es italienisches ist!« sagte Andrea sehr gedehnt. »Aber der Dollar bleibt der Dollar.«

»Wohlgesprochen! Doch tu nicht so, Kleiner, als ob du welche hättest. Du bist überhaupt kein Kaufmann. Ich merke nämlich ganz genau, daß du entweder ein Student bist oder vor kurzem noch einer warst. Du hast an deiner rechten Hand ein paar rauhe und höckrige Stellen, die vom Federhalter herrühren. Das oberste Glied deines Mittelfingers ist angeschwollen und rauh wie Bimsstein. – Übrigens schmeiße ich dich hinaus, wenn du jetzt weiter lügst. Gib es auf!«

»Ja, ich bin allerdings Student an einer Universität«, sagte Andrea fassungslos. »Und ich hatte auch nicht die Absicht, dies dauernd zu verheimlichen. Trotzdem bleibt das wahr, was ich sagte: eine Kaufmannssache führt mich her, ein großes Geschäft, das dich betrifft.«

»Wenn du trotz aller Ermahnungen weiter auf einer Sache beharrst, die so unwahrscheinlich klingt, dann könnte sie möglicherweise *wahr* sein!« seufzte Pedrotti und stieg aus dem Bett. Sein Hemd bedeckte kaum die Schenkel. Der Unterkörper war sehr mager – doch merkte man beim Umherschreiten, daß er die schönen schlanken Beine eines Don Quichote hatte. Er wippte und trällerte beim Gehn.

»Wo ist denn bloß mein Kautabak?« fragte er und sah sich um. »Ich kann gar nicht vernünftig sprechen, wenn ich keinen Kautabak habe. Das Unglück ist: ich darf nicht priemen, wenn ich Fremde dahabe. Sie finden, das sei nicht italienisch! Das mag schon stimmen; ich habe es mir von einem Norweger angewöhnt.«

Er legte umständlich zwei Wollstrümpfe an. Dann schloß er seinen Wandschrank auf, befreite das Maschinengewehr von seinen Hosen und fand auch den Tabak. »So!« sagte er, »jetzt wollen wir reden! Doch kompliziere die Sache bloß nicht durch Schwindel; ich müßte ihn entwirren – und das hält uns beide auf!«

Andrea sah verzweifelt umher. Gab es denn wirklich hier keinen Stuhl?

»Wir wollen uns aufs Bett setzen!« entschied Pedrotti. »Und jeder soll für eine Weile die Kerze halten, damit man sich ins Gesicht sehen kann.«
Und so geschah es. Andrea erzählte wahrheitsgetreu, daß ein Konsortium beschlossen habe, Pedrotti zu filmen.
»Filmen?« fragte Pedrotti. »Was ist das? Du meinst, man will von meiner Bande solche Bilder herstellen lassen, die dann mit Licht vervielfältigt werden, nein, das ist Unsinn! Ich meine: Bilder, die wegen des Lichts laufen, na, du verstehst schon!«
»Natürlich, Onkel, das ist Filmen!«
»Ich habe ja viel davon gehört und auch im Magazin gelesen. Leider komme ich nicht nach Sássari, um mir dergleichen anzusehn. Ist es denn wirklich wahr, daß die Leute zu Hunderten, ja, zu Tausenden in leeren Sälen umhersitzen und sich dies Bildergekrabbel ansehn? Ist denn das nicht zu langweilig?«
»Darüber«, sagte Andrea sardonisch, »kann man verschiedener Ansicht sein. Wahrscheinlich wäre es langweilig, wenn keine Musik dabei wäre.«
»Musik ist also auch dabei? Dann würde es auch mir gefallen!« sagte Pedrotti anerkennend. »Ich schätze nichts so sehr wie Musik. Wie ist denn das aber beim Fotografieren – wird da auch Musik gemacht?«
»Je nachdem! Für den, der es wünscht, wird auch eine Kapelle bestellt.«
»Eine ganze Kapelle? Das ist zu laut!« sagte Pedrotti etwas zerstreut. Ein Schatten von Mißtrauen glitt plötzlich über sein kluges, altes Gesicht. »Sag' mal«, fragte er ganz heiser, »die Leute, die fotografiert werden, die sogenannten Schauspieler, verdienen wohl einen Haufen Geld?«
»Und ob! Sie waten nur so im Geld. – Onkel, wenn du dich filmen ließest, so brauchtest du ein volles Jahr überhaupt nichts weiter zu tun. Du könntest auf die Fremden pfeifen, und auf ihre

ewigen Besuche, die doch sicher strapaziös sind. Denn wenn sie dir noch Freude machten, würdest du doch gar nicht zu Bett gehn, wenn drunten lauter Holländer sitzen!«

»Ein ganzes Jahr!« sagte lebhaft der Alte, »das hätte etwas Verlockendes! Und doch«, fuhr er plötzlich traurig fort, »mein Kleiner, geht die Sache nicht! Es tut mir leid, daß du an mir die Provision verlieren sollst. Aber, siehst du, gerade für mich ist das kein seriöses Geschäft. Wenn die Leute in Sássari, oder, Gott behüte, Florenz und Rom überall diese Bilder sehen, dann wird plötzlich ganz Italien wissen, wie es bei uns auf der Insel aussieht und besonders, wieviel Leute ich habe. Das ist für mich sehr unangenehm – und auch für den Herrn Polizeipräfekten, der dann hier alles ändern muß!«

Er ging ein paarmal im Zimmer umher und betrachtete ernsthaft die Kerzenflamme. »Das wäre aus sehr vielen Gründen und für sehr viele Menschen schrecklich, wenn hier etwas geändert würde!« setzte er kopfnickend hinzu. »Ich frage mich ohnehin schon oft, was, wenn ich einmal sterben werde, aus gewissen Leuten hier werden soll!«

»Aber so denke doch nicht ans Sterben!« schmeichelte Andrea feurig. »Ich kann dir bei allen Heiligen schwören, daß die Bilder, die wir machen wollen, kein Mensch in Italien sehen wird. Sie sollen nur in Amerika und in Frankreich gezeigt werden!«

»Wirklich?« fragte Pedrotti arglos. »Ja, dann liegt die Sache ganz anders – und ich hätte nicht übel Lust! Doch muß ich dir sagen, daß diese Geschichte eine schwere Herde in Gold kosten wird!«

»Ja, bist du denn so geldgierig?«

»Ich? Keineswegs. Aber, siehst du, ich kann bei so wichtigen Dingen nicht ohne die Polizei vorgehen! Ich muß bestimmte Sicherheiten vom Polizeipräfekten verlangen. Das ist sehr teuer. Er bekommt die Hälfte jeder Einnahme! Deswegen, Marco –

heißt du nicht Marco? Ich glaubte, daß du Marco hießest – werde ich dich mit zwei meiner Leute morgen nach Núoro schicken. Du wirst die Geschichte dort erzählen, und wenn der Präfekt mir nicht abraten läßt, mach' ich das Geschäft. Dir zuliebe!« Halb gravitätisch und halb komisch warf er ihm eine Kußhand zu – und Andrea war entlassen.

Das weite, öde Felsenreich, in das Agostino herniederstarrte, und das man die »Barbagia« nannte – schon Dante hatte sie gekannt –, erfüllte sich mit guten Bildern. Von Terrasse zu Terrasse hüpfte die bleiche Leere des Mondes; aber diese Leere war Fülle eines unsichtbar drängenden Lebens. Da hielten in großer Toga Gedanken über andere Gedanken Gericht: das Hohe stieg und das Tiefe fiel. »Ich träume!« seufzte Agostino. »Aber es ist ein schöner Traum.«

Bald – glaubte Agostino zu spüren – deckte gelber Nebel die Tiefe – es war nur noch das Hohe zu sehn, und es kränzte sich von Gestalten. Große Erscheinungen, das Schwert, das Buch, die Laute, den Meißel in Händen, schwebten durchdringend von Kluft zu Kluft. Der träumende Agostino sah deutlich, daß sie allem, was sie hielten – wie sie es auch halten mochten –, ihre Schwurfinger angelegt hatten; und er erschauerte darüber. Auch Tiere schwebten im Gestein: da war der Löwe von San Marco, mit der Klaue das Evangelium haltend, und die Taube der Pisaner. All das war Körper, und zugleich befand es sich in einem Zustand der Undulation. Wie etwa das Meer nicht nur Wasser ist, sondern Welle: so schlugen die Geister langsam nach vorn, wurden deutlicher und ebbten wieder ins Gestaltlose zurück, bis sie sich abermals sammelten. Wie eine Welle bestanden sie nicht aus Teilen und aus getrennten Personen. Was eben Dante war, war auch Verdi, und das graue Haupt Garibaldis wechselte in den Lorbeer Petrarcas.

Er schreckte aus dem Schlafe empor, als Trevisani ihn anfaßte.
»Wir haben ihn!« sagte Andrea heiß. »Und er sieht aus wie Garibaldi!«
»Pedrotti?« langsam richtete sich Agostino zu Frage und Richtspruch auf.
»Gut!« sagte er laut. »Und du hast ihn gewarnt!«
»Gewarnt?!... Agostino?!...«
»Du hast ihm gesagt, daß man Schindluder mit ihm treiben will? Mit seinem Alter, seiner Ehre, seiner Liebe zu Italien! Daß du ihn ausgesucht hattest, als Opfer mit den Franzosen geschlachtet zu werden: Du hast's ihm gesagt und hast ihn gewarnt?!«
Andrea streckte die Hände aus.
»Gut denn! Du hast es ihm nicht gesagt. – Und darum lebe wohl, und für immer! Es wird dir in dieser Welt nicht schlecht gehn. Mit Eigenschaften, wie du sie hast, wird man Minister. Wir sind geschieden.«
Agostino gürtete sich. Mit ephebisch knappen Bewegungen, die sich für ewig dem einbrannten, der sie zum letzten Male sah, legte er sich in die Riemen des Rucksacks. Zwei starke Schuhe, im Tiefland gekauft, begann er jetzt in Gang zu setzen. Trapp, trapp; vor Monaten waren sie braun; jetzt waren die Stiefel schwarz gewichst (nur die Ösen blickten in alter Farbe), sie waren mit Zwecken ausgerüstet und kräftig für den Osterurlaub in Gebirgsschuhe umgewandelt.
»Bleib! Bleib doch«, röchelte Andrea.
Er zückte den Revolver heraus, aber, ehe er zielen konnte, verlor seine kraftlos zitternde Hand den Griff. Die Waffe sank in die Tiefe.
Sie schlug zu den Füßen des Läufers nieder, der kraftvoll – und fast mit erwachender Lust – den Raum der Entfernung vergrößerte. Er stutzte, blieb stehn und rief sodann durch hohle Hände, über sich:
»Andrea Trevisani, höre! Du bist sicher vor meiner Verfolgung!

Verdirb, was du verderben kannst! Ich werde deine Spiele nicht stören!«

Plötzlich kehrte er zurück. Mit stürmischem Hoplitenschritt stand er aufs neue vor Trevisani: »Doch wage auch du nicht, mich zu verfolgen! Wage es nicht, mir zu begegnen!« Das rechte Knie vorangesetzt, wie der zürnende Genius der Rasse, stand er da. Eine schreckliche Liebe bewegte Trevisanis Herz. Er hätte sich jetzt töten lassen, ohne die Hand als Schild zu erheben.

»Vielleicht werde ich ins Ausland gehn!« sprach Agostino und sprach es so leise, als redete er allein zu sich selbst. »Überall wird Italien sein, wo ich bin. Auch in Paris... Auch, wo ich nichts zu essen habe, wird mein Kopfkissen Italien sein!«

Wir sehen Agostino laufen.

Aber nun lächeln wir nicht mehr.

Drittes Buch

Das Nebeneinander auf dieser Erde

Ein Morgen in Paris

Irgendwo, zwischen Frankreich und Belgien, erwachte Clothilde mit einem Schrei. Sie hatte das traumwüste Gefühl, eine Rinderherde renne mit ihr, und jedes ihrer Gliedmaßen sei auf ein anderes Tier geschnallt. In schrecklich rumpelnder Zäsur flog bald ihr Kopf voran, bald die Beine.

Sie stöhnte. Sie fand sich zusammengekauert in einem Abteil zweiter Klasse, das von Berlin nach Paris jagte. Die erste taubengraue Frühe sickerte durch die Fensterscheiben. Die Strecke war unerträglich schlecht. Vielleicht auch war dieser Wagen der letzte. Er balancierte minutenlang auf der rechten Radseite, um dann mit fürchterlichem Knall sich unmotiviert nach links zu werfen. Ein höllenhaftes Seufzen und Wimmern flog um den schlingernden Waggon und trat in den Atem der Menschen ein. Die acht Insassen, die hier schliefen, schienen von ihrer Hinrichtung zu träumen: Angstgeruch und Schweiß und schweres Schnaufen hüllte sie ein.

»Allmächtiger Gott!« wimmerte Clothilde. Der Wagen, der eben Linkslauf hatte, legte, als ob eine Riesenhand ihm plötzlich eine Ohrfeige gäbe, mit seinem knatternden Eisenblech sich um fünfzig Grade nach rechts. Die Gepäckstücke im Netz hüpften und jauchzten wie Kobolde. Mit Kanten und Schnäbeln äugten sie aus ihrem Verhau und waren bereit, den Schlafenden ins Gesicht zu springen. Noch immer entgleiste der Wagen nicht.

Clothilde – den dumpfen Kopfschmerz zu lindern – wollte sich etwas anders legen und versuchte die Füße zu regen. Erst jetzt, als ihr Gefühl zurückkam, merkte sie, daß ihr Knie nicht frei war. Der Geschäftsreisende aus Köln hatte wahrhaftig seine Hand an ihrem Strumpf heraufgeführt. Er hielt, obwohl er heftig schlief, noch immer ihre Wade umspannt.

Sie schüttelte ihn unwillig ab. Seine Hand fiel auf die Erde. Mit offenem Munde schlief er weiter, er sah wie eine Leiche aus. »Schänden und morden!« dachte sie plötzlich (zusammenhanglos, aber voller Ekel). »Weiter verstehen die Männer nichts!«

Dann schlug sie die Hände vor ihre Augen. Denn jetzt ging im Fenster die Sonne auf – und dies Gesicht war so übergräßlich, daß alles Menschliche darunter, auch die unterste, ekelste Stufe noch menschlich und beruhigend war. Die Sonne, die dort stoßweise aufbrach, glich einer Seitenwunde im Nichts. Ein großes Feuer aus Kupferwolken blutete beziehungslos über die Heide. Was hatte das mit Berlin und Paris zu tun? Furchtbar höhnend war diese Sonne für das bange, verlassene Herz. Vielleicht hatten Baum und Strauch oder Meer irgendeinen Anteil an ihr – aber nicht die Angst der Menschen.

Clothilde legte sich aufs Gesicht, um die Sonne nicht zu sehen. »Und doch«, mußte sie immer wieder denken, »ist diese Sonne die richtige Sonne. Dies große, rote, lidlose Auge ist aufgerichtet und wacht darüber, daß wir einstweilen nicht allzu bequem von Berlin nach Paris reisen!« Und im Halbschlaf fühlte sie: es waren die Knochen der großen Armee, die den Zug so unruhig machten. Sie knirschten unter den Schienenköpfen; ihr Rost verwitterte auf den Gleisen; die Bohlen waren trunken und faul von altem Blut... Flogen dort nicht Raben? Auf was für einer Erde fuhr man! Über welches ewig offene Fleisch fuhren da täglich Eisenbahnzüge – Züge mit Geschäftsreisenden! Über Schlachtfelder fuhren Geschäftsreisende... Clothilde schlief. Zwei scharfe Tränen wanderten über ihr Gesicht.

Als sie dann vier Stunden später in der Gare du Nord erwachte, war die Welt von Grund aus verändert. Bahnhöfe sind Stadttore: wunderbar, daß hinter ihnen, übergangslos, das feste Leben der Stadt anfängt, mit einem Prellstein, der nicht mehr fortfließt, und einem Manne, der Zeitung liest. Clothilde, die ohne Großgepäck mit ihrer Handtasche den Zug verließ, empfing Paris vorerst mit der Zunge. Es war ein schmeichlerischer Duft von Frischgebackenem, von Croissants. Sehr zarte Hörnchen waren das, die zergingen wie kleine Halbmonde im Mund. Als Clothilde in einer Boulangerie sie kaufte und noch im Stehen aß, da wußte sie mit dem ersten Bissen, der ohne Zuhilfenahme der Zähne in sie einrann: »Ich bin in Paris!« – und es beglückte sie dieses Bewußtsein.

Weshalb? Sie schien es vergessen zu haben. Daß in dieser Stadt Paris viel für sie entschieden würde, war ihr entfallen. Sie ging dahin, über ein paar Straßen und Plätze, die morgenfrisch waren und nicht zu belebt. Die Häuser waren nicht nur Häuser: es waren Fassaden von Freundlichkeit, die, wer ein fröhliches Herz besaß, sehr bald zum Sprechen bringen konnte. Vierzehn Jahre lang hatte sie aus der Ferne an solche Häuser gedacht – und als Inbegriff von Paris war ihr ein Bijouterieladen in der Rue de la Paix erschienen, dessen Markise so höflich gerafft war wie das Lid eines menschlichen Auges, wenn der Mund eine Antwort gab. Ob dieser Laden noch existierte?

Sie dachte nicht mehr an diesen Laden. Mit ihrem kurzen wehenden Rock und mit tastend-streichelnden Schuhen ging sie in etwas Ganzes hinein, das unbezweifelbar Paris war. In allen Poren merkte sie es, und ihre Sinne vergrößerten sich. Als die offene Tür eines Kaffeeladens einen pulverigen Geruch über das Trottoir hinströmte, verlor sie beinahe das Bewußtsein.

Es gibt gewisse Aprilmorgen, in deren sanft verschleierter Luft der Frühling nachzusinnen scheint: »Wie wäre es, wenn ich da wäre? Das heißt: ich bin ja eigentlich da; und ich weiß das so gut wie ihr! Aber ich will mir ein Spielchen gestatten, ich will mich auf die Dächer legen und tun, als warte ich auf mich selbst...«

So war dieser Morgen in Paris. So fing dieser Morgen in Paris an: mit einem Tausendstel Kaprice. Bevor die Luft mit den Bäumen spielte, spielte sie etwas mit sich selbst. Bevor die Sonne die Luft erwärmte, hielt sie die Strahlen ein wenig zurück – wie ein Kätzchen die Krallen einzieht – nicht länger als eine Viertelstunde; das ganze war als Petit-Jeu gedacht. Wenige Augenblicke später wurde der Tag berückend hell. Eine Dusche von Sonnenstrahlen brauste auf eine Türklinke los. An ihr entzündete sich die Stange eines Polizistenrades. Binnen fünf Sekunden war die ganze Straße illuminiert mit Licht und mit morgendlichen Tönen bis zum benzinblauen Horizont. »Ist das nicht Boulevard Raspail?« dachte Clothilde mit hüpfendem Herzen und lugte nach jenem blauenden Strich.

Sie saß jetzt in einem kleinen Rondell. Ein Auto fuhr leicht und langsam vorbei. Sie rief ihm nach. Der Chauffeur vernahm es und blieb nun nicht etwa kraftsparend stehn; er fuhr vielmehr in galanter Drehung um das Rondell und auf sie zu. Er legte ihr gleichsam den Wagen zu Füßen.

In einer zivilisierten Stadt haben nach Ansicht der Pariser die Mietautos geschlossen zu bleiben. Offene Wagen sind unordentlich, sind wilde Tiere, Sturm und Wind stürzen sich drauf, um die Insassen am Haar und an den Kleidern zu zerren. Die Benutzung offener Autos grenzt beinahe schon an Sport, für den denn doch – und es möge so bleiben! – nur ein Teil der Nation Interesse zeigt. Und geöffnete Wagen gar im April? – Der Lenker war nicht wenig verwundert, als Clothilde ihn bat, sein Verdeck abzubauen. Mit einem Gesichtsausdruck, der besagte: »Im nächsten Winter werden die Fremden nackt in der Seine baden wollen!« kletterte er auf dem Wagen umher.

Die Menschen, die vorübergingen, äußerten artiges Erstaunen. Eine kleine Kleinbürgerin, mit einem entzückend rundäugigen Kind, das ihr am Schürzenband taumelte, sagte: »Madame werden sich erkälten!« Nur konstatierend; nicht gewillt, einen ungehörigen Einfluß zu nehmen.

Ein Elektriker in blauer Bluse verfolgte die langsame Abmontierung des Automobils mit Kennerblick. Er hatte Zeit und aß einen

Apfel. Schließlich schien ihm einzufallen, daß es Länder geben solle, wo die Menschen keine Zeit hätten: er aß also mit der linken Hand und half mit der rechten beim Verdeck mit. Dann spuckte er das Kernhaus fort und sagte: »Ich wette, Sie sind eine Deutsche!«

»Ja«, sagte Clothilde leise, »ich bin es!«

»Dann freut es mich doppelt, liebe Madame, Ihnen ein wenig geholfen zu haben!« Er lüftete seine Mütze und ging.

Die Freundlichkeiten des Lichts und der Rede: wie taten sie Clothilde wohl! Der Wagen nahm sie und führte sie durch eine Reihe belaubter Namen, durch Worte aus leichtem Sonnenlicht. Durch jung bewehte Avenuen ging es zum Arc de l'Étoile und darüber hinaus ins Boulogner Wäldchen. Ganz leer war zu so früher Stunde der Westen der Stadt; sie kehrten um; und wieder am Étoile vorbei glitten sie den reinen Strahl der Avenue des Champs-Elysées hinab bis zur Place de la Concorde.

Paris ist die einzige Stadt der Erde, die zugleich ein Kuß und ein Bild ist. Noch in der innigsten Umarmung hält sie vollendete Distanz. Bei ihrer »Joyeuse Entrée« einen Augenblick haltend an der Concorde, fühlte Clothilde dies Doppelwesen. Es war wie neunzehnhundertunddreizehn! Die großen, historischen Bauwerke – um die immerdar der leichte Weihrauch der Romanschriftsteller schwingt – wie waren sie doch intim und zart! Die hallende Weite ihres Anblicks beförderte, wie stets, den Wahn, daß sie gerade für diese Minute an den Himmel gezaubert waren. Sie schienen so höflich wie ein Orchester, das erst dann zu spielen beginnt, wenn der Souverän die Loge betritt. Und wirklich machten diese Gebäude jeden, der in ihren Kreis trat, sofort zum Souverän seiner selbst.

So ging es Clothilde, als sie im Auto vom Louvre gegen die Seine bog. »Guten Tag!« sagte sie mit feuchtem Auge – und jedes erwiderte leicht Bonjour. Die unsterblichen Bauwerke erschienen plötzlich so streichelnah wie ein Maroquinband am Kai.

Man war einen Augenblick versucht, das ganze, große, ernste Paris für einen Glassturz mit Bibelots zu halten und zärtlich liebzugewinnen... Clothilde verstand nichts von Politik. Aber sie ahnte immerhin, daß diese Seelenminute es war, die den Vorteil Frankreichs ausmachte. Jeder mußte Paris lieben: wie etwas unendlich Kostbares, aber auch Behütbares, das darauf angewiesen war. Selbst die heroischesten Gebäude gebärdeten sich so zivilisiert, als ob sie auf Schutz angewiesen seien. Ja, Eiffelturm und Étoile hatten offenbar nichts dagegen (und verloren darum nicht an Größe), daß irgendwo in kleinen Fabriken ihre heldischen Proportionen zu Nippsachen verarbeitet wurden und schließlich am Bauch der Ausländer als Berlokken umhertaumelten.

Bei dieser Vorstellung lachte Clothilde und verlor minutenlang das Gesicht. Sie sah erst wieder, als der Wagen in einen bunten und engen Markt fuhr, nahe der Madeleinekirche. Die Häuser waren hier alt wie Meerschaum; doch das Gemüse leuchtete so, daß sie anhalten ließ und ausstieg.

Die Verkäuferinnen merkten, daß hier jemand nicht für den Kochtopf, sondern für das Auge lebte – und niemand rief Clothilde an. Spargel in violetten Bündeln, runde, goldgrüne Artischocken und großer, tauiger Salat: all das hauchend von eigenem Licht, als sei es soeben in Weißwein gewaschen. Es war die Luft der Île de France und die Sonne von ein paar warmen Tagen. Ein frühes Insekt flog über den Reichtum...

In all dem Reichtum erschrak Clothilde. Ein aufgefaserter Salatkopf, erdschwarz und blutend, lag vor ihr und war ein menschliches Gekröse. Durch all den Reichtum schoß das Erinnern – und alle Dinge stanken nach Krieg. Das Geschäft mit dem Tod: man entfloh ihm nicht. Mitten im Leben entfloh man ihm nicht.

Sie rückte ihr Armband: schon neun Uhr dreißig! Womit vertrödelte sie die Zeit? Wie konnte sie wagen, durch Paris zu

fahren, als sei sie ein freier Mensch? Am ganzen Leibe zitternd gab sie dem Chauffeur die Adresse von Delbosq.
Er wohnte in der Rue Lecourbe, sehr nahe an der Porte de Sèvres. Sie läutete dreimal vergebens. Sie schlug angstschwitzend gegen die Tür.
Ein Mädchen öffnete, war verwundert und führte nach kurzem Parlamentieren die Ausländerin in den Salon.
In der Ferne wurde ein Stuhl gerückt. Wenige Minuten später erschien über einer braunen Joppe ein entgeistertes Gesicht, grünlich zwinkernd und völlig fremd.
Hatte Clothilde eigentlich jemals Herrn Delbosq ins Gesicht gesehn? Ein kluger Mann hatte einst getadelt, daß sie die Menschen, die ihr gefielen, viel zu wenig betrachtete. (Es geschah aus einer Art Zartgefühl. »Ich brauche dich nicht anzusehn!« dachte sie. »Ich weiß auch so, daß ich dir gut bin – und will nicht stören!«) Jetzt aber, wo ihre große Angst sie zur Tür hereingeweht hatte (geweht: mit dem Rest der pneumatischen Kraft, die sie aus Berlin nach Paris willenlos hingeschossen hatte), erhob sie ihre Augen zunächst nach Hippolyte Delbosqs Gesicht, als suche sie da ein gutes Kap, ein Vorgebirge der Beruhigung.
»Was gibt es?« fragte dieses Gesicht. Und nochmals, heiser vor Abneigung: »Ich frage, was es gibt, Madame!«
Er lud sie nicht zum Sitzen ein. Die Verlegenheit, die er zeigte, war nicht die gute Verlegenheit über den Besuch einer Dame. Er schien in der braunen Hausjoppe zwei verborgene Fäuste zu ballen. Seine Ellbogen zuckten ungeduldig: »Was wollen Sie? Was ist geschehn?«
Mit diesen Worten setzte er sich brüsk auf ein kleines Kanapee, auf dem kein anderer Platz hatte. Clothildes Herzschlag setzte aus. »Ein Unglück ist geschehn!« hauchte sie. Jetzt schien auch er etwas zu erkennen.
»Ein Unglück! Was! Warum ein Unglück?« Delbosq wetzte auf

dem Sofa herum, das übrigens bezogen war. Ein großer Teil der Salonmöbel war anscheinend immer zugedeckt und verriet die panische Furcht des Besitzers vor Staub. Er wäre klüger gewesen, diese staubfängerischen Möbel (anstatt sie noch sorgfältig zuzudecken), diesen Unrat der neunziger Jahre, dem Auktionator anzuvertrauen. Aber so weit dachte Herr Delbosq nicht.

Er tauchte seine glasblauen Augen in den vertrockneten Rumpf einer Palme, riß sie gleich darauf wütend weg und prallte in Clothildes Gesicht: »Sie haben mir das nicht schreiben können?«

Clothilde schwieg. Was sollte sie sagen? Aus jedem Tone des Attachés klang das wütende Bedauern, daß er sie nicht ergreifen konnte und, einen Mühlstein um den Hals, in die Seine werfen durfte...

Dies Bild zumindest schien ihr gelungen. Es war abgründig und sentimental. Sie verweilte ein paar Sekunden dabei, und in ihrem gereizten Gehirn meldete sich die Erinnerung an die Geschichte der Haimonskinder und an das edle Roß Bayard, das von einer Brücke herab... mit schweren Eisenketten behangen... in die Seine geworfen wird. Sie begann zu weinen – über Bayard und über die Schlechtigkeit der Welt. Mit den Händen bedeckte sie ihr von den Strapazen der Reise rotgeränderte Gesicht und sank aufjammernd in einen Stuhl.

Was hatte Delbosq eigentlich verbrochen, daß ihm noch vor der zehnten Stunde eine Frau hereingeweht wurde, häßlich mit völlig verrutschtem Hut – eine Frau, die das Extérieur ihres entzündeten Gesichts schreiend mit Salzwasser badete? – Er war nun fast fünfzig Jahre alt. Daß er nicht geheiratet hatte, das war doch schließlich ein Fanal, eine weithin sichtbare Tatsache und eine deutliche Willenskundgebung, daß er Frauen, weil sie ihn störten, nur zu bestimmten Tageszeiten zu sehen wünschte – und dann auch nur nach telefonischer Bestellung.

»Hören Sie doch auf zu weinen!« sagte er milde vor Ratlosigkeit.

Wenn Clothilde ihre Hände jetzt von den Augen genommen hätte, hätte sie vielleicht gefunden, daß ihr Wirt dem Roß Bayard langsam ähnlich zu werden begann. Aus schmalem Kopf umheräugend, trabte er auf nervösen Füßen einige Male durch den Salon, um schließlich ins Frühstückszimmer zu eilen. Nach einer Minute kehrte er mit einer Tasse Tee zurück. Leider war Zucker in der Tasse. Clothilde trank nur wenige Schlucke und wandte den Kopf. Die Tasse zerbrach.
Delbosq betrachtete kleinlaut die Scherben. »Es scheint also, liebe, alte Freundin, daß die Société Voltaire eine Rate schuldig blieb, und daß Sie deshalb gekommen sind! Das ist nun überaus unvorsichtig – ich möchte sagen: kopflos – gehandelt. Gerade Ihre persönliche Nähe beraubt mich fast der Möglichkeit, den Grund der Störung zu erforschen!«
Sie sah ihn an: »Aber Hippolyte! Was reden Sie nur? Welche Rate denn? Wir haben das Geld ja pünktlich erhalten!«
Er machte eine verwunderte Geste.
»Etwas anderes ist geschehen! Der Völkerbund hält hier einen Kongreß ab! Der Völkerbund hat nach Paris die Filmindustrie aller Länder zu einem großen Kongreß geladen, um sie kulturell zu vereinigen. Das ist eine Tatsache, die mich sehr ängstigt! Denn was bedeutet das eigentlich: kulturelle Vereinigung?«
»Sie faseln, Madame!« murmelte Delbosq. »Paris ist noch immer die Hauptstadt von Frankreich. Sie sind in einen falschen Zug eingestiegen. Sie wollten nach Genf!«
»Nein, der Kongreß findet in Paris statt! Er hat am gestrigen Tage begonnen!«
»Das müßte man aus der Zeitung erfahren!« sagte Delbosq aufs höchste verwirrt. »Sie müssen wissen: ich lebe in Urlaub, ich arbeite über Napoleon (»Natürlich!« dachte Clothilde wütend. »Dies ausgestanzte Trottoir: darauf tummelst du dich jetzt!«), und bin sehr glücklich, nicht schon frühmorgens mit Zeitungen belästigt zu werden... Doch warten Sie, ich hole eine...«

Er lief aus dem Zimmer. Man hörte Rascheln. Dann, mitten aus dem Rascheln heraus, Seufzen und schließlich Jubelschreie.
Strahlend erschien Delbosq in der Tür. »Sie haben recht!« verkündete er mit begeistertem Gesicht. »Es ist zwar nicht der Völkerbund, der den Kongreß berufen hat – aber es ist das Institut für geistige Zusammenarbeit, das dem Völkerbund untersteht! Und somit *ist* es der Völkerbund... Ich bitte Sie!« fuhr er feurig fort. »Wo sollte dieses Institut liegen, wenn es nicht in Paris läge? Genf hat ja keine Empfangsräumlichkeiten!«
Er vertiefte sich in die Zeitung, hob bald das »Journal des Débats« vors Auge, bald den »Temps« und bald den »Matin«. Er schnalzte und seufzte unablässig und war wie leidend vor Entzücken. Clothilde hatte ihn nie so gesehn.
»Große Rede des Kultusministers!« jubelte er plötzlich auf. »Herriot begrüßt den Kongreß! – Das ist zuviel! Das müssen Sie hören! Der Film als Völkerverständigungsmittel! Der Film als Unterpfand des Friedens! Hören Sie, was Herriot sagte! ›*Es ist für uns alle sehr wichtig zu wissen, was der Film ist, und was er nicht ist! In großen Teilen der Wohnerde besitzt er schon heute die Ubiquität von Licht, Wasser, Kohle. Eine Menschenbeeinflussung geht von ihm aus, so groß und so stark, wie von keinem Geistmittel sonst – obwohl er seinerseits Ware ist. Je mehr nun der Film in seinen Zwecken, seinen Inhalten und Formen, humanisiert und domestiziert wird, desto mehr Kräfte werden durch ihn dem Rückschritt und dem Bösen entzogen.*‹ Und das hat Herriot gesagt!«
Sein Kopf war rot. Sein Auge feucht.
Die Verzweiflung gab Clothilde den Mut zu sachlichem Konstatieren.
»Wissen Sie, Delbosq«, begann sie, »ich frage mich seit einiger Zeit, ob Sie eigentlich ein Mensch sind! Haben Sie gar kein Gefühl dafür, daß es nicht besonders schön ist, mir mit dichterischer Erregung Herriots Reden vorzulesen?! Sie wissen doch,

daß ich leider Gottes an einem Geschäft beteiligt bin, das bezweckt, die ganze Welt gegen Italien aufzuhetzen. Ich bin eine Waffenlieferantin; zumindest hängt meine Provision (ich wollte, sie hinge an etwas Besserem!) an einer Waffenlieferung! – Nun möchte ich Sie fragen, Delbosq: Wenn hier ein Agent säße, der Maschinengewehre liefert, würden Sie auch mit strahlender Stimme aus der Zeitung vorlesen, daß Europa soeben darangeht, die Maschinengewehre abzuschaffen?«

Delbosq sah gekränkt aus. Sie tat ihm unrecht, wenn sie ihn für taktlos hielt. Sie verkannte die oberste Gewalt seines Lebens: die Literatur. Es war die Freude am Wohlgeformten, die ihn überkommen hatte, als er aus der Zeitung vorlas, die Freude am Repräsentativen, die Lust an der geglückten Rhetorik, mit der sich noch geheimnisvoll der Duft bedruckten Papiers mischte, und der Stolz des Lokalparisers...

Er räusperte sich. »Sie gehen nicht mit der Zeit, Madame!« sagte er schließlich mit höflicher Stimme. »Und überdies sind Sie undankbar. Ich habe Ihnen, soweit ich vermochte, in Frankreich Handelsfreunde verschafft. Daß sie ein Filmunternehmen planen, das die Welt gegen Italien aufhetzt, ist mir übrigens völlig neu. Ich möchte es nicht gehört haben... auch spricht wohl nur Erregung aus Ihnen!«

Clothilde erblaßte. »Vielleicht!« sagte sie. Sie fürchtete sich. Sie war allein. Verraten. Und an feindlichem Ort.

Delbosq fixierte die Erschreckte, ehe er langsam einlenkte. »Ich kann Sie vielleicht beruhigen. Wenn Sie mit jenem Unternehmen, von dem Sie leider eben sprachen, etwa die Geschichte meinen, von der Sie mir neulich in Wannsee erzählten: so weiß ich nicht, ob ein Verbot in der Kompetenz des Kongresses läge. Vorläufig sind nicht einmal die Absichten des Kongresses genau umschrieben...«

Clothilde verstand. Sie bedankte sich. »Vergeben Sie meine Nervosität!« sagte sie.

Er legte gemessen seine Hand auf ihre Schulter. »Sie sollen sich selber überzeugen, was Sie etwa von dieser Sache zu fürchten haben und was nicht!« Nachdenklich sah er in die Ferne. »Können Sie zeichnen?« fragte er. Sie bejahte.
»Ich will Sie sofort mit einer Empfehlung ins Palais-Royal schicken. Setzen Sie sich auf einen Stuhl, und fangen Sie an, Herriot zu zeichnen (falls er da ist) oder Luchaire. Machen Sie aber die Ohren auf!« Er bekritzelte eine Visitenkarte und gab sie ihr.
»Auf Wiedersehen, gnädige Frau! Auf Wiedersehen in Berlin!« Eine Verbeugung. Sie war entlassen.

Der Eid im Palais-Royal

Es war geschehn!
Aber was – und wie?
Ein paar nachdenkende Beamte beim Völkerbund hätten plötzlich bemerkt, daß die tägliche Weltproduktion an bebildertem Zelluloid eine Million von Metern betrug.
Eine Million – o Gott dieser Erde! – eine Million lichtzitternder Meter wurde täglich herausgeschossen, eine Million von Bildmetern, eine Milliarde von Vorstellungen, wildwachsend, anarchisch, ohne Kontrolle, wie das menschliche Begehren selbst.
Nach der Zahl der beschäftigten Menschen und nach ihrer Warenproduktion war über Nacht die Filmindustrie die viertgrößte auf dem Erdstern geworden.
So faßte das »Völkerbundinstitut für geistige Zusammenarbeit«, das im Pariser Palais-Royal wohnt, eines Tages den Entschluß, diesen gewaltigen Bildermoloch zu seiner »Rechtfertigung« zu laden.
Man lud nicht nur die Industriellen. Alle Faktoren, die irgendwie mit dem Lindwurm zu tun hatten, die irgendwo an einer Stelle

seines Körpers herumbürsteten, wurden zum Kongreß geladen. Es waren die Kultusministerien von achtundvierzig Staaten gebeten, die Rechtsbeiräte, Zensurstellen, die Techniker, ja sogar die Dichter. Aus Tokio, Brüssel, Peking, Basel, London, Wien, Madrid und Rom waren namhafte Gelehrte der Universitäten gekommen. Berlin erschien in diesem Kreis mit fünfundfünfzig Filmkaufleuten. Die Deutschen nämlich, zu überklug, um klug zu sein, glaubten im voraus, der Kongreß berge irgendeine Falle. Die Maxime der Einladung *»Der Kongreß hat keinen Handelscharakter – er soll von den Gesichtspunkten der geistigen und erzieherischen Zusammenarbeit betrachtet werden«*, hatten sie gleich nach ihrem Erhalt dem Papierkorb anvertraut. Der Deutsche läßt sich nicht dumm machen! Der deutsche Kaufmann ist viel zu lange durch Akademiker und Beamte an die heimische Wand gedrückt worden, als daß er es sich nehmen lassen könnte, auch wo es gar nicht hingehört, laut herauszuschreien: Da bin ich!

Gerade darum war in Paris niemand verwunderter als die Deutschen über den großartigen Empfang, den die französische Regierung diesem Kongreß bereitete, obwohl sie doch – was sie selbst betraf – durchaus nur kleine Kaufleute waren und ohne Titel. Niemand verstand, daß in Frankreich der Titel »Monsieur« eigentlich jeden Titel ersetzt. Einer dieser Kaufleute wurde vor Schrecken fast ohnmächtig, als das französische Staatsoberhaupt, Herr Doumergue, den Zylinder in der Hand (es war am Nachmittag vor der Eröffnung und während einer Begrüßungsrede, die Albert Thomas in der Sorbonne hielt), mit höflicher Stimme leise bemerkte: »Bitte lassen Sie mich durch! Ich versäume sonst den König von Serbien!«

So nahm das offizielle Frankreich den Film als einen großen Saurier, dem man Respekt und Erstaunen erweist. Das hinderte aber den Maire von Paris nicht, abends auf einem Bankett zu sagen: »Das Cinéma erinnert mich eigentlich an einen jungen

Giganten; er wuchs zu rasch, und leider hält sein Gehirn mit den Muskeln nicht Schritt...«

Als Clothilde den Saal betrat, war die Sitzung bereits eröffnet, doch die Verhandlungen noch nicht im Gange. Es lag ein Gefühl in der Luft, als ob diesem riesigen, vielsprachigen Parlament einstweilen der Mut zu sich selber fehle. Über das leichte Stimmengewirr stieg jetzt eine kräftigere Stimme. Es war der Präsident des Kongresses, der Abgeordnete Locquin; er wünschte die Teilnehmer zu erinnern, daß sie sich nicht in Frankreich befanden. Er schien dieser Äußerung ein großes Gewicht beizulegen... und, um sie noch zu verstärken, erhob sich hinter ihm der Direktor des »Instituts für geistige Zusammenarbeit«, der Völkerbundsbeamte Luchaire, und sagte, der Boden, auf dem man tage, sei rechtlich international. Luchaire und Locquin waren beide Franzosen. Wenn sie trotzdem so eindringlich die Anwesenden darauf aufmerksam machten, daß das alte Palais-Royal heute nicht mehr in Frankreich läge, so war das – Clothilde empfand es sofort – ein nobler Akt der Ermutigung für alle Nicht-Franzosen im Saal: Stellt immerhin eure Anträge so, als ob ihr in Genf wäret! Ihr seid in Genf!
Formhalber begann Clothilde zu zeichnen. Es war zunächst für ihr Auge nicht leicht, aus einer Fülle von Gesichtern die interessantesten zu keltern, aber ein ungarischer Zeichner, der zufällig neben ihr saß, half ihr manchmal mit Namen aus: er zeigte ihr den blonden Aubert, das Haupt der französischen Industriellen. Ein paar Inder gingen umher, deren dunkler Sanftmut man anmerkte, sie würden bei nächster Gelegenheit – auch wo es gar nicht hinpaßte – sich auf die englischen Mitglieder werfen. Einige Schweizer äußerten in ihrem pedantischen Idiom, es würde ihnen durchaus genügen, sich über Lehrfilme zu unterhalten. Der Film sei ein pädagogisches Mittel, der Völkerbund

müsse die Staaten zwingen, mehr Geld, als sie bisher gegeben, für das Schulkino beizustellen. »Schulkino ist Quatsch!« sagte dezidiert ein riesiger Deutscher aus Halberstadt. Er produziere Agrarfilme. Auf gefilmte Landwirtschaft kommt es an!
Ein edles vergeistigtes Gesicht hastete an zwei Krücken vorüber. Clothilde fing Fetzen seines Gesprächs auf: »Wir Spanier werden dafür sorgen, daß ab jetzt in der ganzen Welt die Filmautoren prozentual am Erfolg ihrer Werke beteiligt werden... Die unsittliche Alleinherrschaft des Unternehmertums muß gebrochen werden...« Dahinter zankten sich ziemlich laut Belgier, Deutsche und Nordländer. Die Belgier zitterten vor Erregung: Jeder Staat brauche Schutzgesetze für seine nationalen Stoffe. Es ginge nicht an, daß »Waterloo« demnächst in Deutschland verfilmt würde, oder »Jeanne d'Arc« in Amerika.
»Motive und Stoffe sequestrieren? Gedanken und Fähigkeiten besteuern? Das könnte euch passen!« schimpfte ein Schwede.
»Dem Könner gehört die Welt, sonst keinem!«
Clothilde lächelte mitten im Zeichnen. Eine fast böse Befriedigung wollte in ihr Herz schleichen. Sie sah: es war ein Bienenkorb von tausend schillernden Interessen, die hier gegeneinanderflogen. Und da hatte sie geglaubt, daß alle hier nichts zu tun haben würden, als unerbittlich mit Röntgenaugen in ihr Herz hinunterzustarren! Warum nur hatte sie sich geängstigt?
»Ist hier der Herr Ackerbauminister?«
Plötzlich stand ein Lakai in der Tür – ein Lakai fast wie auf alten Bildern; gepudert und zwischen Seidentapeten – und fragte mit ganz lauter Stimme: »Ist hier der Herr Ackerbauminister?«
Clothilde sah im Saale umher, um den Thronsessel zu suchen, auf dem der Ackerbauminister zweifellos residieren mußte. Aber da hatte sie sich getäuscht. Hinten links vom letzten Fenster löste sich etwas: Der Stuhlmangel hatte sogar Herrn Quille getroffen, und der Minister für Agrikultur hatte sich

keineswegs gescheut, sich auf die Zentralheizung zu setzen. Es lag im Wesen der Demokratie, keine Throne mehr zu kennen. Herr Quille begegnete in der Tür einem jovialen und raschen Mann, von dem er keinerlei Notiz nahm, weil er ihn damals fast täglich sah. Dieser Mann war der Kultusminister: Clothilde sah ihn zum erstenmal. Sie erkannte sofort das Gesicht, eines der populärsten der Welt – und sie erkannte die Attribute, die das Gesicht begleiteten. Die Reisemütze, die Tabakpfeife. Wie in der antiken Mythologie im Umkreis des Zeus sich die Ägis aufhält, so konnte Edouard Herriot schwerlich ohne die Attribute der Demokratie gedacht werden. Schwerlich ohne die Reisemütze, die ein Symbol des Atlantischen, der bewegten Erdkugel war – und schwerlich ohne die Shagpipe, die für alle, die sehr viel sprechen, ein wunderbarer Schutzwall ist, um die Gedanken dahinter zu sammeln.

»Ich komme nur für ein halbes Stündchen!« rief Herriot zu Luchaire hinüber. »Aber falls Sie bei einer Abstimmung sind, kann ich auch vorher davonrennen. Ich rechne auf etwas Kurzweiliges!«

Er setzte sich in Clothildes Nähe. Die Umstehenden begannen zu lachen. Luchaire, nachdem er Herriots Gruß mit Kopfnicken erwidert hatte, schwang eine Glocke und bat um Ruhe.

»Meine Herren, zur Geschäftsordnung! Ehe ich in den ersten Punkt der Tagessatzung eintrete, habe ich die Mitteilung zu machen, daß der Abgeordnete Brévillier den Kongreß zu haranguieren wünscht. Die Zeit dieses Herrn ist sehr beschränkt. Er muß um zwölf im Palais Bourbon sein. Wenn Sie nichts dagegen haben...«

»Unter keinen Umständen!« rief ein erzürnter Industrieller. »Wer hat Brévillier eingeladen?«

Aus einer anderen Ecke des Saals: »Wir treiben hier keine Politik! Was Brévillier dem Kongreß sagen will, kann er in seiner Zeitung sagen!«

»Woher wissen Sie, meine Herren«, fragte Luchaire zurückhaltend, »daß Herr Charles Brévillier hier etwas Politisches sagen will? Sie folgern das nur aus seinem Beruf! Aber wir haben doch hier im Saal nicht bloß Industrielle des Films, sondern beispielsweise Abbés, Schriftsteller, Advokaten, Beamte...«
»Die Mitglieder des Kongresses sind! Die Galerie darf hier nicht reden!«
»Et alors, mes enfants, je m'en vais!« Laut lachend sagte es Brévillier, und tauchte plötzlich neben Luchaire auf. Er war ein hagerer, alter Herr, halb Arbeiter, halb Aristokrat, dem englischen Premierminister Ramsay Macdonald seltsam ähnlich. Der Sport ließ ihn oft sehr jung erscheinen.
Kaum hörten die Franzosen die Stimme, als alles schrie: »Nein! Dableiben!« Überall flogen Hände auf und Rufe, Brévillier solle reden. »Sie sehen doch, es ist die Mehrheit!« sagte Luchaire und beugte sich zu einigen unentwegten Gegnern, die heftig auf ihn einsprachen.
»Meine Herren!« begann Brévillier, und jetzt wurden sogar die Gegner ruhig, »ich kann es Ihnen ja nachfühlen, daß Sie endlich arbeiten wollen und keine Reden mehr hören möchten! Man hat Ihnen wahre Kaviarplatten von offiziellen Reden verabreicht. Von mir, meine Herren, kriegen Sie nur einen nordfranzösischen Kümmel...« Der alte Dachdecker! Er stammte aus Lille und war nicht wenig geübt in der Kunst, eine Weile den Clown zu spielen, um aus tollen Späßen heraus plötzlich in großen Ernst zu verfallen.
Die Deutschen fühlten sich angeheimelt, und fast schon bei dem ersten Satz erlosch bei den Gegnern die Abneigung.
»... und ich weiß nicht einmal, ob er schmeckt! Ich will aber nicht als Franzose sprechen! Ich bin ein kleiner Mann aus dem Volke – aus dem Volke, das überall gleich ist, woher Sie, meine Herren, kommen. Es ist schon immer gleich gewesen; nun aber ist es gleicher als gleich, weil es vier Jahre Weltkrieg erlebt hat!«

Ein lautloser Ruck ging durch den Saal. Brévillier merkte es sofort. Er versuchte ganz unbefangen zu blicken.
»Sehen Sie«, sagte er, »meine Herren, als ich heute morgen aufwachte, wußte ich gar nichts von Ihrem Kongreß. Ich las es beim Teetrinken in der Zeitung (»Ich bin überzeugt, daß er auch Eier gegessen hat, der alte Schuft«, murmelte in Clothildes Nähe ein dicker Sozialistenfresser), las auch die wunderschöne Rede unseres Herrn Kultusministers und vertiefte mich in den Speisezettel – das heißt: in Ihr geehrtes Programm!« Er entfaltete eine Zeitung (es schienen »Nouvelles Littéraires« zu sein) und las mit devoter Stimme vor, während zugleich der schärfste Hohn von seinen weißen Brauen tanzte:
»Ich finde es außerordentlich, was hier fünf Tage lang stattfinden soll. Ein Areopag von Wissenschaftlern und Künstlern ist unter Ihnen versammelt! Man ist aus der ganzen Welt gekommen, um sich darüber zu unterhalten, wie man Filme besser konserviert. Chemiker werden Sie belehren, ob oder daß es Verfahren gibt, Zelluloid vor Zerstörung zu bewahren. Mit diesem Verfahren in der Tasche wird der Kongreß, wie ich höre, darangehn, ein Weltfilmarchiv zu gründen, wo die Kopie eines jeden Films für ewige Zeiten aufbewahrt wird.«
»Ja, ist Ihnen das vielleicht nicht wichtig!« rief ein Professor aus Norwegen.
»Mein Lieber«, lächelte Brévillier, »wenn man bedenkt, daß unser Leben selbst ohne die große Bibliothek der alexandrinischen Könige immer noch irgendwie lebenswert ist...« Alles lachte. Er fuhr fort. »Aber nicht nur das Zelluloid, auch der Arbeiter daran soll – ich erkenne es gerne an – von Ihrem Kongreß geschützt werden. Sie wollen, was freilich sehr sozial ist, über eine Unfallhaftung des großen Unternehmertums gegenüber den Künstlern beraten und wollen sogar ein Gebiet betreten, auf dem es täglich Unfälle gibt: das Gebiet der ungerechten Entlohnung von Manuskriptverfassern...«

»Bravo!«
Brévillier wurde immer toller. Mit der größten Höflichkeit – die desto erbarmungsloser war – zerpflückte er die künstlerischen, technischen und rechtlichen Hauptprogrammpunkte des Kongresses. All das, sprach er, sei angetan, das Interesse der Filmleute gegenüber der Welt zum Siege zu führen. »Und wer vertritt nun«, fragte er schlicht, »die Interessen der Welt gegenüber dem Film? Wer vertritt die Interessen der Menschheit gegenüber dieser Großmacht – an der gemessen Buch und Theater lächerliche Erscheinungen sind?«
Die buschigen weißen Augenbrauen des Redners waren ruhig geworden. »Ich kann nur immer wieder sagen, daß ich ein Herr aus dem Publikum bin. Mein Name ist X oder Y, und der Inhalt meines Schädels ein Stückchen gesunder Menschenverstand. Mit dieser Kerze, so klein sie ist, beleuchte ich seit einigen Jahren die französische Filmproduktion und das, was man nach Paris aus Deutschland oder Amerika importiert. Ich komme nicht aus dem Wundern heraus! Wenn diese Sächelchen nicht gerade besonders unanständig sind (wogegen ich aber gar nichts habe), so sind sie, oft will mir das scheinen, für Mädchenpensionate gedreht. Die soziale Perspektive der meisten Filme ist das Backfischherz. Und zwar, was mich am meisten erstaunt, das Herz von 1911 und der dazugehörige Leutnant. Ich bin ein Mann aus dem Publikum, ich kann der Weltproduktion an Filmen keineswegs solche Lorbeeren widmen wie die französische Regierung dies gestern artigerweise getan hat. Ich finde es durchaus nicht schön, daß sich die meisten Filmstücke in einer Lebkuchenwelt ergehen, wo die dargestellten Menschen statt wirklicher Augen Rosinen haben. Das Allermerkwürdigste aber scheint mir, daß dieser ganze, große Haufe von Regisseuren, Schauspielern, Statisten, der vor dem Auge der Kamera so paradiesisch zu lächeln pflegt, schon ganz andere Situationen auf dieser Erde durchgemacht hat. Waren die Herren nicht im

Krieg? Ich mache es dem Film zum Vorwurf, unserem französischen genauso wie dem deutschen und jedem anderen, daß er das wichtigste Menschheitsproblem – die Verhinderung des Krieges durch äußerste Darstellung seiner Greuel – bisher nicht in Angriff genommen hat!«

»Das ist sehr richtig!« rief ein Franzose.

»Ganz ausgezeichnet, Brévillier!« murmelten unterdrückte Stimmen. Niemand schien böse. Hatte der Alte nicht recht? Hatte er nicht hundertmal recht?

Aber Herriot. Was tat Herriot? Mit der unbewegten Miene seines guten und klugen Gesichts blieb der Kultusminister sitzen. Er hörte so scharf auf Brévillier, daß seine rechte Hand mit der Pfeife ihm vor der Brust eingeschlafen schien. Die linke Hand stak im Jackett und umschloß wahrscheinlich den Tabaksbeutel. Die Reisemütze hatte er, wie ein ausruhender Korporal, sich über das linke Knie gehängt.

Clothilde empfand in allen Nerven die Schwingungen, die von der großen Ruhe dieses kleinen Mannes ausgingen, und zugleich empfand sie den Strom zwischen Herriot und Brévillier. Kein Zweifel: der Kleine war nur gekommen, um den Langen reden zu hören; und der Lange redete nur, um irgendeinen Querschläger in den Empfang hineinzuschmettern, den die französische Regierung dem Kongreß bereitet hatte. Auf einmal ging von diesen beiden eine ungeheure Kraft aus und steckte die Umgebung an. Auf den Gesichtern der Franzosen stieg Glanz auf und Freude über sich selbst. Sie waren stolz auf Brévillier, sie waren stolz auf Herriot; sie hatten keinen Augenblick Furcht, ihre innerpolitischen Gegensätze vor fremden Augen offen zu zeigen. Gegensätze waren menschlich, und Zeigen gehörte zur Demokratie.

»Unsere höfliche Regierung ist begreiflicherweise entzückt, daß sie aus sämtlichen Völkerbundsstaaten Filmleute in Paris empfängt. Wenn man Kultusminister ist, hat man die Pflicht zum

Optimismus. Ich bin ein einfacher Mann aus dem Volke und werde als solcher erst entzückt sein, wenn ich diese illustre Versammlung den richtigen Weg beschreiten sehe! – – Was hat der Film bisher geleistet«, rief Brévillier trompetenstark, »um die Völker einander näherzubringen? Gar nichts! Und weniger als nichts! Er hat verlogene Sujets über die ganze Erde gestreut – ohne Realität, ohne Tiefblick –, deren Waffe die Sentimentalität ist. Und er hat sich auch nicht gescheut, mit der Kehrseite des Sentimentalen, mit der Bösartigkeit, zu arbeiten. Ich klage den Film als Kriegshetzer an!«

»Das ist stark!«

»Vollkommen richtig!«

»Der Film hat während des Weltkrieges als Waffe der Verhetzung gedient! Ich besitze eine Statistik, die Sie erröten machen würde, in welchem Maße das geschah! Genau wie Tanks und Unterseeboote, wie Geschütze, Flugzeuge und Gasbomben gehört heute der Film zu den Kriegsmitteln. Wie jede andere Industrie vermag heute auch die Filmindustrie sich jederzeit auf den Krieg umzustellen. Patronenstreifen aus Zelluloid! Bedenken Sie, was es heißt, meine Herren: das Maschinengewehr des Films liefert zwanzig Hetzbilder in der Sekunde. Ein wirklich gut gemachter Hetzfilm eliminiert die Gerechtigkeit aus den Köpfen der Zuschauer. Seine Wirkung auf die Kultur ist konzentrierter als die des Gases!«

Seine Stimme wurde nüchtern und nahm einen fast diskreten Klang an. »Wenn ich Ihnen raten darf... verlassen Sie das Palais-Royal nicht, ohne dies geändert zu haben! Verhindern Sie, daß einmal die Zukunft über die Filmproduktion des Heute spricht wie von bakteriologischem Gift. Stellen Sie alles andere zurück. Nehmen Sie noch vor dem ersten Punkt eine einmütige Resolution an, die alle Kriegs- und Hetzfilme ächtet. Ihr Beschluß wird sehr weittragend sein. In Ihrer Mitte, so viel ich weiß, sind sämtliche Völkerbundsstaaten vertreten. Ihre Ver-

sammlung ist souverän. Und wenn Sie selbst auch für Ihre Staaten nichts Definitives beschließen können, was von sich aus Gesetzeskraft hat: so wissen Sie doch, daß Ihre Beschlüsse dem Völkerbund notifiziert werden – und daß der Völkerbund seinerseits sie den Regierungen mitteilen wird.«
»So ist es!« riefen Locquin und Luchaire. »Die Versammlung ist souverän, ihre Beschlüsse sind Informationen, die der Völkerbund weitergibt!«
»Sie kennen alle die Geschichte der großen französischen Revolution. Leisten Sie heute vor aller Welt den Schwur, der dem ›*Eid im Ballhause*‹ gleichkommt! Sie wissen, damals versammelte sich im Ballhaus das Frankreich des zweiten Standes und tat seine Privilegien ab. Entäußern auch Sie sich des Privilegs, mit einem Hetzfilm Geld zu verdienen! Ich kann hier keine Anträge stellen; aber ich hoffe, daß einer der Staaten, die hier im Saale versammelt sind, meine Anregung akzeptiert, und daß eine Mehrheit sie annimmt! Das war's, was ich Ihnen zu sagen hatte!«
Die Mitglieder waren aufgestanden. Sie sahen sich ergriffen an. Brévilliers Rede war zu Ende; und auf einmal merkte jeder, daß diese rücksichtslose Rede eine notwendige Ergänzung, ja, die erwartete Ergänzung zu den gestrigen Empfangsreden war. Darum war es auch keine Pose, wenn jetzt das Erstaunliche geschah und zugleich das Natürliche: Brévillier war kaum zu Ende, als Herriot seine kalte Pfeife mit einem Ruck in die Zähne klemmte und plötzlich Beifall zu klatschen begann. Dann stand er von seinem Stuhle auf, nahm die Pfeife erneut aus dem Mund und sagte – (keineswegs überlaut, aber so, daß alle es hören konnten): »Ausgezeichnet, Brévillier! Sie werden diese Mehrheit schon finden!«
»Bravo, Herriot!« rief es im Saal.
Das war das Signal für Brévillier, mit langen Schritten vom Podium zu steigen, und mit der ausgestreckten Hand Herriots

Oberarm zu berühren. »Was ich Sie fragen wollte«, begann er. Und während sich beide der Tür näherten, besprachen sie eifrig eine Geschichte aus dem Département Pas de Calais, in der gewisse Mühlenbesitzer eine Rolle zu spielen schienen. Von Zelluloid und Krieg kein Wort mehr. Und keinen Blick mehr dem Filmkongreß. In großer Eintracht gingen sie durch den Korridor davon, um schließlich in zwei verschiedenen Autos zur Parlamentssitzung zu fahren.

Desto größer war die Erregung, die sie dem Kongreß hinterließen. Minutenlang läutete Luchaire, ehe es ihm gelang zu fragen, ob irgendeine der Delegationen einen Antrag an den Kongreß im Sinne Brévilliers stellen wolle.

»Alle Franzosen«, rief Lévy-Poulenc, ein Schriftsteller und Filmregisseur, und seine Stimme überschlug sich, »alle Franzosen hier im Saal wünschen diesen Antrag zu stellen!«

»Selbstverständlich!« riefen andere. »Man soll die Sitzung unterbrechen! Es ist nötig, daß wir Franzosen den Antrag unter uns formulieren!«

Luchaire hob die Glocke, ohne zu läuten: »Will man, daß unterbrochen wird?«

»Nein!« sagte eine tiefe Stimme. Sie schien Luchaire in den Arm zu fallen. Sie krallte sich um sein Handgelenk.

»Ist es erlaubt«, fragte diese Stimme, »hier eine private Bemerkung zu machen?«

Es war eine tiefe Männerstimme, die etwas von dem metallischen Summen eines Aeroplans hatte.

»Gestattet der Herr Vorsitzende mir eine persönliche Bemerkung?«

»Bitte, mein Herr!«

Alles wandte sich um. Alles blickte in die Richtung, woher diese ruhige Stimme strömte. Sie gehörte zu einem großen Mann, der links in einem Fenster lehnte. Da er dem Tageslicht abgewandt war, konnte man sein Gesicht nicht erkennen.

Er sprach ein untadeliges Französisch. Nur aus der Härte der Konsonanten mochte man den Deutschen ermessen. Auch Clothilde wandte sich um, erschrocken und tief angerührt. Konnte das alles wirklich sein?! War dies die Stimme Henningsdorffs?
»Meine Herren!« sagte der Mann. »Ich würde Ihnen vorschlagen, die Sitzung nicht zu unterbrechen. Ich würde Ihnen vorschlagen, sich an die Tagesordnung zu halten, und keine Politik zu treiben. Denn ich glaube, daß diese Versammlung gar kein Mandat hat zu politisieren!«
Unwillige Zwischenrufe brausten.
»Torheit! Wir nehmen uns dieses Mandat!«
»Sie hörten doch, daß wir souverän sind!«
Wieder, mit dem tiefen Summen der Schraube, die im Äther schaufelt: »Ich halte es nicht für Politik, daß man ein Pferd beim Schwanz aufzäumt. Wollen Sie Politiker sein: so stellen Sie beim Völkerbund den Antrag, daß er den Krieg verbiete. Dann erledigt sich das Verbot der kriegshetzerischen Filme von selbst. Solange es aber Kriege gibt, wird es auch Kriegsindustrien geben!«
Ein peinliches Schweigen entstand im Saal. Mit einem Befremden, das mehr von außen seine Gesichtszüge signierte, als daß er sich erlaubt hatte, es in seine Stimme zu legen, fragte Luchaire: »Ist dies ein Antrag? Wünschen die Deutschen, daß der Kongreß danach beschließe?«
»Ich nahm hier lediglich das Wort zu einer persönlichen Bemerkung!«
»Gut! Ich vertage auf zwanzig Minuten, damit die Franzosen das ihre unter sich formulieren.«
Alles fuhr von den Stühlen auf. Die Landsmannschaften, die bisher durcheinander gesessen hatten, beschlossen, sich zu vereinigen. Man stand vor einer ernsten Stunde.
Die Deutschen ballten sich um den Sprecher. Er war vom Fenster weggetreten und saß jetzt mit gekreuzten Armen unbeweglich

auf einem Stuhl. Zwei Landsleute hackten in halblauter Wut auf den Unbefugten los.
»Unerhört das! Sind Sie verrückt?«
»Ihre Taktlosigkeit, Herr Justizrat, kann uns teuer zu stehen kommen!«
Clothilde versuchte näher zu treten. Ja, dies war Manfred von Henningsdorff! Noch ehe sie sein Gesicht erkannte, erkannte sie seine Identität aus der warmen und schlauen Volte, die er ins Berlinische schlug:
»Kinder, freßt mich man nich uff!«
Er zog mit umständlicher Ruhe seine Zigarrentasche hervor. Er wählte lange, bediente sich, biß ab, begann aber nicht zu rauchen und schloß das Ablenkungsmanöver vielmehr mit einer bündigen Frage:
»Ist jemand unter euch, der glaubt, daß sich irgendein Industrieller an Beschlüsse binden wird, die ihn hindern, Geld zu verdienen?«
Das Zorngewirr begann abzunehmen. »Es kann Ihnen gleichgültig sein, wieweit unsere Menschenkenntnis reicht«, sagte dezidiert ein Berliner. »Jedenfalls verbieten wir Ihnen, hier eine Mißstimmung zu erregen! Was soll das? Sie sind unser Syndikus – und Sie erwecken vor aller Welt den Glauben, daß wir Hetzfilme wünschen!«
»Nein! Ich habe den Glauben erweckt, daß wir den Krieg abzuschaffen wünschen und uns mit Flickwerk nicht begnügen!«
Ein kleiner Runder wollte vermitteln. »Aber weder der Herr Luchaire noch irgend jemand in diesem Saal hat Ihre gute Absicht verstanden!«
Henningsdorff warf Kinn und Mund buldoggenhaft dem Versöhnler entgegen: »Ah, ah, mein lieber Herr Feibelmann! Sie wollen wirklich einen Schwur leisten, den Sie nicht halten werden? Sie werden den Auftrag eines Großstaats, der bei Ihrer

Laertes-AG. einen Propagandafilm bestellt, ablehnen und den Auftraggeber an die Konkurrenz verweisen?!«

Feibelmann sah betreten zu Boden. Clothilde, durch Menschenmauern getrennt, blickte dem Sprecher ins Gesicht. Ja, dies war Manfred von Henningsdorff! Märkischer Junker und steter Frondeur. Widersachlichster Widersacher. Ein Splitter aus der Fontanezeit. Von großer, beißender Ehrlichkeit, paßte er in keine Gemeinschaft.

Als es eine Monarchie gab, raufte er mit dem Kaiser herum. Seit es eine Republik gab, sprach er von ihr – trotz städtischer Bildung – in agrarischen Ausdrücken. Einmal war er angeklagt; doch mußte er freigesprochen werden, weil das Gericht sich nicht schlüssig wurde, aus welcher politischen Weltgegend Henningsdorff geschimpft hatte. Ebenso hatte Wilhelm der Zweite einen Beleidigungsprozeß noch vor der Eröffnung niedergeschlagen; denn es war ihm unangenehm, von rechts beleidigt worden zu sein.

»Onkel Henne!« dachte Clothilde. Sie hatte Sehnsucht, seine Hand, diese plumpe und zärtliche Hand, wieder auf ihrem Scheitel zu fühlen... da aber läutete Luchaire.

Von allen Seiten strömten jetzt die Mitglieder in den Saal zurück. Alles brannte, mit heißen Augen, den französischen Antrag zu hören.

Noch immer gab es Schwierigkeiten? Man brachte zwei Zettel zu Luchaire. Er las sie, nickte und beugte sich vor:

»Ehe ich die Sitzung eröffne, haben Deutsche und Belgier prinzipielle Erklärungen abzugeben.«

Wichtig erhob sich Herr Feibelmann: »Die deutsche Delegation bedauert die Henningsdorffschen Äußerungen. Sie geht mit ihnen nicht konform – ebensowenig ist sie bereit, den Ideen Brévilliers zuzustimmen. – Wir haben keine Anträge zu stellen.«

»Überschlau und ungeschickt!« brummte ein alter Engländer. »Paßt auf: was werden die Belgier sagen?«

»Ich bitte ums Wort!« rief ein hagerer Priester.
»Sie sprechen für Belgien?«
»Jawohl!«
»Ihr Name?«
»Abbé Pierre Wassignies.«
»Sprechen Sie!«
»Belgien ist bereit, die Ideen Brévilliers zu vertreten. Sei es in einem eigenen Antrag, sei es mit den Franzosen zusammen. Aber wir fordern einen Annex. Der Begriff ›Hetzfilm‹ ist unvollständig, und er ist nicht eindeutig. Die These muß erweitert werden. Es muß Vorkehrung getroffen werden, daß nicht nur sämtliche Völker und Staaten, sondern auch die einzelnen Stände vor grobem Unglimpf geschützt werden! Beispielsweise die Armee! Wir Belgier erheben Einspruch gegen die pazifistischen Filme! Um der Ehre unserer Soldaten willen...«
»... pour défendre l'honneur du soldat!« Ein Schuldirektor aus Antwerpen, den die belgische Regierung als Experten für Lehrfilme hergesandt hatte, war ihm jauchzend ins Wort gefallen. Unruhe. Murren. Zwischenrufe. »À bas l'armée!« brodelte es im Saal.
Ein rotköpfiger Journalist, sehr jung, von einer Fédération flämischer Schriftsteller abkommandiert, sprang auf, mit wasserblauen Augen: »Wer hat Ihnen eigentlich erlaubt, hier solche Anträge zu stellen?«
Er hatte sich, beinahe privat, in seiner zornigen Muttersprache an den Gymnasiarchen gewandt. Der Vorsitzende mischte sich läutend ein: Es gäbe nur drei Kongreßsprachen; französisch, englisch oder deutsch.
»Wer hat denn diesen Herren erlaubt, für die Belgische Delegation zu sprechen?« tobte der Flame auf französisch. »Wir Belgier denken nicht daran etwas zu verteidigen, was jedermann zum Teufel wünscht...!«
»Schämen Sie sich! Waren Sie Soldat?«

»Ob ich Soldat war, Sie alter Trottel?«
»Nennen Sie mich einen alten Trottel? Ich habe zwei Enkel im Krieg verloren!«
»Ich beuge mich vor Ihren Enkeln! Aber das ändert nichts daran, daß Sie ein alter Trottel sind!«
Der Direktor stürzte wutverzerrt vor. Getrieben von der vagen Empfindung, daß dieser Mensch den Jahren nach sein Schüler hatte sein können, erhob er seine rechte Hand. Aber der junge Soldat war schneller: es klatschte zweimal durch den Saal – und mitten im Herzen von Paris, in der illustresten Versammlung (zu der der Gymnasialdirektor, bewundert von vielen Stammtischen, mit Segeltuchköfferchen hingereist war) empfing er von seinem eigenen Landsmann zwei hausgebackene Ohrfeigen: denn derlei Fährnisse gibt es im Leben.
»Das hat der Junge gut gemacht!« riefen einige Holländer.
»Pfui!« schrie der Saal. »À la porte les Belges!«
Die Gegner faßten sich an den Schultern, aber sie wurden im Augenblick von ihren hinzuspringenden Landsleuten durch den Rahmen der Tür gedrückt und aus dem Saale herausgeschoben. Beteuernd und mit empörten Gesichtern zog sich das Gros der Belgier vorn am Präsidialtisch zusammen. »Niemand«, beruhigte Luchaire, »niemand von Ihnen ist schuld, meine Herren!«
Mit gemachter Sorglosigkeit saß Lévy-Poulenc auf einem Tisch, schwenkte sein großes weißes Blatt und begann die Deklaration zu lesen. Aber seine Stimme versagte. Das Brausen der aufgestörten Versammlung schäumte über die Sätze hinweg.
Plötzlich stand auf einem Stuhl, bewacht von einem riesigen Neger, ein kleiner, zierlicher Chinese. »Ruhe!« schrie alles. Jemand bekannte, dies sei der verflossene Kultusminister der chinesischen Regierung.
Ein Trichter von Stille entstand sofort um das Bild der beiden Exoten. Der Gelbe begann in lispelndem Englisch einen rühren-

den Sermon. Er ermahnte die Versammlung, nicht nur Völker und Nationen, sondern vor allem die Rassen zu schützen. Er litte unendlich, wenn er sähe, wie in der westlichen Filmproduktion jeder Schurke gleich zum Chinesen würde. (»Oder auch zum Mexikaner!« rief eine Stimme auf Spanisch dazwischen.) Er litte unendlich, wenn er sähe, wie die Merkmale der Rasse (von Natur aus sei jede Rasse schön) absichtlich verzerrt und verhäßlicht würden, um sie dem Abscheu preiszugeben.

Aubert und einige andere Franzosen nötigten ihn vom Stuhl herab. Sie führten ihn herzlich zum Präsidialtisch, wo Lévy-Poulenc mit emsigem Bleistift aufs neue zu redigieren begann. Auch der Südamerikaner, der Mexiko verteidigt hatte, setzte sich schreibend neben Luchaire. Noch wurden die Lesarten kurz verglichen. Dann nahm der Präsident des Kongresses, Locquin, die Blätter in die Hand. Ein Kirchenschweigen bannte den Saal, als er vorzulesen begann:

Die auf diesem Kongreß vereinten Franzosen, Chinesen und Mexikaner stellen hierdurch folgenden Antrag: Der Filmkongreß der Völkerbundsstaaten möge in corpore beschließen, die Autoren, Regisseure und Filmverleger der ganzen Welt, kurz alle an der Produktion beteiligten Stellen und Instanzen, zu ersuchen:

1. Sorgfältig Gegenstände zu meiden, die Haßgefühle zwischen den Völkern zu erregen geeignet sind, oder die dazu angetan sind, solche Gefühle, wo sie bestehen, noch zu verewigen und zu vertiefen;

2. überdies grundsätzlich zu vermeiden, antipathischen Gestalten eine Herkunft zuzuschreiben, die von der Nationalität des Produzenten verschieden ist; (»Aha! Sehr gut!« lösten sich ein paar Rufe im Saal.)

3. mit aller liebenden Sorgfalt Vorzüge und gute Eigenschaften fremder Völker ans Licht zu stellen, so daß Teilnahme und Sympathie für die Schönheit der fremden Rassen die Folge ist;

4. kurz, auf jede erdenkliche Art das Laufbild zu einem wirksamen Mittel der Völkerversöhnung auszugestalten.

Die auf diesem Kongreß vereinten Franzosen, Chinesen und Mexikaner stellen ferner folgenden Antrag: *Der Filmkongreß der Völkerbundsstaaten möge diese Resolution, falls sie angenommen wird, noch heute in Depeschenform dem Präsidium in Genf mitteilen und den Wunsch zum Ausdruck bringen, daß der Inhalt des Beschlusses umgehend in das Lichtspielgesetz sämtlicher Staaten Eingang findet.*

»Bravo! Herrlich!« tobte es rings. »Hoch Frankreich! Hoch China! Hoch Mexiko!«

»Ruhe! Sammeln! Abstimmen!«

»Wer stimmt für diese Resolution?« fragte Locquin mit klarer Stimme.

Da geschah ein Rauschen im Saal. Wie Fächer eines Palmenwaldes flogen die Hände der Delegierten empor. Ein paar Diener durchliefen die Reihen und zählten die leicht schwankenden Zweige.

Ein atemloser, ein großer Sieg. Von vierhundertfünfzig Delegierten hatten vierhundertneunundvierzig sich für die Resolution entschieden. Auch alle Belgier. Auch alle Deutschen. (Mit Ausnahme eines einzigen, der sich der Stimme enthalten hatte.)

Die Elite von vierundvierzig Staaten, ausdrücklich hier zusammengerufen, um mit der taktisch-moralischen Hilfe des Völkerbundes ein Filmgesetz vorzubereiten und vorzuberaten: die Elite von vierundvierzig Staaten hatte die Hetzfilme verworfen!

Clothilde flüchtete aus dem Saal. Sie brachte sich vor der Explosion jubelnder Schreie in Sicherheit.

Dies war der »Eid im Palais-Royal«, den Brévillier gefordert hatte; ein Enkel jenes »Eides im Ballhaus«, durch den die alten Aristokraten vor dem Antlitz der Revolution auf ihre Rechte verzichtet hatten.

In einem Seitenkabinett aus rotem Damast und goldenen Stühlen saß Clothilde auf einem Sofa. Halb zwitscherte der Vogelmittag aus dem licht daliegenden Garten mit dem Desmoulinsdenkmal herauf, halb hörte sie von der anderen Seite die brausenden Orgelregister des Saals.
Sie hatte das Gesicht aufgestützt. Tränen, brennend und lindernd zugleich, überliefen die alten Züge.
Sie weinte, weil nun alles aus war. Der Beschluß von vierundvierzig Staaten war wie eine Explosion in Benno Rubensons Plan gefahren. Zerstückt lag die Arbeit. Zerflogen das Geld. Die weitere Produktion war sinnlos. Bald verbot das Lichtspielgesetz in jedem Staat den politischen Film. Das bedeutete ein Zurück für sie beide, in Armut und Dunkel.
Aber Clothilde weinte auch, weil das Schicksal ihr jetzt erlaubte, keine schlechte Frau mehr zu sein. Und weil es eigentlich wundervoll war, in dieser Sache besiegt zu sein und vom Guten gedemütigt zu werden. Eine große Sünde – mein Gott! – war von ihren Schultern genommen. Groß und strahlend kam das Gesetz – es schlug der Anarchie auf die Hand! – So weinte sie über entgangenen Gewinn, so weinte sie aus menschlichem Mitstolz.
Da wurde plötzlich die Tür aufgerissen. Ein gutmütig besorgtes Gesicht mit dicken Augen sah herein.

»Mädelchen, was machste?
Weinste oder lachste?«

Er hatte sie längst im Saale erspäht, und sein Nervenapparat hatte ein Klingelzeichen gefühlt; als ob es ihr nicht gut ginge. In seine eigene Schlacht verstrickt, hatte er noch immer Zeit für große Samariterei. Mit seinen guten berlinischen Händen fuhr er ihr tröstend über das Haar.
»Ach, Onkel Henne!« schluchzte sie auf.
Für diesen männlichen Mann war »Henne« wohl der seltsam-

ste Spitzname. Aber er stimmte – denn kluckenwarm war es unter seinen Flügeln. Clothilde wußte das einigermaßen; und manche andere Frau wußte es.
»Na, nu komm man bisken in Jarten, Frau Baronin!« sagte er. Galant und massig legte er ihre Linke in seinen Arm und stieg mit ihr die Treppe herunter. Es war drei Uhr nachmittags. Die Luft wehte ihnen wie Seide entgegen. Eine Luft, in die unwirklich schön die blonde Sonne eingewebt war, die feucht gerollten jungen Blätter und die hochstimmige Jagd der Kinder. Unsäglich tat es Clothilde weh. Ihr Körper zuckte, als ein Kind fröhlich wildernd ihr Kleid berührte.
Da war das Denkmal des Desmoulins! Er stieg auf den Stuhl, er hob sich auf, um Freiheit und Bruderschaft zu verkünden! Ob man später dem Brévillier auch solch ein Denkmal errichten würde?
Ihre Augen troffen aufs neue. Henningsdorff zwang sie auf einen Stuhl.
»Aber Määchen, wat heulste denn? Is ja wirklich zu rührend, det janze. Aber, Schwindel is es ooch! – Sach ma, haste Henningsdorffen schon ma bei ne Lüje jeklappt?«
Sie verneinte schluchzend. Sie lächelte: »Nee, Onkel Henne, des nu nich!«
»Määchen, jloobste mir denn nich, det ick jerne populär bin? Det ick jerne de doven Kanonen zu ollet Eisen schroten würde, wenn ick man könnte? – Aber siehste, die Sache hat nämlich 'n Loch. De ollen Kanonen sind immer noch viel populärer als der Wunsch sie abzuschaffen. De Männekens da drinnen wissen et bloß nich!«
Neue Elektrizität des Lebens glitt plötzlich durch Clothildes Hirn.
»Komm man«, sagte Henningsdorff ernst, »mit mir nach 'n Invalidendom un kuck, ob der janze barbarische Zauber, der überm Jrabe Napoleons schwimmt, nich zehntausendmal stär-

ker is, als der humanitäre Zauber der Konstituante da drin!« Er warf die Hand gegen das Palais.
Clothilde drückte die ihre aufs Herz. »Und du glaubst«, begann sie stockend, »daß die Rede Brévilliers und der Beschluß ganz vergeblich waren? Daß alles das nur auf dem Papier steht?«
Er lachte grimmig.
»Ob ich es glaube? Nein, ich weiß es. So lang es Kriege geben wird, wird es Kriegsindustrien geben. Und den Staat, der aus Gründen der Ethik seine Kriegsindustrien haßt, werden wir wohl nicht erleben...«
Clothilde wurde es zumut, als stürzten Manna und Wachteln vom Himmel. Vor Glück und Gleichnis bekam sie Hunger. Seit ein paar Schlucken Tee bei Delbosq hatte sie heute nichts mehr genossen. Sie zog ihren Taschenspiegel hervor und begann sich resolut zu pudern: »Wollen wir nicht zu Mittag essen?«
Henningsdorff wurde laut und vergnügt. Er nahm einen Wagen. Sie fuhren zu Prunier.
Der derbe und auffällige Mann wurde im Luxusrestaurant ganz Fingerspitze, ganz Zärtlichkeit. Wie er ein Frühstück zusammenstellte, glich es einer Huldigung, und große Harmonie brach aus zwischen der Hand des servierenden Kellners und dem Wunsch des deutschen Bestellers. Die Austern schmeckten nach Meer und Schiffahrt. Der Sekt wie Sonne im Luxembourg.
Clothilde sah ihren Eßgefährten lange von der Seite an. Wie er so saß, gemahnte er sie an alles Gute in ihrem Dasein! Schwer, ungeschlacht und geistreich und weich: so waren stets ihre Beschützer gewesen, so Benno und der Major von Bergmann. Warum hatte sie eigentlich Henningsdorffs Werbung ausgeschlagen, als er sofort nach Bergmanns Tod sie zur Frau begehrt hatte? Weil er häßliche Augen hatte, fischig, leblos. Etwas, gewiß – wie sonderbar! – stimmte bei diesen Männern nie. Und doch (sie hörte auf zu essen): wie gut wäre sie gefahren, wenn diese zu

großen, blaugrauen Augen die getreuen Hafenwächter ihres Lebens geworden wären!
Der Gedanke schoß auf ihn über. Er legte ihr zärtlich die Hand auf den Arm. »Wollen wir heute in die Oper? Man gibt Charpentiers Louise.«
»Nein, daraus wird nichts!« sagte sie wach. »Ich will sofort nach Berlin zurück!«
»Noch heute?«
»Ich muß den Abendzug nehmen, morgen früh erwarten mich Geschäfte.«
Sie hätte ihn auf den Mund küssen mögen. So enttäuscht sah er aus, so erschrocken.
»Geschäfte! Was hast denn du für Geschäfte?« Sie schwieg. »Was hast du hier gemacht?« fragte er plötzlich mißtrauisch. »Was interessiert es dich eigentlich, ob man Hetzfilme erlauben wird, oder ob sie verboten werden? Was geht dich das eigentlich alles an?«
»Ich möchte dir das nicht sagen, Onkel!«
Er stellte das Sektglas hart auf den Tisch: »Hör' mal! Du treibst doch keinen Unfug?«
Sie fuhr zusammen. »Unfug?« Und plötzlich, ohne Übermut, nur heiß vor Glück und Gewißheitswillen:
»Und wenn ich wirklich Unfug triebe – was würdest du machen, Onkel Manfred?«
Seine Kinnbacken schnellten nach vorn. Das ganze Gesicht wurde umgossen, zum Block aus Leidenschaft und Treue:
»Ick würde dir herauspauken!!!«
Von da ab sprachen sie nichts mehr. Sie löffelten schweigend ihren Kaffee und sahen von Zeit zu Zeit auf die Uhr.
Als der Justizrat von Henningsdorff die Baronin in den Zug setzte und Hut und Taschentuch bereits zum Winken vorbereiten wollte, sprang sie noch einmal vom Trittbrett herunter und küßte ihn mitten auf den Mund.

Benno stieß verächtlichen Rauch aus.
»Siehst du, Clothilde!« sagte er. »Vom Völkerbund habe ich nie was gehalten... Das sind denn doch die reinen Betrüger. Fassen die großartigsten Resolutionen, und schaffen kein Kontrollorgan, um die Ausführung zu überwachen. Als ob all das nicht gewesen wäre, fahren wir nach Sardinien und drehen einen Hetzfilm, bestimmt (wie heißt es in eurer Resolution?) *»Haßgefühle zwischen den Völkern zu erregen, und angetan, solche Gefühle, wo sie bestehen, noch zu verewigen und zu vertiefen!«* – Und all das machen wir nicht aus Blutdurst, sondern weil wir Geld brauchen.«
»Ja!« sagte Clothilde gedankenvoll. »Und immer mehr komme ich dahinter, daß jene die Resolution machten... um überhaupt irgend etwas zu machen.«
»Verstehe ich nicht!« sagte Benno und rauchte. »Das sind doch Betrüger, alle zusammen?«
»Nein! Nein!« Sie schüttelte den Kopf. »Das alles ist viel geheimnisvoller! Weil sie den Frieden nicht machen können, machen sie wenigstens Pazifismus!«
»Und imponiert dir das?«
»Gewiß nicht! – Aber es hat etwas Rührendes. Es ist nämlich«, sagte sie mühselig tastend, »so rührend wegen der menschlichen Schwäche. Vielleicht (wie soll ich dir das erklären?) sind solche Kongresse nur deswegen sinnlos, weil sie nicht immer zusammenbleiben. Denn schon im Verlassen des Saales hört ein jeder auf, Kongressist zu sein... Und... siehst du...«
Sie schwieg. Sie wollte sagen (aber es war für sie zu schwer), daß die große Schwäche der Menschen auf deren großer Vielfalt beruhe. Und auf der Vielfalt der Möglichkeiten. Man konnte (hier dachte sie schon klarer) einer einzigen Idee vielleicht so wenig ausschließlich gehören, wie – einer einzigen Person. Die

Welt war ja so interessant, so stoffreich, solch ein Nebeneinander! – Zehn Stunden Pazifismus? – Genug!
Genug! Auf einmal geschah es ihr selbst, daß die Erregung von Paris (die sie noch eben durchbebt hatte) einschlief und weiß wurde, bis auf eins: das wild ihr Herz zu treiben begann, und ihr das Blut in die Wangen jagte.
»Weißt du, ich heirate nämlich bald!«
Die Zigarre stürzte ihm aus dem Mund.
»Du heiratest! Wen denn, um Gottes willen?«
Die Anrufung Gottes belustigte sie.
»Du hast dich wohl in Paris verlobt? Bist eine Woche zurück und sagst nichts! Aber wer ist es denn? Delbosq?!«
Sie lachte laut auf. Sie trat ans Fenster und sah hinab in die enge Schlucht der Friedrichstraße. Dort warteten schon Henningsdorffs Wagen und Chauffeur.
»Ein andermal!« sagte sie übermütig. »Ich kann es ja ohnehin nicht verschweigen. – Vorläufig zeige mir lieber bitte Trevisanis Telegramm!« Er nahm es aus der Geheimlade. Sie las es: »GELD ERLIEGT CAGLIARI. ERWARTE EUCH ZEHNTEN MAI VIA NEAPEL. BENUTZET DAMPFER CAVALLO DI MARE.«
Benno sah auf seinen Kalender: »Achtundzwanzigster April! Visa besorgen. Billetts kaufen. Übermorgen könnten wir fahren!«
»Warum denn so früh?«
»Ich will euch allen Italien zeigen«, sagte er und begann zu seufzen.
Sie verließen beide das Büro. Clothilde, die sich das Lachen verbiß, lud ihn ein, in Henningsdorffs Wagen zu steigen. »Nachher«, dachte sie, »beim Aussteigen, wird er sich die Nummer merken und wird zu recherchieren versuchen!«
Es war aber eine ganz andere Nummer, die Benno plötzlich beschäftigte. Es war die Nummer zweiundsechzig, die ihm sehr klein (und zugleich sehr bedeutend) in das nachdenkliche Auge

sprang. Diese Ziffer 62 sah ihn mit leichter Mahnung an, als der Wagen beim Anhalter Bahnhof ein paar Minuten halten mußte. Es war ein Wagen der Straßenbahn, der diese Nummer doppelseitig wie ein Auge am Kopfe trug. Dies scheinbar alltägliche Gefährt bewog Benno, jählings Abschied zu nehmen und, mit erkaltender Zigarre, sich tiefsinnig neben die Gleise zu stellen.

Er wartete! Auf das Erscheinen jener Nummer wartete er, die aus der magischen Lotterie der an der Ecke der Königgrätzer Straße zusammenströmenden Straßenbahnwagen bald einmal wieder heraustauchen mußte. Auf jene Nummer zweiundsechzig.

»Nun!« – wird der Fremde einwenden – »Das Straßenbahnnetz ist so ausgeprägt, so ausgeweitet und vorzüglich, daß er wohl nicht zu warten brauchte! Er könnte ja mehrerlei kombinieren.« Wohlgesprochen und zugleich falsch! Auf die Zweiundsechzig kommt es an, weil diese Linie auf ihrer Stirn das Ziel und die Inschrift »Weißensee« trägt. Womit der Vorort Berlin-Weißensee gemeint ist und noch ein anderes mehr.

Weißensee ein Vorort? Ebensosehr könnte man es einen Nachort nennen, einen guten Ort, bösen Ort, Überort. Denn in Weißensee liegt der jüdische Friedhof.

Es wunderte Benno ungemein, daß er beinahe vergessen hätte, – wie vor jeder größeren Reise – vom Grabe der Eltern Abschied zu nehmen. Von Eltern, die vor sechzig Jahren aus Plock in Polen gekommen waren, um schließlich gute Berliner zu werden und ihn dann selbst als guten Berliner ans Licht des Schiffbauerdamms zu setzen; wo es, ganz wie vor fünfzig Jahren, so herrlich nach frischen Äpfeln roch. Diese beiden guten Berliner lagen jetzt in Weißensee – und von allen Seiten schob sich um ihr sabbatstilles Grab das geliebte Berlin herum, das wackere, in Arbeit tosende, das gutmütig-herrliche Berlin. O Buchsbaum, o kleine Gießkanne, o billige Blumen, o Schritt

des Gärtners, welcher leise von der Wasserleitung daherschlürft!
Benno bestieg die Zweiundsechzig und fühlte Sehnsucht und Tränen im Hals.
Doch plötzlich beschäftigte ihn die Reise; und zwar durchdrang ihn, zwiespältig und süß, das Gefühl – ein Wahn – schon jetzt zu reisen. Das Rollen der Räder, das er empfand, brachte ihn zwar noch nicht nach Venedig oder nach Sardinien; aber dem unklar Denkenden war es auf einmal, als ob Weißensee viel weiter als Italien läge. Während er so durch die Zimmerstraße dahinrauschte, Menschenstimmengewirr, Knirschen und Scheppern von Fensterglas sein Ohr zu isolieren begann, verschoben sich ihm die Größenmaße: und der Weg nach Weißensee wurde weit. Sieh doch, es rissen gewisse Nebel, und, jenseits der Lärmschicht, gewahrte er klar: es ist ungeheuer merkwürdig, daß man aus einer Stadt des Lebens so mir nichts dir nichts (möchte man sagen) in ein Totenreich fahren kann! »Wie nannten die Griechen, mit denen man uns auf der Schulbank ärgerte, eigentlich das Totenreich?« Er dachte nach. »Ich glaube, Hades.«
»Ist noch jemand ohne Fahrschein?!?!« brüllte der Schaffner, ein großer Preuße. Benno erhob den Zeigefinger, und der Schaffner verkaufte ihm, zum Einheitstarif von zwanzig Pfennig, eine Fahrkarte nach Weißensee. Benno besah respektvoll den Schein: Eigentlich konnte man das ja wohl eine Fahrkarte zum Hades nennen!
Ein kleiner Schreck ließ ihn plötzlich vibrieren. »Wie wäre es, wenn ich nun selber stürbe – heute und hier, auf dieser Fahrt?« In diesem glasklirrenden Straßenbahnwagen, von dem man ja schließlich deutlich fühlte, daß er noch etwas anderes war als ein einfacher Straßenbahnwagen (der den paketbeladenen Mann auf der hinteren Plattform zum Spittelmarkt brachte). Für sehende Wesen war dieser Wagen ja doch ein Fahrzeug ins Totenreich. Zu lieben Eltern und mancherlei Vettern.
»Zu den Ahnen versammeln!« dachte er, und plötzlich ärgerte er

sich. Aber es wurde ihm nicht klar, ob er sich über die Vorstellung des Versammelns ärgerte, oder über die des Sterbens.
Ein taubmachender Gedankenzwang ließ ihn weiter ans Sterben denken. Er malte es sich sehr genau aus: Gleich hinter dem Spittelmarkt wird mir schlecht. Ich bemühe mich, es zu verbergen. Wir kommen auf die Gertraudenbrücke und rollen durch die Königstraße. Wenn ich jetzt den Mut hätte, mich von der Bank in den Weg zu schmeißen, könnte ich noch gerettet werden. Wir sind ja mitten in Berlin, zahllose Unfallstationen gibt es, und in wenigen Minuten kommt ein Arzt mit der Kampferspritze. – Aber natürlich mach' ich das nicht. Als moderner und wohlerzogener Mensch fange ich an, im Sitzen zu sterben. Zwar schnaufe und stöhne und röchle ich etwas; aber meine nächsten Nachbarn sind ihrerseits viel zu wohlerzogen, um mich in diesem Geschäft zu stören. Da ist ja der Alexanderplatz! Zeit und Ort hören auf zu sein. Meine Füße und meine Arme sind schon ganz von mir abgefallen. Plötzlich bekomme ich Augen nach innen und sehe, was die Herzpumpe treibt. Dann hört das auch auf. Ich bin ganz blau, und das Kinn ist mir auf die Brust gefallen. Aber die Leute denken, ich schlafe. Jetzt wird es bald ein Ärgernis geben! Aber seht mal, wie das so ist, der Himmel hat schon vorgesorgt, daß sich nicht zu viele erschrecken; je näher wir dem Friedhof kommen, desto leerer wird der Wagen. Schließlich sind nur ein paar Juden drin, der Fahrer und der Kondukteur. Der Wagen hält Ecke Lothringer Straße. »Na, Männeken, wie is det mit Ihnen?« sagt der Kondukteur zum Schläfer und tippt mich mit zwei Fingern an. Endlich falle ich von der Bank. »Wat is'n?« fragt der Fahrer durchs Guckloch. »Aujust, nimm de Kurbel ab!« räuspert der Schaffner mit halber Stimme. »Jloobste, det det'n Jude is? – Na, denn ham wa dem hier jleich an de richtje Adresse jefahn!«
Benno riß die Augen auf. Gott sei Dank, er lebte noch, und er fuhr über den Dönhofplatz, wo die köstlichen Schaufenster sich

mit dem Sonnenschein vermählten. »Die sonderbarste Feinwaage«, mußte er denken, »bleibt das Gemüt.« Wenn es ihm heute schlecht gehen würde, wenn er Herzbeklemmungen, wenn er drückende Schulden hätte, würde er nicht an den Tod denken! Sondern wahrscheinlich feurige Bilder von Gesundheit und Reisen erträumen! Aber mit sehr viel Geld in der Tasche dachte er ausgleichend an den Tod.

Früher oder später, freilich, mußte selbst Benno Rubenson sterben. Eine Erkenntnis, durchaus wert, mit Gebrüll quittiert zu werden. Verdammte, nutzlose Sterberei!

Verdammt und nutzlos war das Sterben; und zwar verdammt, weil es nutzlos war. Man mußte nur einmal den Mut haben, sich darüber klar zu werden. Alle Welt jagte schließlich nach Nutzen. Nur der Tod war ein schlechter Kaufmann. Hochentwickelte Organismen, wahre Kapitalsanhäufungen des Geistes, festverzinsliche Werte, machte er bankrott, der Idiot! Das war doch keine Geschäftsgebarung! Davon hatte er doch gar nichts. Das war doch nur die reine Bosheit, die er gegen das Leben übte. Benno wurde so aufgeregt, daß er von seinem Sitz aufstand und nach dem Lederriemen griff, der schaukelnd an der Decke schwebte.

Die geänderte Körperlage versah ihn mit einem neuen Gedanken. »Da stimmt was nicht! Wenn dieser Herr Tod eigentlich nur Vermittler wäre, ein Strohmann, hm! – wie soll man sagen? Wenn der Tod nicht auf eigene Rechnung tötete, sondern – heiliger Gott! Dieser Gedanke ist zu schwer!«

Aber plötzlich hatte er ihn.

Für Menschen, die, jenseits kurzer Maximen, eigentlich niemals philosophieren, bedeutet ein jäher Gedankenfund beinahe eine Lebensgefahr.

Benno fiel plötzlich auf den Sitz, als ob ein Faustschlag der Erkenntnis ihm den schwarzen Melonenhut aufs Nasenbein getrieben hätte:

»Der Tod ist ein Nutzgeschäft der Natur! Des Erdenballs, auf dem wir leben! Er bedeutet den Rückfall der Substanzen. Der Tod ist, banktechnisch gesprochen, eine Kapitalskündigung. Jeder Mensch ist soundso viel Phosphor, Eiweiß, Eisen und Kalk. Plötzlich wird das alles gekündigt!«

Benno war furchtbar aufgeregt. Der Tod, gewiß, war ein Dilettant, der die Betriebe stillegte – aber, aber: die Natur! die hinter dieser Stillegung stand?! Die Natur, die Auftraggeber war, die gewissermaßen den Tod als Exekutor ins Haus schickte?! Die Natur brauchte einfache Stoffe, verbindungslose Elemente. Warum, warum nur brauchte sie das? – – Man konnte sich den Kopf zergrübeln!

»Der Phosphor in der Gesamtnatur verlangt nach dem Phosphor aus meinen Knochen! Und den Phosphor in meinen Knochen hab' ich mir aus der Gesamtnatur angefressen. Ist das nicht toll? Länger als durchschnittlich siebzig Jahre währt dieser Bankkredit also nicht. Kurioses Nutzgeschäft: das Ganze!«

Und während er solche Gedanken hatte, solche etwas sprunghaften und zugleich so scharfen Gedanken, gingen die Menschen, als seien sie Menschen, über den Alexanderplatz! Und dabei waren sie doch im Grunde nichts anderes als zweibeinige Schecks. – – »Ich glaube, ich werde noch verrückt!« versuchte Benno Rubenson diesen schrecklichen Gedanken zu scheuchen. Ach! Und da gab es, in schwebender Sonne, wartend auf einem Steininselchen, eine modisch gekleidete Frau, sehr angetan, ihn aus dem Gedachten ins Gefühlte zurückzukutschieren. Martha Mohnke! War das denn möglich? Mit etwas breiten Hüften und Schultern – vormals störte das keinen Menschen; man schloß daraus auf die Fähigkeit, die Welt durch Kinder fortzusetzen! – stand Martha Mohnke sinnend da. Sie wußte nicht, daß durchs Glasfenster Rubensons Blick mit erinnerndem Schimmer ihre goldflaumige Wange bestrich. Martha mußte fast fünfzig sein. Aber die Tochter des Bäckermeisters aus der Neuen Wilhelm-

straße war noch immer so hübsch und gesund, so ruhig und so rassefrisch, wie sie als Zehnjährige zur Freude Bennos gewesen war und zur Freude der übrigen Gymnasiasten.
»Martha!« wollte Benno rufen und nicht mehr nach dem Friedhof fahren. »Martha, Martha, wie geht's dir denn?«
Aber da rückte der Wagen an, und Benno fühlte mit feinem Stich, daß – auch wenn der Wagen noch hielte – er jetzt nicht ausgestiegen wäre. Aus einem Grund, der die zarteste und darum tödlichste Spitze besaß. Als Benno vor beinahe vierzig Jahren mit Martha Mohnke zum letztenmal im Tiergarten Murmeln gespielt hatte, hatte weder sie noch er gewußt, daß er ein Jude sei. Nein, er hatte es nicht gewußt! Seine Eltern waren zwar gute Juden, aber sie waren (o diese Verklärten!) noch viel, viel bessere Menschen gewesen. Sie hatten, solange es nur anging, ihrem Sohne verbergen wollen, daß er nicht zu einer Mehrheit, sondern zur Minderheit gehörte... weil dies für Kinder so schmerzhaft ist! Nicht das Judentum war eine Strafe, gewiß nicht – wohl aber das Exil! So hatte der Knabe Rubenson wenigstens in der Vorschule am evangelischen Unterricht teilgenommen. Gesegnet die Eltern! Gesegnet die Lüge so zärtlicher Eltern!
Aber jetzt war jener Schleier zerrissen. Und wenn er jetzt Martha ins Auge sah, mußte Benno (er wußte es) neben freudiger Überraschung noch die unsinnigste Konstatierung in ihrer tiefsten Pupille erblicken.
O diese unsinnigste Konstatierung! Und auf einmal erfaßte ihn ein großer, ein ganz explosiver Zorn. »Warum«, schrie es plötzlich aus ihm, »sind nicht alle Juden Berliner und nicht alle Berliner Juden?! Ich bin doch Berliner! Ich bin doch Jude! Auf mich scheint doch nun ein halbes Jahrhundert dieselbe Sonne wie auf die Martha! Was hab' ich denn eine Scheu vor ihr – und was ist das für eine Fremdheit, die sie bei meinem Anblick fühlt? Aber ich habe ja gar keine Scheu! Ich habe nur eine Scheu davor, daß ich eine Scheu haben *könnte*. Wie kompliziert ist diese

Verrücktheit, mit der wir durchs Leben gehn, Juden und Christen! Wenn wir uns wirklich nicht ausstehen könnten, wäre alles viel einfacher.«
Er erregte sich immer stärker.
»Wozu, wozu gibt es eigentlich konfessionelle Friedhöfe? Kann man wirklich ein halbes Jahrhundert mit *allen* Berlinern zusammenleben, um sich dann schließlich im letzten Moment zu irgendeiner Kontrollversammlung von hunderttausend Juden zu legen?!«
Er schüttelte den Kopf: »Nein, Unsinn! Ganz falsch! Ins Unreine gedacht! – Der jüdische Friedhof ist mir zu eng. Aber auch ein Berliner Friedhof von Juden und Christen wäre zu eng. Das ganze Berlin wäre mir zu eng, als Grabmal; ja – das ganze Deutschland! Man ist doch auf der Erde gewesen; auf der ganzen Erde mit aller Luft.«
Dieser Gedanke beruhigte ihn. Er notierte etwas in sein Notizbuch. »Unter keinen Umständen will ich in Weißensee liegen!«
Er stieg an der Lothringer Straße aus und begann durch leere und freundliche Sonne auf die Vormittagseinsamkeit der Friedhofstore zuzugehen. Ein Strom von Wind, der die Straße hinabfloß, belehrte ihn plötzlich, daß er ganz naß war. Warum schwitzte er eigentlich? Er faßte sich an den linken Puls und machte dabei noch einige Schritte. Plötzlich aber merkte er, daß der Boden in leichter Wellenbewegung gegen seine Füße stieß. Da war auch schon, was er fürchtete: jene gelinde Sehstörung, die meistens einem Anfall vorausging.
Er lehnte kerzengerade an der Hauswand. Irgendein kleiner Schneidermeister kam eben aus der Ladentür. »Geben Sie mir ein Glas Wasser!« bat ihn Benno mit tonloser Stimme.
Links war er steif. Mit der rechten Hand nestelte er das Kristallfläschchen hervor, das sein Herzmittel enthielt. Gott sei Lob, da kam das Wasser. Glas und Teller, während er trank, schlugen wie Militärmusik zusammen und ihm ins Gehör.

Die Frau des Schneiders holte ein Auto. Benno fiel kraftlos auf den Sitz und nannte seine westliche Wohnung. Der Schweiß brach in Kaskaden aus ihm, aber das Fahren war angenehm. Während er über sich die Wolken, ein Gemenge aus Weiß und Blau, das hinschiffte, betrachtete, begann er wieder sehr scharf zu denken:

»Wenn der Tod eine Kündigung ist, wenn die Natur Elemente braucht – aber dann ist ja die ganze Wirtschaft, die wir mit den Toten treiben, falsch. Unser Kalk gehört dem ganzen Stern. Und dennoch wollen wir diesen Körper gerade nach Weißensee tragen? Ausgerechnet dort soll er in seine Atome zerfallen? Warum? Warum ihn nicht unter ein Kornfeld legen? Warum nicht die Elemente des Körpers (um beim Banktechnischen zu bleiben) in neue Unternehmungen stecken?«

Da fiel ihm etwas Seltsames ein. Ihm fiel ein, daß das Gesetz der Juden die Anpflanzung nutztragender Kulturen über Grabstätten verbietet. Denn man soll (so stand geschrieben) von den Toten nicht Früchte ziehn!

Und mit Schauer durchjagte ihn eine Ahnung von der Größe dieses Gesetzes. Der Tote konnte – also verfügte das Gesetz – Staub werden, aber niemals Dünger!

Gab es eine größere Ehrfurcht vor dem Individuum als dieses rabbinische Verbot: das die Elemente des Körpers dem Haushalt der Natur entzog?

Aufgerichtet und grimmig lächelnd flog Rubenson im offenen Auto aus Weißensee nach Berlin zurück.

»Eigentlich ist jeder Mensch ein Stern. Eigentlich sollte man jeden Menschen nach seinem Tode hinausschießen, in den Raum, als Himmelskörper! Rollend zwischen Sonne und Mond – das wäre die einzige Totenbestattung, die ich für würdiger halten könnte, als die nach dem jüdischen Gesetz...«

Pedrotti weinte.
Er hatte Grund.
Der junge Giovanni Calzolaio war hinterrücks erschossen worden. Der junge, hübsche Calzolaio mit den schwarzen Locken, den weißen Zähnen, der immer lachte und munter war. Calzolaio, ein Mann wie wenige. Einer, der lesen und schreiben konnte. Ein Mann, der eigentlich Offizier oder Schiffskapitän hätte werden sollen, mit Orden und einem Staatsdiplom – solch ein Mann wurde abgeknallt, sein teures Blut in den Saal gegossen, wie Rotwein aus einer zerbrochenen Bottiglia.
Er war nur Gesetzesbrecher aus Jähzorn wie die meisten der Compagnia. Ein Faustschlag gegen den Steuereinnehmer, eine Gewalttat, für die er eben das kurze Gefängnis nicht absitzen wollte, brachte ihn auf Lebenszeiten zu Pedrotti – doch ach! Seine Zeiten waren kurz. Anderthalb Jahre. Pedrotti weinte. Er war nicht schuldlos an diesem Unglück!
Was ging ihn Teresina an! Was ging es den alten Pedrotti an, daß ein Natürliches geschah – daß über Zäune und offene Weiden jemand aus dem Flachland heraufstieg und sich die langen Winternächte in einer schneeverwehten Scheune von Giovanni einheizen ließ! Wahrscheinlich waren seine Arme für Teresinas Seele wärmer als die Mauern von Oristano.
»Mach' das nicht!« sprach Tommaso Pedrotti.
»Was nicht, Onkel?« fragte Giovanni.
»Wir sind keine Großstädter, keine Pariser. Wo ein Bett steht, soll auch ein Kreuz sein! Ohne Priester geht es nicht. Wenn man sich paaren kann wie die Tiere, wozu hat dann Jesus Christus das Sakrament der Ehe verkündigt?«
»Na, gut!« sprach der junge Calzolaio. Aus diesem »Bene« war nicht mehr zu hören als das Umwenden eines Strohhalms in einem gedankenlosen Mund.
Es wäre auch weiterhin gegangen mit Teresina und ihren Besuchen und ihren Nächten, die toll waren von Wind und Liebe

und ohne Priester. Um den Sattel des Gennargentu schwangen die Sterne des April herrlicher als ein Rosenkranz um eine geistliche Sutane... Aber andererseits begann Teresina ein Kind zu bekommen.
Das war etwas für Herrn Vanderstraaten und die übrigen Holländer! Besonders die drei blaßhäutigen Frauen – die erst seit zehn Tagen da waren und sich bereits schrecklich langweilten – gerieten außer sich vor Freude, als sie die Möglichkeit witterten, auf einer Banditenhochzeit zu tanzen. Davon konnte man jahrelang an den glänzend gekachelten Öfen des sauberen, sauberen Holland reden.
Vanderstraaten wünschte ein großes Fest und versprach alles fürstlich zu bezahlen. Barbieris Vorschlag, aus Arbatax einen Priester zu bestellen, wurde als zu simpel, zu farblos und als zu billig abgelehnt. Die Hochzeit – beschloß die Compagnia gegen die Stimme ihres Arztes – sollte dicht bei Oristano, dem Geburtsort der Teresina, an der Westküste stattfinden, und die ganze Verwandtschaft der Braut sollte dazu geladen werden. Trevisani und Scopa fuhren voraus, um die Formalitäten zu regeln. Scopa, ein Halbgrieche, ein Schiffer, war Pedrottis ältester Freund; er pflegte in seinen Sprichworten jegliches Festlandsunternehmen auf seinen nautischen Wert zu prüfen. Man müsse aufbrassen, sagte er bei manchen Gelegenheiten. Oder auch: »Wozu ein Topsegel?« Oder »Mehr Garn!« – und immer war alles, was er sagte, auf geheimnisvolle Weise richtig und paßte in die Situation. – Vanderstraaten behauptete allerdings, die Ausdrücke Scopas seien nur richtig wegen ihrer Vieldeutigkeit; und das Verdienst sei einzig bei dem, der diese dunklen Aussprüche der Situation anzupassen wisse.
Scopa, in Trevisanis Begleitung, sprach also mit dem Priester der Ortschaft, in der die Hochzeit stattfinden sollte. Er bestellte ein rasches Aufgebot und äußerte in seinem Idiom, »daß man die Fracht jetzt löschen müsse; es sei Eilfracht und doppelte Taxe...«

Der Priester, der den Bräutigam und seine schwangere Braut trauen sollte, war leider Gottes ein Spanier. Abkömmling der alten Herrenrasse, die hier lange gehaust hatte, mochte er die Sarden nicht. Don Siliceo Lopez, so hieß er, mißfiel die Eile; es mißfiel ihm Scopas törichtes Schifferbarock. Es mißfielen ihm ferner die Ohren dieses unverständlichen Sprechers, Ohren, die gleich Truthahnlappen auf die Schultern herabfielen, Ohren, von denen – er dachte nach – er schon vernommen haben mußte. Und noch etwas gefiel ihm nicht, das er nicht recht zu deuten wußte; doch er beschloß, Brautwerber und Braut scharf im Auge zu behalten.

Don Lopez traf seine Anstalten, und auch die Compagnia die ihren. Flickschneider und Wäscher von Arbatax bekamen eine Menge zu tun. An einem glanzvollen Frühlingstage brachen etwa dreißig Banditen in ihrem besten Sonntagsstaat, als Kirch- und Hochzeitsgeher verkleidet, aus dem Gennargentugebirge. Teils in den Autos der Holländer, die, wenn sie keine Geräte führten, sehr viele Menschen fassen konnten; teils auf Pferden und Mauleseln, gegen das Tal des Tirso zu.

Am Abend war Villa Ferrata erreicht. Umsungen von riesigen Mückengeschwadern – die klangen, als sei die Erde ein Banjo, das von der Nacht gezupft würde – verschlief man rasch noch ein paar Stunden und kratzte sich die geschwollenen Knöchel. Sehr bald nach Sonnenaufgang aber rollte man in Simaxis ein, wo die Hochzeit stattfinden sollte.

Pedrotti staunte. Bei Vanderstraaten vorne neben dem Lenkrad sitzend staunte er über die fruchtbare Ebene, in der die Stadt Oristano lag. In dem so nahen Westen der Insel war er zehn Jahre lang nicht gewesen (er hatte hier keine Freundschaften); doch erinnerte er sich gut, daß vor dem Krieg alles sumpfiger und schlechter bebaut gewesen war. Wunderbare Fahrstraßen und Brücken zielten jetzt gegen das nahe Meer. Es freute Pedrotti, das alles zu sehen; und doch wuchs, aus den Augen her, eine

Beklemmung in sein Herz. Italien hatte sich verändert! Und wie der alte Bauer nicht zugibt, daß der Pflug, mit dem er scharwerkte, schlechte Arbeit geleistet hat, nur weil es heute Dampfpflüge gibt: so begann Pedrotti auf einmal mit den alten Menschen zu leiden, wobei er ganz zu vergessen schien, daß er kein alter Bauer war, sondern nur ein alter Räuber ... Und doch! Mit hilflos stolzem Gesicht bekam er es fertig, Vanderstraaten voller Erregung am Ärmel zu zupfen und ihm ein Schleusenwerk zu zeigen, das in blanker Nüchternheit, gerade fertig geworden, dastand. Er fragte ihn, ob auch in Holland so gute Arbeit gemacht werde. Die Italiener – nicht wahr, Mynheer? – seien doch große Bauleute!

Was ihn weniger erfreute, war die übertriebene Zahl von Soldaten und Sicherheitspersonen, die in den Dörfern herumstanden. Jeder Bahnmeter wurde bewacht, von Leuten in Stahlhelmen und Gewehren.

»Das ist nicht gut!« sagte sich Pedrotti. »Die schönen Bauten rentieren sich nicht. Wie teuer muß es dem Staat kommen, Menschen in so großer Zahl ihrer Arbeit zu entziehn!« Er dachte dies freilich nicht so klar; und es war gut, daß er nicht versuchte, diese Empfindungen laut zu äußern. Wahrscheinlich hätte Herr Vanderstraaten bei einem müßigen Banditen ein so volkswirtschaftliches Denken als durchaus unschicklich empfunden.

»Haben Sie Furcht?« lachte Vanderstraaten, als er sah, wie Pedrottis Blick lange auf einem Schwarzhemdigen weilte, der mit großem Revolvergurt einen Sektor des Straßenbaus abschritt.

»Ich weiß es nicht!« sagte Pedrotti ehrlich. »Die hat es früher nicht gegeben ...«

Don Siliceo Lopez hielt eine Predigt über den knienden Brautleuten. Er nahm auf eine Schriftstelle bezug, wo von einer Einigung zwischen Berg und Tal die Rede war. Die Brautmutter weinte und empfand diese Anspielung als geistreich, weil, wie sie gehört hatte, Giovanni auf einem Berge lebte.

Dann ging man ins Wirtshaus am Flusse Tirso, wo schon seit dem Vortage ein großer Schwarm von Köchen und Helfern mit Zurüstungen beschäftigt war. Das ganze Simaxis war eingeladen und auch ein Teil von Oristano. Minestra und Lesso wurden verschenkt, Schweinsrücken und Hühner aufgetragen, als gälte es eine Kaiserkrönung. Kirschen, Orangen und Nespoli fanden den Weg über sehr erstaunte, weil nur polentagewohnte Lippen. Die Krämer des Ortes begannen am Flusse ihre Girandola auszuwickeln. Die Kinder brüllten: »Ein Feuerwerk!«

Musikanten, die wollene »Biridda«, die schwarze Sackmütze, auf dem Kopf, das Ziegenfell über den Rücken geworfen, kamen und bliesen aus Schilfflöten panisch süße Töne ins Fest, die wie Zucker ins Blut gingen und den Wein zur Bowle machten. Ein Teil der Gesellschaft begann zu tanzen.

Dies Aufgebot von blonden Ketzern, die mit den afrikabraunen Räubern im »Ballo Sardo« herumsprangen und sich so wenig mit ihnen mischten wie heller Weizen mit dunklen Linsen, erregte Erstaunen und großen Zulauf. Die Landstraße nach Oristano war bald von Bettelvolk übersät, das mit der Kraft von Fliegenschwärmen gegen eine Fleischbank stieß. Gleich großes Aufsehen wie das Fest erregte die Weigerung Don Siliceos, am Tisch der Brautleute Platz zu nehmen. »Was ist eigentlich Ihr Herr Schwiegersohn?« hörte man ihn, bevor er fortging, den Vater der Teresina fragen. Hierüber erstaunten nicht wenige; denn Giovanni Calzolaio galt als reicher Herdenbesitzer, der im Nuoresischen lebte.

Als es Nacht war, schien alles trunken von Lampionglanz, Freude und Wein. Da kamen durch den Eingang des Gartens plötzlich vier Schwarzhemden daher, pufften die Neugierigen beiseite und sagten: »Der Fascio von Oristano ist da und will eure Papiere sehen!«

»Wer ist das, der Fascio von Oristano?« sagte Rujo und gähnte dabei.

»Wir sind das – und her mit euren Papieren!«
»Wenn ihr wissen wollt«, knurrte der junge Parenti, »wer wir sind, weckt den Sakristan auf! Wir stehen als Trauzeugen im Buch!«
»Beidrehen!« warnte Scopa leise.
»Meine lieben vier Kinder!« rief Rujo lustig. »Euer Fascio ist ja ein wahrer Bambino. Setzt euch und trinkt!«
»Du altes Schwein!« Der junge Faschist griff in die Tasche. Herr Vanderstraaten, schon ziemlich betrunken, hielt dem wutvoll Zitternden das erhobene Glas entgegen mit dem neuen Temperenzspruch, der in Italiens Wirtschaften hängt: »Sono vietati la bestemmia e il turpiloquio!« (Verboten sind üble Nachrede und Fluchen) – aber da war es schon zu spät. Es krachte, der alte Clemente Rujo warf einen staunenden Blick umher und fiel dann stöhnend über den Tisch.
Geschlossen, die Schußwaffe in der Hand, mit dem Rücken nach hinten sichernd, zogen in militärischem Schritt die vier Schwarzhemden sich zurück. Sie waren schon fast auf der Landstraße, als plötzlich, mit furchtbarer Langsamkeit, der eine nochmals den Revolver hob. In den Wirtsgarten hinein, der vor Entsetzen gelähmt verharrte, wählte und zielte er; gegen den Tisch, wo Pedrotti, der Bräutigam und die Braut wie Wachspuppen saßen. Mit einem Herzschuß, augenblicks tot, stürzte Calzolaio zu Boden.
Schneller als eine Harke kehrt, war der Garten leergefegt von schreienden, flüchtenden, stolpernden Menschen. Da lag mit blutender Seitenwunde Clemente Rujo ohne Besinnung! Da hielt in seinen erstarrten Armen Pedrotti den toten Calzolaio!
Aber die schlotternden Holländer rissen ihn von der Leiche los, kurbelten rasch ihre Autos an, warfen Pedrotti, der nicht widerstrebte, in eine dieser fahrbaren Burgen und jagten los. Mit offenen Augen wie ein Scheintoter, fast gefühllos, aber mit sehr wachem Hirn, fuhr Pedrotti durch die Nacht. Unter Chaussee-

bäumen schnurgerade Straßen, die von Zweigen beschirmt wurden. »Ja, der Straßenbau!« dachte er. Weit hatte es Italien gebracht, aber Giovanni, Giovanni war tot, dieser unschuldige Giovanni!

Mord war das, Mord! Nicht immer war Mord, wenn einer gewaltsam aufhörte zu leben. Da war Maureddu, der lange Maureddu, der einen Unteroffizier während des Krieges erschossen hatte, einen Rekruten- und Leuteschinder. Als der Transport von Alghero in See stach, sollte der lange Maureddu mit. Aber, schon draußen auf dem Meer, riß er das Gewehr an die Backe: der König und seine Alliierten hatten zwei Leute weniger! Einen Sergeanten und einen Gemeinen. Der Gemeine sprang gleich darauf ins Meer. Sie schossen ihm eine Salve nach und zerschmetterten ihm den linken Knöchel. Trotzdem schwamm Maureddu ans Land und verschwand im glückwünschenden Volk. Damals, 1917, waren die Menschen noch Menschen gewesen und voller natürlicher Gefühle – nicht stumpf und frech gemacht durch den Sieg. Sie zogen nicht schwarze Hemden an über ihre hündischen Herzen!

Die Tränen flossen ihm in den Bart und wurden aufgefächelt vom Nachtwind. Was war das für eine Erde geworden!

Aus dem Osten kam ein roter Schein. Der Wagen hielt. Pedrotti erhob sich. Pedrotti wollte sich bedanken, daß man ihn gerettet hatte, bedanken mit abgenommener Mütze, wie ein Aufrichtiger danke sagt – aber war jener Mensch noch Vanderstraaten? Ein Bleicher, Verschwitzter, Wütender, der seine Brille verloren hatte und in nichts einem Millionär glich, nötigte ihn aus dem Wagen heraus. Aus den zwei Wagen, die ihnen folgten, wurden mit gleicher Unfreundlichkeit Barbieri, Cossu und Turtulese sowie Trevisani herausgestoßen.

Er habe genug, brüllte Vanderstraaten, von dieser Banditenherrlichkeit! Es sei eine grausame Unverschämtheit, ordentliche holländische Bürger in eine solche Lage zu bringen! Wer hätte

ein Massaker bestellt, wer Verwundete und Tote – wer, zum Teufel, gar die Faschisten?!
Dies alles stieß er auf englisch hervor. Pedrotti verstand von allem kein Wort.
»Der Herr will nicht zahlen!« konstatierte Doktor Barbieri, der alles verstand.
»Zahlen?!« heulte der Millionär, während Marietje, Katje und Doortje hoheitsvoll ihre Schultern bewegten. Die Kompanie sei bezahlt genug durch die wertvollen Ausrüstungsgegenstände, die droben im Gennargentu lägen. Zelte, Waffen, Moskitonetze, Keksbüchsen, Koffer, Touristenkleider. Sogar einen Smoking, ein Dinnerjackett, büße er selber persönlich ein. Auf Taille gearbeitet, kaum ersetzlich; das Ende der Reise, Monte Carlo, werde ihm dadurch noch gefährdet!
Pedrotti stand in der Morgenkälte und zitterte am ganzen Körper; es war, als blutete der Tag rot durch die Erdendinge hin und erleuchte mancherlei Verborgenes. – »Wozu habe ich damals Pagnotta erschossen«, dachte er überklar, »wenn dieser Vanderstraaten lebt?!«
Aber er sagte dies keineswegs. »Ich will mich ausziehen!« hörte er sich mühselig zu Barbieri sprechen. »Vielleicht ist dem Herrn Vanderstraaten mit meinen alten Kleidern gedient?!«
»Was?! So kommen die hier nicht weg!« meinte Turtulese grimmig zum Banditen Angelo Cossu. Wie zufällig rollte er seine Ärmel, und Herr Vanderstraaten bekam herrlich gemeißelte Muskeln zu sehen, sowie ein tätowiertes Schiff, die Silhouette der Stadt Neapel, eine Palme und ein nacktes Weib.
Dies Nebeneinander war so erstaunlich, daß es sein Gemüt bezwang. Er zog sich zu einem Kriegsrat zurück, alle zehn Holländer sprachen weich und breit über die zu bringenden Opfer. Schließlich flog eine Brieftasche ins Gras. Barbieri hob sie auf und beglückwünschte Vanderstraaten zu dem Entschluß, noch am heutigen Tage die Insel Sardinien zu verlassen.

Die Autos verschwanden am Horizont, auf der Straße nach Cágliari, während Pedrotti und die Seinen quer in die Steppe weitermarschierten. Durch eine schöne Palmengegend kamen sie zur Mittagszeit in das Dörfchen Dodicicáse.

Er hatte die Wollmütze Calzolaios, die er in seiner zitternden Hand dem Massaker entrissen hatte, vor sich auf den Tisch gelegt, neben eine brennende Kerze, und betrachtete sie mit nassen Blicken. Ein Töpfchen Maismehl stand daneben und eine Tasse voll roten Weins. Mit einem kleinen, hölzernen Quirl mischte er, wie die Sitte es vorschrieb, den »Kuchen der Rache und des Blutes«.

Nebenan berieten sie sich. Cossu war sich darüber klar: schlimmer als Calzolaios Tod wog noch Rujos schwere Verwundung. Denn man erfuhr durch einen Boten, der nach Dodicicáse kam, daß Rujos Bergung obendrein die Freiheit des Scopa gekostet hatte und des Parenti, die sich beide vor dem Spital von Iglésias verhaften ließen, als sie Rujo ablieferten.

Pedrotti neigte sich gegen den Tisch und sang mit eintöniger Stimme Verse, die aus uralten Totenliedern aneinandergeflochten waren:

> Nicht mehr, Giovanni, schmeckt dir am Morgen
> der rote Wein und das weiße Brot.
> Nicht mehr im Mittag siehst du erscheinen
> die blonden Felsen der Tavolara!
> Vergebens, wo der Seewind pflügt,
> vergebens erruft dich die sichelnde Möwe.
>
> Nicht mehr, Giovanni, unter den Sternen
> schmeckt dir der Schlaf und der Mund der Frau.
> Verwaist, verwaist ist dein altes Gewehr

und das Lager der jungen Gattin.
Und wie ein treuer, heulender Hund
stürzt leer der Nachtwind in deine Mütze.

»Seid doch bloß nicht so melodramatisch!« sagte ärgerlich Barbieri, als er zu dieser Szene hinzukam.

Barbieri, das finanzielle Gewissen der Compagnia, haßte alles, was Pedrotti kein Geld einbrachte. Er hätte nichts gegen Trauerfeiern wie diese einzuwenden gehabt, sobald im Rahmen der offenen Tür ergriffene Amerikaner standen. Diese sehr echten Tränen aber, nicht paralysiert durch fremde Blicke, nicht aufgewogen durch fremdes Geld, schwächten das Herz, untergruben den Mut.

Er räumte Mütze und Kerze fort. »Calzolaio ist ja nun tot!« sagte er mißlaunig, wenn auch respektvoll. »Wie ist es aber mit den Deutschen?«

»Die mögen nur in Cágliari landen!« sagte Pedrotti und kaute Tabak, der ihm aber nach Tränen schmeckte. Der Trevisani könne die Leute ja drüben in Empfang nehmen und auf der Insel herumschleppen. Vielleicht fände man einen anderen Pedrotti. Er halte hier seinen Trauermonat und wolle keine Fremden sehn. Ob er verrückt sei, schimpfte Barbieri. Das verstieß doch nicht gegen die Trauergesetze, wenn man sich fotografieren ließe!

»Mach' du doch eine Cook-Gesellschaft in Sardinien auf! Mit Prospekten!« begann Pedrotti ihn zu verhöhnen.

Barbieri versprach dafür zu sorgen, daß ein Bild des Calzolaio, mit einem großen Trauerrand, in den Film hineinkommen solle. »Denk' dir, wenn die in Amerika das Gesicht unseres Giovanni sehn!«

»Das kannst du gar nicht!« widersprach der Capo della compagnia. »Die machen doch alle, was sie wollen, und lassen verschwinden, was ihnen nicht paßt.« Man sähe das ja an Trevisani, der auch verschwände, wenn es ihm paßte!

Die Mißstimmung Onkel Tommaso Pedrottis – Barbieri begann es langsam zu merken – hatte noch einen Angelpunkt, der nichts mit dem Toten zu tun hatte. Der Ärger über Trevisani.
»Er ist mir zu geil nach der Provision!« pflegte der Alte von ihm zu sagen.
In Wahrheit störte den Pedrotti die Eigenmacht in Andreas Wesen. Trevisani benahm sich ohne Geschick; bei kargen Schüsseln und Lagerfeuern kehrte er, unkameradschaftlich, den Akademiker heraus. »Du hättest den Krieg mitmachen sollen!« schimpfte Pedrotti eines Tages. »Du hast ihn doch selbst nicht mitgemacht!« sagte Andrea ziemlich frech. »Halt's Maul!« meinte Rujo, und seine Hand, gewohnt, den Freunden des Herrn Pagnotta Kupfer aus der Erde zu reißen, machte eine unmißverständliche, im letzten Moment noch gestoppte Bewegung.
Trevisani hatte nur einen Freund – und das war seltsamerweise Barbieri. Der ehemalige Doktor Bianchi rechnete es ihm nämlich hoch an, von ihm beschwindelt worden zu sein! »Der Bengel hat doch mehr im Kopf als Eierschaum!« meinte er anerkennend. Immer wieder erzählte er, wie jener zu ihm hereingeschlüpft war, mit dem Gehilfen (wo war der jetzt?) und dem falschen Malariaanfall. (Allerdings sei er selber, Barbieri, an jenem Tage betrunken gewesen und habe an Augenschmerzen gelitten.) »Paßt auf, unser Trevisani da wird noch allerlei Stücke spielen! Der wird sein Maisfeld verteidigen!«
»Er ist blödsinnig und disziplinlos!« sagte Pedrotti achselzuckend.
Der Vorwurf der Disziplinlosigkeit bezog sich auf tagelanges Verschwinden Trevisanis nach Cágliari. Was machte er dort? Die Deutschen konnten unmöglich schon gelandet sein.
Ohne Wissen und Willen Pedrottis durfte sich kein Mitglied der Bande – und übrigens auch kein geladener Gast – vom Standort der Compagnia entfernen. Das hatte seinen guten Grund! Jeder Schwärmende nämlich konnte auf die Polizei treffen, und zwar

auf eine Polizia mala. Der Tod Giovanni Calzolaios lehrte: es gab noch andere Gendarmen als Leute vom Schlage des Sabatini oder des Walser aus Ober-Etsch, der trotz seines Schulterschusses das Maul halten mußte (er war ein Tiroler). Es gab noch andere Präfekten als den Freund in Núoro; beispielsweise den von Iglésias, der Parenti und Scopa eingelocht hatte. Ein Übel zog das andere herbei: die Gefangennahme der beiden ward in anlockender Aufmachung dem Präfekten von Cágliari gemeldet, dem höchsten Beamten Sardiniens. Mußte das nicht zur Fortsetzung reizen?

Pedrotti fürchtete diesen Mann; nicht weil er Präfekt, sondern weil er Faschist war. Er wußte: die Schwarzhemden waren Leute, die sich um alles kümmerten, freiwillig und auf eigene Faust. Sie waren mutig wie Anarchisten, gar nicht wie Polizeileute, deren Rückgrat doch immer die Amtsstunden sind.

Die Autos der Holländer hatten Pedrotti im Cágliaresischen abgesetzt, und nach ein paar Tagen Suchens hatte, vermindert um jene vier, die Bande ihn auch wieder getroffen. Doch hier, einen Tagmarsch vor Cágliari, konnte die Compagnia nicht bleiben. Man mußte trachten, in taktischen Märschen das Nuoresische zu erreichen oder die Arbatax zugekehrte Seite des Gennargentugebirges. Dort konnte man sich – wenn es ernst wurde – ein halbes Jahr belagern lassen, ohne aufgefunden zu werden.

Aber es wurde ja gar nicht ernst! Immer wieder verfocht Trevisani wegwerfend diese Anschauung. Er war der Jüngste und überdies Gast; im Grunde war er ohne Einfluß. Entscheidend wurde sein Wort erst dann, als er klugerweise verstand, es auf die Zunge Barbieris zu legen.

Er nahm den Doktor auf die Seite, sagte, heut sei der achte Mai, am zehnten kämen die Deutschen an. Im Gennargentu könne man höchstens einen Teil der Aufnahmen machen. Man brauche nicht nur das Hochgebirge, man brauche beispielsweise auch

Gärten, Olivenwälder, Orangenhaine, die es in Mittelsardinien nicht gab. Kein Mensch in Amerika werde glauben, daß der Film in Italien spiele, falls man keine Orangen sähe!

»Dann sollen die Leute in New York sich den Film beim Südfruchthändler bestellen!« sagte Pedrotti unbewegt, als Barbieri ihm diese Bedenken vortrug. »Ich marschiere heute nacht.«

Auch als Trevisani, ein Letztes versuchend, die fette Leibesbeschaffenheit und kränkliche Fülle des Herrn Rubenzoni (so hieß das Haupt der deutschen Besucher) vorkehrte und bedauerte, daß der nun wahrscheinlich ganze Tage durchreiten oder fahren müsse, sagte Pedrotti grob: von ihm aus könne jener Mann krepieren. Er werde ihm zwar guten Tag sagen und gerne ein Glas Wein mit ihm trinken – doch filmen ließe er sich nicht!

»Von den besten Leuten dieser Erde«, versetzte er gramvollen Gesichts, »weiß keiner, wie sie sich regten und gingen. Sie sind hinunter wie die Mücken. Auch von mir soll niemand wissen!«

Trevisani schlug die Augen nieder.

»Übrigens auf Wiedersehn!« fuhr Pedrotti gleichmütig fort. »Hier im Süden bleibe ich nicht. Wenn Herr Rubenzoni mich sprechen will, dann kannst du ihm übermorgen sagen: Er findet mich bei den ›Türmen Karthagos‹, acht Miglien südöstlich von Arbatax!«

Und er zog ab – nachdem er heimlich dem Arzte zugeflüstert hatte: »Geh mit! Paß auf, was der Junge macht!«

»Rubenson ist verrückt geworden!«

Dieses etwas vulgäre Wort, in Norddeutschland so leicht gebraucht, als berge es nicht ein Furchtbares – nur eben hingesagt, hingedacht, erschien es langsam bei allen denen, die jene Reise mitmachten.

»Rubenson ist verrückt geworden!«

Bettenhausen dachte es unhörbar gegen Lüttke-Paul; der gegen die schöne Dolores Planck; diese wieder gegen Clothilde. Brechenmacher allerdings war viel zu devot und viel zu glücklich, um in Venedig derlei zu denken. Aber Herr Gotthilf Krienelke, der Mann an der Kamera, der Kurbler (ein wichtiges Mitglied der Expedition), sagte murrend zu Susi Gschweidler: »Wat is mit dem?! Der is plemplem!«

Es begann auf dem Markusplatz. Alle standen andächtig und angegoldet von Maisonne, die auf die bunte Herrlichkeit der Kuppelkirche brandete. Soeben erhob der Metallriese auf seinem Orologio den Hammer, um die Stunde anzuzeigen – da schrie Rubenson, ihm gefiele es nicht! Das sei ja gar nicht Italien, es sei für die Engländer hingesetzt!

So verließ er den Markusplatz, wo die sich übertäubenden Tauben einander auf den Rücken stiegen und, mit den Flügeln Gleichgewicht rudernd, Körner haschten und einkröpften. Er rannte durch einen Schwanz von Gassen, die andern hinter sich herziehend – und plötzlich blieb er begeistert stehen.

Es war ein unglaublich häßlicher Winkel, von roten und blaßblauen Häusern gebildet. Eigentlich bildeten sie ihn nicht: sie stießen und bedrängten ihn mit einem Gewirr von Bruch und Mörtel. Die Steine lösten sich aus den Wänden wie Zähne. Wo sie hinfielen, blieben sie liegen. In diesem Winkel faulte langsam ein kleiner Ableger der Lagunen und eine kleine, schmutzige Brücke. Die Luft war voll von hangender Wäsche. Von Architektur aus grünlichen Laken und ausgesogenen Menschenstrümpfen. Was bewunderte Benno hier? Was zwang ihn, steif auf den Platz zu starren?

Hier war, bei Gott, nichts von Romantik, wie Dolores und Lüttke-Paul, zwei Liebhaber Shakespeares, sie sich träumten. Hier turnten nicht schnabelschuhige Gents mit Renaissancestöcken umher. Nur Schmutz und angesonnte Farbe, und stinkendes Lauern auf den Tod. Auf stillen Tod, auf Übergehn in neue Formen. Neben der Brücke stand schräg ein Fisch im grünen Wasser; rosa drang aus seinem halb ausgeweideten Bauch Gedärm und stand an ihm vorbei und hielt ihn so im Gleichgewicht. Auch dieser Fisch war auf der Welt! Auch seine erbärmliche Häßlichkeit folgte, wie alles Schwimmende, den Gesetzen des großen Archimedes.

Da hing die Wäsche, grünlich und arm, giftfarben unter dem reinen Himmel – auch sie ein Teil der Natur; wie alles, ob es nun häßlich oder schön war: auch sie der Schwerkraft unterworfen und nach der Mitte der Erdkugel zielend. Auch sie ein Teil der Menschenwelt, der armseligen schweißbenachbart. Da war die Menschenwelt: Kinder in Lumpen, die sich auf der Brücke blagten, Kinder in Lumpen, vielleicht bestimmt, beim Unfall auf einer Arbeitsstätte mit offenen Eingeweiden zu liegen, wie der Fisch dort im stinkenden Wasser.

Bettenhausen hielt sich die Nase zu. Was versetzte Rubenson in diese lächerliche Ekstase? Er wies mit seinem rechten Arm auf eine zahnlose Großmutter, die, eine räudige Katze zu Füßen, aus einer Tür herausschlurfte. Etwas Ausgetrockneteres war nicht denkbar. Geiferlos und nicht nur zahnlos, starrte sie, eine Flasche im Arm, in der sie Wein oder Öl holen wollte, um das Ganze anzufeuchten: sich, die Kinder, die Wäsche, die Häuser. Bei diesem Anblick vollends geschah es, daß Benno »Ja« zu rufen begann. Siebenmal, schaurig und unvergeßlich, mit begeistert ausgebreiteten Armen.

Ja! Ja! Ja!

Ja! Ja! Ja! Ja!

Er war grün im Gesicht wie die Wäsche und unbegreifbar außer sich – wie nach einer Deklaration und gewaltigen Liebeserklärung. Sie zogen ihn mühsam weiter fort.

Aber er konnte auch »Nein« sagen! Es geschah vor dem Reiterdenkmal des Colleoni. »Das bewundert nun alle Welt!« sagte er mit gehässigem Schnaufen. »Auch ich habe dieses Pferd bewundert, den Helm, und wie der Reiter sitzt! Wie es nur dreinblickt: dieses Vieh von verfolgungssüchtigem Feldwebel. Diese degenerierten Geieraugen! Der da hat die Welt ruiniert! – Bettenhausen, Sie starker Mann – sieht der nicht aus wie ein Kriegskamerad aus Ihrer großen Zeit?! –« Alles war darüber erstaunt, mit welchem Haß Benno Rubenson den alten Kondottiere verfolgte. Bettenhausen antwortete grob. Er sei Reserveoffizier und hätte sehr gern auf Pferden gesessen. Deswegen sei man nicht degeneriert. Er sei auch nicht nach Venedig gekommen, um Kurse in Pazifismus zu machen. Er sei für einen Film engagiert.

»So, mein Junge, bist du das?« grinste Benno. »Aber ich kommandiere, was gedreht wird!«

Bettenhausen schwieg auf Clothildens Wink. Benno wandte all seine Wut gegen den vorlauten Schauspieler; doch glitt er an dessen Selbstzucht ab und begnügte sich damit, halblaut zu fluchen. Die Gemütlichkeit war zerstört; man trennte sich schon um neun Uhr abends und ging aus Langeweile zu Bett. Um zehn Uhr schwante Clothilde Böses. Sie klopfte an Benno Rubensons Tür, erhielt keine Antwort und ging hinein. Sie fand sein Bett bereits beschlafen, aber ihn selbst nicht anwesend. Er war also wieder fortgegangen! Visionär entsann sie sich einiger Blicke, die beim Gang über die Prokurazien Benno aufgefangen hatte, Blicke kleiner Saisonkokotten, die in den Ecken des Markusplatzes vorsichtig kreuzten und lauerten. Sie kannte Benno seit Jahrzehnten. Die ungeheure Nervenerregung, in der er sich anscheinend befand, leitete bei ihm zuweilen einen Anarchismus des Körpers ein. Sie begab sich in ihr Zimmer zurück und fiel in einen unruhigen Halbschlaf. Sie zitterte um den alten Freund, aber auch um dessen Brieftasche; denn Benno hatte das ganze Geld der kleinen Expedition bei sich.

Schließlich, gegen drei Uhr morgens, kam er mit seinem schweren Schritt, den er künstlich dämpfen wollte, durch den Korridor zurück. Sie öffnete fingerbreit die Tür und versuchte sein Gesicht

zu erkennen. Es sah in seltsamer Weise verjüngt aus. Bei Herzkranken ist das kein gutes Zeichen.
Sie schwur sich zu, auf ihn achtzugeben. Trotzdem geschah am nächsten Abend das gleiche. Sie waren in Bologna.
Schon auf dem Bahnhof hatte Benno das Schießen nächtlicher Schwalben erschüttert, die zwischen die Schlacht der Gepäckträger ihre zwitschernden Volten schlugen. Er wäre allein gern stehengeblieben. Er konnte sich nicht von der Stelle rühren, eine rasende Mischung von Wehmut und Glück stieg auf einmal in seine Augen; und plötzlich war es ihm zumut, als müsse er dies alles filmen: weil es doch ja bald unterginge. Es müsse der Welt überliefert werden: Schwalben zwischen Gepäckträgern, leicht hinschießend über Koffergebirgen! Dieser unklar gefühlte Grund trübte seine Blicke mit Tränen; so kam er von den Schwalben los.
Vom Bahnhof aus gingen sie ins Hotel, und schon verfing sich Benno aufs neue. Da saßen Arbeiter in einer Taverne. Die Korbflasche Weins, die zwischen ihnen auf dem staubigen Wirtstisch stand, war umgefallen. Nein doch, sie stand: Aber aus einem kleinen Leck lief der Wein davon, ölig, üppig. Dunkelrot gluckte er in den Schmutz – ohne daß irgendeine Hand sich dagegen erhoben hätte. Wein anhalten, der fließen will? »Es sieht so aus, wie das Wort ›abondanza‹, das den Überfluß bedeutet!« mußte Rubenson plötzlich denken.
Bettenhausen folgte seinem Blick. Kaum aber sagte er anerkennend, dies sei eine filmische Situation, als der Eindruck sofort zerplatzte, und Benno sogar ärgerlich wurde.
Im engen Hotel konnte er nicht schlafen. Das Herz, das Herz! Übergroße Angst ließ ihn aufstehn und fortlaufen. Das Draußen, das nicht mehr donnerte von seinem Herzschlag, die weite Stille nahm ihn süß und fächelnd auf. Er bestaunte den weiten quadratischen Platz, der da leerstand, um zwei Uhr nachts; maßlose Corsi ausströmen lassend, nach allen windflackernden

Richtungen. Corsi: nicht zu begehende, sondern zu durchjagende Straßen – einsam prächtige Meermeilen in ein Land hin, wo Steine und Maurer so wenig kosteten wie Wein. An purpurdunklen Dreiwegen standen alte und neue Paläste, brandeten Gärten in finstere Tore. Und drüber der Himmel in allen Stufen von blauer Schwärze zu roter Schwärze! Von den Sternen, glutbirnengroß, stand jeder in seiner farbigen Nische.
Die Fassade, die Benno heraufstieg, mit ihrem versandeten Brunnenbarock hatte er schon in der Schulzeit gekannt – aus Abbildungen und Lehrbüchern. Aber er hatte den Namen vergessen. Wie schön war es, alles vergessen zu haben: nun war diese Treppe so namenlos wie das Schießen der Schwalben auf dem Bahnhof, wie die Flasche, aus der der Chianti floß. Nun gab's nur noch Steigen und heißen Wind. Oben, über der letzten Stufe, zischte ein Hain mit uralten Bäumen. Breite Platanen mußten es sein, die ihre Schilde zusammenschlugen, Steineichen und noch anderes Gesträuch. Ein Blatt, das ihm gegen die Wange fiel, war hart wie Leder und schwitzte kalt... Manchmal strich der prasselnde Wind wie eine Axt die Kronen zur Seite – und wieder waren die Sterne da. Hoch flog Orion, der alte Gespiele. Aber die Farben seines Gürtels waren rot vor Wüstenwind, – und der Sirius, ihm in der Kielspur, flatterte unruhig wie ein Herz.
Wer hieß dich steigen, Rubenson?! Welch ein Staub an der steinernen Brüstung, die du jetzt, bange werdend, erreichst! Rasender Südwind packt dich an und wirft dir die Schlinge um den Hals. Die ganze Stadt, von allen vier Ecken, ist spiralig aufgestanden und dreht dich in einen Burnus ein, den kein Husten mehr sprengen will. Wie Lava sticht es – die Sterne darüber sind wie Splitter von Mörtel und Tuff, heraufgeweht von uraltem Samum.
»Ich muß sterben!« dachte er entsetzt. Er löste die kalten Hände von der Brüstung. Keuchend trat er in den kleinen Bosco zurück.

Hier war zwar nicht Kühle, aber doch Luft, weil die Bäume den Schirokko abhielten: acht Meter über ihm fochten sie den Kampf mit der Brise Afrikas. Mit offenen Kleidern lag Rubenson halb auf der Erde und halb auf der Bank. Gott sei Dank; nun wurde ihm besser. Schlimm war es nur, daß er sich müde fühlte: denn er ängstigte sich vor dem Schlaf. Sollte er sein Hotel aufsuchen?

»Nein, nur das nicht, – nur nicht schlafen!« dachte er gähnend; und zugleich fiel eine angenehme Kühle wie Nachttau auf seine verschwitzten Kleider. Schon schlimm – hörte er sich selber seufzen – daß man halb sein Leben verschläft! Wer mochte in Italien schlafen, wohin er nicht wiederkehren wird?... Jede Hand, die man hier faßte, ergriff man für ein letztes Mal... Er fühlte einen luftigen Druck. »Du da!« träumte er. »Wer bist du? Bist du vielleicht ein Wacholderstrauch?« Und schlief schon ein.

Als er erwachte, in prächtig schmetternder Vogelfrühe, stand Bettenhausen bekümmert vor ihm.

»Karl Bettenhausen! Und aus Hannover!« sagte Benno etwas erstaunt und gleich darauf schon ziemlich verlegen.

»Hören Sie, Herr Direktor!« begann Bettenhausen resolut (aber die Festigkeit seines Tons verbarg kaum, daß er sich unglücklich fühlte). »Nun suchen wir Sie schon seit fünf Stunden. Die Frauen irren weinend herum, Lüttke-Paul ist zur Polizei gelaufen; ich aber habe das Gefühl, daß Sie mein Wesen nicht ertragen, und daß ich an Ihrem Unwohlsein schuld bin!« Er stockte etwas und wurde blutrot. »Herr Direktor Rubenson! Ich glaube, daß Sie ein wertvoller Mensch sind! Und wenn ich hier irgend jemanden wüßte, der meine Rolle spielen könnte, würde ich sie gleich abgeben!«

Rubenson war sehr gerührt. »Aber Karl!« sagte er. »Das ist alles Unsinn! Ich bin seit einiger Zeit nicht gesund... der Klimawechsel wirkt ungünstig. Und nun lach' nicht: so alt ich bin – immer wieder bin ich aufgeregt, wenn ich Italien betrete, als ob ich ein kleiner Schuljunge wäre!«

Eifrig und glücklich versetzte Karl: »Das sind wir doch alle, Herr Direktor! Das ist doch bei allen Deutschen so!«

Einträchtiglich, sogar Arm in Arm, kehrten sie ins Hotel zurück.

Am nächsten Tag, in der Ewigen Stadt, lebte Benno sehr hygienisch. Während die andern sich Rom ansahen, lag er still im Hotel Terminus. Betrachtete bald den schönen Plafond, bald den sympathischen Zimmerkellner, las ein wenig die Zeitungen, und verschlief den größten Teil der Zeit.

Dafür war er am nächsten Tag gesund wie ein Zwanzigjähriger. Er sprang vom Bett, er rief nach zwei Wagen; und alle riß er mit sich fort.

Sie teilten sich. Die meisten gingen, wie holde Pflicht es von ihnen verlangte, in die Museen. Dies gab es also: Forum Romanum, Villa Borghese, Engelsburg – und war nicht etwa in Büchern erfunden! Das ganze Rom war ein Museum, mit himmlischem Baldachin darüber.

Benno blieb mit Susi im Freien. Auf der goldenen Grüne des Pincio fuhren sie im Wagen umher, besuchten ein paar Augenblicke Sankt Peter und sahen ein Kind getauft. Es schrie hochstimmig wie ein Lamm.

Im Hofe des Vatikans stand ein Schweizer, gelbrot wie aus dem Sonnenspektrum. Er schien einen Brunnen zu bewachen, der so überirdisch schön war, daß man in Versuchung geriet, ihn wegzutragen oder zu filmen. Ein silbernes Gewirk strahlte auf. Zweige aus Wasser, von unten nach oben. Großblättrige Tropfen herabschüttelnd. Es sah wie der Gruß eines Palmbaums aus. Drei große Schalen, mit Moos ausgeschlagen, murmelten von braungoldnem Naß.

Als sie sich zum Essen trafen, staunten alle Rubenson an, wie er über die Piazza Colonna, Susi an der rechten Seite, leichtfüßig hinging gleich einem Galan. Seit sich sein Fett zu verlieren begann, traten die rassigen Züge der Jugend wieder an seinem Gesicht hervor. Clothilde nickte ihm zärtlich zu.

Sie aßen herrlich bei Fagiano. Einen milden, beinahe süßen Hummer, der einer Languste ähnelte, zu einer ganz flüssigen Mayonnaise. Dann violetten Frühlingsspargel und schließlich noch eine gebackene Pastete. Dazu tranken sie Asti Spumante, einen Wein, der, wie Benno sie lehrte, wenn er im Ausland getrunken wurde, etwas Lächerliches hatte, gleich Limonade, die Sekt sein will. In Rom aber war er das richtige. Sein sanftes Platzen im offenen Kelch entsprach dem moussierenden Sonnenschein, der draußen vor Fagianos Fenstern die Säule des Marc Aurel streichelte.

»Nein, keinen Kaffee!« verbot Clothilde, zog die Tasse von Bennos Mund und schickte ihn zum Nachmittagsschlaf. Sie selber ging mit Dolores Planck Läden betrachten. Wie reich war dies Rom! Was den beiden am meisten auffiel, war die übergroße Zahl und beispiellose Üppigkeit der römischen Lebensmittelgeschäfte. Dieser Wolkenbruch von Eßwaren! Nicht wohlgeordnet wie in Paris, wo alles im Grunde spärlicher und deshalb symmetrischer aufgebaut war. Nein, alles war voller Furia vom Hintergrunde der dunklen Läden nach vorn ins helle Fenster gewälzt. Eine Lawine von Gegenständen, aus Land und Luft und Wasser gegriffen, darin Melonen auf toten Vögeln und getrockneten Seesternen ritten. Mit riesenhafter Zeitverschwendung hatte man obendrein Eßwaren zu Spaßmachern herangebildet. Man hatte sie anthropomorphisiert: aus Kokosnüssen Männer gemacht, harte Eier mit Röckchen behängt, aus Käsen Artillerieparks gebaut. »Damit ein Weniges gekauft wird, muß ich ein Babel von Waren zeigen!« dachten auch Schuh- und Wäschegeschäfte. Welcher kraftvolle Barbarismus lebte in diesem falschen Grundsatz! Wie urtümlich-männlich war dieses Rom im Gegensatz zu dem klügeren und so viel weiblicheren Paris. Clothilde fühlte es sehr klar; aber sie wußte nicht den Grund, nicht den seelischen, volklichen Grund für diese überhäuften Stocks. Ein großer Teil der Halbinsel ist unfruchtbar und bringt nichts hervor – aber gerade die Hauptstadt darf davon nichts wissen! Es ist wie einst! Sie sollte bei Reichtum und Laune bleiben; es war genau wie vor zweitausend Jahren.

Clothilde gefiel alles ungemein. Sie besaß die Seele einer Frau und neigte zur Treulosigkeit der Nerven. Ihre plötzliche Liebe zu Rom begann sich an dem Haß zu steigern, den sie gegen Delbosq hegte. Ein Mensch dieses Namens, dünkte ihr, wohnte in der Rue Lecourbe und trug mit seinem ganzen Wesen nicht zur Verschönerung von Paris bei. Sie glaubte konstatieren zu müssen, was für ein boshafter Chauvinist eigentlich dieser Hippolyte sei. Das meiste, was er ihr damals in Wannsee über Rom gesagt hatte, war falsch. Er war ein Hysteriker! Alles war hier kraftvoll und fest. Und sogar der goldene Schweif am Reittier Viktor Emanuels, den Delbosq so bitter getadelt hatte, hatte Teil an der Festigkeit. Die Römer waren wirkliche Männer! Mit sinnlich ernsten, begehrenden Augen betrachteten sie die schreitende Deutsche: Delbosq aber hatte sich benommen wie ein verrückt gewordenes Pferd.

Die Polizisten gefielen ihr! Mit nervenloser, fast deutscher Ruhe regelten sie den Verkehr. Rasch in einen Tearoom tretend, ergriff Clothilde ein kleines Briefblatt und schrieb über diese Wahrnehmung ein paar Zeilen an Henningsdorff. Sie verstand nichts von Politik, aber sie ahnte gefühlsmäßig, daß jener als skeptischer Konservativer einiges für das neue Italien, das »Italien der Ordnung« übrig habe...

Weniger schön war das Abenteuer, das die Spaziergänger Bettenhausen und Lüttke-Paul zu bestehen hatten. Sie verließen nach Tisch Fagiano, durchquerten die Piazza Colonna und betrachteten beim Corso Umberto die großen schönen Auslagenfenster des Warenhauses »La Rinascente«. Eine mannsgroße buffo-

neske Puppe, einen Policeman darstellend, klopfte elektrisch mit weißem Stab an die Scheiben und lud ein.
Plötzlich zuckte Bettenhausen, blickte auf den Gürtel der Puppe und stieß auch schon einen halblauten Schrei aus. »Mensch, Herbert, sieh doch!« stammelte er, und hatte beide Augen voll Wasser. Die Polizeipuppe hat nämlich einen deutschen Soldatengürtel, und auf dem Gürtel stand GOTT MIT UNS!
Der Krieg, der Krieg! Der deutsche Junge, der diesen Gürtel getragen hatte, der lag nun manches Jahr verwest droben am Ufer des Piave; aber sein Leder gab es noch, das blank geputzte Koppelschloß befand sich noch auf der Oberwelt und spielte im Reigen der Dinge mit. Und viele Römer gingen vorbei und kannten die fremde Sprache nicht und wußten nicht, was dies bedeute.
Lüttke-Paul besaß die »neue Seele«. Er war liebenswürdig, aber kalt. Ein Sportsmann. Die Ideologie des Krieges – das Opfer! – verstand er nicht. Gleichwohl war er sehr ergriffen, als er jetzt Bettenhausens Gesicht sah, darin es voller Verzweiflung zuckte. War es möglich, daß sieben Jahre nach dem Aufhören des Weltkrieges ein Mensch so um das Kriegsende litt? Und zwar: um den verlorenen Krieg, um die furchtbare Tatsache, daß alles vergeblich gewesen war?! Karl Bettenhausen war solch ein Mensch.
Es würgte ihn, daß jene Trophäe im Warenhaus »La Rinascente« der Menge zum Schaufraß geboten wurde (was aber falsch war, denn niemand sah etwas andres als just einen Ledergürtel). Am liebsten hätte er die Scheibe mit einem Faustschlage eingetrümmert; doch gleich darauf siegte ehrlicher Schmerz aufs neue über seine Wut, und Herbert hatte es nicht leicht, ihn vom Fenster wegzuführen. Ihr ganzer Nachmittag war verdorben. Niedergeschlagen saßen sie in einem Kino und langweilten sich.
Abends trafen sich alle wieder und bummelten durch die Osterien. Clothilde wurde sehr stolz auf Benno. Jung, mit olivenfar-

benem Gesicht, saß er da und lachte und trank. Als es an der »Croce Bianca« (wo es gegen das Forum geht) zu einem kleinen Auflauf kam – ein Messer zuckte, ward weggewunden, Polizei griff ein, und Weiber gellten – imponierte Benno gewaltig, als er nachwies, die Wirklichkeit sei ein schlechter Regisseur. Er hätte die Szene besser gestellt.

Seine Überlegenheit machte auch die anderen lachen. Nur Brechenmacher ängstigte sich, wenn er an das Messer dachte. »Und wir fahren noch zu den Banditen!« murmelte er. Sein Neffe Herbert beruhigte ihn und erinnerte ihn, daß er zumindest sardisch spräche.

Mit der ersten Morgensonne glitt die ganze Expedition im Zuge gegen Neapel fort. Sie hatten nicht Zeit, die Stadt zu besehn. Auf der Reede lag der »Cavallo di Mare«. Er nahm sie an Bord. Der Anker rollte.

Als die Sonne unterging, wurde das Wasser bleifarben. Ein prasselnder Oststurm nahm sie von rückwärts. Der »Cavallo di Mare« wurde zum Seepferd, griff gesattelt in Täler hinab, klomm jaulend und klirrend auf graue Berge. In dumpfen Kajüten, zusammengerollt und befleckt von erbrochenen Speisen, lag die Rubens-Expedition. Nicht so der Chef. Auf dem höchsten Deck, neben dem Telegraphenmast, wandelte er balancierend umher, stellte sich stampfend und breitbeinig über dem Schwerpunkt des Schiffes auf, jauchzte, schimpfte und sang darauf los, während weiß, wie aus einem Hydranten, die Tiefe ihm Wasser ins Gesicht spie.

Auch der Sturm hatte seine Gesetze. Mit herrlicher Regelmäßigkeit kamen die schweren Sturzseen an. In einem ganz bestimmten Winkel schlug das Schiff, wie ein Pendel, aus. Die Sterne zuckten von rechts nach links, blieben stehn, und gleich darauf gingen sie wieder in Rechtslage. Man hätte Schaukel und Seile gewünscht, um sich an sie anzuhängen: mit mathematischer Präzision trafen das Mitschiff und die Sterne wieder zusammen.

Wild und gerecht war alles, was im Kosmos vorging.
Nach ein paar Stunden hörte der Sturm auf. Benno ging schlafen.
Als Cágliari mit seinem leichten Amphitheater am Horizont des Morgens erschien, war er als einziger ohne Kopfschmerz. Grünlich abgezehrte Gesichter, lehnten die übrigen an der Reling.
Clothilde sah aufgeregt durch ihr Glas. »Das ist doch Trevisani?« rief sie.
Das Schiff verlangsamte den Kurs, als es auf den Pier zu hielt. Benno blickte scharf nach vorn, erkannte Andrea Trevisani, und plötzlich veränderte sich sein Gesicht. »Hast du das gesehn?« fragte er. Neben Trevisani, so schien ihm, hatte lange ein Mann gestanden, um zwei Köpfe kleiner als Andrea, in einer komischen grünen Kapuze. Ohne daß nur im mindesten ein Streit vorangegangen wäre, gespenstisch lautlos, am hellen Tag, stürzten plötzlich um das Zollhaus zwei Gendarmen auf den Pier, packten den Kleinen und rissen ihn fort.
Trevisani rauchte und schien nichts zu sehn.
Auch Clothilde war erblaßt.
»Qu'est-ce que c'était, Mr. Trevisani?« fragte sie gleich nach dem Händedruck, den sie zum Empfang wechselten.
Trevisani, höchst liebenswürdig, voll heiterer Gesprächigkeit, hatte überhaupt nichts bemerkt. Schließlich schlug er sich an den Kopf: Einen alten Trunkenbold, den man schon lange gesucht habe, schienen sie verhaftet zu haben.
Froh begab man sich ins Hotel, wo die ganze Expedition Betten mit Moskitonetzen und Fenster mit Gazeschirmen bestaunte.
Nun waren sie wirklich auf Sardinien.

La Francia si muove

Der Marchese di Saluzzo, stark begütert am Gardasee, Besitzer mehrerer Stadtpaläste in Mailand, Turin und Genua, gewann zu seinen Reichtümern noch einen großen Kriegsschädenprozeß gegen den italienischen Staat.

Achtzig Jahre alt, sehr aufrecht und für einen Italiener eigentlich unnatürlich groß, saß er an seinem Mittagstisch. Sechs Enkel, in schwarzem Faschistenhemd, waren zum Glückwünschen erschienen und zur üblichen Stichelei.

»Wenn«, sprach der junge Amadeo, »in Italien das Faustrecht herrschte, wenn die ›Rache des Faschismus‹ in die Rechtspflege eingreifen könnte ...«

»... wenn ich Justizminister wäre!« schrie ein vorlauter Carlo dazwischen.

»... so wärst *du,* Großvater, der Letzte, der einen Prozeß gewinnen dürfte!«

Dazu schwiegen die achtzig Jahre. Es traf nämlich zu! Ihr Inhaber war, wie wenige, geeignet, seine Prozesse zu verlieren. Zunächst war er sein halbes Leben mit dem Reiche Bismarcks, Caprivis und Bülows befreundet gewesen und hatte geäußert: »Was soll man als Royalist andres tun?« Ferner hatte er geglaubt, daß die größte Stütze des Königtums in Italien der Liberalismus sei, und war, obwohl stockkonservativ, stets mit den Liberalen gegangen – aus der menschlich reifen Erkenntnis, daß der dynastische Gedanke nicht mehr populär genug sei, um konservativ verfochten zu werden. Drittens hatte er viele Jahrzehnte in gründlichem Priesterhaß verbracht. Viertens hatte er noch im April des Jahres 1915, als die Geldbörse der Franzosen in den römischen Zeitungsvierteln buchstäblich zu platzen begann, dem König ein Handbillett geschickt und den Monarchen angefleht: die Herren Leonida Bissolati, Barzilaï und B. Mussolini in Präventivhaft nehmen zu lassen.

Der große Mißerfolg des Marchese braucht nicht näher erörtert zu werden.
Als dann der Interventionskrieg erklärt war, tat er, als Giolittianer, schließlich noch den berühmten Ausspruch, um dessentwillen ihn viele Menschen auf der Straße bald nicht mehr grüßten: »Ich werde die Österreicher in Mailand erwarten!«
Programme, die nicht eintreffen, soll man nicht aufstellen. Wer das macht, ist kein Politiker. Unser Alter war weniger ein Politiker als ein sehr gerader Kavalier.
Darauf bauten seine sechs Enkel. Es war ihnen bereits gelungen, bei einer ländlichen Weinlese den Alten auf die Platte zu kriegen: wie er im Kreis von sechs Schwarzhemden sich mit der Welt versöhnt zeigte. Dieses Bild war schon in Rom. – Und jetzt erst der Gewinn des Prozesses! Gab das für einen loyalen Menschen vom Range eines di Saluzzo nicht die beste Gelegenheit, eine Reise nach Rom zu unternehmen, dem Staatschef einen Besuch zu machen?
Einen Besuch der Abbitte? Einen Besuch auch nur des Dankes? Gott bewahre! »So meinen wir's nicht.« Einen Kavaliersbesuch nur. Einen Besuch der »Anerkenntnis«. Nachdem so viele schneidende Worte des Aberkennens – ohne Zweifel! – nach Rom getragen worden waren.
Der Marchese di Saluzzo sah dies ein und reiste nach Rom.
Er kam in den Morgenstunden an. Da sein Empfang im Palazzo Chigi um ein Uhr mittags stattfinden sollte, hatte er fast drei Stunden Zeit, im Coupé eines seiner Verwandten die Stadt zu befahren. Eine Stadt, die er seit anderthalb Jahrzehnten nicht mehr besucht hatte. Sehr genau hob er den Kopf nach rechts und links.
Er geriet sofort in leichte Erregung. Über gewisse, kaum wägbare Dinge aus der archäologischen Sphäre.
Gezogen von zwei Apfelschimmeln, im offenen eleganten Coupé, den Zylinder überm Scheitel, die linke Hand auf der

perlgrauen Hose, die rechte auf dem Knopf des Stockes, näherte er sich dem Kolosseum und erlitt im Aussteigen vor Zorn beinahe einen Unglücksfall.
Der Faschismus, seit Jahren gewohnt, der liberalen Weltanschauung die Zunge ins Gesicht zu blecken, begann im Frühling dieses Jahres, kräftiger als er's bisher getan, sich mit der Feindin des Liberalismus, mit der Kirche, auszusöhnen. Und plötzlich hatte die Regierung – über Nacht! war es zu glauben!? – in die Sohle des Kolosseums ein großes Kruzifix pflanzen lassen.
»Mit welchem Recht behauptet die Kirche«, dachte Saluzzo ingrimmig, »hier ein Symbol aufrichten zu können? Hat sich, seitdem sie existiert, die Schaulust, die Gladiatorenwut, der Drang der Menschen nach rohem Fleisch, der Zirkus auf dieser Erde verringert?«
Es war halb eins. Der Alte sah ein, daß er sich beruhigen müsse und ließ eine Emser Pastille zergehn. –
»Er ist sehr pünktlich!« konstatierte er, zweiunddreißig Minuten später. Er hatte kaum Zeit Handschuhe, Zylinder zur »Pyramide des Diplomaten« zusammenzulegen, als schon die Tür des Arbeitszimmers geöffnet wurde.
Aus einem männlich schönen Gesicht erklang wohllautender Bariton:
»Ich freue mich, daß Sie mich besuchen. Es wäre sogar möglich gewesen, daß ich vor einigen Wochen im Norden Ihnen zuvorgekommen wäre!«
Ah, das tat wohl. Der Krieg war vorbei – und die Soldaten durften schon wieder zu Achtzigjährigen höflich sein.
»Wie geht es Ihnen? Man braucht nicht zu fragen! Sie verfügen über entzückende Enkel, die Ihnen übrigens ähnlich sehn. Der Herzog von Aosta hat mir die jungen Leute vorgestellt.«
Kein Wort also von Politik?
Kein Wort also von Politik.
Es wäre ja flegelhaft gewesen, ihn in den brückenlosen Abgrund

der Vergangenheit zu stürzen. Er war ein Besucher und achtzig Jahre.
»Die Räume müssen es sein, die Räume!« dachte er und sah umher. Sie aristokratisierten den Geist. Wer hier saß, mußte ablassen vom Plebejertum. Mußte er?
Er besah sein plauderndes Gegenüber. Es war der Zauber des Plebejers, der um ihn witterte, ganz gewiß! Der Zauber eines Marius, den viele Soldaten und Knoblauchmenschen auf den goldnen Sessel gesetzt hatten... Nun aber sprach er schon fein wie Sulla!
Die Gestalt war mehr kräftig als elegant. Doch paßte der Gehrock ihr ausgezeichnet. Dies Wesen sprach mit scharfer Betonung: und zwar abwechselnd spirituell und wieder mit militärischem Grundton. Es war, als ob er zeitweilig versuchte, die Soldatensprache geistig zu machen, dann wieder den Geist in Kommandos zu pressen... Ein überaus sonderbarer Sprecher, der zum Pathos gezwungen war, zu einem freilich sehr echten Pathos; der lachte, aber kaum lächelte. »Es ist der unfranzösischste Mensch, den ich jemals gesehen habe!« mußte Saluzzo plötzlich denken.
»Er war einmal Maurer, das ist wichtig!« konstatierte er etwas später. »Es kracht noch immer von großen Steinen, wenn er redet! Er redet in Stein.« Mit unwahrscheinlichem Kraftaufwand (also dünkte es dem Marchese) versuchte er leichte Dinge zu sagen – und wie seine Physiognomie sofort diesen Dingen widersprach! Ein unvergleichliches Gesicht: überall zu Vierekken neigend; mit übertriebenen Kinnbacken, übertrieben rechtwinkliger Stirn. Dabei von echter männlicher Schönheit; nicht fett, nur viel zu vollblütig waren die Wangen und der Hals. Alle seine Glieder schienen von unsichtbaren Karos regiert, die in sie hineingepflanzt waren. Von Karos, die auch im Geistesleben eine besondere Rolle spielten. Wollte er denn nicht alles quadrieren, rechtwinklig machen? Ein römischer Klotz, nicht wegzuwälzen,

saß er da – und Eigensinn, Mut und Phantasie und völliger Mangel an Selbstironie saßen mit ihm am Regierungstisch.

Das Telefon schlug. Sein Vorzimmer fragte, ob es ihm genehm wäre, mit der Provinzialregierung von Sardinien verbunden zu werden.

»Ich fürchte, daß wir ihm nicht entgehen!« sagte er und gleich darauf: »Cágliari dort? – Ja! Danke verbindlichst!« Er wurde im Augenblick zerstreut.

Bald schien er gar nicht mehr zuzuhören – und schließlich ereignete sich etwas, bei dessen Anblick der Marchese ein unmerkbares Lächeln verschluckte. Einer der mächtigsten Männer Europas legte das Rohr, aus dem er hörte, so sänftlich auf die Gabel zurück, daß der Gegner nicht merken konnte, bereits unterbrochen worden zu sein.

Doch der Ministerpräsident, überaus mißtrauisch organisiert gegen jede Ironie, die ihm auf Erden widerfuhr, hatte das Lächeln des Alten bemerkt, bevor es zustande gekommen war.

»Was wollen Sie?« sagte er sofort mit gewaltsam mildem Ton.

»Eine alte Redakteursgewohnheit! Wenn ich sie niemals besessen hätte, hätte ich weder den ›Popolo d'Italia‹ redigieren können noch jetzt den Populus Italiae.«

»Da müßte man also annehmen, daß es den Redigierenden und auch den Regierenden wenig erwünscht ist, Nachrichten von außen zu empfangen?«

»Sie streiften ein tiefes Problem, Herr Marchese! Wenn Nachrichten nur Nachrichten wären... Aber sie sind fast schon Meinungen! Es gibt überhaupt keine Fakten mehr. Am besten macht man sich alles allein... wobei ich gewiß nicht verkennen möchte, daß es hier sehr auf das ›man‹ ankommt.« Und er verbeugte sich leicht vor sich selbst.

»Wenn meine Redaktionskollegen in den europäischen Städten, die ich so sehr überflügelt habe, mir ein wenig Gerechtigkeit schenken würden, so würden sie einsehn: die Autokratie beruht bei mir auf der Autarkie. – Ich mache mir wirklich alles selbst. Leitartikel und Börsenteil, Entrefilets etcetera. Nicht einmal die Reportagen der Mitarbeiter kann ich brauchen.«

»Ich verstehe die Eccellenza nicht ganz.«

»Ist auch nicht nötig.«

»Eccellenza sind nicht mit Ihrer Partei zufrieden?«

Ein Ruck wie von einer Zementmasse warf sich für einen Sekundenbruchteil aus seinem Kopf: »Das sagte ich nicht! – Im übrigen«, fuhr er freundlicher fort, »wie herrlich wäre der Faschismus, wenn es keine Faschisten gäbe!«

Der Marchese erschrak. War dies eine Falle? Solche Dinge mit anzuhören und, irgendwohin, falsch zu erwidern – das hieß, einen Mühlstein um den Hals, zum Schwimmen geschickt werden: dachte er.

Aber er irrte. Der Diktator ließ dem Alten gar keine Zeit irgend etwas Dummes zu sagen. Sondern er fuhr höchst lebhaft fort: »Herr Marchese! Um den Faschismus zum Siege zu führen, bedurfte es des faschistischen Charakters. Doch der faschistische Charakter ist nichts als die willengewordene Idee: ›Vorwärts zum Sieg!‹ Wir haben gesiegt. Was soll der faschistische Charakter?«

Der Marchese erholte sich von seinem Schrecken. Aber er schwieg.

»Da haben Sie nun beispielsweise den Präfekten von Cágliari. Der Tapferste der Tapferen! Wenn ich den Spleen Bonapartes hätte, Titularherzöge zu ernennen, machte ich diesen Kameraden vielleicht zum Herzog von Benevent. Seine Einstellung zum Regieren aber langweilt mich dermaßen, daß ich, wie Sie gesehen haben, ihm nicht drei Minuten zuhören kann. Dieser Mensch hat eine fixe Idee, die er alle drei Monate gezwungen ist, mir vorzusetzen. Er behauptet, in Sardinien gäbe es einen Räuber Pedrotti, der sich mit Fremdenverkehr befasse...«

»Entzückend!«

»Entzückend? Nun, ich weiß nicht... Zum mindesten halte ich es für harmlos. – Nun sollten Sie diesen Präfekten hören! Wenn es nach ihm ginge, müßte man den Belagerungszustand proklamieren. Dieser Mann verwindet es nicht, daß unsere siegreiche Revolution kaum ein paar Wochen gedauert hat. Es scheint ihm schrecklich, daß bei uns alles so geordnet zugeht. Er braucht Politik und Sieg und Kanonen.«

Der Marchese rang im Geiste die Hände: Warum erzählt er das alles mir?! Warum erzählt er es nicht sich selbst und gibt sich die Schuld und ändert alles?!

»Und da das gewaltige Kampfbedürfnis dieses faschistischen Präfekten kein größeres Objekt findet, klopft er jedes Vierteljahr telefonisch bei mir an, ob mir eine gigantische Razzia in den Bergen Sardiniens erwünscht sei. Dabei hindert mich etwas ›Ja!‹ zu sagen. Ich fürchte nämlich eine Blamage des guten Mannes in Cágliari. Ich halte Pedrotti für Druckerschwärze.«

Jedes der kleinen Vierecke in seinem Gesicht begann zu lachen. Dann ging dieses Lachen ruckartig fort und machte einer Härte Platz, die fast der Grausamkeit ähnlich sah. »Was heißt das übrigens: Fremdenverkehr?« sagte er mit gefährlicher Stimme. »Ich bin ohnedies seit langem bestrebt, für die Besucher Italiens das Sehenswerte zu konzentrieren. Finden Sie nicht, daß jener Pedrotti in einen zoologischen Garten paßt? Ich müßte eine Reservation für ihn und seine Freunde errichten (immer vorausgesetzt, daß es ihn gibt!). Hier möglichst in der Nähe von Rom, nicht weiter entfernt als Tivoli, für alle Schaulustigen leicht erreichbar. Drahtzäune mit angehängtem Plakat: Ausgestorbenes Exemplar. Letzter Räuber Sardiniens. Füttern verboten. Staatseigentum.«

Der Marchese lächelte pflichtschuldigst. Aber es wurde ihm kalt unterm Kinn.

Das Telefon schlug abermals an.

»Was denn? Schon wieder der Präfekt? – – Unter gar keinen

Umständen! Soll mit Staatssekretär Grandi sprechen! – – Dringende Wichtigkeit? – – Da sind Sie ja selbst! Nun also, mein Lieber?!«

Ein Ruck. Er hörte. Hörte schlürfend. Fast mit Gewalt zog er die Nachricht in seine Ohrmuschel hinein.

»Nicht möglich!« sagte er. »Die Franzosen!... Ein Film der Propaganda gegen uns?... Mithilfe des Banditen Pedrotti? Ich danke Ihnen! – Sehr interessant.«

Mehrere Minuten Hörens.

»Ich zweifle nicht, mein lieber Präfekt, daß Sie sich überzeugt haben... Der Überbringer sitzt neben Ihnen... Trevisani? Ganz unbekannt. Macht nichts! Kann noch bekannt werden... Sehr interessant... Nichts unternehmen! Das Nötige geschieht von hier aus!«

Er legte den Hörer auf die Gabel und sah versonnen vor sich hin.

»Geschieht von hier aus! Allerdings!« Die Elemente eines Lächelns traten hart in sein Gesicht. Etwas Zischendes und Verzerrtes kam hinterher und starb gleich wieder ab. Dieses auf- und abbrennende Lächeln war wie die Explosion einer kleinen Streichholzschachtel.

»La Francia si muove!« sagte er halblaut.

»Wie?« fragte bescheiden der Marchese.

Der Staatschef antwortete ihm nicht. So war der andere dem Betrachten dieses Wortbildes überlassen. La Francia si muove. Frankreich bewegt sich! Irgendwo hielt das Schicksal im Raum die großen Bestien an der Leine. Sie schliefen, satt von dem rohen Fleisch, das die Jahre vierzehn bis achtzehn ihnen zum Fraße geschüttet hatten. Die eine der Löwinnen blinzelte, sie legte sich auf die andere Seite. Plattnäsig. La Francia si muove. Siehe da! Wollte sie aufwachen?

Still war's. Der Aeroplan einer Fliege: ihn summen zu hören, seine Schleife mit den Augen zu verfolgen, wäre eine Wohltat gewesen. Aber wie sollten eigentlich in das hygienische Arbeits-

zimmer, in das gelüftete Kabinett eines Staatschefs Fliegen eindringen?
Seiner selbst unbewußt war der Ministerpräsident ans Fenster getreten und sah hinaus.
»Was wollen die Franzosen von mir?« dachte er mehr verwundert als zornig. Immer wieder wunderte er sich über die Tücken der Politik. Er war doch mehr Soldat als sie alle!
Aus diesem fleischfarbenen alten Palast, der nicht übertrieben schön war und mit dem vergitterten Erdgeschoß fast einen zugeschmiedeten Eindruck, den Eindruck eines Gefängnisses machte, sah der Diktator. Was sah er da? Nicht eben Dinge von Bedeutung. Oder doch? Mehr Bedeutung als Dinge? Ja, so wars! Es gab zunächst, was es immer gab: in der Mitte die Säule des Marc Aurel, umwickelt von Reliefbändern, die den glänzenden Sieg des Kaisers über die Donaudeutschen darstellte. Sie war dreißig Meter hoch und achtundzwanzig Teile stark. Der Staatschef wußte es genau; denn manchmal zählte er die Reliefs, wenn er im Gespräch pausierte und die Antwort verzögern wollte. Die Darstellung war untadelig; ihr segnender Anblick paßte durchaus für ein »Auswärtiges Ministerium«. Denn schließlich hatte es unlängst wieder einen Triumph über Markomannen, über die »Männer der Mark« gegeben – gründlich, wie selten. Beim Jupiter!
Neben der Säule landete ein großer schlanker Fiat-Wagen. Eine Dame entstieg dem Sitz. Ein Ulanenoffizier, der im Schatten der Fontäne gewartet hatte, kam auf sie zu. Sie gingen in die Pasticceria von Ronci e Singer. Einige Leute sahen dem schönen Paar nach. Dann löschte unendliches Tuten das Bild aus. Autos vom Warenhaus Rinascente, die Omnibusse der Linie 10, Zeitungsverkäufer, Spaziergänger... Er sah es – und sah hindurch wie durch Glas; bis ein höchst gleichgültiges Schild Widerstand bot und bedeutsam wurde. »Assecurazione« hieß es, »Incendio e Infortuni!«

»Ja! Das ist es«, dachte er plötzlich. »Eine Versicherungsgesellschaft gegen Feuer und Unglücksfälle sollte jede Regierung sein! Meine Regierung ist es durchaus. – Habe ich nicht dieses alles vor dem Bolschewismus bewahrt?«

Wie das Geschütz nach dem Schuß zurückspringt, gab die gewaltsame Richtigkeit dieses Gedankens ihm einen Ruck. Er sah viereckigen Gesichts auf den großen Bankpalast, der die ganze Längsseite des Platzes einnahm, in dessen Flußbett der Corso Umberto brandete. Es war die »Banca Nazionale di Credito«. In eins der Fenster hatten sie dort sein Bild gestellt; sein Bild in grünweißrotem Rahmen. Überall war sein Bild: mit Recht! Die Banken waren das Schleusensystem, aus denen das Geld das Land durchfloß, kraftgebend, nährend, Arbeit schaffend. Das Geld war krank; doch war er dabei, es zu drainieren, gesünder zu machen ... Banken, Banken. Regierungsviertel und Bankviertel schachtelten ineinander. Banca Commerciale d'Italia, unweit die Banca di Sicilia: so reihten sie sich um den Palast, die Reservoirs, aus deren Becken – für einen, der zu sehen verstand – der kostbare Strom des Goldes stürzte und in schöneren Farben spielte als die Wasser von Tivoli.

»Habe ich nicht dieses alles gegen den Bolschewismus geschützt? Was wollen die Franzosen von mir? Habe ich nicht den ganzen Westen gegen den Bolschewismus geschützt?«

»Man konspiriert auf Sardinien«, sagte er laut. Er wollte sich hören. Er wollte, da er wortgläubig war, aus seinem eigenen Munde es hören.

Kaum konnte er es sich vorstellen. Eine warnende Stimme sagte: Diese Sache mit dem Räuber ist eigentlich so bazillenhaft klein, daß man nur gerade hintupfen sollte. Eigentlich ist sie nur ein Flohstich! Aber eine Entgegnung geschah: Der Rüssel des Flohs unterscheidet sich, betrachtet man ihn durchs Mikroskop, systematisch in nichts von einem Dolche! – – Beim Herkules, so war es kein Flohstich? Es war schon eher ein Nervenschmerz!

»Man konspiriert auf Sardinien!« sagte er laut – und nun glaubte er es. Es war ihm geglückt, sie einzuschalten, seine Multipliziermaschine, jenen künstlichen Einbau des Gehirns, geschaffen, um Tatsachen zu vergrößern. Vergrößerte Tatsachen brauchte er, um sich Erregung zu suggerieren. (Auch eine Dividiermaschine besaß er, die er seltener gebrauchte.)
Wie wäre es, die bronzene Schneide des Papiermessers auf den Tisch...? Nein, noch nicht. Nein, jetzt noch nicht.
»Was wollen denn die Franzosen von mir?!« Diese Frage, schon nicht mehr Frage, wurde zu einer Tatsache, die ihn wütend zu machen begann.
Die Franzosen! Die Franzosen! Seit tausend Jahren: die Franzosen! Noch immer entschlossen sie sich nicht, an ihren Lastern zu ersticken? Sie fürchteten für Korsika, sie fürchteten Italien in Tunis, sie sahen mit Schrecken die Kraft der Rasse, die sich einwandernd nach Afrika, nach Marseille und an die Garonne ergoß. Da fielen sie ihm in den Rücken, verleumdeten ihn in Sardinien. »Die Italiener wollen Land – und können nicht einmal zu Hause regieren!«
Rasender Zorn umschwang seinen Kopf.
Gerade im Mittelmeer geschah es? Das ganze Mittelmeer war Front! In jeder Welle schnitten sich Italien, Frankreich, hier war England, und selbst die Spanier bauten Kreuzer. Geheimnisvoll war das Mittelmeer; durchkreuzt von Depeschen und Agenten. Das Gleichgewicht schwebte, es stand nie still. Konferenzen von Zeit zu Zeit mußten die Waagschalen regulieren...
An dieser unsichtbaren Front, wo das Imperium empfindlich war, setzten diese Kriminellen den Hebel an... Diese Bankräuber des guten Rufes, diese... diese... Er konnte plötzlich nicht mehr denken. Eine Flut von Schimpfworten warf sich lähmend in sein Gehirn.
Jetzt fiel das bronzene Lineal. Wie das Schwert des Brennus schlug es, und der Marchese hüpfte auf. Er wußte nicht, ob er

geschlafen habe, und er bezweifelte es sogar; jedenfalls war diese Art des Weckens ungemein häßlich und undelikat.

Der Diktator, wieder befreit, lauschte dem Klang des Lineals. Seine Denkkraft kehrte zurück. »Eigentlich ist das alles nichts Neues«, dachte er. »Und *doch* ist es neu!« Das Mittel der Verleumdung war neu. Dieses unglaublich wirksame Gift! Die Zeitung war nichts! Nichts gegen das Laufbild! Es war überall. Hic et ubique; gleichzeitig, simultan, wie Gas. Es zuckte am Broadway, in Kopenhagen, in Sydney, in der russischen Steppe, in den Kinos am Wüstenrand...

Der Marchese war schon aufgestanden und suchte mit dem Rücken die Tür. »Auch Crispi war ein beschäftigter Mann!« dachte er und flehte zu Gott, der Mann, der ihn jetzt entlassen würde, möchte soviel Größe besitzen, das Lineal aus der Hand zu legen und ein paar Sätze wenigstens jenseits der Situation zu sagen. Denn er war achtzig Jahre alt, und er war nach Rom gekommen, um sich mit diesem Mann zu versöhnen, wie Vaterlandsliebe es ihm gebot.

Aber nur ein Ruck aus Zement kam vom Schreibtisch. Ein Ruck mit dem Kinn – und darüber ein leeres Auge, das sich schon belästigt zeigte und das vielleicht schon die Sentenz »Sexagenarios de ponte! Stoßt die Sechziger von der Brücke!« in Vorrat und Bereitschaft hatte.

Nicht mehr gestört durch die Gegenwart des liberalen Altkavaliers erhob der Gebieter das Telefon. »Verbinden Sie mich«, brüllte er, »mit dem Chef des Marinedepartements...

(... verflucht noch einmal, das bin ich ja selber!)

... ich wünsche den Unterstaatssekretär!« Er hörte, wie im Raume etwas salutierend Habtachtstellung nahm. »Separatbefehl an den Kriegshafen Spezia: Es laufen zwei schwere Einheiten des ligurischen Geschwaders...«

An den Türmen Karthagos

Pedrotti saß an den Türmen Karthagos. Er hielt sein Jagdgewehr auf den Knien.

Dies war der erste Maientag, an dem der Alte nicht traurig war. Die Wolkenzüge des Frühlingshimmels erfüllten sein Herz mit fröhlicher Sanftmut. Ihm war, als betrachte er badende Leiber. Von alabasternen Zentauren, die langsam aufstiegen und zerfielen, war die hohe Heide erfüllt. Das Wiegen der Bienen am Blütenmund trat auf die stille Erde über. Sie schaukelte durch den Nachmittag wie durch den einsamen Traum eines Gottes.

Die »Türme Karthagos« nannte das Volk jene Kugelbauten aus Stein, die, tausendfach über Sardinien zerstreut, aus Lava, aus Kalk und Trachytbrocken finster aufragten: Die Nuraghen. Hatten so die Karthager gewohnt? Diese schmalen, lichtlosen Dolmen konnte kein Volk aufgeführt haben, das breite Emporien des Handels liebte. Sicherlich hatten schon Hannibals Brüder über diese häßlichen Steine die feingeschnittenen Nasen gerümpft und gesagt: »So bauten arme Hirten, um, gewärmt von ihren Schafen, den rauchigen Winter zu verschlafen – oder die angstvollen Riesen der Vorwelt...«

Acht Miglien südöstlich von Arbatax standen vier sehr hohe Nuraghen. Normannen, Sarazenen und Spanier hatten versucht, aus ihren Brocken ein wehrhaftes Kastell aufzuführen, – aber die Verbindungsmauern sanken in die Wiese zurück, und der Meerwind schliff alles glatt.

Auf diesem unkenntlichen alten Wall, fühlbar nur noch aus der Erdbiegung, saß Tommaso Pedrotti und sann. Wie sich der Abend rötete und die alabasternen Leiber der Wolken mit Wein zu füllen begann, da war es Pedrotti, als schiene die Luft von unsichtbaren Antlitzen auf. Das Meer hinter buckligen Grashügeln und hinter schwarzen Granitfelsen erglänzte rosa und silbergrün wie ein heiliger Teich des Erinnerns. Verstummte

Munde schienen zu reden, in großer Verdichtung kamen die Toten; ein Zug, der leicht das Gras berührte und auf den Spitzen schauerte. Deutbar, aber unaussprechbar, durchstrich ein elysäischer Duft von wilder Minze das Gemüt.

Da kam Maureddu, der lange Maureddu, aus der Abendsonne geritten! Auf einem festen Maultier ritt er geradenwegs auf Pedrotti los. Wie erfreulich war es, Maureddu zu sehen, den großen Deserteur aus Alghero – besonders nachdem man ihn vor drei Jahren als Malarialeiche ins Grab gelegt hatte. Es macht nichts. Da, aus der Abendsonne, kam er herüber und schwang die Hand. Hinter sich hatte er einen Wagen mit drei Frauen und eine Begleitung von anderen Männern auf Maultieren – und neben Maureddu ritt ein Kerl, der aus einem Lodenanzug und aus lauter Glatzen bestand, und der wohl Maureddus Spaßmacher war.

Der lange, olivengelbe Maureddu mit seinem wohlgebildeten Körper (aber zu schlaff saß er wieder im Sattel) tat aus seinem kränklichen Auge einen erwartenden Blick auf Pedrotti. Den kostbaren und breitkrempigen Hut wie ein mexikanischer Pflanzer auf dem Kopf, ritt er über den Plan, seine Bande hinter sich ... Vom nächsten Nuraghen schoß Angelo Cossu Salut, und das gleiche tat Turtulese.

»Io sono Rubenson!« Der Kömmling klopfte dem Grautier auf den Hals und stieg mit vornehmer Miene ab.

Pedrotti war starr. Dann schlug er sich mit der flachen Hand auf den Schenkel.

»Na, bist du das, Rubenzoni?! Ich hatte dich für Maureddu gehalten!«

Kaum hatte Hellmut Brechenmacher Pedrottis Begrüßungsworte gehört, als er mit ausgestrecktem Arm, gleich einem römischen Kaiserbilde, feierlich zu sprechen begann. Er glaubte, ihn sardisch anzureden; in Wahrheit bediente er sich einer Sprache, die jener nur entfernt verstand. »Mensch!« unterbrach ihn Pedrotti erstaunt. »Weshalb sprichst du mit mir denn sizilianisch?!« Als Hellmut Brechenmacher hörte, er habe in diesen vierzig Jahren angeblich Sizilianisch getrieben, und seine Dialekte würden nicht auf Sardinien gesprochen, stürzte er ohnmächtig aus dem Sattel. Nein, er fiel nicht; er *wäre* gefallen, wenn nicht etwas Erstaunliches durch sein Gehirn geblitzt wäre: »Er versteht mich nicht, weil ich das Sardische mit sächsischem Akzent spreche! Ich werde ihm schreiben. So wird's gehn.« Der erste Sachse, der freiwillig zugab, eine unverständliche Sprache zu sprechen, ergriff ein rosarotes Blatt und begann zwischen beiden Ohren des Grautiers einen Brief an Pedrotti zu schreiben. Das aber war dem Tier zu viel. Es tat einen Satz und raste davon. Aus den Nuraghen stürzten die Räuber. »Aiuto! Professore tedesco!«

Rubenzoni verzog das Gesicht. Rubenzoni begann zu lachen. Machtvoll zu lachen wie ein Stein, der einen Abhang hinunterfällt; nein, nicht wie ein Stein, der bald müde wird, sondern wie ein kraftvoller Mann, der immer wieder den Brustkorb entlädt und bis ans Ende aller Tage nichts möchte als lachen, lachen, lachen!

Pedrotti sah ihm lange zu. Dann sagte er still: »Du lachst wie Maureddu!« und machte beide Arme auf. Er führte seine Wangen zum Kuß gegen Benno Rubensons Lippen. Der schauderte leicht, dies Gesicht zu küssen, das in seinem struppigen Bart wie ein Stück salziger Steppe schmeckte.

In dieser Nacht stand die Filmkamera wie ein bekränzter Afrikagötze auf dem fackelerfüllten Platz zwischen den vier von Dunkelheit violett umschwankten Nuraghen.

Die alten Karthager, sicherlich, hatten auf der Insel Sardinien niemals ein schöneres Fest gefeiert als dies, da die Bande des Rubenzoni mit der Bande Pedrottis tanzte. Mit dem Mut eines

Wikingers schwang Herr Herbert Lüttke-Paul die Frau des Banditen Angelo Cossu, eine neapolitanische Hexe mit einem Gesicht, als habe sie ein Jahrhundert im Kohlenmeiler gesessen. Dolores Planck stellte auf die Wiese ihr Reise- und Miniaturgrammophon. Dann hob sie den Rock übers kühne Knie und tanzte mit dem Räuber Caviglia, der ihr von allen am besten gefiel; denn Trevisani hatte gesagt, daß er ein Banknotenfälscher sei. Herr Gotthilf Krienelke vom Rubensfilm erklärte denen, die nicht tanzten, freigebig die Wunder des Objektivs und des rollenden Zelluloidbands. Er trank ziemlich viel. Fast verstieg er sich, die kostbare Kamera zu küssen. »Alle ore nove«, schluckte er. »Alles ist neu, oder alle Neune!... Um neun Uhr früh geht das Kurbeln los...«

Bettenhausen saß auf der Erde und riß an seiner Harmonika.

»Rubenzoni soll alleine tanzen!« rief Turtulese plötzlich aus.

Der fremde Häuptling aus Berlin warf Rock und Weste ins feuchte Gras und stand in Hemd und Hosen da. Fackeln zur Rechten, Fackeln zur Linken. Über sich den Weltbaum der Sterne, begann er langsam die Füße zu werfen, und alle andern hörten auf.

Und es entklang den gezogenen Wellen von Bettenhausens Harmonika die Washingtonpost. O alter Triumph von neunzehnhundert! Des I. P. Sousa »Washingtonpost«. Wo war diese Musik geblieben, fünfundzwanzig Jahre lang? Hatte sie in den blanken Bügeln der Harmonika geschlafen? Nun war er da, der atlantische Tanz. Hier, zwischen den Türmen Karthagos geschah er, auf die ein Teppich von Sternen herabhing, ein Sternenbanner voll Musik, eine Milchstraße von Amerika bis nach Italien, die man beschreiten, befliegen, besingen, betanzen konnte! Diesen herrlichen Schiffergalopp, gefunden vom Kapellmeister Sousa aus einer Luft von Leuchttürmen, Wasserwildnis und Kohlenstaub: Benno Rubenson nahm ihn an. Aufgerichtet, erhobenen Kopfes, winkte er Clothilde herbei.

Sein rechter Arm und ihre Linke, aus dem Körper herausgestreckt, vereinten sich zu einem Bugspriet, das die beiden lustvollen Leiber wie die zwei Hälften eines Schiffes vereinigt über die Wiese führte, als sei sie ein dunkelschäumendes Meer... Wie dufteten Steppe, Sterne und Wein! Wie waren die Bronzegesichter der Räuber bald nahe und bald ein ferner Saum, zu dem man mit einem Steuerruck, wie zu einer Mole, umkehren konnte. Wie brauste das Dasein, zwischen den Schenkeln. Wie schäumten die Körper, verschluckt vom Wind.

Von tiefem Atem gebläht, standen sie. Es klatschte: Evviva Rubenzoni!

»Weiter!« rief er befehlshaberisch. »Alexanders Ragtime!« Auf einmal hielt er Dolores Planck zwischen seinen Armen und riß sie gewalttätig umher. Ihre kleinen Sohlen verloren die Erde. Bettenhausens Harmonika hielt nicht mehr Schritt mit dem Bacchanal, das Rubenson entfesselte. Und plötzlich warf er sich aus dem Tanzplatz und landete, Dolores im Arm, hinter einem der Nuraghen.

Zehntausend Jahre bliesen Kühle gegen Benno Rubensons Schultern, als er sich über die Taumelnde beugte. Aber Dolores, noch eben im Tanz nicht weniger nachgiebig als ein Schal, wurde hart und verteidigte sich. Er jagte ihren Mund wie ein Jäger, umstellte erst ihr Gesicht mit Küssen, ehe er zwischen die Lippen traf. Einen flammenden Augenblick nur ergab sie sich, dann stieß sie ihn fort. Mit übers Knie gerafftem Kleid sprang sie in die Helle zurück.

Der Wind, der vom Meere her gegen den Turm stand, zerstrich und entfernte die Musik. Die Sterne, in nie geahnten Schwärmen, stiegen aus dem Wasser herauf, Glanzungeheuer, Tiere aus Licht, Myriaden Köpfe, Füße, Gelenke. Das trunkene Auge des Menschen gewahrte, was es sonst nur ahnen konnte; die dunklen Bänder zwischen ihnen, an denen sie hinstrebten wie Gespanne, wurden sichtbar in dieser unsterblichen Nacht.

Da, plötzlich, vor eine Stelle des Himmels, die matt wie Fischschuppen schimmerte, trat eine menschliche Gestalt. Ein Frauenkleid löschte die Sterne aus und legte die Arme um Bennos Hals. Mit Augen, die naß waren vor Dank, vor Verehrung und Eifersucht, näherte sie sich seinen Lippen. Er trank ihre Tränen. Zum erstenmal formte sein Mund dabei die Worte: »Süße Susi!« Sie schauerte.

Sie barg den Kopf an seiner Brust. »Ich liebe Sie ja so sehr!« sagte sie.

»Du liebst Italien!« lächelte er abwehrend und streichelte ihren Kopf.

»O nein«, sagte sie, so weich, so heiß, daß er die vorwärtsdrängende Brust und die Knie durch ihr Kleid spürte. Und – wunderbar genug am Südmeer! – spürte er durch dieses Kleid das ferne Wien, dessen holder Körper nur Weichheiten hatte und keine Härte. Doch diese Nacht war grenzenlos und zubereitet von vielen Zonen.

Er ging mit ihr an den Klippen entlang, wo aus der tintig dunklen Tiefe das Meer mit langem Atem heranschnob.

»Was sind das für Zeichen?« sagte sie plötzlich. Der Finger eines Semaphors glitt sekundenlang über die Fläche. Ein zweiter schien zu antworten. »Das Festland ist doch nicht so nah? Sind hier Kriegsschiffe?« fragte sie – aber er erwiderte nichts.

Er riß sie an sich. Sie sank ins Gras. Der große Körper über ihr verdeckte ihr die See und die Sterne. Die tiefen Atemzüge des Wassers vermischten sich mit der Gewalttat und mit den Atemzügen der Liebe.

Als sie zum Tanzplatz zurückkehrten, waren die Deutschen schon schlafen gegangen. Pedrotti, an die Eingangstür eines der Nuraghen gelehnt, gab Befehl, Wachen auszustellen.

»Wo ist Trevisani?« fragte er.

»Schon wieder verschwunden«, murmelte Cossu.

»Maledetto porco! – und Barbieri?«

Cossu lachte: Der Doktor Barbieri (habe ihm Trevisani erzählt) sei so hoffnungslos besoffen, daß er ihn in Cágliari habe liegen lassen müssen. Im Albergo Stella Maris, an der Via Lamarmora.
»Dio mio!« seufzte Pedrotti. »Soviel ich hörte, liegt diese Straße dicht an der Polizeidirektion!«
»Na, die hat doch der nicht zu fürchten. Unser Landarzt aus Arbatax!«
Mit starren Augen kam Trevisani, Revolver und Gewehr tragend, plötzlich aus einem Nuraghen heraus.
»Da ist er ja!« sagte Angelo Cossu und hatte auf einmal das Gefühl, das Leben würde schöner sein, wenn Trevisani verschwunden wäre.
»Wo willst du denn mit den Waffen hin?« sagte Pedrotti aufgebracht und mäßigte gleichwohl den Ton. Denn schließlich hatte Trevisani ihm heute die Deutschen hergebracht.
»Auf Wache!« versetzte Andrea stolz, bevor er sich ins Dunkel entfernte.

Nicht um neun Uhr.
Um vier Uhr früh erwachte Rubenson von einem Klopfen. Der steile Nuraghe, in dem er schlief – zu ebener Erde, in einer Kammer, kaum größer als eine Bettlade – klang hohl und bis zum Gipfel hinauf.
Ohne jegliche Schlaftrunkenheit öffnete Benno die kleine Tür und sah Pedrotti im Morgenlicht, zwei Büchsen kreuzweis umgehängt.
»La cáccia...!« sagte er. »Die Jagd...«
Und wie noch Benno zögerte, kam ein Hauch von den Wiesen gelaufen, so überwältigend kräuterstark, daß es den Einatmenden fast umwarf. Er schloß die Augen; da war es ihm, Pedrotti blase ihn auf die Lider. Bis in den innersten Grund des Lebens geschah ihm etwas. Er mußte folgen.

Pedrotti schritt durch die Wiesen voran. Unter jedem Schritt, den sie taten, schleuderten sich die Zikaden hoch. Es dröhnte das Gras; jeder Blütenkopf brandete von Insektenflügeln. Ein Tier mit blutrotem Gehörn, halb Käfer und halb Schmetterling, sprang in wahnwitzigen Hyperbeln und landete auf Bennos Hand.

Ging Pedrotti nicht etwas schnell? Nun war er schon fast in der Macchia, die sich, trunken von Vogelgeschrei, wie mit Armen gegen ihn vorschob.

Was jagte man eigentlich im Mai?

»Gib mir eins von deinen Gewehren!« wollte Benno ausrufen. Aber er konnte nicht Italienisch. Das Brausen des Lichts und der Gerüche machte ihn müde. Er setzte sich.

Wo war der Käfer? Schon wieder fort.

Aber dafür kamen jetzt Schafe. Einfache und gerechte Schafe.

»Schafe sind das, wie aus der Bibel!« dachte Benno und freute sich.

Er legte sich völlig und schloß die Augen. Die Glöckchen läuteten ihn in Schlaf.

Wenn Gott jetzt »Parole!« gerufen hätte, so hätten, in seinen Himmel zurück, die Dinge ihm Antwort geben müssen:

Hier Granit!

Hier Meer!

Hier Ginster!

Hier ein Mensch, Benno Rubenson, Abkömmling palästinensischer Hirten, seit einigen tausend Jahren verirrt!

Süß läutend floß die Schafherde hin. Um die Moräne des liegenden Mannes glitten die Tiere altklug herum. Benno erfaßte das eine am Fuß. Er zog die Wolle des Geschöpfs augenblicklang über sein Gesicht, dann mähte und enthüpfte das Tier. Plötzlich wurde ihm etwas eng. Er dachte an das Kristallfläschchen, in seiner linken Rocktasche. Die linke Rocktasche aber befand sich nicht in seiner Reichweite; denn er war in Hosen und Hemd.

»Nein!« dachte er. »Ich bin zu glücklich!«
Gott rief Parole.
Er drehte sich gehorsam gegen den Osthimmel, seufzte noch einmal und entschlief.

Clothilde schlief schlecht. Gegen Morgen quälte sie ein seltsamer Traum:
Sie sah sich im Friedrichstraßenbüro und glaubte auf Rubenson zu warten. Sie saß im Vorzimmer und war verhindert, ins Privatkontor einzutreten, obwohl die Polstertür offenstand. Wie sie den Kopf reckte, sah sie drüben vier ernste Männer in Gehröcken, mit schwarzen Zylindern auf dem Kopf. »Das ist ja Combaleau-Albert!« stellte sie fest und empfand es fast komisch, daß ein Mann mit solchem Haarwuchs einen Zylinder aufgesetzt hatte. Denn unter dem umgestürzten Glanztopf quoll ihm das silberweiße Haar nach allen Seiten. Neben ihm saß Trevisani, dem ebenfalls die würdige Kopfbedeckung nicht paßte. Eher paßte sie schon Delbosq, dessen grünliches Gesicht sinnlos in die Länge gezogen und von Tränen überschwemmt war. Als sie Hippolyte weinen sah, bewegte Clothilde ein unklarer Schmerz, und sie begann ebenfalls zu weinen. Der vierte Mann, der zu murmeln schien, war ihr bisher abgewandt gewesen. Als er plötzlich Halbkehrt machte, erschrak die Träumende namenlos: dieser Herr war der Bandit Pedrotti und sah aus wie ein deutscher Handwerker in seinem besten Sonntagsstaat. Auch sein Gesicht war von Tränen gewaschen, und gerade das machte seine Farbe heller als sonst: es war beinahe weiß.
Susi Gschweidler trat in die Tür. Da sie meistens weinte, fiel es nicht auf, daß sie es auch heute tat. Aber welch ein Grund zwang jene, jetzt Clothilde zu Füßen zu stürzen und ihr die Knie festzuhalten:
»Nein, bitte, gehen Sie nicht hinein!?« – Sie machte sich, unter

Mühen, los und taumelte gegen den Türpfosten. Sie hörte und sah: nun hatten die Männer etwas wie schwarze Tafeln bei sich (es mochten auch dünne Bücher sein), von denen sie etwas abmurmelten. Und lauter erhob Pedrotti die Stimme: »Jiskaddal we jiskaddasch scheme rabo deolmo...«
Clothilde wußte: dies war das jüdische Totengebet! – und dachte voll furchtbaren Entsetzens: »Ja, aber das sind doch keine Juden?! Das sind doch, alle vier, keine Juden! – Wo bleibt nur Benno? Was ist denn das?!«
Schweißtriefend fuhr sie in die Höhe. Ihre Armbanduhr zeigte fast neun. Sie streifte die Betäubung ab und begann sich hastig anzuziehen, denn um neun Uhr begannen die Aufnahmen.
Drunten, in der Nähe der Küste, wo zwei bucklige Heidewege (eigentlich waren es Hohlwege) im Winkel gegeneinander liefen, stand Krienelke mit der Kamera. Sehr schnell bergabgehend, eigentlich rennend, brauchte man beinahe fünfzehn Minuten, um von dem Platz der vier Nuraghen an diese Stelle zu gelangen. Eine so rasche Vorüberflucht der mannshohen, blumenbestandenen Wälle erschien Clothilde fast wie ein Film; und sie litt zugleich das Erinnern an ein Geschehnis aus ihrer Kindheit: als ihr Vater zum erstenmal sie in ein Schlachtenpanorama mitgenommen hatte... damals sah es ähnlich still aus wie hier. Zwischen Getreide und Mohnblumen hatten Franzosenleichen gelegen... aus Wachs. Wie hatte sie geweint!
Gott sei Dank! Da stand Krienelke am Apparat und war kurbelbereit. Da stand Pedrotti, umweht von Meerluft. Die große, zottige Mastrucca, die er über der Schulter trug, die weißen, gebauschten Leinenhosen über seinen schwarzen Gamaschen versprachen jahrzehntelange Gesundheit. In dem silbrigen Bart des Garibaldiners spielte die Sonne. Susi Gschweidler stand züchtig da und bewunderte ihn. Freilich war sie die einzige, die von den Deutschen anwesend war. Cossu, Caviglia und Turtulese stolzierten mit prachtvollen alten

Gewehren vor der Kamera auf und ab. Sie waren bereit, zum erstenmal vor dem Publikum zweier Hemisphären zu scheinen, was sie auch wirklich waren.
»Wo sind die andern?« rief Krienelke.
»Die verschlafen natürlich die Zeit!« sagte Clothilde atemlos. »Bettenhausen hat zuviel getrunken. Aber den brauchen Sie ja nicht – und auch Dolores kommt heute nicht dran!«
»Stimmt!« sagte Krienelke. »Und der Direktor?«
Gott! Wo war Benno?
»Ich hole ihn!« sagte Clothilde und stürzte davon.
Aber, und nicht nur, weil es bergauf ging, begann sie langsamer zu gehn. Sie fing an, sich auf etwas vorzubereiten.
Und später ging sie ganz, ganz langsam.
Und schließlich begann sie etwas zu suchen. Nicht in den Kammern der vier Nuraghen, sondern auf dem Erdboden, zwischen Kraut und Asphodelosblüten.
Sie schrie nicht auf, als sie Benno fand. Denn sie hatte ihn im Traum schon begraben. Aber unermeßliche Tränen brachen aus ihrem Angesicht, ihr ganzer Körper schien zu weinen, als sie bei Benno niedersank. Sie umarmte und drückte seine Füße. Es war, als wagte sie noch nicht, ihm Hände, Brust oder Stirne zu streicheln. Ein so ungeheurer Respekt mengte sich in ihren Schmerz, der eigentlich frei von Verzweiflung war.
Groß und gerade lag er da. Überaus jung, ein strenger Schläfer. Den großen, breitkrempigen Farmerhut in der Krümmung des linken Arms. Die rechte Hand war ausgestreckt. Wie bei einem edlen Redner waren Zeige- und Mittelfinger gleichsam gegen das Volk gestreckt, während Ring- und Kleinfinger vom Daumenballen gehalten waren. Der Mann sah aus, als sei ihm noch kürzlich ein geistiger Beweis geglückt.
Clothilde hatte sich erhoben. Während sie ununterbrochen schluchzte, und dieses Schluchzen für ihre Lunge eigentlich nicht schmerzlich war, sah sie mit großer geistiger Klarheit, daß für sie

jetzt nicht Weinens Zeit war. Ein andermal – nein, stets und immer! – wollte sie den Mann beklagen, der ihr der erste gewesen war; der als Vater, Liebhaber, Lehrer ihre Jugend erfüllt hatte. Jetzt aber waren sie auf der Kriegsfahrt! – »Le commandement est à moi!« dachte sie, und ein Schauer vereiste ihre Tränen.

Das Heft! Das Heft! Le petit cahier!

Wie der Tod des Soliman den Osmanen beim Sturm verschwiegen wurde, so sollte – zumindest ein paar Stunden und, wenn es ging, einen ganzen Tag! – auch den Räubern der Tod dieses Häuptlings verschwiegen werden. Noch gab es das Heft! Noch gab es le petit cahier, die Blätter, da bis ins einzelste jede Szene durch die Société Voltaire notiert war! – Bettenhausen schien ein ganzer Mann. Er sollte ihr Erster Offizier sein. Er sollte noch heute in ihrem Namen die Compagnia Rubenzoni unter seine Führung nehmen – als Regisseur des Pedrottifilms!

Sie beugte sich rasch noch einmal nieder und nahm dem Toten die Brieftasche ab. Sie sah hinein. Mit Rührung und Stolz erblickte sie die Vierzigtausend, die Rubenson am zehnten Mai von der Banca di Cágliari abgeholt hatte. Aus dem Nichts hatte dieser Mensch in einem einzigen Vierteljahr hunderttausend Mark gegriffen. – Respekt! Respekt! Und aufschluchzend machte sie mit der Brieftasche gegen ihre rechte Schläfe die Bewegung des Salutierens.

Kehrt marsch! Ins Haus! Le petit cahier! Geholt das Zepter der Gewalt: bläuliche Blätter in silbrigem Umschlag!

Die Kammer, in der Benno geschlafen hatte, war arm und klein, wie alle Kammern, die die Normannen an die Nuraghen angebaut hatten. Über der Stuhllehne hing das Hemd, der weiche Kragen und die Krawatte, mit der Benno gestern getanzt hatte, und machte die Sucherin erbeben. Da! Auf der Bettdecke, welche schräg und bedeutsam niedergeglitten war (alles kam ihr jetzt so entfernt vor, als betrachte sie ein sehr ernstes

Gemälde), lag gerollt der Kommandostab, bläuliche Blätter in silbrigem Umschlag.
Sie nahm es. Sie öffnete es. Sie las:

DAS LEBEN DES BANDITEN PEDROTTI
EIN FILM VON BENNO RUBENSON.

ERSTES BILD. *Auf einer Mauer im Süden liegt eine junge Frau, in einem hellen, losen Kleid. Langsam gleitet hinter ihr ein buschbestandener Abgrund herauf, eine Bucht, in die das Meer schlägt. Es ist sehr sonnig, und die Wellen, die mit Ruhe anlaufen, sind wie die langen, flachen Ränder eines antiken Bronzetellers...*
Was ist denn das?! Was ist denn das?!?!
Alles ist Ruhe, las sie weiter, *die liegende Frau, die zwischen Zähnen einen Halm dreht, ruht, ohne zu denken. In ihren aufgestützten Armen und ihren strumpflosen, edlen Knöcheln träumt das Leben.*
Ja, da träumt es! – Und wenn du fragst, was dies ist, Clothilde, so mußt du jetzt nicht ohnmächtig werden. So setz' dich still auf einen Stuhl und denk und erkenne, was dies ist: um des träumenden Lebens willen *(um der Eidechse, die an der Mauer mit atmender Kehle still verharrt)* hat Benno Rubenson betrogen!
»Gott!« schrie sie auf. »Ist das denn möglich? Dieser Mensch hat ja alle zum Narren gehabt! Dieser große, entsetzliche Mensch!«
Sie zitterte am ganzen Leibe. Sie blätterte und raschelte und sah: es war nicht der petit cahier, den Combaleau gebracht hatte. Es war Rubensons alter Kunstfilm, das Manuskript der Italiensehnsucht, das Manuskript der Todessehnsucht, das er ihr damals gezeigt hatte.
Und da – ein Brief! Eine Aufzeichnung, die er neulich gemacht hatte... In Rom, als er einen Tag lang gelegen; unter die Bettdecke hatte er das Papier gesteckt, als sie hereinkam. Er hatte

sie strahlend angelächelt, während er ihr das Briefblatt verbarg. Sie erkannte es wieder... die Bleistiftzüge:
»Weißt du, was Propagasmus ist? Propagasmus ist ein Wort und ein Überbleibsel aus dem Kriege. Propagasmus ist eine sehr wichtige Sache. Propagasmus ist die Arbeit, die aus den Propagandafonds der Großstaaten bezahlt wird; verstehst du?«
»Es sieht so aus wie Propaganda. Aber: on se moque de cela. Es wird zwar wie Propaganda bezahlt (denn dazu sind ja die großen Fonds da) – doch die Eingeweihten, die mitspielen, bezeichnen es als Propagasmus, da fast immer das, was man macht, unwirksam und sinnlos ist und gar nicht der Propaganda dient. Die Hauptsache ist, daß die Regierungen, die es bezahlen, daran glauben!«
»Du bist so klug, Clothilde, und glaubst... kannst wirklich glauben, liebe Clothilde, daß ich einen Hetzfilm schaffe? Daß meine Schulden mich zwingen werden, die politischen Schweinereien auf dieser Erde noch fortzusetzen? Ich habe hunderttausend Mark dort genommen, wo ich sie fand. Mein Film aber, den ich schaffen werde: begreifst du, der gehört mir allein. Die Société Voltaire, mein Kind, wird diesen Film weder sehen noch nehmen. Der Rest des Geldes, den sie versprach, interessiert mich nicht... Fraus Sacra...« Hier wurden die Züge undeutlich. Hier schien sie ihn gestört zu haben.
Sie las noch einmal die Botschaft des Toten, und vor Verwundern erstarrte sie. Clothilde schlief mit offenen Augen, auf dem Stuhle, die Hände im Schoß. Zwei ferne Gongschläge weckten sie – und wenige Sekunden später ein furchtbares Krachen im Nachbarbau. Ein Mensch schrie auf, ein Hund heulte. Eine Staubwolke quoll zum Fenster herein.
»Ist das ein Erdbeben?« dachte sie vag. Sie ergriff das Heft und stürzte hinaus.
Sie hustete und war halb blind. Eine zweite Explosion, droben in dreißig Meter Höhe, erblitzte neben dem Kegelstumpf des

Nuraghen. Noch hielt er sich – aber er goß einen Steinhagel nieder. Ein Brocken sprang in Clothildens Stirn. Sie fiel. Sie stand blutig wieder auf und rannte, rannte, rannte ans Meer.

Kriiiiih!...
Krieahuuu!...
Rompuuu!...
Rompall!...
»Das sind ja schwere Schiffsgeschütze!« brüllte Bettenhausen. »'Raus! Deckung nehmen! – Herbert! Dolores!«
Kriih!... Kriiau!... Rrrum!... Rompum!... Romp-pall!
Er stürzte aus seinem Nuraghen heraus – Rompall! – währenddessen die Nachbarbauten Stockwerke und Steine niedergossen, als sei da droben das Wehr der Zeiten gebrochen, und die Vorweltriesen, die Phönizier und die Ritter schmissen mit ihren eigenen Händen von oben die alten Bastionen herunter.
»Los! In den Hohlweg, gegen die Küste!«
Sie rasten zu dritt den Schüssen entgegen. Während in sausender Steilkurve Tonnen unsichtbaren Eisens gegen die Türme gewuchtet wurden, rasten sie zwischen gebuckelten Hügeln auf die rettende Bläue zu.
Kriih!... Krieahu!... Die Lüfte weinten, sie schrien ehe der Einschlag kam; dunkel, wenn er das Erdreich traf; zerberstend, wenn er ins Mauerwerk schlug. – Rompuuh! Rompall!... Der letzte Nuraghe stürzte droben in die Knie – die Vierzig-Zentimeter-Granate der italienischen Kriegsmarine biß ihm die Brust ab; er war gewesen.
»Verfluchte Feigheit!« schrie Bettenhausen. »Unsere noch nicht dreißig Gewehre mit Schiffsgeschützen zuzudecken!« Er kannte das von Ostende her und von dem furchtbaren Nachtangriff, den damals englische Zerstörer auf die deutsche Mole gemacht hatten.

»Los! Springt ins Meer! Ich zieh mich aus...« Rasch, noch im Laufen, hatte er von seinem großen, blonden Körper die Oberkleider abgestreift. In Schuhen, Unterhosen und Strümpfen lief er weiter durch Steppe und Stein.

»Halt da!« rief er plötzlich. »Was ist das?«

Sie taten's ihm nach und warfen sich nieder.

In der Bucht, hinterm letzten Hügel, waren Motorschiffe gelandet; soweit man sehen konnte, vier Boote. Ein starkes Kommando schwenkte schon um die nächsten Klippen herum. Es war Marineinfanterie, die, laufenden Schritts zur Höhe strebend, Maschinengewehre vor sich hertrug. Kaum hatten die Boote die Küste berührt, als die Artillerie aufhörte.

»Nimm den Kopf weg, Herbert! Verflucht!«

Aber da war es schon zu spät. Kaum hatten unterhalb des Hohlwegs die Maschinengewehre Stellung genommen und angefangen, ihr lautes Ticktack ins angstvolle Schweigen der Wiesen zu legen, als Lüttke-Paul mit blutiger Wange und einem Armschuß ohnmächtig wurde. Dolores, die eine mutige Frau war, half Bettenhausen den schweren Körper hinter einen Felsen ziehen. Hier waren sie in Sicherheit; staunend sahen sie, als ob nicht auch ihnen diese Dusche von Schüssen gelte, fünf Meter daneben eine Salve von Projektilen sich drehen und wälzen.

Nach einer Viertelstunde endlich hörte das ganze Schießen auf. Bettenhausen, der ein Ohr dafür hatte, schwur, daß die Pedrottibande das Feuer gar nicht erwidert habe. Entweder waren die Banditen entsprungen oder alle tot. Er bat Dolores, einen Teil ihres Hemdes zu zerreißen (wobei er lächelnd konstatierte, daß trotz durchlittener Todesgefahr ihm das Weiße ihrer Schenkel gefiel) und es als Fahne zu verwenden. Er band einen kleinen Stein hinein, um den Streifen schwerer zu machen und schwang ihn vielmals hoch empor.

Die Marineinfanterie, auf ihrem leeren Schlachtfeld wartend,

sah dieses Zeichen der Ergebung und rief ermunternd: »Avanti!« und »Pronto!«
Herbert hatte sich erholt. Es war leicht möglich, ihn aufzurichten und langsam gegen vorne zu führen.
Wo sich der Hohlweg gabelte, stand die verlassene Filmkamera. Ein Geschoß hatte ihre Kurbel getroffen; sie war verbogen und abgesplittert. Ein anderer Schuß des Maschinengewehrs hatte ihr Stativ geknickt. Sie war nicht gestürzt, aber ihre Stirn hatte sich gegen die Erde geneigt, und ihr gläsernes Auge glotzte auf einen im Hohlweg liegenden Menschen.
Wer dies Zusammen der beiden sah, der mußte einen Augenblick glauben, daß das trauernde Filmgeschütz jenen Menschen erschossen habe, der hier in einer Blutlache lag. Eine Reservekassette hatte, von einem flüchtenden Fuße berührt, sich im Sturze geöffnet. Ein langer Streifen reinen und durstigen Zelluloids vermischte sich mit Pedrottis Blut.
Als Dolores sah, wie das Objektiv gegen die Brust des Toten zeigte, schrie sie auf, verhüllte das Antlitz und fiel in Bettenhausens Arm. Der hatte nun zwei Menschen zu tragen, Herbert links und Dolores rechts.
Die Erscheinung dieses fast nackten Mannes, überlebensgroß und sehr blond, übte eine seltsame Wirkung auf das Karree der Marineurs. Dieser germanische Athlet, der da mit zwei Menschen jonglierte, bot eine große Überraschung. Der Marinekommandant hatte augenscheinlich erwartet, eine Bande balkanisch gekleideter Räuber (wie man sie aus Albanien kannte) mit in die Höhe gehobenen Armen aus der Deckung schwanken zu sehen. Statt dessen erblickte er nun diese Szene... die eigentlich nicht ganz anständig war. Es ist nicht italienische Art, sich so mutwillig zu entkleiden – und gar noch in Damengesellschaft! Auch der Badesport hat seine Grenzen; zügelloser Nordländer Sitte ist's, die die Grenze überspringt.
So dachte Herr Giulio Falconetti, ein frommer Katholik aus

Tarent, als er jenen Mann aus Hannover, Karl Bettenhausen, anrücken sah. Aber er dachte auch noch etwas anderes. Er dachte, daß er in Heidelberg, mehr als zwei Jahre kriegsgefangen, eine ziemliche Menge von Bettenhausens halbnackt mit großen Waschzubern vielfältig hatte herumlaufen sehen. Er beschloß, nach der Kriegshandlung auf diese Geschichte zurückzukommen.

Der erste Teil der Kriegshandlung war die Beschießung des Hohlwegs gewesen. Der zweite Teil bestand darin, daß man Helmut Brechenmacher, Gotthilf Krienelke und Susi, die kerngesund, aber jammernd und weinend, in die Klippen geflüchtet waren, mit nassen Kleidern aus dem Meer zog und zu den drei andern Verhafteten stellte. Drittens sagte Falconetti und erhob sehr laut dabei die Stimme (er sagte es in französischer Sprache): »Die Franzosen sollen vortreten!«

»Wir sind alle Deutsche!« sprach Bettenhausen, und vor übergroßem Ärger wurde sein Körper noch etwas röter.

Falconetti zuckte die Achseln. »Wenn hier keine Franzosen sind«, sagte er, daß mancher es hörte, zum Marineleutnant Murri, »so können wir auch keinen verhaften; so war zum mindesten dieser Teil unserer Informationen falsch.«

»Ich möchte darauf hinweisen«, sagte der Leutnant ergeben und spöttisch (freilich sprach er um vieles leiser), »daß der Kern der Informationen weder aus Marinekreisen noch aus Heereskreisen stammt.«

Der Oberst lächelte und begann ein Zigarettenetui zu beklopfen. »Woher wissen Sie denn das?« fragte er angelegentlich.

Der Leutnant bewegte leise die Brauen, das etwas wie »Vorsicht« andeuten sollte, und tat einen Harnisch aus Schweigen an. In diesem Augenblick erreichte den Kamm des Weges ein schwerer Marschtritt. Schwarze Kolonnen in Viererreihen begannen den Hohlweg bergab zu ziehn. Das Marinekorps nahm Stellung ein. Der rechte Arm der Offiziere erhob sich im

Winkel von neunzig Grad zum Faschistengruß, der Miliz entgegen.
Es war der Fascio von Cágliari, der – kombiniert mit dem Seeangriff – anscheinend von der Landseite her die Türme Karthagos umzingelt hatte. An der Spitze marschierte ein schwarzer Oberst mit schwarzem Kalpak und blauem Brustband, ein gelassen großer und schneidiger Mann. Neben ihm ging Trevisani, völlig blutlos vor Aufregung, fast grün, wie nach einer Seekrankheit.
Es waren mehrere hundert Faschisten, mit Gewehren, Dolchen, Pistolen bewaffnet. Die Tatsache, daß dieses Aufgebot auch nicht *einen* Gefangenen erbrachte, war's, die Andrea toll machte. So waren sämtliche Banditen seitlich entsprungen, zwischen der Zange der Marineurs und der Zange der Faschisten entschlüpft, entkommen? Welch eine unfaßliche Blamage!
Sie aber war es nicht allein, die seinen Hals vor Wut bersten machte. Eben vernahm er, wie der Oberst der Marineinfanterie, mit dem Barbaren Bettenhausen eine Zigarette wechselnd, mit lauter Stimme auf deutsch fragte: »Wie geht es dem Herrn Hindenburg?«
Trevisani konnte nicht Deutsch; aber dieser eine Name zeigte ihm klar, woran man hier war. Im Grunde war nur auf *eine* Truppe der cara patria Verlaß! Oh, hätte nur er jetzt das Kommando über die Schwarzhemden besessen! Er hätte diesen Marineurs, diesen nichtsnutzigen Wasserpflügern, schon ihre Beute abgejagt... Ihre germanischen Gefangenen, die sich schon gar nicht mehr fürchteten, nein, unbotmäßig lächelten... Gott sei Dank, er erblickte Clothilde. Anscheinend völlig ahnungslos kam sie den Hohlweg herabgeschritten. Die Törin fächelte sich sogar mit einem blausilbrigen Konvolut Luft ins Gesicht, über das allerdings sich eine braunrote Blutkruste zog.
Das sah nicht sehr appetitlich aus! Doch Trevisani haßte einmal diese gefährliche Frau besonders. Sie hatte sich mit Männer-

sachen, Kriegssachen, Blutsachen eingelassen, um schäbigen Verdienstes willen – nun mochte ihr eigentlich recht geschehn, wenn sie ein myriadenes Bruchteil von jenen Mannesschmerzen erlebte, die im Kriege jede Minute um den wunden Erdball jagten!

»Das ist sie!« sagte Trevisani ziemlich laut zu dem Oberst der Cágliaresen, der groß im Kalpak neben ihm stand. »Und da hat sie auch das Heft!«

Der Oberst führte die Hand zur Schläfe. »Gnädige Frau!« begann er leise. »Es tut mit leid, Sie verhaften zu müssen. Zugleich stelle ich an Sie die Frage, wo sich Ihr Geschäftsfreund befindet, mit dem Sie diese Expedition nach Sardinien unternahmen.«

»Er befindet sich«, sagte Clothilde ernst, »wo Sie ihn nicht mehr erreichen können. Ich verstehe übrigens nicht, warum Sie mich meinen Tränen entziehen und ins Gefängnis bringen wollen.«

Der Oberst betrachtete Trevisani, der ungemein verwirrt aussah: »Herr Rubenson ist tot! Wie das?« Und gestern abend lebte er noch – dachte Andrea sehr erschrocken – wie ist das nun mit der Zeugenschaft?

Keine Franzosen, kein Rubenson, aber: Triumph, hier war das Heft!

»Bitte, geben Sie mir das Heft!« sagte er höflich zu Clothilde.

»Wer sind Sie denn überhaupt?« fragte sie. »Ich habe Sie in Cágliari neulich zum erstenmal gesehn, und ich soll Ihnen sogleich das Gut meines verstorbenen Freundes aushändigen?«

Sprachlos trat Andrea zurück. Dann nahm er seinen Oberst beiseite und begann auf ihn einzuzischen.

Jetzt salutierten die Faschisten. Zwei von ihnen kamen herab. Sie hatten Benno droben gefunden und trugen ihn auf einer Bahre. Susi, die Wienerin, schrie auf. Nie wieder drückte er sie ans Herz, nie wieder schritt er, nie wieder verdeckte sein großer Körper ihr alle Sterne.

Aufs neue salutierte der Oberst. »Gnädige Frau!« sagte er bestimmt. »Als Höchstkommandierender der Miliz befehle ich Ihnen, das Heft auszuliefern!«

»Gerne, Herr Oberst!« sagte sie. »Doch nicht in die Hand Ihres Untergebenen!«

»Ich bin für Ihr Gut verantwortlich«, sagte er, und nahm es ihr ab.

Sie lächelte ihm ernst ins Gesicht. »Darf ich Ihren Namen wissen?« fragte sie mit bescheidenem Ausdruck.

»Oberst Leone-Felice Brod!«

»Colonello Brod?« sagte sie verwundert. »Das ist kein italienischer Name.«

»Ich bin Hebräer«, sagte er sachlich – und als er sah, wie sich ihr Gesicht stürmend und jäh verwandelte, fragte er: »Wie bitte, gnädige Frau?«

»Nichts!« flüsterte sie. »Ich meine nur... Ich möchte nur darauf hinweisen, daß aus dem Paß des Herrn Rubenson hervorgeht, daß auch er Jude war! – Ich möchte Sie also darum bitten, für eine rituelle Bestattung in Rom, das der Tote sehr geliebt hat, gütigst Sorge tragen zu wollen.«

»Meine Dame!« sagte der Colonel kühl. »Ihr Wunsch wird natürlich erfüllt werden. Im übrigen versichere ich Sie, daß auch ein katholischer Offizier ganz so, wie ich es tun werde, sich dieses Auftrags entledigt hätte. Wir Italiener sind Italiener.«

»Wie meint er das?« dachte sie verschwommen. Und laut: »Die italienischen Juden lieben ihr Vaterland! Ich weiß es!«

Ein Schatten dunkler Indignation fiel über das aufrechte Gesicht des Leone-Felice Brod: »Die Juden beweinten den Leichnam Cäsars. Auch heute kann das Imperium Romanum keinen seiner Bürger entbehren! Wenn in Ihrem Vaterlande aus einer Frage, die gar keine ist, dauernd ein Problem gemacht wird, so ist mir diese Unsitte so fern wie das Problem des Bauchaufschlitzens. Ob es nun Übermut, Trunkenheit oder bloße Dummheit ist, wenn sich die Deutschen den Bauch aufschlitzen, scheint mir keines Nachdenkens würdig!«

»Hier haben« – dachte Clothilde seufzend – »die Deutschen einen Hasser mehr. Aber sie sind nicht unschuldig daran!«

Der Colonello war weggetreten. Doch die Marineoffiziere, die schon mit Dolores schwatzten, kamen mit gutem Blicke heran.

»Signori!« näselte Clothilde. »Ich bin durch die Miliz verhaftet. Könnte Ihr Führer nicht erwirken, daß ich mit meinen Freunden hier, mit diesen Schauspielern, zusammenbleibe?«

Murri begab sich zu Oberst Brod, verhandelte mit leiser Stimme und brachte die Erlaubnis mit, daß auch Baronin Clothilde Bergmann mit den anderen Verhafteten dem Marineministerium in Rom zu überstellen war.

»In diesem Falle«, lächelte Brod, »übergebe ich auch das blaue Heft dem Herrn Obersten Falconetti!«

»Gerettet!« atmete Clothilde.

Sie sah sich die Offiziere an. »Wie weit kann ich gehn?« bedachte sie.

»Werden Sie eine Radiodepesche für mich besorgen, Herr Leutnant Murri?«

»Ist der Inhalt unbedenklich?«

Aber da diktierte sie schon: AN DEN JUSTIZRAT VON HENNINGSDORFF BERLIN KOCHSTRASSE. KOMM NACH ROM TRIFFST MICH MARINE-MINISTERIUM GEBRAUCHE DRINGEND DEINEN SCHUTZ.

»Ick würde dir herauspauken!« dachte sie fröhlich und lächelte.

Andrea Trevisani, höre!

Du läufst umher am Strande Sardiniens, und sinnlos rennt dir das helle Meer in die Klippen und zwischen die Schuhe.

Noch dreißig Minuten, noch zwanzig Minuten, noch zehn – dann sind die Boote klar, und die germanischen Gefangenen, von denen du ahnst, daß man sie höflich in die erste Kajüte führt, entschwinden dir. Am spätesten wird dir das blaue Heft entschwinden, das Heft, an das du noch immer glaubst.

Glaubst du noch immer? Jetzt bleibst du stehen. Doch dein Herz rennt weiter wie ein Wolf; durch die Frühlingsbläue der Wesen rennt es wie ein einsamer Wolf; und wo der ist, ist Winter und Hunger. Alle Wesen sehen den Wolf – nur die Menschen nicht; weil sie zu sehr mit sich selbst beschäftigt sind –: wie er, die Zunge aus dem Hals, bange, heulende Kreise jagt.

Die Beute entschwindet am Horizont.

Umsonst ward Pedrottis Blut vergossen, dessen Leichnam die Cagliaresen in ihre Stadt überführen werden. Du gehst mit ihnen, Trevisani. Du sitzest noch ein paar Wochen im Gasthof, du läufst zur Tür, du wartest auf Post. Aber nie, nie kommt der Brief aus dem Palazzo Chigi. Nie! Nie steigst du empor. Nie wirst du Minister.

Und dann wirst du noch eine Weile auf einen anderen Brief warten. Auf den mit der geliebteren Handschrift; hinter dem zwei Touristenschuhe hinschreiten und ein helles Gesicht, ephebische Schultern und ein Mund voll italischen Wohllauts. Nie kommt dieser Brief!

Die Kühnheit und die Gerechtigkeit haben keine Botschaften an dich.

FINIS LIBRI

Nachwort

Wer den Namen Heinrich Eduard Jacob heute hört, wird vielleicht eher an die Sachbücher dieses Autors denken als an seine zahlreichen Romane, Erzählungen und Schauspiele. Die überaus erfolgreichen Sachbuch-Bestseller über den Kaffee und das Brot und die Musikerbiographien über Haydn oder Mozart haben Jacobs Ruhm begründet, während sein übriges Schaffen, sein gewichtiger Beitrag zur Literatur der Weimarer Republik, darüber zu Unrecht vergessen worden ist. Der ebenso produktive wie erfolgreiche Schriftsteller, dessen Bücher fast alle hohe Auflagen erreichten, ist eine der zentralen Persönlichkeiten des literarischen Lebens zwischen 1912 und 1932 gewesen, ein Autor von europäischem Zuschnitt, der von bedeutenden Kollegen hoch geschätzt wurde. Sein umfangreicher Briefwechsel mit Thomas und Klaus Mann, Max Brod, Stefan Zweig, Lion Feuchtwanger, Julius Bab, Hermann Kesten, Ludwig Marcuse u. a. wäre noch zu erschließen. Jacob war einer der führenden Theater- und Musikkritiker seiner Zeit und ein erfolgreicher Dramatiker, dessen Stücke in den 20er Jahren viel aufgeführt wurden. Zwischen 1928 und 1932 schrieb Jacob fünf Romane, von denen »Blut und Zelluloid« (1930), ein Bestseller jener Tage, hier erstmals wieder vorgelegt wird.

Dieser rasante Roman über einen Hetzfilm, über Faschismus, Industrie und Propaganda, war Ende 1929 eine Sensation, und das Buch wurde selbst von kleinsten Provinzzeitungen rezensiert. Mitte der 50er Jahre schrieb Jacob in einem Text für eine erhoffte Neuauflage: »›Blut und Zelluloid‹ behandelt die Geschichte des Pariser Filmkongresses von 1926 – an dem ich selbst Delegierter gewesen bin. Herriot und andere Politiker der damaligen Zeit treten auf; der wahre Held des Buches aber ist die italienisch-französische Eifersucht und der hetzerische Film, der über das Zusammenspiel von Polizei, Räubern und Fremdenverkehr auf Sardinien gedreht werden soll. Die eine Macht hat den Film bei einer deutschen Gesellschaft bestellt, um die andere Macht vor dem Weltpublikum zu diskreditieren. Ein sonderbarer Idealist, ein Berliner Filmregisseur, handelt als Liebhaber des Südens und täuscht den französischen Auftraggeber, in dem er dem bestellten Film eine andere Handlung unterschiebt: einen unpolitischen Text, den er selbst verfaßt hat, in dem alles Hetzerische vermieden wird... Das ist in großen Zügen erzählt, der Inhalt des Romans, der ein Stück damaliger Gegenwart behandelt – einer Gegenwart, die zwar gestrig ist, doch seltsamerweise noch immer fortwirkt.«

Jacobs fesselndes Buch führt den Leser in Filmateliers und Diplomatensalons, nach Berlin, Paris und Rom und in die wilden Landschaften Sardiniens. Es liest sich zeitweilig wie das Drehbuch zu einem Film über das politische Klima Mitteleuropas im Jahr 1926 und gehört zu den besten Büchern des Genres »Zeitroman«, das in den letzten Jahren der Weimarer Republik in einer Vielzahl von Titeln explodierte. Bücher, die sich mit der jüngsten Vergangenheit und der unmittelbaren Gegenwart auseinandersetzten, schrieben u. a. Georg Hermann (»November achtzehn«, 1930), Lion Feuchtwanger (»Erfolg«, 1930), Hans Fallada (»Kleiner Mann – was nun?«, 1931), Ernst Erich Noth (»Die Mietskaserne«, 1931), Marieluise Fleißer (»Mehlreisende Frieda Geier«, 1931), Erich Maria Remarque (»Der Weg zurück«, 1931), Martin Kessel (»Herrn Brechers Fiasko«, 1932) oder Leonhard Frank (»Von drei Millionen drei«, 1932). Diese und zahlreiche andere Autoren des bürgerlichen Lagers, für die der »Dichter« seine Rolle ausgespielt hatte, waren einer eher sachlichen Auseinandersetzung mit den Problemen der Zeit verpflichtet. Die Zeit des expressionistischen Pathos war vorbei, das Gefühl des Aufbruchs längst verflogen. Kaum einer von ihnen bejahte die Republik, jenen Staat, der die Erwartungen der Jungen nicht erfüllen und den Älteren das Alte nicht ersetzen konnte. Wenn sie überhaupt noch Utopien anhingen, dann waren es die von Frieden und Menschlichkeit, angesichts einer als friedlos und hektisch empfundenen Zeit. Sie erlebten die Zeit bewußt als eine Periode des Übergangs. Heinrich Mann schrieb: »Die Stimmung des Vorläufigen beherrscht Europa. Sie bestimmt auch, was man schreibt.« Unsicherheit, Skepsis, wenn nicht gar Resignation kennzeichnen das Klima. In Erich Kästners »Fabian« (1931) heißt es bezeichnenderweise: »Ich sehe zu und warte. Ich warte auf den Sieg der Anständigkeit, dann könnte ich mich zur Verfügung stellen.« Doch diese bewußte Politikferne war nicht repräsentativ. Nicht alle Autoren wollten sich mit dem Abwarten und Zuschauen begnügen. Es gab durchaus Versuche, hinter die Kulissen der Zeit zu leuchten, soziale und politische Strukturen sichtbar zu machen. Beispiele sind die politischen Romane von Heinrich Mann (»Der Kopf«, 1925; »Die große Sache«, 1930), Hans Natonek (»Der Mann, der nie genug hat«, 1929; »Geld regiert die Welt«, 1930) oder Erik Reger (»Union der festen Hand«, 1931; »Das wachsame Hähnchen«, 1932). In diesen Zusammenhang gehört auch »Blut und Zelluloid«, ein Buch, das von einigen Zeitgenossen sogleich als »politischer Roman« verstanden wurde. So schrieb Arnold Zweig im »Berliner Tageblatt« vom 1. 12. 1929: »(Jacob) nähert sich auf einer neuen, von Heinrich Manns großer Bahn selbständig abzweigenden und unvorhergesehenen Serpentine dem Höhenzug, auf dem die möglichen Gipfel des deutschen Romans erkundet und erreicht werden müssen, und zwar demjenigen, der unserer Epoche so nötig ist, dem Gipfel des politischen Romans, demjenigen also, der in einer geschlossenen und bedeutenden Fabel und Erfindung das Zusammenleben der staatenbildenden Kräfte in der gegenwärtigen Gesellschaft durchsichtig macht.« Für Kurt Pinthus war das Buch »ein politischer Roman, nicht nur, weil er eine politische *Handlung* hat, sondern weil er, was mehr ist, sich für eine politische *Gesinnung* entscheidet, und weil, was noch mehr ist, diese politische Entscheidung einer *geistigen* Haltung entsprießt: jene Humanität, die Wertmesser und Ziel aller zukünftigen Tat sein soll, ist die eigentliche Triebkraft des Buches. Um dieser Gesinnung Ausdruck zu geben, der Humanität Wirkung zu schaffen, nicht der Handlung wegen, schrieb Jacob sein Buch.« Einen geharnischten Verriß schrieb dagegen Ernst Glaeser am 10. 10. 1930 für die »Frankfurter Zeitung«: »Es geht nicht an, *reale* Faktoren zu bemühen, um eine *romantische* Affäre zu aktualisieren! Es verstößt gegen die innere Wahrhaftigkeit einer Sache, drapiert sie sich real. Ohne die Realität beweisen und glaubhaft machen zu können, verkoppelt sie das überflüssige private Schicksal eines Filmbankrotteurs mit dem Leben zweier wichtiger Nationen. Hier ist ein Musterbeispiel für einen schlechten Zeitroman. Hier wird das Dokumentarische als *Fiktion für eine romantisierte Geschichte* benutzt. Hier wird eine Behauptung aufgestellt, um das Leben von ein paar Romanfiguren interessant zu machen. Hier schiebt sich ein Schriftsteller einen politischen Hintergrund zurecht, um seiner Fabel die nötige Sensation zu geben.« In der Tat hat sich Jacob der Mittel der »Kabale«, der »Hintertreppenfabel« (Glaeser) bedient, benutzt er Mittel des Kolportageromans. Doch die reißerischen und sentimentalen Elemente dieses raffiniert komponierten Buches machen nur die Oberfläche aus. Stefan Zweig, der dem Buch in der Wiener »Neuen Freien Presse« einen ausführlichen Aufsatz gewidmet hat, weist bereits darauf hin, Jacobs Roman habe »nämlich einen doppelten, sogar einen dreifachen Boden und vielleicht noch mehr«. Jacob ist ein Meister der witzigen Arabeske, der dosierten Spannung, der bewußt übertriebenen Effekte, doch niemals läßt er zu, daß diese Mittel sich verselbständigen. Die spielerischen Momente verflüchtigen sich unversehens, wenn ein deutscher Konservativer auf dem Kongreß eine Resolution gegen Hetzfilme mit den Worten abtut: »Ist jemand unter euch, der glaubt, daß sich irgendein Industrieller an Beschlüsse binden wird, die ihn hindern, Geld zu verdienen?« Held des Buches ist nicht ein Filmbankrotteur, sondern der Kapitalismus als Drahtzieher hinter den politischen Mächten. Im übrigen, und das hat Glaeser übersehen, ist es bei Jacob eben jener Typus des polnisch-jüdischen Geschäftsmannes Rubenson, der als Vertreter von Toleranz und Menschlichkeit auftritt. Er ist es, der die Pläne der Politiker durchkreuzt. Jacob hat sehr früh erkannt, welche Gefahren drohen, wenn ein neues Medium wie der Film, der in den 20er Jahren Millionen faszinierte, dazu benutzt wird, die »öffentliche Meinung« zu manipulieren: »Wie jede Industrie vermag heute auch die Filmindustrie sich jederzeit auf den Krieg umzustellen. Patronenstreifen aus Zelluloid! Bedenken Sie, was es heißt, meine Herren: das Maschinengewehr des Films liefert zwanzig Hetzbilder in der Sekunde. Ein wirklich gut gemachter Hetzfilm eliminiert die Gerechtigkeit aus den Köpfen der Zuschauer. Seine Wirkung auf die Kultur ist konzentrierter als die des Gases.«

Stefan Zweig hat zu Recht darauf hingewiesen, daß der Eindruck »unanfechtbarer Realität« bei einer »so absonderlichen Fabel« nur durch eine souveräne Sprachbeherrschung zu erreichen sei. Doch daß Jacob ein vorzüglicher Erzähler war, hatte er schon mit seinem Erstling, dem expressionistisch getönten Liebesroman »Der Zwanzigjährige« (1918; neu aufgelegt im Agora-Verlag 1983), bewiesen. Seine nervöse, sensible, immer musikalische Sprache ist in »Blut und Zelluloid« voll ausgeformt, sie hat Tempo, ohne sich zu überhasten, und bis heute hat sie von ihrer Frische nichts verloren. Sie »braucht nicht Breite, um zu überreden, sie verführt schon durch ihr Arom, durch ihre sichere überzeugende Bildlichkeit« (Stefan Zweig). Jacob liefert in seinem Buch eine Fülle farbiger Momentaufnahmen »damaliger Gegenwart«, voller Atmosphäre und Leuchtkraft. Berlin 1926: »Benno trat aus dem Tiergarten heraus. Mit ungeheurem

Licht- und Lärmschuß nahm die Joachimsthaler Straße seine Müdigkeit in Empfang. Ein Bergrutsch von Menschen war unterwegs. Zwischen der Kreuzung des Kurfürstendamms und dem Bahnhof Zoologischer Garten wälzten sich zähe Gesichter und Hüte. Violett, burgunderrot, rosa jagte das Buchstabenheer durch den Himmel. Titel von Filmen skalpierten die Nacht... Da standen die großen Kinopaläste und lockten mit Fontänen aus Licht, die auf ihrer Stirnseite tanzten. In ihre aufgezogenen Schleusen schlürften sie den Menschenstrom ein. Hut an Hut, Gesicht an Gesicht. Es durfte keiner draußen bleiben, keiner krank werden oder sterben, bevor er nicht Jannings gesehen hatte oder Chaplin oder Pola Negri.«

»Blut und Zelluloid« vorausgegangen war der kleine Roman »Jacqueline und die Japaner« (1928), in dem der Gegenwart als positives Ideal die östliche Lebensauffassung gegenübergestellt wird. 1932 folgte der Roman »Ein Staatsmann strauchelt«, in dem ein Minister von politischen Gegnern in einen »Sittlichkeitsskandal« verwickelt wird und zurücktreten muß. Jacob schrieb später dazu: »Ich habe meinen Roman in Wien angesiedelt, im Wien der Vor-Nazi-Zeit, mit ihren ›politischen Kuhhändlern‹. Er spielt in einer einzigen Nacht, im Park und auf der Polizeiwache, und bringt jenes Seltsam-Trügerische der Wiener Atmosphäre mit... Es ist das vorhitlerische Wien von 1930, die Stadt, in deren unheimlichen Schatten man die Bestie Politik, schlecht angekettet, knurren hört.« Wien war neben Berlin die Stadt, die Jacob am meisten liebte. Beide waren seine Heimatstädte, in denen er nach der Scheidung seiner Eltern aufwuchs.

Heinrich Eduard (eigentlich Henry Edward) Jacob wurde am 7. Oktober 1889 als Sohn eines jüdischen Bankdirektors in Berlin geboren. Nachdem er das Gymnasium absolviert hatte, studierte er in Berlin Literatur- und Musikgeschichte und promovierte zum Dr. phil. Er wurde Journalist, schrieb Feuilletons und Reiseberichte und machte sich schon vor dem Weltkrieg einen

Namen als Theater- und Musikkritiker. Er war mit Georg Heym befreundet. Als Redakteur der Berliner Lokalzeitung »Herold« druckte er 1910 das erste Gedicht von Heym. Mit Heym und van Hoddis las er seine Gedichte im »Neopathetischen Cabarett« und war mit Kurt Hiller und Franz Pfemfert befreundet, an dessen »Aktion« er seit 1911 mitarbeitete. 1912 debütierte er erfolgreich mit seiner Novellensammlung »Das Leichenbegängnis der Emma Ebria«. Bis 1927 veröffentlichte er acht Erzählbücher und drei Schauspiele in angesehenen Verlagen wie Erich Reiss, Georg Müller oder Ernst Rowohlt. Es ist freilich bezeichnend für Jacob, daß er von Anfang an nicht nur »Dichter« sein wollte, sondern daß ein starkes journalistisches Engagement sein sonstiges Schaffen ständig begleitete. Die technischen Möglichkeiten der modernen Massenmedien faszinierten ihn bereits sehr früh. In seinem 1915 vollendeten Erstlingsroman »Der Zwanzigjährige« wird eine Druckmaschine im expressionistischen Sprachgestus beschrieben: »Er tastete an der Schnellpresse hin. Es war kein Zweifel. Journalistik galoppierte geschwinder als Dichtung und Reklame rascher als Wert. Aber war es denn eine Schande, wofern man nur wirklichen Wert besaß, auch die Reklame vor sich zu schirren? ... Schon schoß die Maschine in höchster Fahrt. Der große, gepreßte, zylindrische Gipsblock, der ihr zu Füßen befestigt war, rollte und spie, ohne kleiner zu werden, überraschende Bahnen weißen Papiers. Es jagte endlose Schleifen entlang, hinauf, geradeaus, hinunter, und barst nicht. Es wand sich um planvoll folternde Walzen, wurde vom Schlag einer Schaufel gepackt, in dem Wirbel einer Sekunde auf die Druckfläche niedergehalten, und gleich darauf schoß, zwanzigmal gefaltet und wie von Menschenhänden geworfen, die Zeitung aus der Maschine heraus ...«

Dem Expressionismus war Jacob von Anfang an verbunden, und er gehörte zu den wenigen Literaten, die ihn »post festum leidenschaftlich und bedingungslos« verteidigten, »ohne sich mit ihm zu identifizieren« (Paul Raabe). 1924 gab Jacob die wichtige Anthologie »Verse der Lebenden« heraus. Seine Einleitung »Zur Geschichte der deutschen Lyrik seit 1910« (mit den ergänzenden Nachworten von 1927 und 1932) ist noch heute lesenswert.

1928 schickte ihn Theodor Wolff, Chefredakteur des »Berliner Tageblatts«, nach Wien, wo Jacob das Mitteleuropäische Büro der Zeitung leitete. In Wien schrieb er neben den bereits genannten Büchern die Romane »Liebe in Üsküb« (1931) und »Die Magd von Aachen« (1932). Als Wolff 1933 aus der Leitung des »Berliner Tageblatts« gedrängt wurde und nach Frankreich emigrierte, verlor auch Jacob seine Stellung und lebte als freier Schriftsteller in Wien. Ende Mai 1933 nahm er als Mitglied des österreichischen PEN-Clubs am Kongreß des Internationalen PEN-Clubs in Ragusa teil, auf dem die deutsche Delegation wegen der Bücherverbrennungen heftig angegriffen wurde. Die Zeitung »Le Temps« berichtete am 27. 5. 1933: »Als der österreichische Schriftsteller Jacob erschien, dessen Werke in Deutschland verbrannt worden waren, fragte ihn (Hans Martin) Elster vom deutschen PEN-Club: ›Wann kommen denn die Österreicher?‹ Jacob entgegnete: ›Weshalb sollten sie kommen, wenn man ihre Werke in Deutschland verbrennt?‹ Offenbar peinlich berührt, erklärten die Deutschen, nach solchen Worten wäre es ihnen unmöglich, die Unterhaltung fortzusetzen, und der Österreicher meinte: ›Um so besser!‹«

Jacob, dessen Roman »Blut und Zelluloid« auf der ersten »Schwarzen Liste« stand, konnte 1934 noch sein Sachbuch »Sage und Siegeszug des Kaffees« bei Rowohlt veröffentlichen. Danach durfte er in Deutschland nicht mehr publizieren, und das Buch erschien noch im selben Jahr im Exilverlag Julius Kittl in Mährisch-Ostrau. Jacobs nächste Bücher, der Roman »Der Grinzinger Taugenichts« (1935) und sein Buch über Johann Strauß (1937) erschienen im Querido Verlag in Amsterdam.

1938, nach dem »Anschluß« Österreichs, wurde Jacob von den Nationalsozialisten in Wien verhaftet. Sie brachten ihn ins KZ Dachau und dann nach Buchenwald. Seine Bibliothek von 6000 Bänden wurde beschlagnahmt. Auf Betreiben seiner Frau Dora und seines amerikanischen Onkels Michael J. Barnes »reklamierten« die USA den Schriftsteller, so daß er am 10. Januar 1939 aus Buchenwald entlassen wurde. Über Österreich emigrierte Jacob nach England und gelangte 1940 in die USA. Jacob schrieb für Exil-Zeitschriften wie den »Aufbau« und veröffentlichte 1944 in englischer Sprache sein Sachbuch »Sechstausend Jahre Brot« im Verlag Doubleday. Die deutsche Ausgabe dieses erfolgreichen, in zahlreiche Sprachen übersetzten Buches verlegte 1954 Rowohlt in Jacobs eigener Übertragung. Auch die zweite seiner Musikerbiographien, »Joseph Haydn. Seine Kunst, seine Zeit, sein Ruhm«, erschien 1950 zunächst bei Gollancz in London und zwei Jahre später in Deutschland bei Wegner. Im »Geleitwort« zur deutschen Ausgabe schrieb Thomas Mann: »Die Bibliographie zeigt, was der Autor alles gelesen hat, um seine Bewunderung zu nähren, sich des Gegenstandes ganz zu bemächtigen und all das Wissen dann einzuschmelzen in eine Lebensbeschreibung von seltener Frische und Wärme, dramatisch oft und oft von epischer Behaglichkeit.« Thomas Mann nannte das Buch mit Recht einen »Künstlerroman«, denn es ist in der Tat einer der Vorzüge des Biographen und Sachbuchautors Jacob, daß er bei aller profunden Kenntnis und Belesenheit den glänzenden Romancier nie verleugnet.
Am 28. Februar 1945 war Jacob amerikanischer Staatsbürger geworden und weilte seitdem nur noch als Gast in Europa. Er veröffentlichte 1951 den Roman »Estrangeiro« und seine Biographien »Mozart oder Geist, Musik und Schicksal eines Europäers« (1956) und »Felix Mendelssohn und seine Zeit. Bildnis und Schicksal eines Meisters« (1959), das als Taschenbuch im Fischer Verlag noch lieferbar ist. Im letzten Jahrzehnt seines

Lebens zog Jacob rastlos kreuz und quer durch Europa und hielt sich hauptsächlich in Zürich, Salzburg, Berlin, Hamburg, Frankfurt und München auf. Seine Gesundheit war stark angegriffen, er litt unter Depressionen und konnte am Tag nicht länger als zwei Stunden konzentriert arbeiten. Zwischen 1959 und 1967 hat er kein Buch mehr veröffentlicht. Am 25. Oktober 1967 ist er in Salzburg gestorben.

Heinrich Eduard Jacob hat sich einen Namen als Biograph und Sachbuchautor gemacht und sich als Vater dieser literarischen Gattung bezeichnet. In einem Aufsatz für »Die Welt« unter dem Titel »Wie ich Sachbuchautor wurde« schrieb er 1964: »Ich bin der Begründer dieses Typus.« Er habe, so Jacob, bereits 1934 die Bezeichnung Sachbuch gefunden. Heute steht jedenfalls fest, daß Jacob neben Walter Kiaulehn (»Die eisernen Engel. Geburt, Geschichte und Macht der Maschinen«, 1935) zu den Begründern des »modernen Sachbuchs« zu rechnen ist. In einem Vortrag auf dem Berliner Schriftstellerkongreß führte er 1960 aus, es sei Aufgabe des Sachbuchautors, »der ›Sachwelt‹, in der wir zu leben haben, ihre humanistische, persönliche und dichterische Würde zurückzugeben«. In seinem Buch über den Kaffee erzählt er die »Biographie eines weltwirtschaftlichen Stoffes« (Untertitel), wobei er den Kaffee als »handelnden Helden« ansah, und sein Buch auch als einen Beitrag zur Geistesgeschichte verstand. Die humanistische Grundhaltung Jacobs, die er in »Blut und Zelluloid« in eine vordergründig reißerische Fabel einbettete, prägte also auch den Sachbuchautor.

Jacobs Romane sind bis auf den »Zwanzigjährigen« heute vom Markt verschwunden, während andere wichtige Zeitromane der Weimarer Republik, zum Teil in Taschenbuchausgaben, wieder greifbar sind. Wenn »Blut und Zelluloid« hier erstmals wieder vorgelegt wird, soll dadurch auf einen zu Unrecht vergessenen Autor hingewiesen werden, dessen Buch sich eine unverminderte Aktualität bewahrt hat. Ein Erzähler von Rang, ein fesselnder

Fabulierer ist wiederzuentdecken. Mitte der 50er Jahre schrieb Jacob, als er Neuauflagen seiner Romane erhoffte: »Und noch eins darf nicht vergessen werden. Erzählt ein Autor Begebenheiten aus einer nahen Vergangenheit, also ›Romane von gestern Abend‹, so erzählt er vom Dauerhafteren und sogar mehr Überschaubarem, als wenn er etwas aus dem Heute erzählte. Unser Jetzt schwankt gewissermaßen, als sei es eine Zeitungsnachricht zwischen heute abend und morgen früh. Eine Zeitungsnachricht, die obendrein sieben Tage später bereits völlig auf den Kopf gestellt, ja unverständlich geworden sein kann... Und so sollen auch ›Jacqueline‹, ›Blut und Zelluloid‹ und ›Ein Staatsmann strauchelt‹ wiederkehren als das, was sie sind: als drei Romane von gestern Abend. Es gibt keine Inflation mehr in Deutschland, auch kein Mussolini-Italien und kein vorhitlerisches Wien – aber es gibt Bücher, welche davon zeugen möchten, wie alles einmal gewesen ist.«

Hans J. Schütz

Herausgeber und Verlag danken Herrn Hans Jörgen Gerlach, Berlin, dem Nachlaßverwalter Heinrich Eduard Jacobs, für Hinweise und Anregungen.

Textgrundlage für den Neudruck war die Erstausgabe des Romans, erschienen im Ernst Rowohlt Verlag, Berlin 1930 (mit dem Copyright-Vermerk: 1929).

Inhalt